U0075483

日本文言文法入門

—馬　斌 編著—

北京大學出版社授權
鴻儒堂出版社發行

編者的話

　　中日兩國文化交流的歷史淵遠流長，尤其隋唐以後，在文化領域，日本受中國的影響很大，表現在語言、文字、文學等方面更為明顯，日本有不少古典文學名著就是在平安時代（九世紀初到十二世紀末，相當我國的唐代中期至宋代中期）問世的。這些古典著作都用日本文言寫成，在語言、文學方面影響後世很大。到了近代，日本不僅仍有大量文言文體的著作，而且官方文件、書信等也都採用文言文體，甚至今天，在口語文當中還保留了不少文言成分。因此，我們學習日語必須掌握有關文言文法的基礎知識，這樣不僅能夠擴大這一語言工具的使用範圍，進一步為學習文言文打下基礎，而且對提高口語文的閱讀能力也有幫助。

　　基於以上需要編寫這部入門性質的文言文法，可以作為初學文言文者的自修讀物。另外還可作日語專業師生教學參考用書。

　　本書以講解近代文言文法知識為主，例句主要是由日本近代文學作品中挑選的，同時引用了一部分日本古典文學名著和中國古籍日譯本中的句子，另外還有少許其他文法書中常用的例句。例句後面括號內附有"口語注解"，以便使讀者通過口語品詞與文言品詞主要是助詞和助動詞的對照了解文言詞彙的職能和含義，並非口語譯文。其後所附中文譯文可作為理解例句的參考。章節之後附有練習。這些練習題可使讀者在回憶口語語法的基礎上複習文言文法，並通過兩者對比去加深理解文言的品詞和例句。句法後面的例文附

有必要的注釋，可供讀者在學習文法過程中試讀用。

　　本書在編寫當中曾得到北京大學東語系日本語教研室主任孫宗光老師和潘金生老師的熱情幫助，他們爲本書提供了許多寶貴資料和有益的建議，並在修改過程中給予具體指導。此外還得到其他單位一些同志的幫助。尤其在定稿前又承蒙我系周一良老師仔細審閱，並作了必要的修正，對此一一表示感謝！

　　由於編著水平有限，難免有錯誤，望各方面提出寶貴意見，以便修訂時更正。

編　　著

目　　錄

第一章　緒論

第一節　文言文法與口語文法

一、口頭語言與書面語言

　　語言可分為用聲音表達的**口頭語言**和用文字表達的**書面語言**兩種。日本人民創造「**仮名**」文字以後，日本語也出現口頭語言和書面語言的區別。十世紀平安時代中期以前的古代文獻反映書面語言與口頭語言是一致的，自十世紀末葉起，因書面語言比較固定，**變**化不大，口頭語言則隨著時代不斷發展，於是言文開始分化，到十二至十六世紀的鎌倉、室町時代，兩者的差別日益顯著。

二、文言文與口語文

　　十七世紀江戶時代，書面語言中已有兩種文體，一種是歷來為官府和學術界採用的「**文語体**」；另一種是用在新興的町人文學方面的「**口語体**」。用文語體寫的文章稱「**文語文**」即文言文，用於公文、法令、詔勅、和歌等；用口語體寫的文章稱「**口語文**」，用於文學作品，尤其是小說之類。

　　明治維新後，一度提倡「**言文一致運動**」，但不徹底，文言文與口語文仍兩相併存。直至一九四六年日本政府下令取消文言文始

一律使用口語文。

三、文言文法與口語文法

　　由於上述歷史原因，在文法研究上也存在著兩種不同的對象
——**文言文法**與**口語文法**。我們學習文言文法，不僅在閱讀古典文
獻和日本戰前的文言文方面實屬必要，且因文言文對現代的口語文
有一定的影響，致使口語文中至今仍保留了不少文言成分，因此學
習文言文法對於提高閱讀現代口語文的能力也有很大幫助。

　　文言文按時代不同又有「**古代文言文**」和「**近代文言文**」之
分，前者指明治維新以前的古典文言文，後者指明治維新以後直至
二次大戰結束以前的文言文。本書主要涉及近代文言文法，但也引
用了一些古典文言的例句，以說明各類詞的用法。

第二節　歷史假名用法與現代假名用法

一、發音與假名

　　假名文字出現後用以標注發音，但至平安時代，語音變化逐漸
增大，文字則很少改變，兩者相脫離現象隨即發生，直到一九四六
年日本進行文字改革，以「按實際發音標注文字」為原則，才使現
代日語發音與假名文字重新一致或接近。改革前採用的標音法稱**歷
史假名用法**即「歴史仮名遣（れきしかなづかい）」，改革後的稱**現代假名用法**即
「現代仮名遣（げんだいかなづかい）」。因此，不僅文言文，即一九四六年以前的口語
文如報刊、書籍等也都使用歷史假名用法。

二、歷史假名用法與現代假名用法對照

第一類：

歷史假名用法	ゐ(ヰ)	ゑ(エ)	を	くわ	ぐわ	ぢ	づ	は	ひ	ふ	ふ	へ	ほ
發音	イ i	エ e	オ o	カ ka	ガ ga	ジ ji	ズ zu	ワ wa	イ i	ウ u	オ o	エ e	オ o
現代假名用法	い	え	お	か	が	じ	ず	わ	い	う	お	え	お

例如：

井戸（ゐど／いど）　聲桶（こゑ／こえ　をけ／おけ）　科學（くわがく／かがく）　外國（ぐわいこく／がいこく）　味（あぢ／あじ）　水（みづ／みず）　河（かは／かわ）　鶯（うぐひす／うぐいす）　夕（ゆふべ／ゆうべ）　葵（あふひ／あおい）

倒す（たふ／たお　す）　蛙（かへる／かえる）　顔（かほ／かお）

歷史假名用法「はひふへほ」五個假名在單詞中如爲第一音應讀「ha hi fu he ho」，第二音以下讀「wa i u (o) e o」。但也有例外如：「母」讀ha ha、「家鴨」讀a hi ru、「溢る」讀a fu ru。

歷史假名用法「ぢ」「づ」二音在現代假名用法中改用「じ」「ず」，但在複合詞中或同音重疊的情況下引起連濁現象時仍用「ぢ」「づ」。如：鼻血（はなぢ）　三日月（みかづき）　近近（ちかぢか）　常常（つねづね）　縮む（ちぢむ）　續く（つづく）

第二類：

歷史假名名用法	發音	現代假名名用法
いう いふ ゆふ	ユウ yū	ゆう
あう わう あふ はう	オオ ō	おう
かう くわう かふ ごふ	コオ kō	こう
がう ぐわう がふ ごふ	ゴオ gō	ごう
さう さふ	ソオ sō	そう
ざう ざふ	ゾオ zō	ぞう
たう たふ	トオ tō	とう
だう	ドオ dō	どう
なう なふ のふ	ノオ nō	のう
はう はふ ほふ	ホオ hō	ほう
ぽう	ポオ pō	ぽう
ばう ばふ ほふ	ボオ bō	ぼう
まう	モオ mō	もう
やう えう えふ	ヨオ yō	よう
らう らふ	ロオ rō	ろう

例如：

<table>
<tr><td>友人
いうじん
ゆうじん</td><td>都邑
といふ
とゆう</td><td>夕方
ゆふがた
ゆうがた</td><td>櫻花
あうか
おうか</td><td>往來
わうらい
おうらい</td><td>扇
あふぎ
おうぎ</td><td>買はう―買おう
か</td></tr>
<tr><td>神戸
かうべ
こうべ</td><td>光線
くわうせん
こうせん</td><td>甲乙
かふおつ
こうおつ</td><td>劫
こふ
こう</td><td>番號
ばんがう
ばんごう</td><td>轟々
ぐわうぐわう
ごうごう</td><td>一合
いちがふ
いちごう</td><td>罪業
ざいごふ
ざいごう</td></tr>
<tr><td>掃除
さうぢ
そうじ</td><td>挿話
さふわ
そうわ</td><td>製造
せいざう
せいぞう</td><td>雜巾
ざふきん
ぞうきん</td><td>峠
たうげ
とうげ</td><td>塔
たふ
とう</td><td>道路
だうろ
どうろ</td><td>大腦
だいなう
だいのう</td><td>納入
なうにふ
のうにゅう</td></tr>
<tr><td>昨日
きのふ
きのう</td><td>報告
はうこく
ほうこく</td><td>法律
はふりつ
ほうりつ</td><td>法師
ほふし
ほうし</td><td>八方
はっぱう
はっぽう</td><td>暴動
ばうどう
ぼうどう</td><td>貧乏
びんばふ
びんぼう</td><td>妄動
まうどう
もうどう</td><td>八日
やうか
ようか</td></tr>
<tr><td>日曜
にちえう
にちよう</td><td>紅葉
こうえふ
こうよう</td><td>勞動
らうどう
ろうどう</td><td>蠟燭
らふそく
ろうそく</td></tr>
</table>

第三類：

歷史假 名用法	きう きふ	ぎう	しう しふ	じう じふ ぢゅう	ちう	にう にふ	ひう	びう	りう りふ
發　音	キュウ kyū	ギュウ gyū	シュウ shū	ジュウ jū	チュウ chū	ニュウ nyū	ヒュウ hyū	ビュウ byū	リュウ ryū
現代假 名用法	きゅう	ぎゅう	しゅう	じゅう	ちゅう	にゅう	ひゅう	びゅう	りゅう

例如：

<table>
<tr><td>休養
きう やう
きゅうよう</td><td>及第
きふ だい
きゅうだい</td><td>牛乳
ぎう にゅう
ぎゅうにゅう</td><td>優秀
いう しう
ゆうしゅう</td><td>集中
しふ ちう
しゅうちゅう</td><td>柔軟
じう なん
じゅうなん</td><td>十
じふ
じゅう</td><td>住居
ぢゅうきょ
じゅうきょ</td></tr>
<tr><td>宇宙
う ちう
うちゅう</td><td>柔和
にう わ
にゅうわ</td><td>入學
にふ がく
にゅうがく</td><td>日向
ひう が
ひゅうが</td><td>謬誤
ご びう
ごびゅう</td><td>留意
りう い
りゅうい</td><td>建立
こんりふ
こんりゅう</td></tr>
</table>

第四類：

歷史假名用法	きやう けう けふ	ぎやう げう げふ	しやう せう せふ	じやう ぢやう ぜう でう ぢふ でふ	ちやう てう ふ	ねう	ひやう へう う	びやう べう う	みやう めう う	りやう れう る
發音	キョオ kyō	ギョオ gyō	ショオ shō	ジョオ jō	チョオ chō	ニョオ nyō	ヒョオ hyō	ビョオ byō	ミョオ myō	リョオ ryō
現代假名用法	きょう	ぎょう	しょう	じょう	ちょう	にょう	ひょう	びょう	みょう	りょう

例如：

兄弟（きゃうだい／きょうだい）　教育（けういく／きょういく）　今日（けふ／きょう）　人形（にんぎゃう／にんぎょう）　業務（げふむ／ぎょうむ）　正直（しゃうじき／しょうじき）　小説（せうせつ／しょうせつ）　交渉（かうせふ／こうしょう）

上手（じゃうず／じょうず）　市場（しちゃう／しじょう）　饒舌（ぜうぜつ／じょうぜつ）　三條（さんでう／さんじょう）　六疊（ろくでふ／ろくじょう）　町會（ちゃうくわい／ちょうかい）　朝食（てうしょく／ちょうしょく）

通牒（つうてふ／つうちょう）　尿毒症（ねうどくせう／にょうどくしょう）　評判（ひゃうばん／ひょうばん）　表裏（へうり／ひょうり）　病氣（びゃうき／びょうき）　描寫（べうしゃ／びょうしゃ）　明日（みゃうにち／みょうにち）

苗字（めうじ／みょうじ）　領士（りゃうど／りょうど）　料理（れうり／りょうり）　狩獵（しゅれふ／しゅりょう）

【練習一】

讀出下列單詞和例句，並用現代假名用法改寫：

藍（あゐ）　參る（まゐる）　居る（ゐる）　水道（すゐだう）　植ゑる（うゑる）　智慧（ちゑ）　近衛（このゑ）　魚（うを）　青し（あをし）　温度（をんど）　貨幣（くわへい）　過（くわ）去（こ）　官吏（くわんり）　臥床（ぐわしゃう）　一月（いちぐわつ）　藤（ふぢ）　陣地（ぢんち）　大豆（だいづ）　圖畫（づぐわ）　瓦（かはら）　迴る（まはる）　費す（つひやす）　灰（はひ）　思ふ（おもふ）　危し（あやふし）　煽る（あふる）　仰ぐ（あふぐ）　家前（いへまへ）　勢（いきほひ）　氷（こほり）　遠し（とほし）　大きし（おほきし）　憂慮（いうりょ）　姉さん（ねえさん）　中央（ちゅうあう）　黄金（わうごん）　皇子（わうじ）　近江（あふみ）　買はう（かはう）　強う（しひう）　斯う（かう）　講義（かうぎ）　宏大（くわうだい）　皇（わう）族　太閤（たいかふ）　浩劫（かうごふ）　西郷（さいがう）　永劫（えいごふ）　話さう（はなさう）　壯年（さうねん）　候ふ（さふらふ）　肖像（せうざう）　刀劍（たうけん）　答辯（たふべん）　講堂（かうだう）　苦腦（くなう）　葬る（はうむる）　邦家（はうか）　法師（ほふし）　立法（りっぽふ）　滅亡（めつばう）　希望（きばう）　申す（まうす）　盲目（まうもく）　羊毛（やうまう）　要領（えうりゃう）　歸らう（かへらう）　廊下（らうか）　舊臘（きうらふ）　丘陵（きうりょう）　階級（かいきふ）　就業（しうげふ）　収入（しうにふ）　拾得（しふとく）　編輯（へんしふ）　獸類（じうるゐ）　墨汁（ぼくじふ）　饅頭（まんぢう）　鑄造（ちうざう）　日向（ひうが）　流行（りうかう）　一粒（いちりふ）　東京（とうきゃう）　喬木（けうぼく）　協力（けふりょく）　修行（しゅぎゃう）　堯舜（げうしゅん）　商賣（しゃうばい）　文章（ぶんしゃう）　召集（せうしふ）　捷徑（せふけい）　感情（かんじゃう）　騒擾（さうぜう）　一帖（いちでふ）　長短（ちゃうたん）　調子（てうし）　蝶（てふ）　大兵（たいひゃう）　投票（とうへう）　屏風（びゃうぶ）　靈廟（れいべう）　丈夫（ぢゃうぶ）　壽命（じゅみゃう）　妙技（めうぎ）　善良（ぜんりゃう）　官僚（くわんれう）

(1)大谷川（おほたにがは）の水の美（び）言（い）ひ盡（つく）しがたし。（……難い。）大谷川河水之美難以盡言。德富蘆花：《八汐之花》

(2)此（これ）誠（まこと）に危急存亡（ききふそんばう）の秋（とき）なり。（……ときである。）此誠危急存亡之秋也。諸葛亮：《前出師表》

(3)かしこに小童（こわらは）あり。（あそこに子供がいる。）彼處有一孩童。《方丈記》

第三節　近代文言文的特點

一、有較多的漢文結構和成語

　　近代文言文的特點之一是文章中吸收不少漢文結構和漢文成語，因此學習時可與古代漢語聯繫起來深入體會，有助於理解原文。如：

(1)　一衣帯水。一衣帯水。《南史・陳本紀》

(2)　滄海の一粟。滄海之一粟。蘇軾：《前赤壁賦》

(3)　唇 亡びて歯寒し。（歯が寒い。）唇亡齒寒。《左傳》

(4)　千丈の隄も螻蟻の穴をもって潰ゆ。（穴で潰える。）千丈堤以螻蟻之穴潰。《韓非子》

(5)　人學ばざれば智無し、智無き者は愚人なり。（……學ばないと……智識の無い人は愚人である。）人不學無智、無智爲愚人。《實語教》〔「ざれ」是否定助動詞「ざり」的已然形，見132頁；「なり」是指定助動詞，見184頁。〕

(6)　而して其結果や 即ち分配の不公となれり。（……不公となった。）而其結果，則形成分配不公。幸德秋水：《社會主義神髓》〔「や」是感嘆助詞，見284頁；「り」是完了助動詞，見172頁。〕

二、漢字使用面廣

　　文言文漢字使用面較口語文爲廣，這是歷史原因造成的。由於古代漢語的影響，時間越遠，使用漢字表示日語的語義越複雜，除

有不少生僻的漢字外，甚至有些助動詞、助詞也利用漢字。再加上寫作者根據自己意圖選用，因此，文言文在使用漢字上較現代口語文不僅量多而且面廣。我們在學習文言文時不要受現代「**当用漢字**」概念的束縛。如：

【名詞】き（木、樹）、きぬ（衣、帛、絹）

【代名詞】これ（此、是、之、斯、茲、維）

【動詞】いだく（抱く、懷く、擁く）

うるほす（沾す、渥す、潤す、霑す、濕す、濡す）

おもふ（念ふ、思ふ、惟ふ、想ふ、意ふ、懷ふ）

をはる（了る、卒る、訖る、終る、畢る、竟る、竣る）

【形容詞】よし（良し、善し、好し、吉し、佳し、芳し、宜し、嘉し）

はやし（早し、速し、迅し、快し、疾し、捷し）

【副詞】すなはち（乃ち、仍ち、則ち、即ち、便ち）

ただ（只、止、但、徒、唯、惟、啻）

【助動詞】なり（也）、べし（可し）、たし（度し）、ごとし（如し、若し）

【助詞】など（等）、かな（哉、夫、乎、耶）、か（歟、乎、邪、耶）、や（哉、乎、邪、耶）

第四節　文言文的單詞、詞組和句子

一、單詞

文章或語言的最小單位，可分表示一定概念的、獨立的**觀念詞**

（也稱獨立詞、實詞）和不能獨立使用、必須附在觀念詞後面才能表達意義的**形式詞**（也稱附屬詞、虛詞）。下面例句中黑體字的單詞都是觀念詞，其他爲形式詞：

(1) **賦**は**古詩**の**流**れなり。（流れである。）賦者古詩之流也。班固：《兩都賦序》

(2) **今宵**はあたりに**人**も**無**し。（人もない。）今宵附近人影亦無。森鷗外：《舞姫》

(3) **日**は**山**の**端**に**かかり**ぬ。（……にかかった。）日已落山端。《奥州小道》

二、詞組

由一個或幾個單詞構成。詞組能夠表示一定的語氣，在句子中可以做任何句子成分如主語、賓語、補語、定語、狀語和謂語。例如：

(1) 夜は 更けたり。（更けた。）夜深矣。国木田独歩：
　　主　 謂

《源叔父》〔「たり」是完了助動詞，見172頁。〕

(2) 東都の 主人 謂然として 嘆じて曰く……。（嘆じて
　　定　　主　　　狀　　　　謂

いうには……。）東都主人喟然而嘆曰：……。張衡：《東都賦》

(3) まず その心づかひを 修行すべし。（修行しなくて
　　狀　　　賓　　　　　謂

はならない。）當先修煉其品德。《徒然草》〔「べし」是推量助動詞，見148頁。〕

(4) 一切の建物 残りなく 烈火に 包まれぬ。（包まれ
　　　　　主　　　状　　　補　　　謂
た。）一切建築物皆被烈火圍燒，無一殘存。德富蘆花：《灰燼》
〔「ぬ」是完了助動詞，見167頁。〕

三、句子

幾個詞組結合一起組成句子，可以表達一個完整的思想。如：
(1) 友なき時に於て 實際 吾等は 淋しきなり。（淋しい
のである。）無友時，吾等實感寂寞。国木田独歩：《友愛》
(2) 猛虎 深山に 在れば 百獸は 震恐す。（深山にお
れば……震恐する。）猛虎在深山，百獸震恐。司馬遷：《報任安
書》〔「ば」是接續助詞，見226頁。〕
(3) 東 の海に 蓬萊といふ山 あるなり。（山があるとい
うことです。）據聞東海有山曰蓬萊。《竹取物語》

第五節　複合詞和接詞

一、複合詞

由兩個或兩個以上的單詞結合成爲一個單詞的稱複合詞。如：
1. 東風（東風）——由「東」和「風」兩個名詞複合而成。
2. 讀み物（讀物）——由動詞「讀む」和名詞「物」複合而成。
3. 心細し（心中無數；寂寥）——由名詞「心」和形容詞「細
し」複合而成。
4. 見送る（送別）——由兩個動詞「見る」和「送る」複合而

成。

5. 近寄る（靠近）—— 由形容詞「近し」和動詞「寄る」複合而成。

6. 細長し（細長）—— 由兩個形容詞「細し」和「長し」複合而成。

7. お宅（尊府；貴宅）—— 由接頭詞「御」和名詞「宅」複合而成。

8. 深さ（深度）—— 由形容詞「深し」和接尾詞「さ」複合而成。

9. 由同一單詞重疊而成的有：

   (1) 山山（群山）—— 名詞重疊。

   (2) 我我（吾等）—— 代名詞重疊。

   (3) 一一（一一；逐一）—— 數詞重疊。

   (4) 重重し（端莊；穩重）—— 形容詞重疊。

   (5) 疾く疾く（急速）—— 副詞重疊。

   (6) ああ（嗚呼）—— 感嘆詞重疊。

二、接詞

不能獨立表達意義，只附在其他單詞前或後，接在前面的稱**接頭詞**，附在後面的稱**接尾詞**。

（一） 接頭詞

1. 增加語氣或表示程度的接頭詞。如：
   容易し（容易）、**か**細し（極細）、**氣**高し（高雅）、**小**夜

（夜晚）、押し廣む（推廣）、差止む（禁止）、取巻く（圍住）、立退く（撤退）、打切る（截止）、振上ぐ（舉起）、引継ぐ（繼承）、相濟む（終了）、手緩し（緩慢）、搔消す（消滅）

2. 添加意義的接頭詞。如：

御國（祖國；我國）、御用（貴幹；事情）、御名前（貴姓）、生煮（半熟）、薄明（微明）、糞力（蠻勁）、不信用（不可靠）、無差別（無差別；平等）、真白（雪白）、素足（赤足）、丸勝（全勝）、行届く（周到）、繰す返す（反覆）、物忘れ（健忘）、片目（隻眼）、無作法（無禮）

（二） 接尾詞

1. 添加意義的接尾詞，如：

皆樣（諸位）、我等（吾等；我等）、人共（人等）、大臣殿（大臣閣下）、一つ目（第一個）、私目（鄙人）

2. 表示資格的接尾詞

① 構成名詞的接尾詞，如：

赤み（紅；赤）、厚み（厚；厚度）、遠さ（遠；遠之程度）、高さ（高度）、大膽さ（大膽；膽大）、靜けさ（清靜；清靜之程度）、逢ふさ（相遇時）、行くさ（去時）。寒け（寒氣）、大人氣（大人氣派；老成）

② 構成動詞的接尾詞，如：

春めく（含有春意）、田舍めく（鄉土味）、寒がる（怕冷）、嫌がる（覺得討厭）、大人ぶ（大人姿態）、殊更ぶ

－ 13 －

（矯揉造作）、黄ばむ（發黄）、氣色ばむ（面有慍色；形於色）

③ 構成形容詞的接尾詞，如：

男らし（有男子氣概）、學者らし（有學者風度）、露けし（露多）、他人がまし（如陌生者）、人がまし（似一般人物）、古めかし（古色古香；似乎陳舊）

④ 構成形容詞動詞詞幹的接尾詞，如：

嬉しげ（高興）、心有りげ（意味深長）、清らか（乾淨）、委曲か（詳細）、華やか（華麗）、忍やか（悄悄）

第六節　體言和用言

一、體言

表示事物實體而具有實質概念的獨立詞稱爲「体言」，包括名詞、代名詞和數詞。

體言的特點：

1. 體言可以在句中做主語，還可與附屬詞結合做主詞、賓語、補語、定語或謂語，如：

　　(1) 今日は秋分なり。（秋分である）德富蘆花：《秋分》
　　　　主　　謂

　　(2) 先生獨り西京の事を見ずや。（……見ないか。）先
　　　　　主　定　賓

生獨不見西京之事歟？張衡：《西京賦》〔「ず」是否定助動詞，

見132頁；「や」是係助詞，見254頁。〕

    (3)　山は崩れて河を埋み海傾ぶきて陸地をひたせり。水
            主　　　　賓　　　　主　　　　賓　　　　主

湧き出で巖割れて谷にまろび入る。（……浸した。……。）山崩
        主　　　補

塡河、海傾浸陸。水湧岩裂、轉流入谷。《方丈記》〔「り」是完
了助詞動，見172頁。〕

2.　體言沒有詞尾變化（活用）

同一體言有時所用假名雖不相同，如「酒」與「酒屋」、
「月」與「夕月夜」，但這只是單詞讀音不同，並非詞尾變化。

【注】有人主張體言中還包括副詞等。

二、用言

用以敘述事物主體的動作、存在、機能或說明主體性質、狀態
的獨立詞稱做「用言」。用言包括動詞、形容詞和形容動詞，如：

名利に使はれて閑かなる暇なく一生を苦しむるこそ愚
        動　　　形動　　形　　　　動

かなれ。（苦しめるのは愚かなことである。）為名利所驅，不得
形動

安閑而苦此一生者愚也。《徒然草》〔「こそ」是係助詞，見261
頁。〕

用言的特點：

1. 用言在句中做謂語，也可做定語。

　　(1)　涼しき風吹き來ぬ。（涼しい風が吹いて来た。）涼風吹
　　　　　定　　謂

來。德富蘆花：《春雨後之上州》（形容詞做定語，動詞做謂詞）

　　(2)　路上の雪は稜角ある氷片となりて晴れたる日に映じ
　　　　　　　　　　　　　　定

きらきらと輝けり。（稜角のある氷片となって晴れている日に
映じてきらきらと輝いている。）路上之雪結爲有稜角之冰，晴日
照射下閃爍發光。《舞姫》（動詞做定語）

　　(3)　水の難も深く、白波の恐れも騷がし。（騷がしい。）或
　　　　　　　　　謂　　　　　　　　　謂

深遭水害，或有盜賊襲擊之虞，並非安全。《方丈記》（形容詞做
謂語）

　　(4)　茫々たる色はすなはち蘆花の雪なり。（茫々としている
　　　　　定

色は……。）茫茫之色乃雪白之蘆花也。德富蘆花：《蘆花》（形
容動詞做定語）

　　(5)　儀は靜かにして體は閑かなり。（靜かで……閑かで
　　　　　　　謂　　　　　　謂

す。）儀靜體閑。曹植：《洛神賦》（形容動詞做謂語）

2. 用言單詞分詞幹和詞尾兩部分：

原 形	詞 幹	詞 尾	品 詞
作^{つく}る	作^{つく}	る	動 詞
良^よし	良^よ	し	形 容 詞
巧^{たく}みなり	巧^{たく}み	なり	形容動詞

有少數動詞的詞幹與詞尾不分，第一個假名既是詞幹也是詞尾。如：「見^みる」、「來^く」、「為^す」等。

3. 用言單詞都有**詞尾變化**（語尾変化）稱爲「**活用**」以起接續作用。

動詞和形容動詞的活用形態有六種：未然形、連用形、終止形、連體形、已然形、命令形，六種形態也可稱爲第一變化……第六變化。形容詞**沒有命令**形，只有五種。

【注】有人主張從廣義上講用言也包括助動詞。因爲它也有詞尾變化（活用），其活用除特殊型者外，則分別屬於動詞型、形容詞型或形容動詞型，而且助動詞也起接續作用。

第二章　詞法

詞法主要是研究品詞的用法及其規律，構成文言文的品詞一般分為十二種：

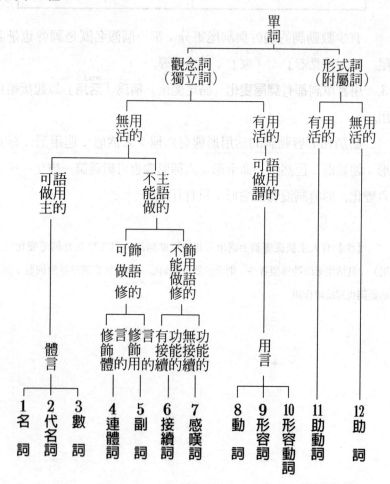

第一節　名詞

一、名詞分類

名詞用以表示人和事物的名稱，大致可分**專有名詞**和**普通名詞**兩種：

（一）　專有名詞：

日本<ruby>（にほん）</ruby>、江戸<ruby>（えど）</ruby>、孔子<ruby>（こうし）</ruby>、古事記<ruby>（こじき）</ruby>、漢書<ruby>（かんじょ）</ruby>、富士山<ruby>（ふじさん）</ruby>、淀川<ruby>（よどがは）</ruby>

（二）　普通名詞：

山<ruby>（やま）</ruby>、机<ruby>（つくゑ）</ruby>、草木<ruby>（さうもく）</ruby>、精神<ruby>（せいしん）</ruby>、思想<ruby>（しさう）</ruby>、風俗<ruby>（ふうぞく）</ruby>、人<ruby>（ひと）</ruby>、言語<ruby>（げんご）</ruby>

二、形式名詞

有些普通名詞接在定詞下面便失去原意，或很少有獨立意義，而在句子中主要起文法作用，變成一種形式上的名詞，如「事<ruby>（こと）</ruby>、物<ruby>（もの）</ruby>、者<ruby>（もの）</ruby>、所<ruby>（ところ）</ruby>、程<ruby>（ほど）</ruby>、為<ruby>（ため）</ruby>、時<ruby>（とき）</ruby>、頃<ruby>（ころ）</ruby>、故<ruby>（ゆゑ）</ruby>、由<ruby>（よし）</ruby>、譯<ruby>（わけ）</ruby>、折<ruby>（をり）</ruby>」等，這類名詞稱**形式名詞**。

(1)　賓主<ruby>（ひんしゅ）</ruby>の間<ruby>（あひだ）</ruby>に周旋<ruby>（しうせん）</ruby>して事<ruby>（こと）</ruby>を辨<ruby>（べん）</ruby>ずる者<ruby>（もの）</ruby>もまた多<ruby>（おほ）</ruby>くは余<ruby>（よ）</ruby>なりき。（私であった。）周旋於賓主之間辦事者亦多爲餘也。《舞姬》（**實質名詞**）

(2)　愚<ruby>（おろ）</ruby>かなる者<ruby>（もの）</ruby>は友<ruby>（とも）</ruby>を得<ruby>（え）</ruby>ず、友情<ruby>（いうじゃう）</ruby>を耕<ruby>（たがや）</ruby>す事<ruby>（こと）</ruby>を知<ruby>（し）</ruby>らざればなり。（知らないからである。）愚者不得友，乃因不知播種友情也。《友愛》（**形式名詞**）〔「ず」是否定助動詞「ず」的連用形

中頓法，見132頁。〕

三、名詞特點

1. 名詞在句子中可做主語、賓語、定語、補語，與指定助動詞結合可做謂語。如：

(1) こは<ruby>武男<rt>たけお</rt></ruby>なり。（この方は武男です。）此君武男也。德
　　　　　謂

富蘆花：《不如歸》

(2) <ruby>一農夫<rt>いちのうふ</rt></ruby>あり、<ruby>霜野<rt>しもの</rt></ruby>の<ruby>真中<rt>まなか</rt></ruby>に<ruby>蒿<rt>わら</rt></ruby>を<ruby>焼<rt>や</rt></ruby>きつつあり。（一人の
　　　　　主　　　　　　定　　　　　　賓

農夫がいて……焼いている。）有一農夫，於霜野中燒蒿。德富蘆
花：《晨霜》

(3) <ruby>奈良志津<rt>ならしづ</rt></ruby>より　<ruby>室津<rt>むろつ</rt></ruby>に<ruby>來<rt>き</rt></ruby>ぬ。（奈良志津から室津に来
　　　　　補　　　　　補

た。）自奈良志津來至室津。《土佐日記》〔「より」是格助詞，
見219頁。〕

2. 其他品詞也可轉變為名詞。如：

① 由動詞轉變來的：
　<ruby>光<rt>ひかり</rt></ruby>、<ruby>行<rt>おこなひ</rt></ruby>、<ruby>謠<rt>うたひ</rt></ruby>、<ruby>教<rt>をしへ</rt></ruby>、<ruby>氷<rt>こほり</rt></ruby>、<ruby>相撲<rt>すまふ</rt></ruby>（角力）、<ruby>進<rt>すすむ</rt></ruby>（用於人名）

② 由形容詞轉變來的：
　<ruby>多<rt>おほ</rt></ruby>く、<ruby>近<rt>ちか</rt></ruby>く、<ruby>芥子<rt>からし</rt></ruby>、<ruby>善<rt>よし</rt></ruby>、<ruby>悪<rt>あし</rt></ruby>

③ 由形容詞詞幹構成的：
　<ruby>黒<rt>くろ</rt></ruby>、<ruby>白<rt>しろ</rt></ruby>、<ruby>青<rt>あを</rt></ruby>、<ruby>薄赤<rt>うすあか</rt></ruby>、<ruby>丸<rt>まる</rt></ruby>

④　由形容詞詞幹加接尾詞構成的：
暑<ruby>あつ<rt></rt></ruby>さ、寒<ruby>さむ<rt></rt></ruby>さ、高<ruby>たか<rt></rt></ruby>み、重<ruby>おも<rt></rt></ruby>み、惜<ruby>をし<rt></rt></ruby>げ、悲<ruby>かな<rt></rt></ruby>しげ

⑤　由形容動詞詞幹加接尾詞構成的：
愉快<ruby>ゆくわい<rt></rt></ruby>さ、正確<ruby>せいかく<rt></rt></ruby>さ、安全<ruby>あんぜん<rt></rt></ruby>さ

3.　由**單數名詞**重疊或加接詞可構成**複數名詞**，在文法上與單數名詞一樣可做各種句子成分。如：

人々<ruby>ひとびと<rt></rt></ruby>、國々<ruby>くにぐに<rt></rt></ruby>、村々<ruby>むらむら<rt></rt></ruby>、諸人<ruby>しょにん<rt></rt></ruby>、諸國<ruby>しょこく<rt></rt></ruby>、大臣方<ruby>だいじんがた<rt></rt></ruby>、親達<ruby>おやたち<rt></rt></ruby>（諸位家長）、殿原<ruby>どのばら<rt></rt></ruby>（男人等）

4.　名詞加表示尊卑的接詞仍可看做名詞。如：

御心<ruby>みこころ<rt></rt></ruby>（尊意）、み位<ruby>くらゐ<rt></rt></ruby>（皇位）、御内室<ruby>ごないしつ<rt></rt></ruby>（夫人）、御子<ruby>おこ<rt></rt></ruby>（令郎）、御宅<ruby>おたく<rt></rt></ruby>（府上）、神様<ruby>かみさま<rt></rt></ruby>（神靈）、御馳走<ruby>ごちそう<rt></rt></ruby>（盛饌）、奴ば<ruby>やつ<rt></rt></ruby>ら（奴輩）

另外還有一種表示尊卑的漢語名詞，多見於書信體文章。如：

尊兄<ruby>そんけい<rt></rt></ruby>、貴下<ruby>きか<rt></rt></ruby>、諸君<ruby>しょくん<rt></rt></ruby>、令弟<ruby>れいてい<rt></rt></ruby>、貴所<ruby>きしょ<rt></rt></ruby>、貴國<ruby>きこく<rt></rt></ruby>、貴地<ruby>きち<rt></rt></ruby>、貴店<ruby>きてん<rt></rt></ruby>、芳墨<ruby>はうぼく<rt></rt></ruby>、芳名<ruby>はうめい<rt></rt></ruby>、高著<ruby>かうちょ<rt></rt></ruby>、高見<ruby>かうけん<rt></rt></ruby>、華翰<ruby>くわかん<rt></rt></ruby>、拙論<ruby>せつろん<rt></rt></ruby>、卑見<ruby>ひけん<rt></rt></ruby>、鄙人<ruby>ひじん<rt></rt></ruby>

第二節　代名詞

一、代名詞分類

代名詞是代替人名或事物名稱的品詞，可分**人稱代名詞**和**指示代名詞**兩種，後者用來指示事物、場所和方向。

（一）　人稱代名詞
人稱代名詞可分**自稱**（第一人稱）、**對稱**（第二人稱）、**他稱**

（第三人稱）和**不定稱**四種。他稱當中，根據談話人的判斷又可分**近稱**、**中稱**和**遠稱**。如：

自稱	我（我）（我）己（己）僕予（余）吾（吾）		
對稱	汝　（汝）（汝）（爾）君		
他稱	近稱	此　（此）此奴	
	中稱	其　（其）其奴	
	遠稱	彼　（彼）彼奴（彼奴）	
不定稱	誰　（誰）某（某）		

例句：

(1) 君は善き人なりと見ゆ。彼の如く酷くはあらじ。又我母の如く。（良い人であると見える。……酷くはあるまい。……わが母のように。）看來君乃好人。恐非似彼無情。又如我母。《舞姬》〔「じ」是否定推量助動詞，見156頁。〕

(2) 「誰ぞ」と問ふ。（誰か……）問道："誰？"《舞姬》〔「ぞ」是係助詞，見258頁。〕

(3) 爾は彼の者を覯たること有りや。彼は何人にして……。（見たことがあるかね。あれは何人だろうか……。）爾有覯於彼者乎。彼何人斯……。曹植：《洛神賦》〔「たる」是完了助動詞「たり」的連體形，見172頁。〕

（二） 指示代名詞

指示事物、場所和方向的代名詞，均分**近稱**、**中稱**、**遠稱**和**不定稱**四種。如：

	事　　物	場　　所	方　　向
近稱	此（是）（這）此 此れ（こ・これ・この・こ／これ）	此處（ここ）	此方（此方）（こち・こなた）
中稱	其（夫）其 其れ（そ・それ・そ）	其處（そこ）	其方（其方）（そち・そなた）
遠稱	彼（彼）（彼）（彼） 彼れ（彼れ）（か・あ・かれ・あれ・か・あ）	彼處（彼處） （彼處）（あそこ・かしこ・あしこ）	彼方（彼方） （彼方）（あち・かなた・あなた）
不定稱	何（孰）何（孰）何 何れ（孰れ）（いづ・いづ・いづれ・いづれ・なに・いづれ・いづれ）	何處（何處） 何ら（いづこ・いづく・いづ）	何方（何方） 何ら（いづち・いづかた・いづ）

例句：

(1) 何れの時にか忘るる。（何時だって忘れるか。）何時忘之？《土佐日記》（指示事物）

(2) 詳かに**之**を視れば人の目精を奪ふ。（これを見ると……。）詳而視之，奪人目精。宋玉：《神女賦》（指示事物）

(3) **かしここ**こに八九本、十五六本……。（彼処此処に……。）各處有〈栗樹〉八、九株，十五、六株……。德富蘆花：《栗》（指示場所）

(4) 知らず、生れ死ぬる人**いづかた**より來りて、**いづかた**へか去る。（何処から来て、どこへ去っていくのか。）不知生者來自何處，死者將去何方？《方丈記》（指示方向）

【注】表示方向的代名詞和表示事物的代名詞也可當作人稱代名詞用。如：

(1) こなたは無言、耳までさっと 紅 になりぬ。。（……になつた。）她
（浪子）含羞不答，臉發紅直至耳邊。《不如歸》

(2) 此は兄弟なりしなり。（……兄弟であったのだ。）此〈二人〉原乃兄
弟也。德富蘆花：《兄弟》〔「し」是過去助動詞「き」的連體形，見 161 頁。〕

二、代名詞特點

代名詞與名詞一樣，在句子中可做主語、賓語、定語、補語，
並與指定助動詞結合可做謂語。但在人稱代名詞中，由其他詞特別
是漢語名詞和接詞轉來者較口語爲多。如：

自稱	ここ、小生、拙者、我輩、自分、朕、麿、某、自ら 妾、身
對稱	そこ、貴公、貴下、足下、老兄、陛下、閣下、殿下 汝（汝）（汝）、御身（御身）（御前）（御許）
他稱	陛下、閣下、殿下
不定稱	某（某）（何某）

第三節　數詞

數詞是表示數量或說明順序的體言之一，可說是名詞的一支。
文言文中的數詞與口語文中的數詞在文法運用上沒有什麼差別。

一、數詞分類

表示數量的數詞（**基數詞**）

1. 基數詞的數法有兩種：

(1) 訓讀：一 二 三 四 五 六 七 八 九 十
(ひと に み よ い む なな や ここ とを)

(2) 音讀：一 二 三 四 五 六 七 八 九 十 百
(いち に さん し ご ろく しち はち く じふ ひゃく)

千 萬 億 零
(せん まん おく れい)

2. 表示一定數量的單位或說明一定數量的事物時，須在基數詞下面加接尾詞（有的文法書稱**量詞**或**助數詞**）。如：

一つ（一個）、二錢（二分）、三本（三支）、四尾、五匹、
(ひと) (にせん) (さんぼん) (よんび) (ごひき)

六枚（六張）、七冊、八羽（八隻）、九臺、十月
(ろくまい) (しちさつ) (はちは) (く だい) (じふぐわつ)

3. 說明順序的數詞（**序數詞**）

說明人和事物的順序時要加**接詞**，與漢語基本一樣。如：

第一、第三、五番（五號）、七號、八番目（第八個）
(だいいち だいさん ごばん しちがう はちばんめ)

二、數詞特點

1. 數詞與名詞、代名詞一樣，在句子中可做主語、賓語、定語、補語、謂語，有時還可做副詞性修飾語——狀語。如：

(1) 時々其二三羽水を起って十分に翼を廣げ……。（その
(ときどきその にさんば みづ た じふぶん つばさ ひろ)
二三羽は……。）常有兩三隻〈鷗〉飛離水面，盡力展翔……。德富蘆花：《雪天》（做主語）

(2) 傍に琴・琵琶各一張を立つ。（立てる。）旁置
(かたはら こと び は おのおのいっちゃう た)
琴、琵琶各一張。《方丈記》（做賓語）

(3) 一羽の鳥あり……。（鳥があって……。）有一隻烏
(いちは からす)

—25—

鴉……。德富蘆花：《可憐兒》（做定語）

　　⑷　十町あまり上れば、山いよいよ静かになりぬ。（静か
になった。）攀登十町有餘，山益静。德富蘆花：《灰燼》（做補
語）

　　⑸　懸崖十仞、碧潭百尺。（懸崖は十仞で、碧潭は百尺で
ある。）懸崖十仞、碧潭百尺。《懸崖》（做謂語）

　　⑹　三たび立って、燈心をかき立てつ。（掻き立てた。）三
次起身撥亮燈心。《灰燼》（做狀語）

2.　數詞中遇有表示數量不明的詞。如：

　　「幾つ」（幾個），是由接頭詞「幾」與接尾詞「つ」結合成
的。

【練習二】

　　指出下面例文中的名詞、代名詞和數詞：

　　その夜、喜三右衛門はかまの傍を離れざりき。鶏の聲を聞きてははや心
も心にあらず。かまの周圍をぐるぐるとめぐり歩きぬ。

　　夜はやうやく明けはなれたり。胸をどらせつつ、やをらかまを開かんとすれ
ば、今しも朝日、はなやかにさし出でて、かま場を照らせり。

　　一つまた一つ、血走る眼に見つめつつ、かまより皿を取り出してゐたる彼は
やがて「おゝ。」と力ある聲に叫びて、立ち上がりぬ。

　　あゝ、多年の苦心は遂に報いられたり。彼は一枚の皿を兩手にささげて、
しばしかま場にこをどりしぬ。

　　喜三右衛門はやがて名を柿右衛門と改めたり。

第四節　動詞

　　動詞是用言的一種，用來說明主體的動作或存在。每個動詞都由「**詞幹**」和「**詞尾**」兩部分組成，詞幹沒有變化，詞尾有六種形態上的變化，稱爲「活<ruby>用<rt>かつよう</rt></ruby>」。動詞的六種「**活用形**」下面連接什麼詞，即動詞的接續法很重要，應該熟記（參見各類動詞活用表後面的例句）。

一、動詞分類

　　動詞根據詞尾變化不同，可分正格活用和變格活用兩大類。前者有五種，後者有四種，共計九種。如：

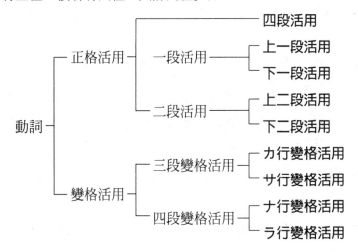

（一）　四段活用

四段活用動詞爲數最多，遍及**カガサタハバマラ**八行。如：

（カ行）飽く(あ) 明く(あ) 歩く(ある) 抱く(いだ) 戴く(いただ) 勞く(いたづ) 浮く(う) 動く(うご)
頷く(いなづ) 置く(お) 驚く(おどろ) 赴く(おもむ) 書く(か) 輝く(かがや) 傾く(かたむ) 聞く(き)
く 築く(きづ) 碎く(くだ) 裂く(さ) 敷く(し) 好く(す) 焚く(た) 突く(つ) 解く(と)
泣く(な) 退く(の) 吐く(は) 彈く(ひ) 吹く(ふ) 蒔く(ま) 磨く(みが) 向く(む)
行く(ゆ) 避く(よ) 分く(わ)

（ガ行）急ぐ(いそ) 游ぐ(およ) 漕ぐ(こ) 騒ぐ(さわ) 凌ぐ(しの) 注ぐ(そそ) 繼ぐ(つ) 繋ぐ(つな) 研ぐ(と)
脱ぐ(ぬ) 剝ぐ(は) 塞ぐ(ふさ)

（サ行）顯す(あらは) 致す(いた) 出す(いだ) 移す(うつ) 押す(お) 貸す(か) 隠す(かく) 崩す(くづ)
暮す(くら) 越す(こ) 志す(こころざ) 殺す(ころ) 探す(さが) 示す(しめ) 倒す(たお) 散す(ちら)
盡す(つく) 照す(てら) 直す(なお) 殘す(のこ) 放す(はな) 伏す(ふ) 申す(まう) 召す(め) 戻す(もど)
す 渡す(わた)

（タ行）過つ(あやま) 打つ(う) 勝つ(か) 育つ(そだ) 立つ(た) 保つ(たも) 待つ(ま) 持つ(も)
分つ(わか)

（ハ行）扱ふ(あつか) 爭ふ(あらそ) 云ふ(い) 祝ふ(いは) 失ふ(うしな) 奪ふ(うば) 敬ふ(うやま) 負ふ(お)
行ふ(おこな) 思ふ(おも) 買ふ(か) 食ふ(く) 乞ふ(こ) 救ふ(すく) 使ふ(つか) 習ふ(なら)
願ふ(ねが) 宣ふ(のら) 宣ふ(のたま) 拂ふ(はら) 舞ふ(ま) 惑ふ(まよ) 向ふ(むか) 貰ふ(もら)
養ふ(やしな) 酔ふ(よ) 酔ふ(ゑ) 笑ふ(わら)

（バ行）遊ぶ(あそ) 浮ぶ(うか) 及ぶ(およ) 叫ぶ(さけ) 忍ぶ(しの) 飛ぶ(と) 並ぶ(なら) 學ぶ(まな) 結
ぶ 呼ぶ(よ) 悦ぶ(よろこ)

（マ行）編む(あ) 憐む(あはれ) 歩む(あゆ) 勇む(いさ) 營む(いとな) 産む(う) 嚙む(か) 霞む(かす)
悲しむ(かな) 汲む(く) 潛む(ひそ) 込む(こ) 沈む(しづ) 澄む(す) 嗜む(たしな) 頼む(たの)
楽しむ(たの) 縮む(ちち) 積む(つ) 富む(と) 憎む(にく) 飲む(の) 望む(のぞ) 勵む(はげ)
踏む(ふ) 揉む(も) 止む(や) 休む(やす) 讀む(よ) 惜む(をし)

（ラ行）嘲る(あざけ) 當る(あた) 改まる(あらた) 入る(い) 怒る(いか) 至る(いた) 祈る(いの) 賣る(う)

贈る　起る　借る　限る　語る　歸る　切る　來る
下る　加はる　曇る　凍る　去る　知る　叱る　剃る
足る　便る　散る　作る　照る　取る　留る　成る　直
る　握る　塗る　眠る　乗る　殘る　張る　始まる　光
る　降る　掘る　優る　廻る　參る　實る　戻る　遣る
破る　讓る　寄る　渡る　折る　終る　踊る

四段動詞詞尾有六種變化形態，分布在「**ア**」「**イ**」「**ウ**」「**エ**」四段上。

四段活用表：

詞尾　　　活用 原形　　　詞幹	未 然 形	連 用 形	終 止 形	連 體 形	已 然 形	命 令 形
	推量法(1) 否定法(2) 順態假 定法　(3)	連用法(1) 中頓法 名詞法	終止法(1) 逆態假 定法　(2)	連體法	順態確 定法　(1) 逆態確 定法　(2)	命令法
讀む　**讀**	ま	み	む	む	め	め
主　　要 連　　接	む(ん)(1) ず　　(2) ば　　(3)	用言　(1) たり　(2)	結句　(1) とも　(2)	體言	ば　　(1) ども　(2)	

例句：

1. 未然形

(1) 西行ならば歌讀まむとぞ思ふ。（西行であれば和歌を詠もうと思う。）若爲〈歌僧〉西行恐欲咏歌也。德富蘆花：《晚秋初冬》（推量法）〔「なら」是指定助動詞「なり」的未然形，見184頁；「む」是推量助動詞，見138頁。〕

(2) コロオ甚だ書を讀まず。（読まない。）〈畫家〉柯羅

不甚讀書。德富蘆花：《風景畫家柯羅》（否定法）

(3) 此を讀まば帝者の師となるべし。（これを読めば……と成るべきだ。）讀此可爲帝者師。曾先之：《十八史略》（順態假定法〔「べし」是推量助動詞，見148頁。〕

2. 連用形

(1) 笑みを含んで讀み終へし手紙を巻いて側に置く。（読み終えた手紙を……。）含笑折起讀完之信置於一旁。《不如歸》（連用法）〔「し」是過去助動詞「き」的連體形，見161頁。〕

(2) 草稿の字の讀みがたさかな。（読み難いなあ。）草稿之字實難讀也！石川啄木：《難忘之人》（連用法）

(3) あの書き置きし文を讀みて聞かせけれど……。（あの書いて置いた手紙を読んで聞かせたけれども……。）〈眾人〉將赫奕姬留書讀與二老聽之，但……。《竹取物語》（連用法）〔「けれ」是過去助動詞「けり」的已然形，見164頁。〕

(4) 古文を讀み、和歌を樂しみ、詩を作る。讀古文、賞和歌、賦詩。福沢諭吉：《勸學篇》（中頓法）

3. 終止形

(1) 夜も書讀む。（本を読む。）夜亦讀書。石川啄木：《煙》（終止法）

(2) 嘗て雪に映じて書を讀む。嘗映雪讀書。《晉書・孫康列傳》（終止法）

(3) 今は上中下の人もかうやうに別れ惜しみ、喜びもあり、悲しびもある時には讀む。（このように別れを惜しみ……。）今上中下人等皆於如此惜別、或喜或悲之時詠此和歌。

《土佐日記》（終止法）

(4)　書を讀むとも分らじ。（本を読んでも分らないだろう。）即或讀書，恐亦不解。（逆態假定法）〔「とも」是接續助詞，見229頁；「じ」是否定推量助動詞，見156頁。〕

4. 連體形

(1)　新しき本を買ひ來て讀む夜半のそのたのしさも長くわすれぬ。（わすれてしまった。）購來新書讀至夜半之樂趣已忘久矣。石川啄木：《脱手套時》（連體法）

(2)　陳平家貧にして書を讀むを好む。（読むことを好む。）陳平家貧好讀書。《十八史略》（連體法）

(3)　閑門山に向ふの路、深柳書を讀むの堂。（読む堂。）閑門向山路、深柳讀書堂。劉愼虚：《闕題》（連體法）〔「の」是格助詞，見207頁。〕

5. 已然形

(1)　披きて讀めばとみの事にて預め知らするに由なかりしが……。（ひらいて読むと……由なかったが……。）折開讀之，〈信中言道：〉"事出突然，無法預先通知〈於汝〉，但……。"《舞姬》（順態確定法）〔「し」是過去助動詞「き」的連體形，見161頁。〕

(2)　毎日書を讀めば學問は進歩しつつあり。（本を読んでいるから学問は進歩している。）毎日讀書，故學問〈正在〉進歩。（順態確定法）〔「つつ」是接續助詞，見241頁。〕

(3)　終日書を讀めどもなほ飽くところを知らず。（本を読んでいるが……知らない。）終日讀書，〈但〉仍不滿足。（逆態確

定法）

(4) 今この歌を思ひ出でて或人のよめりける……とや。詠んだのは……とかいうことだ。）今憶起此和歌，某人遂作歌曰……。《土佐日記》〔「り」是完了助動詞，接在「四段」動詞已然形下，見172頁；「ける」是過去助動詞「けり」的連體形，見164頁。〕

【注】已然形順態確定法下接接續助詞「ば」有兩種用法：一是表示原因、理由，相當口語的「から」、「ので」；一是表示條件，相當口語的終止形接「と」（一……就……；則……）。

6. 命令形
ただしく**讀め**。要讀正確！（命令法）

【練習三】

1. 寫出四段活用動詞「學ぶ」的各種活用形及主要接續法：

2. 關於「讀む」的詞尾變化，文言和口語有何不同？

3. 寫出下列四段活用動詞的活用形：
動く 示す 立つ 望む 祈る

4. 口語五段活用動詞「救う」「行う」「買う」在文言中均屬ハ行四段活用動詞，請寫出其活用形：

5. 指出各句中四段活用動詞的活用形：
   (1) 見渡す限り地は銀沙を敷きて……。樋口一叶：《雪天》
   (2) 武男は千々岩と並びて話しながら行くあとより浪子は從ひて行く。

德富蘆花：《不如歸》
   (3) 雪初めて降る。国木田独歩：《武藏野》

（二） 上一段活用

　　文言上一段活用動詞與口語上一段活用動詞的詞尾變化相同，惟命令形由詞幹接感嘆助詞「よ」構成（口語接「よ」或「ろ」）。文言上一段活用動詞分布在**カナハマヤワ**六行，但為數不多，僅十餘個。如：

　　着<ruby>着<rt>き</rt></ruby>る　煮<ruby>煮<rt>に</rt></ruby>る　似<ruby>似<rt>に</rt></ruby>る　干<ruby>干<rt>ひ</rt></ruby>る　（乾<ruby>乾<rt>ひ</rt></ruby>る）　簸<ruby>簸<rt>ひ</rt></ruby>る　簏<ruby>簏<rt>ひ</rt></ruby>る　見<ruby>見<rt>み</rt></ruby>る
惟<ruby>惟<rt>おもん</rt></ruby>みる　顧<ruby>顧<rt>かへり</rt></ruby>みる（省<ruby>省<rt>かへ</rt></ruby>りみる）　鑑<ruby>鑑<rt>かんが</rt></ruby>みる（鑒<ruby>鑒<rt>かんが</rt></ruby>みる）　試<ruby>試<rt>こころ</rt></ruby>みる　後<ruby>後<rt>うしろ</rt></ruby>みる　射<ruby>射<rt>い</rt></ruby>る　鑄<ruby>鑄<rt>ゐ</rt></ruby>る　居<ruby>居<rt>ゐ</rt></ruby>る　率<ruby>率<rt>ひき</rt></ruby>ゐる　用<ruby>用<rt>もち</rt></ruby>ゐる

上一段活用表：

原詞形 ＼ 詞幹 ＼ 詞 活用尾		未 然 形	連 用 形	終 止 形	連 體 形	已 然 形	命 令 形
		推量法(1) 否定法(2) 順態假定法 (3)	連用法(1) 中頓法 名詞法	終止法(1) 逆態假定法 (2)	連體法	順態確定法 (1) 逆態確定法 (2)	命令法
見<ruby>見<rt>み</rt></ruby>る	見<ruby>見<rt>み</rt></ruby>	見<ruby>見<rt>み</rt></ruby>	見<ruby>見<rt>み</rt></ruby>	見<ruby>見<rt>み</rt></ruby>る	見<ruby>見<rt>み</rt></ruby>る	見<ruby>見<rt>み</rt></ruby>れ	見<ruby>見<rt>み</rt></ruby>
主 要 連 接		む(ん)(1) ず 　(2) ば 　(3)	用言 (1) たり (2)	結句 (1) とも (2)	體言	ば 　(1) ども (2)	よ

例句：

1. 未然形
　　(1) 灘<ruby>灘<rt>なだ</rt></ruby>の果<ruby>果<rt>はて</rt></ruby>には、水平線<ruby>水平線<rt>すゐへいせん</rt></ruby>に沿<ruby>沿<rt>そ</rt></ruby>ふてほの闇<ruby>闇<rt>ぐら</rt></ruby>き藍色<ruby>藍色<rt>あゐいろ</rt></ruby>を見<ruby>見<rt>み</rt></ruby>む。（見<ruby>見<rt>み</rt></ruby>よう。）請沿水平線看相摸灘盡頭微暗之藍色！德富蘆花：《近日富士山之黎明》（推量法）
　　(2) 青天<ruby>青天<rt>せいてん</rt></ruby>に上<ruby>上<rt>のぼ</rt></ruby>りて明月<ruby>明月<rt>めいげつ</rt></ruby>を覽<ruby>覽<rt>み</rt></ruby>んと欲<ruby>欲<rt>ほっ</rt></ruby>す。（見ようと思う。）欲

上青天覧明月。李白：《宣州謝朓樓餞別校書叔云》（推量法）

(3) 東方朔と聞きし者も名をのみ聞きて目には見ず。（と聞いたものも……見ない。）聞有東方朔者，亦僅聞名而未睹。《平家物語》（否定法）

(4) 頗曰く「……我相如を見ば必ず之を辱かしめん」と。（見れば〈見たら〉）頗曰："……我見相如必辱之。"《十八史略》（順態假定法）

2. 連用形

(1) 人々顔見合はして言葉なし。（言葉がない。）諸人面面相視無言。国木田独歩：《源叔父》（連用法）

(2) 山に登りて花を訪へば花は茅萱深き中に潜みて容易に見難し。（見がたい。）登山尋花，花隠於茅草叢中，不易覓之。徳富蘆花：《天香百合》（連用法）

(3) 遙かに一村を見かけて行くに雨降り、日暮る。（日が暮れる。）遙見一村，〈向之〉而行，然已降雨，日暮。《奥州小道》（連用法）

(4) 徘徊良久ふして空を仰けば、古りし鐘樓の上に夕月夢よりも淡きを見たりき。（古かった鐘楼……淡いことを見ていた。）徘徊良久，仰望天空，見古鐘樓上，晩月比夢猶淡。徳富蘆花：《梅》（連用法）

(5) 古見し人は二三十人が中に僅に一人、二人なり。（見た人は……一二人である。）昔所見者，二三十人中僅一二人也。《方丈記》（連用法）

(6) 是に於てか周く覧、泛く觀れば繽紛軋芴として芒々恍

忽たり。（広く見ると……芒々恍忽としている。）於是乎，周覽
泛觀，繽紛軋芴，芒々恍惚。司馬相如：《上林賦》（中頓法）
〔「恍忽たり」是形容動詞，見97頁。〕

(7)　「さなり」翁は見向もせで答へぬ。（そうだ。翁は見
向もしないで答えた。）翁不回顧，答曰：“是也。”《源叔父》
（名詞法）〔「で」是接續助詞，見240頁。〕

3.　終止形

(1)　亡くなれる師がその昔たまひたる地理の本など取りい
でて見る。（亡くなった師がその昔賜った地理の本などを取りだ
してみる〈読む〉。）取出亡師昔日所賜之地理等書閲之。石川啄
木：《愛我之歌》（終止法）〔「る」「たる」各爲完了助動詞
「り」「たり」的連體形，見172頁。〕

(2)　長安を見ずして塵霧を見る。不見長安見塵霧。白居
易：《長恨歌》（終止法）〔「して」是接續助詞，見238頁。〕

(3)　紫影の中　霜また隠々として見るべし。（見ることがで
きる。）紫影之中，霜隱約可見。《晨霜》〔「べし」是推量助動
詞，接在「一段」動詞終止形下，見148頁。〕

(4)　これを見るともよく分らず。（これを見てもよく分らな
い。）縱然觀之，亦不充分理解。（逆態假定法）

4.　連體形

(1)　我を見ること真實の子の如く……。（のように……。）
待〈視〉我如親生。樋口一叶：《雪天》

(2)　余は未だ完き富士の倒影を見るの機會に遭はず。（見
る機会に遭はない。）余未遇全覽富士倒影之機。德富蘆花：《富

士山倒影》（連體法）

　　(3)　世の不思議を見ることやや度々になりぬ。（度々になった。）世間怪事，屢見不鮮。《方丈記》（連體法）

　　(4)　その見るところ甚だ狹く、諺にいふ井の底の蛙にてその議論取るに足らず。（蛙で……取るに足らない。）其所見頗狹，乃諺云之井底蛙也，其議論不足取。《勸學篇》（連體法）〔「にて」是指定助動詞「なり」的連用形「に」加接續助詞「て」，見184頁。〕

　　(5)　寄りて見るに筒の中光たり。（寄って見ると竹筒の中が光っている。）近觀之，筒內有光閃耀。《竹取物語》〔「に」是接續助詞，接在連體形下，見234頁。〕

5.　已然形

　　(1)　起き出で見れば滿天滿地の雪。（起きてからでてみると……。）起床後出門一望，滿天滿地大雪也。德富蘆花：《雪天》（順態確定法）

　　(2)　出で見れば夏菊、吾妻菊黄紫さまざまの花の中に兩三枝の百合を担へり。（出て見ると……担っている。）出門則見〈賣花翁〉擔有夏菊、東菊，黄紫等色花中有二三株百合。《天香百合》（順態確定法）

　　(3)　稽康も「山澤に遊びて魚鳥を見れば心樂しぶ」と言へり。（見ていると心が楽しくなると言っている。）稽康亦言："游山澤、觀魚鳥、心甚樂之。"《徒然草》（順態確定法）

　　(4)　嫂曰く「季子位高く金多きを見ればなり」と。（見るからであると。）嫂曰："見季子位高金多也。"《十八史略》（順

態確定法）

（5）　心焉に在らざれば視れども見えず。（見たが見えな
かった。）心不在焉，視而不見。《大學》（逆態確定法）

（6）　このとまり遠く見れども近く見れどもいとおもしろし。
（見ても〈見るけれども〉）此港遠觀近取，景色頗佳。《土佐日
記》（逆態確定法）

6.　命令形

（1）　魚と鳥との有様を見よ。請觀魚鳥之樣態！《方丈記》
（命令法）

（2）　見よ、天邊に立つ珊瑚の富士を。（立っている珊瑚
の……。）請看，矗立於天邊之紅色富士山！《近日富士山之黎
明》（命令法）

（3）　先生、可なる者を見よ。身之に事ふるを得ん。（見たて
られたい。）先生視可者，得身事之。《十八史略》（命令法）

（4）　このかげを見ればいみじう悲しな。これを見よ。（見る
と……見よ。）見此影頗感憂傷！請觀之！《更級日記》（命令
法）〔「いみじう」是形容詞「いみじ」的連用形（音便形），見
90頁；「な」是感嘆助詞，見276頁。〕

【練習四】

1.　文言「見る」與口語「見る」的活用進行比較，有何不同？

2.　列表說明下列動詞的活用形及主要接續法：
　　　　煮る　顧みる　試みる　乾る　着る

3.　「居る」「率ゐる」「用ゐる」爲ワ行上一段活用，「射る」「鑄る」是
ヤ行上一段活用，請寫出它們的活用形。

（三） 下一段活用

　　文言下一段活用動詞與口語下一段活用動詞的詞尾變化相同，惟命令形由詞幹接感嘆助詞「よ」構成（口語接「よ」或「ろ」）。文言下一段活用動詞只有「蹴る」一個詞，在口語中列入五段活用。

下一段活用表：

詞 活用 尾 原詞 形 幹		未 然 形	連 用 形	終 止 形	連 體 形	已 然 形	命令形
		推量法(1) 否定法(2) 順態假 定法　(3)	連用法(1) 中頓法 名詞法	終止法(1) 逆態假 定法　(2)	連體法	順態確 定法　(1) 逆態確 定法　(2)	命令法
蹴る	蹴	蹴	蹴	蹴る	蹴る	蹴れ	蹴
主　要 連　接		む(ん)(1) ず　　(2) ば　　(3)	用言　(1) たり　(2)	結句　(1) とも　(2)	體言	ば　　(1) ども　(2)	よ

例句：

1. 未然形

　　(1)　余はボールを蹴む（ん）。（蹴ろう。）余欲踢球。（推量法）

　　(2)　毬を蹴ず。（蹴らない。）不踢球。（否定法）

　　(3)　石を蹴ば危からん。（石をければ危いだろう。）踢石〈將有受傷〉危險。（順態假定法）

　　(4)　などてあまり蹴させけむ。（どうしてあんなにひどく蹴らせたのだろうか。）為何令其如此猛踢？《榮華物語》〔「さ

せ」是使役助動詞「さす」的未然形，接在動詞未然形下，見128頁；「けむ」是推量助動詞，見142頁。〕

(5)　かの典藥助は蹴られたりしを病にて死にけり。（蹴られたから病氣で死んだ。）彼司藥次官曾爲〈家僕〉所踢，故病亡矣。《落窪物語》〔「られ」是被動助動詞「らる」的連用形，接在動詞未然形下，見116頁；「を」是接續助詞，見235頁；「けり」是過去助動詞，見164頁。〕

2.　連用形

(1)　名島の孤岩の獨り大濤をかぶり白煙を蹴散らしつつ屹として萬波の海に立つあるのみ。（立ってあるだけだ。）唯名島之孤岩沖破洪濤、驅散煙霧而屹立於汪洋大海之中。德富蘆花：《海與岩》（連用法）。〔「つつ」是接續助詞，見241頁。〕

(2)　また足を伸べて閾に蹴當てぬれば……乘らざりけり。（蹴当ててしまうと……乗らなかった。）〈此馬〉又伸足踢門檻，……故未乘之。《徒然草》（連用法）〔「けり」是過去助動詞，見164頁。〕

(3)　西より東へ蹴てわたりたり。（西から東へ蹴っていった。）自西向東踢去。《古今著聞集》〔「て」是接續助詞，接在連用形下，見236頁。〕

(4)　まりを蹴、テニスを爲す。（まりを蹴り。）踢足球、打網球。（中頓法）

(5)　拳鬪の時、蹴倒しを禁ず。（禁ずる。）拳擊時，禁止將人踢倒。（名詞法）

3.　終止形

(1) 仰いで鶄鶄を攀ぢ、俯して豺獏を蹴る。仰攀鶄鶄，俯蹴豺獏。左思：《吳都賦》（終止法）

(2) さと寄りて一足づつ蹴る。蜂擁而上，輪番踢之。《落窪物語》（終止法）

(3) ただ今の太政大臣の尻は蹴るともこの殿の牛飼に手觸れてむや。（尻を蹴っても……に手で触れるだろうか。）即使足踢當今太政大臣之臀部，焉敢手觸此中納言之牧童乎？《落窪物語》（逆態假定法）〔「て」是完了助動詞「つ」的未然形，見167頁。〕

4. 連體形

(1) 二丈ばかり蹴る人もありしなり。（蹴る人も居たのだ。）亦有踢二丈許之人。《游庭秘鈔》（連體法）〔「し」是過去助動詞「き」的連體形，見161頁。〕

5. 已然形

(1) 籠球は足にて蹴れば反則となる。（バスケットボールは足で蹴ると……）籃球用足踢即為犯規。（順態確定法）

(2) 蹴ればぞ波はあがりける。（蹴ったから波はあがった。）踢之，故起波矣。《源平盛衰記》（順態確定法）〔「ぞ」是係助詞，見258頁。〕

(3) 強く蹴れども遠く飛ばざりき。（強く蹴ったが遠く飛ばなかった。）雖用力踢亦未踢遠。（逆態確定法）〔「ざり」是否定助動詞「ざり」的連用形，見132頁。〕

6. 命令形

この尻蹴よ。踢此臀部！《宇治拾遺物語》（命令法）

【練習五】

1. 試與口語的「蹴る」比較，活用形有何不同？
2. 文言「蹴る」與口語下一段活用動詞「受ける」的活用有何不同？

（四）　上二段活用

文言動詞詞尾在「イ」「ウ」兩段上變化的叫**上二段活用**。

上二段活用動詞爲數不多，但遍及**カガザタダハバマヤラ**各行。如：

（カ行）生く　起く　盡く　避く

（ガ行）過ぐ

（ザ行）掘ず

（タ行）落つ　朽つ　滿つ

（ダ行）怖づ　閉づ　綴づ　捻づ　恥づ　攀づ

（ハ行）生ふ　戀ふ　強ふ　用ふ

（バ行）浴ぶ　荒ぶ　帯ぶ　媚ぶ　忍ぶ　伸ぶ　綻ぶ　亡ぶ
　　　　佗ぶ

（マ行）恨む　試む

（ヤ行）老ゆ　悔ゆ　報ゆ

（ラ行）下る　借る　懲る

文言上二段活用在口語中均列爲上一段活用，但兩者的「**活用法**」和「**連接**」不同。

上二段活用表：

詞幹 \ 活用尾	未然形	連用形	終止形	連體形	已然形	命令形
原形 \ 詞幹	推量法(1) 否定法(2) 順態假定法 (3)	連用法(1) 中頓法 名詞法	終止法(1) 逆態假定法 (2)	連體法	順態確定法 (1) 逆態確定法 (2)	命令法
過ぐ　過	ぎ	ぎ	ぐ	ぐる	ぐれ	ぎ
主要連接	む(ん)(1) ず　　(2) ば　　(3)	用言 (1) たり (2)	結句 (1) とも (2)	體言	ば　 (1) ども (2)	よ

例句：

1. 未然形

(1) 今この處を過ぎんとするとき、鎖したる寺門の扉に倚りて聲を呑みつつ泣くひとりの少女あるを見たり。（過ぎようとする時、鎖した寺門……見た。）今將過此處時，見一少女身倚緊閉之教堂大門呑聲而泣。《舞姫》（推量法）

(2) 凡て是れ一時の情に驅られたるに過ぎず。（驅られたことに過ぎない。）此皆不過爲一時之情所驅也。《友愛》（否定法）

(3) 地の方千里に過ぎずして、圍九百に居る。（過ぎなくして。）地方不過千里，而圍居九百。司馬相如：《上林賦》（否定法）

(4) 其勢百騎ばかりには過ぎざりけり。（過ぎなかった。）其勢竟不過百騎。《平家物語》（否定法）〔「ざり」是否定助動詞「ざり」的連用形，見132頁。〕

2. 連用形

(1) 五分過ぎ——十分過ぎぬ。東の空見る見る金光射し來り……。（過ぎた。……金光は射して来て……。）五分鐘、十分鐘過去。瞬間東方射出金光……。德富蘆花：《大海之日出》（前是中頓法；後是連用法）

(2) 風は過ぎ行く人生の聲なり。（声である。）風乃過往人生之聲也。德富蘆花：《風》（連用法）

(3) 炭山を越え、笠取を過ぎて或は石間に詣で、或は石山を拜む。越炭山、過笠取、或詣岩間〈正徳寺〉，或拜石山〈寺〉。《方丈記》〔「て」是接續助詞，接在連用形下，見236頁。〕

(4) 是に於て北沚を越え、南岡を過ぎ、素領を紆し、清陽を廻す。於是越北沚、過南岡、紆素領、回清陽。《洛神賦》（中頓法）

(5) 午過ぎより例の騎馬にて歸村の途に上りしが……。（途に上ったが……。）過午以後，照例騎馬踏上歸村之途。《灰燼》（名詞法）

3. 終止形

(1) 醴泉清室に湧き、通川中庭を過ぐ。（中庭を過ぎる。）醴泉湧於清室，清川過於中庭。《上林賦》（終止法）

(2) かくて宇多の松原をゆき過ぐ。（通り過ぎる。）於是穿過宇多松林地帶。《土佐日記》（終止法）

(3) 輕舟已に過ぐ、萬重の山。（輕舟は已に萬重の山を過ぎる。）輕舟已過萬重山。李白：《早發白帝城》（終止法）

(4) ほととぎす夜聲なつかし網ささば花は過ぐとも離れずか

鳴かむ。（ほととぎすの夜鳴く声がなつかしい。網を張っては、花は散っても絶えず鳴くだろうか。）夜聞子規啼，引人懷其聲；庭園張羅網，花謝亦常鳴。《萬葉集》（逆態假定法）

4. 連體形
(1) 朝來門を**過ぐる**賣花翁の聲を聞ひて……。（門を過ぎる……。）自晨即聞門外賣花翁之叫賣聲……。《天香百合》（連體法）

(2) 一生の恥これに**過ぐる**はあらじ。（過ぎることはないでしょう。）一生恥辱恐莫過於此。《竹取物語》（連體法）

(3) 鳥も飛ぶに及ばず、獸も**過ぐる**を得ず。及ばなくて……えない。）鳥不及飛，獸不得過。楊雄：《羽獵賦》（連體法）

5. 已然形
(1) 村を**過ぐれ**ば緑くらき家には人ありて梅子を落し……。（過ぎると緑の暗い家には……。）過村時，有人於綠蔭濃暗之屋旁摘梅子……。德富蘆花：《梅雨時節》（順態確定法）

(2) 初めなく、終りを知らず蕭々として**過ぐれ**ば人の腸を斷つ。（過ぎるので……。）無始，亦不知終，蕭蕭而過，故斷人腸。《風》（順態確定法）

(3) 彼の和尚齡百歲を**過ぐれ**ども未だ死なず。（過ぎるがまだ死なない。）該僧年逾百歲，尚未圓寂。（逆態確定法）

6. 命令形
月あるも可、月なきもまた可、風露の夜これらの林のほとりを**過ぎよ**。（月のある夜もいい、）有月亦可，無月亦可，務於

風雨之夜過此林旁。德富蘆花：《雜樹林》（命令法）

【練習六】

1. 對比文言動詞「過ぐ」與口語動詞「過ぎる」的活用，有何不同？

2. 寫出下列上二段活用動詞的詞尾變化：

生く 起く 落つ 耻づ 戀ふ 亡ぶ 恨む 老ゆ 下る

3. 寫出口語上一段活用的「閉じる」「捩じる」「用いる」「強いる」「報いる」「悔いる」和文言上二段活用的「閉づ」「捩づ」「用ふ」「強ふ」「報ゆ」「悔ゆ」的活用形進行比較，看它們各屬哪一行動詞？

（五） 下二段活用

文言動詞詞尾在「エ」「ウ」兩段上變化的叫**下二段活用**。下二段活用動詞爲數甚多，僅次於四段活用動詞，且分布在**アカガサザタダナハバマヤラワ**十四行。如：

（**ア行**）得 心得

（**カ行**）明く 活く 受く 掛く 碎く 避く 退く 助く
付く 續く 解く 更く 負く 燒く 分く

（**ガ行**）擧ぐ 揭ぐ 捧ぐ 妨ぐ 平ぐ 告ぐ 遂ぐ 投ぐ
逃ぐ 曲ぐ

（**サ行**）逢はす 失す 仰す 着す 似す 載す 馳す 臥す
任す 痩す 寄す

（**ザ行**）交ず 爆ず

（**タ行**）當つ 慌つ 企つ 捨つ 育つ 立つ 隔つ

（**ダ行**）出づ 撫づ 秀づ 詣づ 愛づ

（**ナ行**）寝 兼ぬ 重ぬ 刎ぬ 尋ぬ 束ぬ 連ぬ 委ぬ

（ハ行）合（あ）ふ　與（あた）ふ　訴（うった）ふ　衰（おとろ）ふ　換（か）ふ　數（かぞ）ふ　叶（かな）ふ　考（かんが）ふ
　　　　加（くは）ふ　答（こた）ふ　支（ささ）ふ　添（そ）ふ　堪（た）ふ　譬（たと）ふ　違（ちが）ふ　仕（つか）ふ
　　　　傳（つた）ふ　唱（とな）ふ　教（をし）ふ

（バ行）浮（う）かぶ　比（くら）ぶ　調（しら）ぶ　總（す）ぶ　並（なら）ぶ　延（の）ぶ　述（の）ぶ

（マ行）明（あきら）む　改（あらた）む　諫（いさ）む　掠（かす）む　極（きは）む　清（きよ）む　苦（くるし）む　籠（こ）む
　　　　醒（さ）む　定（さだ）む　占（し）む　沈（しづ）む　責（せ）む　溜（た）む　勤（つと）む　咎（とが）む
　　　　眺（なが）む　慰（なぐさ）む　始（はじ）む　弘（ひろ）む　深（ふか）む　求（もと）む　休（やす）む　治（をさ）む

（ヤ行）愈（い）ゆ　覺（おぼ）ゆ　消（き）ゆ　聞（きこ）ゆ　越（こ）ゆ　榮（さか）ゆ　絶（た）ゆ　生（ひ）ゆ　冷
　　　　ゆ　殖（ふ）ゆ　吼（ほ）ゆ　見（み）ゆ　燃（も）ゆ　萌（も）ゆ

（ラ行）荒（あ）る　溢（あふ）る　顯（あらは）る　入（い）る　生（う）まる　後（おく）る　恐（おそ）る　枯（か）る
　　　　隱（かく）る　切（き）る　暮（く）る　崩（くづ）る　焦（こが）る　勝（すぐ）る　垂（た）る　倒（たを）る
　　　　潰（つぶ）る　馴（な）る　流（なが）る　遁（のが）る　晴（は）る　離（はな）る　觸（ふ）る　紛（まぎ）る　亂（みだ）
　　　　る　洩（も）る　破（やぶ）る　割（わ）る　別（わか）る　忘（わす）る

（ワ行）飢（う）う　植（う）う　据（す）う

　　文言下二段活用在口語中均列爲下一段活用，但兩者的「**活用法**」和「**連接**」不同。

下二段活用表：

詞　　活用　尾　原詞　形　幹	未 然 形	連 用 形	終 止 形	連 體 形	已 然 形	命 令 形
	推量法(1) 否定法(2) 順態假定法(3)	連用法(1) 中頓法 名詞法	終止法(1) 逆態假定法(2)	連體法	順態確定法(1) 逆態確定法(2)	命令法
受（う）く　受（う）	け	け	く	くる	くれ	け
主要　連接	む（ん）(1) ず　　(2) ば　　(3)	用言　(1) たり　(2)	結句　(1) とも　(2)	體言	ば　　(1) ども　(2)	よ

例句：

1. 未然形

（1）　觀<ruby>采<rt>べ</rt></ruby>す<ruby>可<rt>べ</rt></ruby>き<ruby>無<rt>な</rt></ruby>くんば、<ruby>臣<rt>しん</rt></ruby><ruby>等<rt>ら</rt></ruby><ruby>面<rt>めん</rt></ruby><ruby>欺<rt>ぎ</rt></ruby>の<ruby>罪<rt>つみ</rt></ruby>を<ruby>受<rt>う</rt></ruby>けん。（受け
よう。）無可觀彩，臣等受面欺之罪。孔融：《荐彌衡表》（推量
法）

（2）　<ruby>彼<rt>かれ</rt></ruby>は<ruby>父<rt>ちち</rt></ruby>の<ruby>貧<rt>まづ</rt></ruby>しきがために、<ruby>充分<rt>じふぶん</rt></ruby>なる<ruby>教育<rt>けういく</rt></ruby>を<ruby>受<rt>う</rt></ruby>けず……。
（受けなく……。）彼因父貧，未受充分教育……。《舞姫》（否
定法）

（3）　<ruby>良<rt>りやう</rt></ruby><ruby>師<rt>し</rt></ruby>の<ruby>薫陶<rt>くんたう</rt></ruby>を<ruby>受<rt>う</rt></ruby>けば<ruby>成功<rt>せいこう</rt></ruby>の<ruby>見込<rt>みこ</rt></ruby>あらん。（受けれ
ば、）如受良師薫陶，則有成功希望。（順態假定法）

（4）　<ruby>清和天皇<rt>せいわてんわう</rt></ruby><ruby>九歳<rt>くさい</rt></ruby>にして<ruby>文徳天皇<rt>もんどくてんわう</rt></ruby>の<ruby>御譲<rt>おんゆづり</rt></ruby>を<ruby>受<rt>う</rt></ruby>けさせ<ruby>給<rt>たま</rt></ruby>ふ。
（九歳で……受けられました。）清和天皇九歳受禪於文徳天皇。
《平家物語》〔「させ」是使役助動詞「さす」的連用形，接在動
詞未然形下，見132頁注三；「給ふ」是補助動詞，見75頁。〕

2. 連用形

（1）　<ruby>乞食<rt>こじき</rt></ruby>は<ruby>懐<rt>ふところ</rt></ruby>より<ruby>椀<rt>わん</rt></ruby>をだしてこれを<ruby>受<rt>う</rt></ruby>けぬ。（ふところか
ら……受けた。）乞丐自懷中取碗受之。《源叔父》（連用法）

（2）　<ruby>吾<rt>わ</rt></ruby>が<ruby>宿<rt>やど</rt></ruby>の<ruby>主婦<rt>しゆふ</rt></ruby>は<ruby>滿面<rt>まんめん</rt></ruby>の<ruby>日<rt>ひ</rt></ruby>を<ruby>受<rt>う</rt></ruby>けて<ruby>漬大根<rt>つけだいこん</rt></ruby>の<ruby>首切<rt>くびき</rt></ruby>りつつあ
り。（切っている。）我家主婦滿面陽光，於日下切醃蘿蔔頭。德
富蘆花：《霽日》〔「て」是接續助詞，接在動詞連用形下，見236
頁；「つつ」也是接續助詞，見241頁。〕

（3）　<ruby>子<rt>し</rt></ruby>は<ruby>歸<rt>かへ</rt></ruby>りて<ruby>榮<rt>えい</rt></ruby>を<ruby>受<rt>う</rt></ruby>け、<ruby>我<rt>われ</rt></ruby>は<ruby>留<rt>とどま</rt></ruby>りて<ruby>辱<rt>はづかし</rt></ruby>めを<ruby>受<rt>う</rt></ruby>く。子歸
受榮，我留受辱。李陵：《答蘇武書》（中頓法）

（4）　<ruby>都<rt>みやこ</rt></ruby>の<ruby>人<rt>ひと</rt></ruby>は<ruby>言承<rt>ことうけ</rt></ruby>のみよくて<ruby>實<rt>まこと</rt></ruby>なし。（承諾ばかりよく

て……。）京都人唯善於承諾，而無誠意。《徒然草》（名詞法）

　　⑸　よきことなりと受けつ。（よいことですと承知した〈受
けた〉。）〈伐竹翁〉應允道："可也。"《竹取物語》（連用
法）

3.　終止形

　　⑴　澤は後世に及び、子孫は長く享く。（受ける。）澤及後
世、子孫長享。東方朔：《答客難》（終止法）

　　⑵　病を受くることも、多くは心より受く。（を受けるこ
とも……受ける。）人之患病亦多由於内心受損所致。《徒然草》
（終止法）

　　⑶　たとひ賞品を受くとも慢心すべからず。（受けても慢
心してはいけない。）即或獲獎亦不可自滿。（逆態假定法）

4.　連體形

　　⑴　帆綱は日を受くる側に於て金色をなせり。（日を受ける
側に金色をなした。）帆索受日曬一側已呈金黃色。德富蘆花：
《晚秋佳日》（連體法）〔「り」是完了助動詞，見172頁。〕

　　⑵　ところどころ日光を正面に受くるの雲はさながら白金
色をなしつ。（受けている雲は……なしてしまった。）處處受
陽光正面照射之雲似已變成白金色。德富蘆花：《香山三日之雲》
（連體法）

　　⑶　國を享くるの日は淺くして國家は事無し。（国を受ける
日は……ことがない。）享國之日淺，國家無事。賈誼：《過秦
論》（連體法）

　　⑷　體貌の閑麗なるは天より受くるところなり。（天から受

けるところである。）體貌閒麗，所受於天也。宋玉：《登徒子好色賦》（連體法）

5. 已然形

(1) 幼なきより教へを受くれば習慣うせがたく我を愛し給ふこと人に越えて……。（幼ないから教えを受けているので……。）因自幼受教於她，故經常愛我勝過他人……。樋口一叶：《雪天》（順態確定法）

(2) 始て命を受くれば則ち白蛇は分かれ、西のかた關に入れば則ち五星は聚る。（命を受けると……。）始受命則白蛇分，西入關則五星聚。班彪：《王命論》（順態確定法）

(3) たびたび試驗を受くれども合格せず。（受けるが合格しない。）屢次應試總不及格。（逆態確定法）

6. 命令形

忠告を受けよ。（受けろ。）要納忠言！（命令法）

【練習七】

1. 文言「受く」與口語「受ける」的活用形有何不同？

2. 寫出下列下二段活用動詞的各活用形：

心得 解く 告ぐ 失す 混ず 捨つ 撫づ 兼ぬ 考ふ 調ぶ 始む 聞ゆ 流る 据う

3. 寫出口語下一段動詞「与える」「教える」「越える」「覚える」「植える」「飢える」「得る」「出る」「寝る」「經る」的活用形和文言下二段動詞「與ふ」「教ふ」「越ゆ」「覺ゆ」「植う」「飢う」「得」「出づ」「寝」「寝ぬ」「經」的活用形進行比較，看後者各屬於哪一行？

（六） カ行變格活用

文言「カ変」動詞只有一個「来」，詞幹詞尾不分，其活用分布在「イ」「ウ」「オ」三段上。

カ行変格活用表：

詞＼活用 尾 原詞 形＼幹		未 然 形	連 用 形	終 止 形	連 體 形	已 然 形	命令形
		推量法(1) 否定法(2) 順態假 定法 (3)	連用法(1) 中頓法 名詞法	終止法(1) 逆態假 定法 (2)	連體法	順態確 定法 (1) 逆態確 定法 (2)	命令法
來	來	來	來	來	來る	來れ	來
主 要 連 接		む(ん)(1) ず (2) ば (3)	用言 (1) たり (2)	結句 (1) とも (2)	體言	ば (1) ども (2)	よ

例句：

1. 未然形

　　⑴　この月の十五日にかの元の國より迎へに人々まうで来んとす。（まうで来ようとする。）本月十五日有人將自其原居之月宮前來迎接。《竹取物語》（推量法）

　　⑵　錢も持て来ず、おのれだに来ず。（持って来なくて、……来ない。）錢亦未拿來，本人亦未來。《土佐日記》（否定法）

　　⑶　この十五日は人々賜はりて月のみやこの人まうで来ば捕へさせせむ。（来れば捕えさせよう。）本月十五日，蒙賜家臣，如月宮有人來迎即令捕之。《竹取物語》（順態假定法）

2. 連用形

(1) 吾が隣家の欅には近來ひごとに 鶯 來鳴けり。（鶯が来て鳴いている。）近來我鄰家之欅上每日有鶯來鳴。德富蘆花：《彼岸》（連用法）

(2) 相澤は跡より**來**て余と午餐を共にせんといひぬ。（共にしようと言った。）相澤隨後而來言道欲同余共進午餐。《舞姬》〔「て」是接續助詞，接在連用形下，見236頁。〕

(3) 送りに**來**つる人々これよりみな歸りぬ。（送りに来た人々はみな帰った。）來送行者皆自此歸矣。《更級日記》（連用法）「つる」是完了助動詞「つ」的連體形，見167頁。〕

(4) かの 唐 船**來**けり。（その唐土の船が来た。）彼中國船來矣。《竹取物語》（連用法）〔「けり」是過去助動詞，見164頁。〕

(5) 大通りいづれもさび、軒端暗く、往**來**絶え、石多き横町の道氷れり。（寂で……。）每條大街皆甚寂靜，屋檐陰暗，往來斷絕，多石之小巷，路已結冰。《源叔父》（名詞法）

3. 終止形

(1) 人々たえず訪ひに**來**。（だずねて来る。）不斷有人來訪。《土佐日記》（終止法）

(2) 大島の方を眺めて夕立**來**べしと船頭の云へるほどは我らが眼には何も見へざりしが……。（夕立が来るだろうと船頭が言っている間に……見えなかったが……。）舟子遠望大島高呼"驟雨將至"時，我等毫無所見，然……。德富蘆花：《夏之興趣》〔「べし」是推量助動詞，接在「カ変」動詞終止形下，見

148頁。〕

(3) 敵何十萬<ruby>来<rt>く</rt></ruby>ともわが<ruby>軍<rt>ぐん</rt></ruby>かならず<ruby>之<rt>これ</rt></ruby>を<ruby>破<rt>やぶ</rt></ruby>らむ。（来ても……これを破ろう。）敵人縱來數十萬，我軍亦必將破之。（逆態假定法）

4. 連體形

(1) <ruby>馬士<rt>まご</rt></ruby>が……<ruby>俚歌<rt>りか</rt></ruby>を<ruby>歌<rt>うた</rt></ruby>ひ**来る**<ruby>聲<rt>こゑ</rt></ruby><ruby>氷<rt>こほり</rt></ruby>を<ruby>碎<rt>くだ</rt></ruby>くが<ruby>如<rt>ごと</rt></ruby>く<ruby>朝<rt>あした</rt></ruby>の<ruby>空氣<rt>くうき</rt></ruby>を<ruby>震<rt>ふる</rt></ruby>はしつ。（歌って来る声は氷を砕くように……震わした。）馬夫口唱俚謠，聲震晨空猶如破冰。《晚秋佳日》（連體法）

(2) <ruby>潮<rt>うしほ</rt></ruby>の<ruby>満<rt>み</rt></ruby>ち**来る**に<ruby>從<rt>したが</rt></ruby>ひ、<ruby>氷<rt>こほり</rt></ruby>はぱりぱりと<ruby>音<rt>おと</rt></ruby>して<ruby>裂<rt>さ</rt></ruby>け……。（満ちて来るに……。）隨之潮水湧來，冰即裂開，啪啪作響……。德富蘆花：《霜晨》〔「に」是接續助詞，接在連體形下，見234頁。〕

(3) <ruby>山<rt>やま</rt></ruby>の<ruby>方<rt>ほう</rt></ruby>より<ruby>人<rt>ひと</rt></ruby>あまた**来る**<ruby>音<rt>おと</rt></ruby>す。（山の方から……。）從山裡傳出眾人到來之聲。《更級日記》（連體法）

5. 已然形

(1) かくて<ruby>三年<rt>さんねん</rt></ruby>ばかりは<ruby>夢<rt>ゆめ</rt></ruby>の<ruby>如<rt>ごと</rt></ruby>くにたちしが<ruby>時<rt>とき</rt></ruby>**来れ**ば<ruby>包<rt>つつ</rt></ruby>みても<ruby>包<rt>つつ</rt></ruby>みがたきは<ruby>人<rt>ひと</rt></ruby>の<ruby>好尚<rt>かうしやう</rt></ruby>なるらむ。（時が来ると……好尚なのでしょう。）於是，三年有如夢般過去，但時機到來，即使掩蓋亦難做到者恐為人之好尚也。《舞姬》（順態確定法）

(2) <ruby>春<rt>よ</rt></ruby>**来れ**ば<ruby>雁歸<rt>がんかへ</rt></ruby>るなり。（春が来ると……。）春來雁即歸。《古今和歌集》（順態確定法）

(3) <ruby>夜<rt>よ</rt></ruby>ふけて**来れ**ばところどころ<ruby>見<rt>み</rt></ruby>えず。（夜がふけてから来たので……見えない。）夜深始至，故到處〈漆黑〉不見。《土佐日記》（順態確定法）

(4) 春は来れどもいまだ寒し。（春は来たが未寒い。）春雖

至，天氣尙寒。（逆態確定法）

6. 命令形

(1) 疾く来よ。汝が名譽を恢復するも此の時にあるべき

ぞ。（早く来い！）速來！恢復汝之名譽當於此時也。《舞姬》

（命令法）

(2) 行きて火ともして来よ。（いって燈をともして来

い。）去點燈來！《宇治拾遺物語》（命令法）

【注一】古典文言中「来」的命令形是「こ」。如：

(1) いづら、猫は。こち率て来。（こっちへ率いて来い。）貓何在？帶來此

處！《更級日記》

(2) いと興あることかな。こち持ちて来。（こっちへ持って来い。）甚有

趣，携來此處！《堤中納言物語》

【注二】文章中常用四段活用動詞「来る」。如：

(1) 一陣の風吹き来れば滿山の青茅波の如くうねりうねりて無數の花は波に

漂ふ浮萍の花に似たり。（風が吹いて来ると……花に似ている。）一陣風吹

來，滿山青茅如波起伏，無數花朵似水中之浮萍。《天香百合》（順態確定法）

(2) 沖の方漾々として春帆一つ雨を穿ち来る。（雨を穿って来る。）海面

濛濛，有一春帆穿雨而來。德富蘆花：《初春之雨》（終止法）

【練習八】

1. 文言「来」與口語「来る」的活用形有何不同？

2. 寫出文言「来る」的活用形及其主要接續法。

（七） サ行變格活用

「サ変」動詞只有一個「為」，也是詞幹詞尾不分，其活用分布在「イ」「ウ」「エ」三段上。

サ行変格活用表：

詞尾　　活用	未然形	連用形	終止形	連體形	已然形	命令形
尾　　　　　原詞　形幹	推量法(1) 否定法(2) 順態假定法 (3)	連用法(1) 中頓法 名詞法	終止法(1) 逆態假定法 (2)	連體法	順態確定法 (1) 逆態確定法 (2)	命令法
為　　為	せ為	し為	す為	す為る	為れ	為
主要　　連接	む(ん)(1) ず　　(2) ば　　(3)	用言 (1) たり (2)	結句 (1) とも (2)	體言	ば　 (1) ども(ど) 　　(2)	よ

例句：

1. 未然形

(1) 翡翠の衾寒くして誰と共にかせん。（誰と共にしようか。）翡翠衾寒誰與共。《長恨歌》（推量法）

(2) なにせむにか命も惜しからむ。（何しようとて命が惜しいだろう。）爲何〈目的〉而惜命哉？《竹取物語》（推量法）

(3) 夫婦は燈つけんともせず、薄暗き中に團扇もて蚊やりつつ語れり。（燈をつけんともしなくて薄暗い中に団扇で蚊をやりながら語っている。）夫婦倆亦不點燈，於微暗中邊以團扇驅蚊邊談心。《源叔父》（否定法）

(4) 浮雲白日を蔽ひて、遊子顧反せず。（白日を蔽っ

て……顧_{かへり}みしない。）浮雲蔽白日，游子不顧反。（古詩十九首之一）（否定法）

(5)　あゝ、若吾_{もしわがちから}力能くせば余_よは遍_{あま}ねく此_{このさん}三個_かの進物_{しんもつ}を全國_{ぜんこく}の村落_{そんらく}に贈_{おく}らむものを。（よくできるならば……贈ろうと思うね。）噫！若吾能爲力，吾欲將此三種禮物〈良醫、良教師、良牧師〉遍贈全國農村。《風景畫家柯羅》（順態假定法）

2.　連用形
(1)　本日_{ほんじつ}より講義_{かうぎ}をし始_{はじ}む。（本日から講義をし始める。）自本日起開始授課。（連用法）
(2)　斷虹_{だんこう}……七色_{しちしょく}鮮_{あざ}やかにして滴_{したた}らむとす。（滴ろうとする。）斷虹……七色鮮明欲滴。《香山三日之云》〔「て」是接續助詞，接連用形下，見236頁。〕
(3)　春_{はる}の海溶々_{うみやうやう}として、漾々_{やうやう}たり。（漾々としている。）春海溶溶蕩蕩。德富蘆花：《春海》
(4)　日_ひしきりに、とかくしつつののしるうちに、夜_よふけぬ。（しながらののしっているうちに夜がふけてしまった。）終日忙亂當中，〈不覺〉夜已深矣。《土佐日記》〔「つつ」是接續助詞，接連用形下，見241頁。〕
(5)　國_{くに}を治_{をさ}むるに禮_{れい}を以_{もっ}てし、民_{たみ}に怨聲_{ゑんせい}無_なし。（国を治めるに……怨声がない。）〈孔明〉治國以禮，民無怨聲。袁宏：《三國名臣序贊》（中頓法）
(6)　彼_{かれ}の爲業_{しわざ}は神技_{かみわざ}の如_{ごと}し。（神技のようだ。）彼之所爲有如奇跡。（名詞法）

【注】連用形「し」加接續助詞「て」，本書另列爲一個接續助詞「して」，見238頁。

3. 終止形

(1) 富士半面を黄金の水に浮べ、紫の色融けむとす。（紫の〈帆の〉色が融けようとする。）使半面富士山影浮於金黄色水中，紫帆顏色欲融。德富蘆花：《富士山倒影》（終止法）

(2) それが旅宿をともにす。（共にする。）該〈商〉人同宿此旅舍。《奧州小道》（終止法）

(3) 族を羽毛に同じうすといへども、固に智を殊にし、心を異にす。（同じくすると雖も……心を異にする。）雖同族於羽毛，固殊智而異心。彌衡：《鸚鵡賦》（兩個「す」都是終止法）〔「と」是格助詞，接在終止形下，見218頁7。〕

(4) 與に患難を共にすべきも、與に安樂を共にすべからず。（共にすることはできるが……共にすることはできない。）可與共患難，不可與共安樂。《十八史略》〔「べき」是推量助動詞「べし」的連體形；「べから」是「べし」的「かり」活用未然形，接「サ變」動詞終止形下，見148頁。〕

(5) 我斯くすとも反對者無からん。（このようにしても反対者はなかろう。）即使吾如此爲之，恐亦無反對者。（逆態假定法）

4. 連體形

(1) さる業する舟もなし。（そのような職業をする船もない。）亦無操此業之舟。《竹取物語》（連體法）

<ruby>廉公<rt>れんこう</rt></ruby><ruby>何為<rt>なに</rt></ruby>る<ruby>者<rt>もの</rt></ruby>ぞ、<ruby>荊<rt>いばら</rt></ruby>を<ruby>負<rt>お</rt></ruby>ひて<ruby>厥<rt>そ</rt></ruby>の<ruby>謇<rt>あやまち</rt></ruby>を<ruby>謝<rt>しゃ</rt></ruby>す。（謝す
る。）廉公何爲者，負荊謝厥謇。盧諶：《詠史》（連體法）

(3)　<ruby>東<rt>ひがし</rt></ruby>の<ruby>空<rt>そら</rt></ruby>すでに<ruby>睫<rt>まぶた</rt></ruby>を<ruby>開<rt>ひら</rt></ruby>けて<ruby>太平洋<rt>たいへいやう</rt></ruby>の<ruby>夜<rt>よ</rt></ruby>は<ruby>今<rt>いまあ</rt></ruby>明けんと**する**
なり。（明けようとするのだ。）東方已破曉，太平洋即將黎明。
德富蘆花：《大海之日出》〔「なり」是指定助動詞，接連體形
下，見184頁。〕

5.　已然形
(1)　<ruby>殘照<rt>ざんしゃう</rt></ruby>の<ruby>影<rt>かげ</rt></ruby>ややも**すれば**<ruby>押流<rt>おしなが</rt></ruby>されむとし……。（ややも
すると押流されようとして……。）夕陽倒影易爲沖去……。德富
蘆花：《涼爽之傍晚》（順態確定法）

(2)　これは<ruby>病<rt>やまひ</rt></ruby>を**すれば**よめるなるべし。（する〈かかる〉
ので……<ruby>詠<rt>よ</rt></ruby>んだのであろう。）此蓋系因病而作也。《土佐日記》
（順態確定法）

(3)　<ruby>鷗<rt>かもめ</rt></ruby>……<ruby>風雪<rt>ふうぜつ</rt></ruby>に<ruby>向<rt>むか</rt></ruby>ひて飛ばむと**すれど**<ruby>吹<rt>ふ</rt></ruby>きやられ<ruby>吹<rt>ふ</rt></ruby>きや
られして<ruby>空<rt>むな</rt></ruby>しく<ruby>水<rt>みづ</rt></ruby>に<ruby>下<rt>くだ</rt></ruby>りぬ。（飛ばようとするが……水に下っ
た。）鷗欲沖向風雪，但不斷被吹阻，〈徒然費力，〉唯有下水。
德富蘆花：《雪天》（逆態確定法）〔「ど」是接續助詞，見230
頁。〕

(4)　余は<ruby>答<rt>こた</rt></ruby>へんと**すれど**<ruby>聲<rt>こゑ</rt></ruby><ruby>出<rt>い</rt></ruby>でず……。（答えようとするが
声が出さなくて……。）余欲答，但未出聲……。《舞姫》

(5)　<ruby>打割<rt>うちわ</rt></ruby>らんと**すれど**たやすく<ruby>割<rt>わ</rt></ruby>れず。（打割ろうとするが
たやすく割れない。）雖欲〈將鼎〉擊破，但不易破之。《徒然
草》

6. 命令形

   (1)　これ手本<ruby>手本<rt>てほん</rt></ruby>にせよ。（手本にしろ。）應以此爲榜樣！《更級日記》（命令法）

   (2)　<ruby>願<rt>ねがは</rt></ruby>くは<ruby>陛下<rt>へいか</rt></ruby><ruby>臣<rt>しん</rt></ruby>に<ruby>託<rt>たく</rt></ruby>するに<ruby>討賊興復<rt>たうぞくこうふく</rt></ruby>の<ruby>效<rt>かう</rt></ruby>を<ruby>以<rt>もち</rt></ruby>てせよ。（もってしろ〈下さい〉。）願陛下托臣以討賊興復之效。《前出師表》

   「**サ變**」動詞「**爲<ruby>爲<rt>す</rt></ruby>**」與其他詞結合，可以構成許多**サ變複合動詞**。如：

   1.　名詞加「す」：<ruby>位<rt>くらゐ</rt></ruby>す　<ruby>値<rt>あたひ</rt></ruby>す　<ruby>都<rt>みやこ</rt></ruby>す　<ruby>往來<rt>わうらい</rt></ruby>す

   2.　用言連用形加「す」：<ruby>盡<rt>つき</rt></ruby>す

   3.　形容詞詞幹加「み」再加「す」：<ruby>無<rt>な</rt></ruby>みす　<ruby>嘉<rt>よ</rt></ruby>みす

   4.　形容詞詞幹加「ん」再加「ず」：<ruby>重<rt>おも</rt></ruby>んず　<ruby>輕<rt>かろ</rt></ruby>んず　<ruby>疎<rt>うと</rt></ruby>んず

   5.　漢語動詞加「す」或「ず」：<ruby>愛<rt>あい</rt></ruby>す　<ruby>議<rt>ぎ</rt></ruby>す　<ruby>努力<rt>どりょく</rt></ruby>す　<ruby>論<rt>ろん</rt></ruby>ず　<ruby>念<rt>ねん</rt></ruby>ず

   6.　外來語加「す」：スケッチす　サインす

例句：

   (1)　<ruby>彼<rt>かれ</rt></ruby>の<ruby>眼<rt>め</rt></ruby>は<ruby>常<rt>つね</rt></ruby>に<ruby>論者<rt>ろんじゃ</rt></ruby>の<ruby>怯懦<rt>けふだ</rt></ruby>を<ruby>叱責<rt>しっせき</rt></ruby>す。（叱責する。）伊之目光常斥責論客之怯懦。石川啄木：《墓志銘》（終止法）

   (2)　<ruby>翌日<rt>あくるひ</rt></ruby><ruby>吾<rt>わ</rt></ruby>は<ruby>獨<rt>ひと</rt></ruby>り<ruby>其絶壁<rt>そのぜっぺき</rt></ruby>の<ruby>道<rt>みち</rt></ruby>に<ruby>立<rt>た</rt></ruby>ちて<ruby>上天<rt>じゃうてん</rt></ruby>に<ruby>向<rt>むか</rt></ruby>ひて<ruby>吾<rt>わ</rt></ruby>が<ruby>救<rt>すく</rt></ruby>はれしことを<ruby>感謝<rt>かんしゃ</rt></ruby>してありき。（救われたことを感謝していた。）翌日，吾獨立於該絶壁之路上，感謝上天救我之恩。《懸崖》〔「て」是接續助詞，接在連用形下，見236頁。〕

【練習九】

    1. 文言「為」與口語「サ變」動詞「する」的活用形，有何不同？

    2. 寫出下列「サ變」動詞的活用形：

        譯す 命ず 生ず 死す 辭す 先んず 甘んず

（八）　ナ行變格活用

    ナ行變格活用爲文言所獨有，分布在「ア」「イ」「ウ」「エ」四段上，只有「死ぬ」「往ぬ」兩個動詞，在口語中列入五段活用。

ナ行變格活用表：

詞　　活用 尾 原　詞 形　幹	未 然 形	連 用 形	終 止 形	連體形	已 然 形	命令形
	推量法(1) 否定法(2) 順態假 定法 (3)	連用法(1) 中頓法 名詞法	終止法(1) 逆態假 定法 (2)	連體法	順態確 定法 (1) 逆態確 定法 (2)	命令法
死ぬ　死	な	に	ぬ	ぬる	ぬれ	ね
主　　要 連　　接	む(ん)(1) ず　　(2) ば　　(3)	用言 (1) たり (2)	結句 (1) とも (2)	體言	ば　　(1) ども (2)	

例句：

1. 未然形

    (1)　願くは花のもとにて春死なむ。（春は死のう。）願春花下逝。《山家集》（推量法）

    (2)　それを仕遂げて死なむと思ふ。（死のうと思う。）吾欲

完成此任而後死。《愛我之歌》（推量法）

(3)　都の中に多き人死なざる日はあるべからず。（死なない日はないでしょう。）都城無日不死許多人〈毎日要死許多人〉。《徒然草》（否定法）〔「ざる」是否定助動詞「ざり」的連體形，見132頁。〕

(4)　命死なばいかがはせむ。（命が死ねば〈なくなったら〉どうしようか。）若喪命則奈何？《竹取物語》（順態假定法）

2.　連用形

(1)　君死にたまふことなかれ。（死なないで下さい。）願君莫死！與謝野晶子：《願君莫死》（連用法）

(2)　可愛き妻には死に別れ、さらに獨り子と離るるは忍びがたしとて辭しぬ。（かわいい妻には……辭した。）〈源叔父〉拒絕道："與愛妻死別，又與獨子分離，實難忍受。"《源叔父》（連用法）

(3)　ある人かれに向ひて源叔父は縊れて死にたりと告げしに、彼は……。（縊れて死んでしまったと告げたのに……。）有人向彼〈紀州〉告知源叔父已縊死，但彼……。《源叔父》（連用法）

(4)　ほとほと死にき。（殆んど死んだ。）幾乎亡矣。《萬葉集》（連用法）

(5)　一人は死に、一人は牢を出でて今病む。（牢屋を出てから今は病気だ。）一人死去，一人出獄後處於病中。《愛我之歌》（中頓法）

(6) この死馬は眼をも開けぬか。（眼までも開けなかった
か。）此死馬眼亦未睜乎？《雨月物語》（名詞法）〔「ぬ」是否
定助動詞「ず」的連體形，見132頁。〕

3. 終止形

(1) 夜の間に牛死ぬ。（牛が死んだ。）夜間牛死。《徒然
草》（終止法）

(2) その思ひ勝りて深き者必ず先立ちて死ぬ。（まさって
深い者が……先に死ぬ。）其情深勝於對方者必先亡。《方丈記》
（終止法）

(3) わが身死ぬべきに定まりたりとも……。（死ぬはずで
あっても……。）縱然吾身命定該死……。《徒然草》〔「べき」
是推量助動詞「べし」的連體形，接「ナ變」動詞終止形下，見
148頁。〕

4. 連體形

(1) 男女死ぬる者數十人……。（死ぬ者は……。）男女死者
數十人……。《方丈記》（連體法）

(2) 死ぬるを人のほまれとは……。（死ぬことを人の栄誉だ
ということは……。）謂犧牲乃人之榮譽……。《願君莫死》（連
體法）

5. 已然形

(1) 死ぬれば乗り越え、乗り越え戰ひ候ふ。（死ぬと……
乗り越えて戦います。）若死，則挺身前去戰鬥。《平家物語》
（順態確定法）

(2) 彼はやがて死ぬれば余は相手にせず。（死ぬから私は相

手にしない。）彼不久即死，〈故〉吾不與之計較。（順態確定法）

(3) 烈士は死ぬれども尚生くるが如し。（死んだが尚生きているようだ。）烈士雖死猶生。（逆態確定法）〔「如し」是比況助動詞，見196頁。〕

6. 命令形

(1) 國家のために死ね。爾要爲國犧牲！（命令法）

(2) 水におぼれて死なば死ね。（死ねば死ね。）若溺亡於水中即死之！《平家物語》

【注一】也有在「死ね」下再接感嘆助詞「よ」的。如：

(1) 人を殺して死ねよとて……。（死ねといって……。）言爾等要殺人而死……。《願君莫死》

(2) 獸の道に死ねよとは……。（死ねというのは……。）言爾等要死如禽獸……。《願君莫死》

【注二】除「死ぬ」外，另有「死す」一詞是サ變自動詞。如：

(1) 突然恩人は急患によりて死し、われは異郷に零丁の身となれり。（急患によって死し……身となっている。）突然，恩人因患急病而死，吾於異郷變爲孤身一人。《懸崖》（中頓法）

(2) 古人も多く旅に死せるあり。（死んだことがある。）古人亦多有死於行旅者。《奧州小道》〔「る」是完了助動詞「り」的連體形，接「サ變」動詞未然形下，見172頁。〕

【練習十】

   1. 寫出口語五段動詞「死ぬ」的活用形，與文言的「死ぬ」比較，有何不同？

   2. 寫出文言「サ變」動詞「死す」的活用形，並與「ナ變」的「死ぬ」比較，有何不同？

   3. 寫出「ナ變」動詞「往ぬ」的活用形及其接續法。

（九）　ラ行變格活用

ラ行變格活用也是文言所獨有，分布在「ア」「イ」「ウ」「エ」四段上，近代以後只留有「有（あ）り」「居（を）り」「侍（はべ）り」「然（しか）り」「異（こと）なり」五個動詞。

ラ行變格活用表：

詞　　活用　尾　原詞形　幹		未然形 推量法(1) 否定法(2) 順態假定法 (3)	連用形 連用法(1) 中頓法 名詞法	終止形 終止法(1) 逆態假定法 (2)	連體形 連體法	已然形 順態確定法 (1) 逆態確定法 (2)	命令形 命令法
有（あ）り	有（あ）	ら	り	り	る	れ	れ
主要 連接		む(ん)(1) ず (2) ば (3)	用言 (1) き (2)	結句 (1) とも (2)	體言	ば (1) ども (2)	

例句：

1. 未然形

   (1) 天（てん）の我（わ）が材（ざい）を生（しゃう）ずる必（かなら）ず用（よう）**有（あ）**らん。（用があろう。）

天生我材必有用。李白：《將進酒》（推量法）

（2）　その頃の愚かさ 都 乙女の利發には比らぶべくも非らず。（比らべることは出来ない。）當時之愚拙與城市女子之聰慧實不可比。樋口一叶：《雪天》（否定法）

（3）　白馬は馬にあらず。（馬でない。）白馬非馬。《韓非子》（否定法）

（4）　鳥は 林 を願ふ。鳥にあらざればその 心 を知らず。（鳥でなければ……。）鳥願居林，非鳥，不知其心也。《方丈記》（否定法）〔「ざれ」是否定助動詞「ざり」的已然形，見132頁。〕

（5）　我に嘉賓有らば瑟を鼓し 笙 を吹かん。（有れば……。）我有嘉賓鼓瑟吹笙。曹操：《短歌行》（順態假定法）

（6）　命 あらば逢ふこともあらむ。（命があれば……あろう。）一息尚存，終將重逢。《萬葉集》（順態假定法）

2. 連用形

（1）　むかし一人の僧ありき。（僧がいた。）昔有一僧。《正法眼藏隨聞記》（連用法）

（2）　改元ありて仁安と號す。（改元があって〈年号を改めて〉）改元稱仁安。《平家物詞》〔「て」是接續助詞，接在連用形下，見236頁。〕

（3）　仔細に見れば桃の花あり 、櫻 あり、 椿 の花瓣あり、山吹の花あり 、李 の花あり。（見ると……があり……がある。）仔細觀之，則有桃花、櫻花、山茶花、棣棠花及李花。德富蘆花：《吾家財富》（中頓法）

（4）　籠り居たりと聞き 侍 りしこそありがたく覺えしか。

—64—

（こもっていたと聞きましたが、これこそありがたく思った。）

曾聞深居簡出，頗感難得。《徒然草》（連用法）

(5) 假の庵のありやうかくの如し。（ありようはこのようである。）臨時修建之草庵即如此也。《方丈記》（名詞法）

3. 終止形

(1) 竹芝といふ寺あり。（寺がある。）有一名爲竹芝之寺。《更級日記》（終止法）

(2) 十二歳の夏、京都栂尾の寺に避暑したることあり。寺の下に一道の清流あり。（避暑したことがある。……清流がある。）十二歳時，夏日，曾於京都栂尾寺避暑。寺下有一道清流。德富蘆花：《夏之興趣》（終止法）

(3) 三人行えば必ずわが師あり。三人行必有我師焉。《論語》（終止法）

(4) 眼をあぐれば十里二十里の遠山まですべて東に向ひて朝日を迎へつつあり。（目をあげると……。）舉目觀望，即十里二十里之遠山亦正面向東方迎朝陽也。德富蘆花：《香山之晨》（終止法）

(5) 七日になりぬ。同じみなとにあり。（七日になった。同じ港にある。）七日泊於同港。《土佐日記》（終止法）

(6) この寺のきしほとりに柳多く有り。（多くある。）〈相應〉寺前，岸邊多柳。《土佐日記》（終止法）

(7) 黒がねの額はありとも歸りてエリスに何とかいはん。（あっても帰ってから……どのようにいっているだろう。）縱有一張鐵面皮，回家後如何對艾莉絲言之。《舞姬》（逆態假定法）

4. 連體形
(1) この人々ある時はたけとりを呼びいでて……。（呼び出して……。）諸人有時〈來此〉將伐竹翁喚出……。《竹取物語》（連體法）
(2) そのうち已に友愛あるなり、人情ある也。（友愛があるのであって、人情があるんである。）其中已有友愛、已有人情也。《友愛》〔「なり」是指定助動詞，接連體形下，見184頁。〕
(3) 志あるに似たり。（あるに似ている。）似有厚意。《土佐日記》〔「に」是格助詞，接連體形下，見211頁。〕
(4) 親ども二人あるはいとよし。（二人いるのはたいへんよい。）雙親皆在，實爲好事。《枕草子》〔「は」是係助詞，接在連體形下，見251頁。〕
(5) 山高きが故に貴からず、樹有るを以て貴しと為す。（山は高いからして……木があるによって……。）山高故不貴，以有樹爲貴。《實語教》〔「を」是格助詞，接在連體形下，見209頁。〕

5. 已然形
(1) 暇あれば同志と語り、またよく讀書したり。（暇があると……読書している。）〈彼〉有餘暇即與同志談心，並努力讀書。《墓志銘》（順態確定法）
(2) 別れ有れば必ず怨み，怨有れば必ず盈つ。（あると……あると必ず盈ちる。）有別必怨，有怨必盈。江淹：《別賦》（順態確定法）

-66-

（3）　愚民の上に苛き政府**あれ**ば良民の上には良き政府あるの理なり。（があって……があるのは……。）愚民之上有苛政，良民之上有良政，此乃自然之理也。《勸學篇》（順態確定法）

（4）　乃ち已むを得ざるところ**有れ**ばなり。（それはやむをえないところがあるからである。）乃有所不得已也。《報任安書》（順態確定法）

（5）　あらず、村々には寺**あれ**ど人々の慈悲には限りあり。（否そうではない。……寺があるが……限りがある。）不然，各村雖有寺，但各人之慈悲心有限。《源叔父》（逆態確定法）

（6）　權門の傍に居る者は深く喜ぶこと**あれ**ども大きに樂しむに能はず。（楽しむことができない。）侍於權門〈旁者〉，雖有大喜，不能盡歡。《方丈記》（逆態確定法）

6. 命令形

（1）　さりともあこはわが子にて**あれ**よ。（わが子であるようにしろ。）縱然如此，汝宜爲我子！《源氏物語》（命令法）

（2）　君よ、向上心**あれ**。（君よ、向上心を持ちなさい。）汝須有向上心！（命令法）

【注】「ラ變」動詞「あり」的命令形「あれ」多表示願望。如：
（1）　御國に榮え**あれ**。（……栄えるように。）願祖國繁榮昌盛！
（2）　前途に幸**あれ**。（幸があるように。）願君前途幸運！
（3）　草枕旅行く君を幸く**あれ**と……。（あなたが無事であれと……。）願君旅途安。《萬葉集》

－67－

【練習十一】

1. 文言「有り」與口語「有る」的活用形有何不同？
2. 寫出「侍り」「然り」「異なり」的活用形。
3. 寫出文言「居り」與口語五段動詞「居る」的活用形，兩者有何不同？

二、動詞的音便

文言動詞的音便只發生在四段活用和ナ行、ラ行變格活用中，其他種類的動詞沒有音便。而有音便的幾類動詞也多不用音便形，這點與口語不同。

（ ） 四段活用和ナ行、ラ行變格活用動詞的連用形與接續助詞「て」或完了助動詞「たり」連接時，為求發音方而使「イ」段上的音發生變化，因而產生**音便**形態。

音便形共有「**イ音便**」「**ウ音便**」「**撥音便**」和「**促音便**」四種，茲列表如下：

種類	活用類別	原形	音便形		注意
イ音便	カ行四段	書く	書きて → 書いて	書きたり → 書いたり	て変で たり変だり
	ガ行四段	泳ぐ	泳ぎて → 泳いで	泳ぎたり → 泳いたり	
	サ行四段	指す	指して → 指いて	指したり → 指いたり	
ウ音便	ハ行四段	問ふ	問ひて → 問うて	問ひたり → 問うたり	て変で たり変だり
	バ行四段	飛ぶ	飛びて → 飛うで	飛びたり → 飛うだり	
	マ行四段	飲む	飲みて → 飲うで	飲みたり → 飲うだり	
撥音便	ナ行変格	死ぬ	死にて → 死んで	死にたり → 死んだり	て変で たり変だり
	バ行四段	飛ぶ	飛びて → 飛んで	飛びたり → 飛んだり	
	マ行四段	飲む	飲みて → 飲んで	飲みたり → 飲んだり	
促音便	タ行四段	勝つ	勝ちて → 勝って	勝ちたり → 勝ったり	
	ハ行四段	問ふ	問ひて → 問って	問ひたり → 問ったり	
	ラ行四段	取る	取りて → 取って	取りたり → 取ったり	
	ラ行變格	有り	有りて → 有って		

【注一】ハ行四段動詞音便形有「ウ音便」和「促音便」兩種；バ行，マ行四段動詞音便形各有「ウ音便」和「撥音便」兩種。

【注二】ラ變動詞「あり」的連用形「あり」多接助動詞「き」「けり」「つ」等表示過去或完成，如：ありき（あった）、ありけり（あった）、ありつ（あった），一般不接「たり」。

【注三】四段、ナ變、ラ變動詞連用形有時下接動詞「給ふ」、「奉る」等也發生音便。如：

げに、え堪ふまじく泣い給ふ。（泣き給ふ。）（イ音便）（まことに堪えられないようにお泣きになる。）哭得實難忍也。《源氏物語》〔「え」是副詞，「能」的意思；「まじく」是否定推量助動詞「まじ」的連用形，見156頁。〕

【注四】カ行四段動詞「行く」有「イ音便」和「促音便」兩種：讀「行く」時為「イ音便」，如：行きて→行いて；讀「行く」時為「促音便」，如：行きて→行って。

㈡　ラ行四段動詞的連用形下接完了助動詞「ぬ」時則發生「撥音便」。如：

⑴　預け置きをはんぬ。（をはりぬ。）（預けて置いて終った。）已存放〈該處〉。《平家物語》

②　去んぬる保元に……。（去りぬる保元に……。）（去る保元に……。）於前保元年間……。《平家物語》

㈢　ラ行變格動詞連體形下接表示推斷意義的助動詞「なり」「めり」「べし」時發生「撥音便」。如：

⑴　西方淨土にてあんなり。（あるなり。）（……なの

－70－

だ。）乃西方淨土也。《平家物語》

　　(2)　世の中に物語といふもののあんなるを。（あるなるを。）
（ものがあるのだよ。）世間有所謂傳說者也！《更級日記》
〔「の」是格助詞，見207頁；「を」是感嘆助詞，見286頁。〕

【注】書寫時，「撥音」可以省略。如：あんなり→あなり、あんめり→あめり、
あんべり→あべし。但在讀文時可讀出「撥音」。

【練習十二】
　　寫出口語五段活用動詞「働く」「凌ぐ」「放す」「持つ」「作る」「有
る」「問う」「飛ぶ」「飲む」「死ぬ」的音便形，與文言動詞的音便形比較有何
不同？

三、自動詞與他動詞

　　（一）　動詞按其及物或不及物的性質可分**自動詞**和**他動詞**兩種，
不需要涉及目的物的動詞稱自動詞，涉及目的物者稱他動詞。如：
　　(1)　鳥も鳴きぬ。（鶏も鳴いた。）雞亦鳴矣。《徒然草》
（自動詞）
　　(2)　翁竹を取ること久しくなりぬ。（取ることは久しく
なった。）翁伐竹久矣。《竹取物語》（他動詞）
　　但有的動詞既是自動詞又是他動詞。如：
　　(1)　風烈しく吹きて……。（吹いて……。）風疾吹……。
《方丈記》（自動詞）
　　(2)　生温かき南風面を吹きぬ。（吹いた。）微暖之南風

－71－

吹面。《海與岩》（他動詞）

　　自動詞能夠獨立說明主體動作和存在狀態的稱**完全自動詞**，否則爲**不完全自動詞**。如：

　　⑴　今日<ruby>暮<rt>くれ</rt></ruby>れぬ。（今日も暮れた。）今日又度過矣。《土佐日記》（完全自動詞）

　　⑵　<ruby>智者<rt>ちしゃ</rt></ruby>は**成**る。智者成爲（？）。（不完全自動詞）

　　不完全自動詞需要有對象作補充（句子中的補語）才能表達完整的意義。如：

　　<ruby>智者<rt>ちしゃ</rt></ruby>は<ruby>愚者<rt>ぐしゃ</rt></ruby>に**成**り、<ruby>徳人<rt>とくにん</rt></ruby>は<ruby>貧<rt>ひん</rt></ruby>に**成**り、<ruby>能<rt>のう</rt></ruby>ある<ruby>人<rt>ひと</rt></ruby>は<ruby>無能<rt>むのう</rt></ruby>に**成**るべきなり。（芸能のある人は無能に成るべきである。）智者必成愚人，富者必成窮人，有技能者必成無能之輩。《徒然草》

　　他動詞與所涉及的目的物（句子中的賓語）結合後已能表明完整意義的稱**完全他動詞**，否則稱**不完全他動詞**。如：

　　⑴　<ruby>余<rt>よ</rt></ruby>は<ruby>煙<rt>けぶり</rt></ruby>を<ruby>愛<rt>あい</rt></ruby>す。<ruby>田家<rt>でんか</rt></ruby>の<ruby>煙<rt>けむり</rt></ruby>を<ruby>愛<rt>あい</rt></ruby>す。（私は煙を愛する。……。）余愛煙，愛田家之煙。德富蘆花：《田家之煙》（完全他動詞）

　　⑵　<ruby>地<rt>ち</rt></ruby>を<ruby>畫<rt>くわく</rt></ruby>して**成**し……。畫地成（？）……。（不完全他動詞）

　　不完全他動詞需要有對象作補充（句子中的補語）才能表達完整的意義。如例⑵應爲：

　　<ruby>地<rt>ち</rt></ruby>を<ruby>畫<rt>くわく</rt></ruby>して<ruby>川<rt>かは</rt></ruby>と**成**し、<ruby>渭<rt>ゐ</rt></ruby>を<ruby>流<rt>なが</rt></ruby>し<ruby>涇<rt>けい</rt></ruby>を<ruby>通<rt>つう</rt></ruby>ず。（通じる。）畫地成川，流渭通涇。《西京賦》

　　但同一動詞是否爲完全的，要看該動詞在句子中的機能如何而定，並非絕對不變。如：

（1）　志 有る者は事竟に成るなり。（成るのである。）有
志者事竟成。《後漢書・耿弇列傳》（完全自動詞）

（2）　譬へば虎を畫いて成らず、反って狗と為るなり。（成ら
なくて……為るのである。）譬畫虎不成反爲狗也。曹植：《與楊
德祖書》（「成らず」的「成る」是完全自動詞，「為る」是不完
全自動詞）

（3）　一事をも成すべからず。（成してはならない。）一事亦
不可做。《徒然草》（完全他動詞）

（4）　玉琢かざれば器を成さず。（玉は琢かないと器を成さな
い。）玉不琢不成器。《禮記》（完全他動詞）

（5）　貧しき人を富め人と成す。（貧しい人を富んだ人と成
す。）使貧者變爲富者。《徒然草》（不完全他動詞）

（二）　從活用上看，自動詞和他動詞又有**同幹同行**、**同幹異行**和
異幹異行三種。如：

1.　同幹同行：

折る（下二・自／四・他）　　裂く（下二・自／四・他）　　取る（下二・自／四・他）

脱ぐ（下二・自／四・他）　　燒く（下二・自／四・他）　　破る（下二・自／四・他）

開く（四・自／下二・他）　　入る（四・自／下二・他）　　込む（四・自／下二・他）

進む（四・自／下二・他）　　育つ（四・自／下二・他）　　止む（四・自／下二・他）

2. 同幹異行：

$$\text{餘}\begin{array}{l}\overset{あま}{る}\\ す\end{array}\begin{pmatrix}四 & ・自\\ 四 & ・他\end{pmatrix}\quad \text{起}\begin{array}{l}\overset{おこ}{る}\\ す\end{array}\begin{pmatrix}四 & ・自\\ 四 & ・他\end{pmatrix}\quad \text{來}\begin{array}{l}\overset{きた}{る}\\ す\end{array}\begin{pmatrix}四 & ・自\\ 四 & ・他\end{pmatrix}$$

$$\text{鳴}\begin{array}{l}\overset{な}{る}\\ す\end{array}\begin{pmatrix}四 & ・自\\ 四 & ・他\end{pmatrix}\quad \text{殘}\begin{array}{l}\overset{のこ}{る}\\ す\end{array}\begin{pmatrix}四 & ・自\\ 四 & ・他\end{pmatrix}\quad \text{渡}\begin{array}{l}\overset{わた}{る}\\ す\end{array}\begin{pmatrix}四 & ・自\\ 四 & ・他\end{pmatrix}$$

$$\text{顯}\begin{array}{l}\overset{あらは}{る}\\ す\end{array}\begin{pmatrix}下二 & ・自\\ 四 & ・他\end{pmatrix}\quad \text{壞}\begin{array}{l}\overset{こは}{る}\\ す\end{array}\begin{pmatrix}下二 & ・自\\ 四 & ・他\end{pmatrix}\quad \text{越}\begin{array}{l}\overset{こ}{ゆ}\\ す\end{array}\begin{pmatrix}下二 & ・自\\ 四 & ・他\end{pmatrix}$$

$$\text{倒}\begin{array}{l}\overset{たふ}{る}\\ す\end{array}\begin{pmatrix}下二 & ・自\\ 四 & ・他\end{pmatrix}\quad \text{放}\begin{array}{l}\overset{はな}{る}\\ す\end{array}\begin{pmatrix}下二 & ・自\\ 四 & ・他\end{pmatrix}\quad \text{寄}\begin{array}{l}\overset{よ}{る}\\ す\end{array}\begin{pmatrix}四 & ・自\\ 下二 & ・他\end{pmatrix}$$

3. 異幹異行：

$$\text{動}\begin{array}{l}\overset{うご}{く}\\ \underset{うごか}{す}\end{array}\begin{pmatrix}四 & ・自\\ 四 & ・他\end{pmatrix}\quad \text{包}\begin{array}{l}\overset{つつま}{る}\\ \underset{つつ}{む}\end{array}\begin{pmatrix}四 & ・自\\ 四 & ・他\end{pmatrix}\quad \text{積}\begin{array}{l}\overset{つも}{る}\\ \underset{つ}{む}\end{array}\begin{pmatrix}四・自、他\\ 四・自、他\end{pmatrix}$$

$$\text{照}\begin{array}{l}\overset{て}{る}\\ \underset{てら}{す}\end{array}\begin{pmatrix}四 & ・自\\ 四 & ・他\end{pmatrix}\quad \text{塞}\begin{array}{l}\overset{ふさが}{る}\\ \underset{ふさ}{ぐ}\end{array}\begin{pmatrix}四 & ・自\\ 四・自、他\end{pmatrix}\quad \text{増}\begin{array}{l}\overset{まさ}{る}\\ \underset{ま}{す}\end{array}\begin{pmatrix}四 & ・自\\ 四 & ・他\end{pmatrix}$$

$$\text{明}\begin{array}{l}\overset{あ}{く}\\ \underset{あか}{す}\end{array}\begin{pmatrix}下二 & ・自\\ 四 & ・他\end{pmatrix}\quad \text{起}\begin{array}{l}\overset{お}{く}\\ \underset{おこ}{す}\end{array}\begin{pmatrix}上二 & ・自\\ 四 & ・他\end{pmatrix}\quad \text{過}\begin{array}{l}\overset{す}{ぐ}\\ \underset{すご}{す}\end{array}\begin{pmatrix}上二 & ・自\\ 四 & ・他\end{pmatrix}$$

$$\text{解}\begin{array}{l}\overset{と}{く}\\ \underset{とか}{す}\end{array}\begin{pmatrix}下二 & ・自\\ 四 & ・他\end{pmatrix}\quad \text{更}\begin{array}{l}\overset{ふ}{く}\\ \underset{ふか}{す}\end{array}\begin{pmatrix}下二 & ・自\\ 四 & ・他\end{pmatrix}\quad \text{滿}\begin{array}{l}\overset{み}{つ}\\ \underset{みた}{す}\end{array}\begin{pmatrix}上二 & ・自\\ 四 & ・他\end{pmatrix}$$

四、敬語動詞

言文當中反映講話人（或作者）對聽話人（或讀者）和話中或文中所談的對象（即句子中的主體）表示敬意，或是表明上下身分關係時，都須用敬語動詞或可以表示敬意的助動詞。

文言中的敬語動詞較口語爲多，一般分爲**尊敬語動詞**、**謙讓語**

動詞和鄭重語動詞三種。

（一） 尊敬語動詞

向聽話人或句子中動作的主體表示敬意時則使用尊敬語動詞。

尊敬語動詞與普通語動詞對照表：

尊敬語動詞	普通語動詞	相當口語的敬語
座す・御座す・御座します・座す・御座します・座ます（四・自）在す（サ變・自）在すがり（在すかり、在そがり）（ラ變・自）	あり・をり・行く・來	いらっしゃる お出でになる おられる いらせられる お出でなさる
思す・思ほす・思ほす・思し・召す・思ほし召す（四・他）	思ふ	お思いになる
宣ふ（四・他）・聞す（四・自）・仰す（下二・他）	言ふ	おっしゃる
聞す・聞し召す（四・他）	①聞く ②食ふ・飲む	①お聞きになる ②召し上る
召す（四・他）	①呼ぶ ②食ふ・飲む・着る・乘る ③見る・為	①お呼びになる ②召し上る 　お召しになる 　お乘りになる ③御覧になる 　なさる
奉る（四・自）	着る 乘る 食ふ	おめしになる お乘りになる めしあがる
參る（四・自）	食ふ・飲む	召し上る

— 75 —

尊敬語動詞	普通語動詞	相當口語的敬語
見そなはす（四・他）・御覧ず（サ變・他）	見る	御覧になる
知らす・知す・知し召す・知し召す（四・他）	知る	お知りになる・御存じである
	治む	お治めになる
賜ふ（給ふ）・賜ぶ・賜ふぶ・賜うぶ（四・他）・賜はす（下二・他）	與ふ・授く	くださる お与えになる
大殿籠る（四・自）	寝・寝ぬ	お休みになる
遣はす（四・他）	遣る	お遣わしになる
遊ばす（四・自、他）	遊ぶ 為	遊楽をなさる なさる

例句：

　(1)　ここにおはするかぐや姫は重き病をし給へばえ出でおはしますまじ。（ここにいらっしゃるかぐや姫は重い病気にかかっていらっしゃるので〈外に〉お出でになれないでしょう。）〈伐竹翁言道：〉"赫奕姫在此身染重病，恐不能外出"。《竹取物語》〔「給へ」是尊敬語動詞「給ふ」的已然形，此處爲補助動詞，見75頁(7)；「おはします」此處也是補助動詞。〕

　(2)　其後も常は彼處におはして瑟をひいてなぐさめ給へり。（あそこにいらっしゃいまして瑟をひいてお慰めになりました。）爾後常去該處彈瑟以慰之。《平家物語》〔「給へ」此處爲

〔補助動詞。〕

(3) 帝……御輿に奉りてのちにかぐや姫に……。（御輿にお乗りになってから、のちに、かぐや姫に対して……。）帝乘轎之後，對赫奕姬〈詠歌曰：〉……。《竹取物語》

(4) その時一の寶なりける鍛冶工匠六人を召し取りて……。（その当時、国宝であった鍛冶工六人を招集なさり……。）彼時召來六名最上等之鐵匠……。《竹取物語》

(5) 大原の里の甑を召すなり。（甑を取り寄せる。）取來大原村之甑。《徒然草》

(6) 岩に苔むして寂たる所なれば住まほしくぞ思し召す。（寂かな所であるので非常に住みたいとお思いになります。）該處石生蒼苔，乃一幽静所在，故極想居住。《平家物語》

(7) 壺なる御藥たてまつれ。穢き所のもの聞し召したれば御心地惡しからむものぞ。（壺にあるお薬をお飲み下さい。きたないところのものをお食べになられたので御心地が悪かろうというものだ。）請飲罐中之藥。因食濁世穢物，恐身心不佳。《竹取物語》

(8) 歌讀加へて持ちていましたり。（もって行かれました。）複詠歌一首一起攜去。《竹取物語》

(9) この阿佛房と申す人は定家の息為家の室なり。公達五人ましまし候ふ。（この阿佛房という人は定家の息子である為家の妻です。息子は五人居ります。）此名阿佛房者乃藤原定家之子爲家之妻也，有子五人。《十六夜日記》

(10) さてかぐや姫のかたちの世に似ずめでたきことを御門聞

し召して内侍中臣 房子に宣給ふ……。（帝がお聞きあそばされて内侍中臣房子におっしゃるには……。）帝聞知赫奕姫之容貌蓋世無比，即對女官中臣房子言道："……。"《竹取物語》

【注】另外，表示敬意還可使用敬語助動詞「る」「らる」，見125頁；或使役助動詞「す」「さす」「しむ」，見128頁。

（二） 謙讓語動詞

談話人爲表示謙遜，在敍述自己事物或動作時則使用謙讓語動詞，借以對聽話人或應受尊敬者表示敬意。

謙讓語動詞與普通語動詞對照表：

尊敬語動詞	普通語動詞	相當口語的敬語
侍べり（ラ變・自）・候ふ（四・自）	伺候す・有り・居り	お仕えする・お側に控える・お側にいる
仕る・仕ふまつる・仕へまつる（四・他、自）	為・行ふ・仕ふ	致す・お仕え申し上げる
參る（四・自）・詣づ（下二・自）	行く・來	おうかがいする・參上する
罷る（四・自）・罷づ（下二・自）	去る・行く・出づ・來	退去する・退出する
存ず（サ變・自）	思ふ・考ふ・知る	思い申す
申す（四・他）・申し上ぐ・聞ゆ・聞えさす（下二・他）・奏す・啓す（サ變・他）	言ふ	申し上げる・言上する・奏上する

-78-

續表

尊敬語動詞	普通語動詞	相當口語的敬語
聞<ruby>こ<rt>き</rt></ruby>ゆ（下二・他）	やる・送<ruby>おく<rt></rt></ruby>る	差<ruby>さ<rt></rt></ruby>し上<ruby>あ<rt></rt></ruby>げる
承<ruby>うけたまは<rt></rt></ruby>る（四・他）	受<ruby>う<rt></rt></ruby>く・聞<ruby>き<rt></rt></ruby>く	お聞<ruby>き<rt></rt></ruby>きする
奉<ruby>まつ<rt></rt></ruby>る・奉<ruby>たてまつ<rt></rt></ruby>る（四・他） 參<ruby>まるら<rt></rt></ruby>す（下二・他）	與<ruby>あた<rt></rt></ruby>ふ・贈<ruby>おく<rt></rt></ruby>る	差<ruby>さ<rt></rt></ruby>し上<ruby>あ<rt></rt></ruby>げる・献<ruby>けんじょう<rt></rt></ruby>上する
給<ruby>たまは<rt></rt></ruby>る（四・他）	受<ruby>う<rt></rt></ruby>く・貰<ruby>もら<rt></rt></ruby>ふ・授<ruby>をづ<rt></rt></ruby>かる	頂<ruby>ちょうだい<rt></rt></ruby>戴する・頂<ruby>いただ<rt></rt></ruby>く
給<ruby>たま<rt></rt></ruby>ふ（下二・自）	食<ruby>く<rt></rt></ruby>ふ・飲<ruby>の<rt></rt></ruby>む	
拝<ruby>はいけん<rt></rt></ruby>見す（サ變・他）	見<ruby>み<rt></rt></ruby>る	拝<ruby>はいけんいた<rt></rt></ruby>見致す

例句：

(1) 中將……薬の壺に御文そへて參らす。（中将は……御文〈かぐや姫の手紙〉をつけくわえて帝にさしあげる。）中將……將藥罐及赫奕姫之書信獻於皇帝。《竹取物語》〔「に」是格助詞，見211頁7。〕

(2) 聞ゆれば恥かし聞えねば苦し。（申し上げれば恥かしくて、申し上げなかったら苦しい。）奉告則恥，不言則苦。《伊勢物語》

(3) 百官の人等ことごとに紅き紐著けし青摺の衣服を給りき。（きものをいただきました。）百官人等均受領繫有紅帶之青衣。《古事記》

(4) 御使歸り參りて翁の有様申して奏しつることども申

す。（御使は帰参して翁のありさまを申し上げ、翁が奏上した言葉を申し上げる。）使者返回後將伐竹翁之情況及其奏請之事奏上。《竹取物語》

　　(5)　花見にまかりけるにはやく散り過ぎにければ……。（花見に参りましたところがすでに散り終っておりましたので……。）雖去賞櫻，但花已落，故……。《徒然草》〔「ける」是過去助動詞「けり」的連體形，見164頁。〕

　　(6)　此日は翻譯の代に旅費さへ添へて賜はりしを持て歸りて、翻譯の代をばエリスに預けつ。（いただいたのを……預けた。）該日除翻譯費外，並領得旅費，攜回後將翻譯費交與艾莉絲。《舞姫》

　　(7)　謹んで啓事を奉じて陳聞す。謹んで啓す。（謹んで上奏文をさしあげて申し述べます。謹んで申しあげます。）謹奉啓事陳聞。謹啓。任彥升：《啓蕭太傅固辭奪禮》

　　【注一】表示謙遜，除可使用謙讓語動詞外，還可用動詞連用形和補助動詞「聞ゆ」「奉る」「給ふ」等表示。參見73頁補助動詞。

　　【注二】上位者爲表示自己尊大，對下位者之事物或動作往往使用謙讓語動詞進行敘述或表達意見。如：
　　このあたりの下人承れ。明日の卯の時に切り口三寸、長さ五尺のいもおのおの一筋づつ持て參れ。（下人は聞け。……持って来い。）附近僕人等聽之！明晨卯時，每人須攜三寸嘉魚、五尺鮑魚各一條來此！《宇治拾遺物語》

(三) 鄭重語動詞

談話人只是爲了向聽話人表示敬意，而不考慮雙方的事物或動作時，在敘述上可用鄭重語動詞。

鄭重語動詞與普通語動詞對照表：

鄭重語動詞	普通語動詞	相當口語的敬語
侍^{はべ}り（ラ變・自）・ 候^{さぶら}ふ（四・自）	有^あり・居^をり	あります・ ございます

例句：

(1) あはれと思^{おも}ふ人侍^{ひとはべ}りき。（人がございました。）有人認爲可憐。《源氏物語》

(2) いかなる所^{ところ}にかこの木^きは候^{さぶら}ひけむ。（どんなところにこの木はございましたでしょう。）何處〈曾〉有此樹？《竹取物語》〔「けむ」是推量助動詞，見142頁。〕

五、補助用言㈠——補助動詞

補助用言也稱**形式用言**，指某些動詞、形容詞接在其他動詞或形容詞的連用形下，失去其原來的含義，只相當於助動詞而起補助作用。補助用言可分**補助動詞**和**補助形容詞**兩種。

補助動詞除「あり」「をり」「居^ゐる」「行^ゆく」「來^く」「見^みる」「置^おく」等外，一般多爲尊敬語動詞、謙讓語動詞和鄭重語動詞轉來者（參見本書74－81頁）。如：

1. 尊敬語轉來者：

　　給ふ（四段）、在す、御座します、座す、座す、座ます、
遊ばす、下さる

2. 謙讓語轉來者：

　　給ふ（下二）、奉る、奉る、參らす、仕る、仕へ奉る
（仕う奉る）、申す、聞ゆ、致す

3. 鄭重語轉來者：

　　侍り、候ふ（候ふ）

例句（①爲動詞，②爲補助動詞）：

(1)　「あり」接動詞連用形下表示事物的**存續態**，接助詞「に」下
相當指定助動詞「なり」。

　　①　されど小児の答ふる能はざる不幸**あり**。（だが子供は答
えられない不幸がある。）但不幸，兒童不能回答。《友愛》

　　①　又麓に一つの柴の庵**あり**。（庵がある。）又，山下有
一草庵。《方丈記》

　　②　之小児にして始めて答へ得る意味深き答にて**ある**な
り。（意味深い答であるのだ。）此乃孩童始能作出之意味深長之
回答也。《友愛》

　　②　これは龍のしわざにこそ**あり**けれ。（竜のしわざであっ
たのだ。）此乃龍之所爲也。《竹取物語》〔「けれ」是過去助動
詞「けり」的已然形，見164頁；「こそ」是係助詞，見261
頁。〕

(2)　「居る」接動詞連用形下表示事物的**進行態**。

　　①立ちて見、**居**て見れど……。（立って見、坐ってみる

が……。）立而觀之、坐而觀之，然……。《伊勢物語》

② 籠りゐて君に戀ふるに心神もなし。（家に籠っていて……。）深居家門内，念君神不寧。《萬葉集》

② 世に仕ふる程の人誰か一人故郷に殘り居らん。（朝廷に仕えている程の人は誰一人故郷に殘っておろうか。）如居朝爲官者，有誰欲留故都？《方丈記》

(3) 「置く」接動詞連用形或連用形加「て」之下，表示事物存在不動，或事先做好某種準備動作。

① 即ちことごとく是を買ひ磁瓶にさしはさんで吾机の右に置きぬ。（机の右に置いた。）即將〈天香百合〉全部買下插於磁瓶中置吾書案之右側。《天香百合》

① 門を吹き放ちて、四五町が外に置き……。（門を吹き放って……。）旋風將門吹飛而置於四五町遠之地……。《方丈記》

② 面八句を庵の柱に懸置く。（柱にかけて置く。）書連歌起句〈表八句〉懸掛於草堂柱上。《奧州小道》

(4) 「行く」接動詞連用形下表示動作進行下去。

① 星はふへて影水に落つれば舟は空を行く思あり。（影は水に落ちたから……思がある〈する〉。）星漸多，影入水中，故有〈晚〉舟行空之感。《夏之興趣》

② 紅霞は見るが内に富士の曉闇を追ひ下し行くなり。（追い下して行ったのだ。）眼望紅霞驅走富士黎明前之黑暗。《近日富士山之黎明》

② かくて翁やうやうゆたかに成り行く。（こうして、翁

はしだいにゆたかになって行く。）於是，伐竹翁漸趨富裕。《竹取物語》

⑸ 「來」接動詞連用形或連用形加「て」下，說明事物逐漸開展起來的趨勢。

　　① かの唐船來けり。（あの中国の船がやって来た。）彼中國船來矣。《竹取物語》

　　② 涼しき風吹き來ぬ。（涼しいかぜが吹いて来た。）涼風襲來。《春雨後之上州》

　　② 雁なきてくるころ萩の下葉色づくほど……。（雁が鳴いて〈飛んで〉来る時、萩の下葉が黄色にいろづいている時……。）雁鳴時節，萩葉已呈金黃色時……。《徒然草》

⑹ 「見る」接動詞連用形加「て」下表示「試試看」。

　　① 春は藤波を見る。（藤の花をみる。）春賞藤花。《方丈記》

　　② 男もすなる日記といふものを女もしてみむとてするなり。（男も書くと聞く〈言う〉日記……女の私もやって見ようと思って書くのである。）傳聞日記皆爲男人所寫，然〈吾一〉女子亦欲試之，故寫此日記。《土佐日記》

⑺ 「給ふ」（四段）接動詞、助動詞連用形下，表示對聽話人或句中動作的主體（尊長者）的敬意，其命令形「たまへ」表示客氣的命令。

　　①裝束一具づつたまふ。（衣服をひとそろいづつ下さる。）各賜一套衣服。《落窪物語》

　　② わが心の樂しさを思ひ玉へ。（思って下さい。）請理

— 84 —

解吾之心情如何喜悅！《舞姬》

㉑　絲竹の藝は御身《いとたけ》《げい》《おんみ》づから 心《こころ》を盡《つく》し給《たま》ひき。（おみづから心を尽して下された。）絲竹之藝，〈姑母〉曾親自盡心指教。樋口一叶；《雪天》

㉒　この山に籠《こも》り居《ゐ》て後《のち》やむごとなき人の隠れ給《たま》へるもあまた聞《き》ゆ。（おなくなりになった人も多いと聞える〈聞き伝える〉。）自我隱居此山之後，據聞許多達官貴人皆去世矣。《方丈記》

㉓　「ここへ入《い》らせ給《たま》へ」とて……。（こちらへおはいりなさいといって……。）言道：“請入內！”……。《徒然草》

⑻　「給《たま》ふ」（下二）是「飲《の》む」「食《く》ふ」的謙讓語動詞，常用作補助動詞附在動詞「見《み》る」「聞《き》く」「思《おも》ふ」「覺《おぼ》ゆ」的連用形下表示句中動作主體（卑下者）的謙遜態度，相當口語的「拜見《はいけん》する」「お伺《うかが》いする」「存《ぞん》じる」，即有「拜見」「請教」「在下認爲」等意。

㉔　松の思はむことだに恥《はづ》かしう思《おも》ひたまへ侍《はべ》れば……。（恥かしく存じ致しますので……。）妾身甚至思及松樹即感羞愧，故……。《源氏物語》

㉕　惜《を》しげなき身《み》なれど捨《す》てがたく思《おも》ひたまへつることは……かく渡《わた》りおはしますを見《み》たまへ侍《はべ》りぬれば……。（思い致しましたことは……このようにいらっしゃるのを拝見致しましたので……。）〈乳母言：〉“身〈死〉雖不足惜，然吾認爲所難捨者……如此得以拜見〈公子〉光臨，故……。”《源氏物語》

〔「つる」是完了助動詞「つ」的連體形，見167頁；「ぬれ」是

完了助動詞「ぬ」的已然形，見167頁。〕

⑼　「奉る」接動詞連用形下表示動作之主體對上謙遜，以示恭敬。相當口語的「申し上げる」。

①　公 に御文 奉 りたまふ。（帝にお手紙をさしあげられる。）〈赫奕姫〉上書於帝。《竹取物語》

②　翁 答へて申す。「かぐや姫をやしなひたてまつること二十餘年になりぬ。」（翁は答えて申し上げる。「かぐや姫をお養い申し上げること二十年あまりにもなった。」）伐竹翁答道："吾奉養赫奕姫已達二十餘年。"《竹取物語》

②　謹 みて新年を賀し 奉 る。（謹んで新年をお祝い申し上げます。）恭賀新年！

⑽　「仕 る」、「仕へ奉る」接動詞連用形下，特別是漢語「サ變」複合動詞的詞幹下表示謙遜。相當於口語的「致す」。

①　朝宮に仕へまつりて……。（朝の御殿に仕えて……。）仕於早朝……。《萬葉集》

②　御手紙拜見 仕 候 。（お手紙拜見いたしました。）拜接華翰。

⑾　「參らす」接動詞連用形下表示謙遜。相當口語的「お……申し上げる」「して差し上げる」。

①　御くだものなど參らす。（さしあげます。）獻上水果等物《源氏物語》

②　さだかに傳へ參らせん。（たしかにお伝えもうしあげようと思う。）欲如實轉達。《源氏物語》

②　金をば薄き給金を拆きて還し參らせん。縱令我身は食は

－86－

ずとも。（薄い給金を拆いてお金を返して差し上げましょう。たとえ私は食べなくても。）縱使吾不食，亦將省出部分微薪奉還閣下。《舞姬》

⑿　「侍り」接動詞、助動詞連用形下表示對談話對象的尊重，相當於口語的「ます」。

①　いともかしこきは身の置き所も侍らず。（甚だ賢い人は身の置き所もございません。）頗爲聰慧者甚而無安身之處。《源氏物語》

②　嗚呼、何等の特操なき心ぞ、「承はり侍り」と應へたるは。（德操のない心なのだ。「承はります」と答えたのは。）嗚呼！吾答"聽從尊意！"實乃毫無德操之念也。《舞姬》

②　又治承四年水無月の頃、俄かに都遷り侍りき。（六月の頃、俄かに都を遷りました。）又，治承四年六月間，突然遷都。《方丈記》

②　五月五日賀茂の競馬を見侍りしに……。（賀茂神社の競馬を見〈見物し〉ました時に……。）端午觀賀茂神社賽馬時……。《徒然草》

②　深く喜び申し侍り。（深くお喜び申します。）深致賀意！

⒀　「候ふ（候）」接動詞、助動詞等連用形下，由下對上談自己有關事物時，表示對談話對象的尊重。相當於口語的「ます」、「ございます」、「でございます」。今只用於書函、公文方面，這種文體稱爲「候文」。

①　醫師篤成故法皇の御前に候ひて……。（医師篤成が故

法皇の御前に伺候していて……。）醫師和氣篤成曾於故法皇身邊侍奉。《徒然草》

② まことにさにこそ候ひけれ、もっとも愚に候。（ほんとにそうでございます。〈私どもこそ〉もっとも愚かでございます。）確實如此，〈我等〉最蠢。《徒然草》

② 委細承知仕り候ふ。（承知致しました。）敬悉一切。

② 御承知のことと存じ候ふ。（と存じます。）諒所深悉。

② 拜啓奉候。酷暑之砌大兄益御清榮奉賀候。（拜啓いたします。酷暑のころ大兄益益ご清栄の段奉賀いたします。）敬啓者，值此酷暑之際，謹祝仁兄貴體康健。正岡子規：《慰友人落第書》

② 不悪御了承奉願候。謹言。（悪しからず、ご承知願い申し上げます。）望悉一切，敬請海涵！敬啓。《慰友人落第書》

② 末筆ながら奥様によろしく御傳へ願上候。（お伝え下さいませ。）再者，尚祈代向夫人問候。

② 拜啓 時下春寒の候先生には如何に御消光遊ばされ居候ふや、お伺ひ申上候。（拜啓 時下春寒の時、先生には如何にご消光なさっておりますか、お伺い申し上げます。）敬啓者，時值初春之際，先生起居如何，念甚！

第五節　形容詞

形容詞是描述人的感情和事物的性質、形狀、分量等的品詞，是用言之一。分「**ク活用**」和「**シク活用**」兩種。一部分常見的形容詞有：

1.　「ク活用」：

　　赤^{あか}し　明^{あか}るし　淺^{あさ}し　荒^{あら}し　有難^{ありがた}し　著^{いちぢ}るし　薄^{うす}し　重^{おも}し

　　面白^{おもしろ}し　堅^{かた}し　難^{かた}し　辛^{から}し　寒^{さむ}し　少^{すくな}し　狹^{せま}し　高^{たか}し

　　近^{ちか}し　遠^{とほ}し　無^なし　憎^{にく}し　低^{ひく}し　廣^{ひろ}し　深^{ふか}し　短^{みじか}し　安^{やす}し

　　善^よし　若^{わか}し

2.　「シク活用」：

　　新^{あたら}し　忙^{いそが}し　いやし　美^{うつく}し　うるはし　嬉^{うれ}し　恐^{おそろ}し　同^{おな}

　　じ　悲^{かな}し　口惜^{くちを}し　委^{くは}し　寂^{さび}し　親^{した}し　涼^{すず}し　樂^{たの}し　乏^{とぼ}し

　　烈^{はげ}し　恥^{はづか}し　等^{ひと}し　貧^{まづ}し　見悪^{みにく}し　難^{むづか}し　珍^{めづら}し　優^{やさ}し

　　懷^{ゆか}し　煩^{わづらは}し　佗^{わび}し　可笑^{をか}し　惜^をし

【注】複語形容詞也屬「シク活用」。如：

甲斐^{かひがひ}々々し　細^{ほそぼそ}々々し　美^{びび}々々し　晴^{はればれ}々々し　長^{ながなが}々々し　重^{おもおも}重し　輕^{かるがる}々々し　遠^{とほどほ}々々し　弱^{よわよわ}々々

し　苦^{くるぐる}々々し

一、形容詞的活用

形容詞也有詞幹詞尾之分，但其詞尾變化只有五種形態，而無命令形。

詞幹 詞尾 活用 / 種類 原形	未然形	連用形	終止形	連體形	已然形
	順態假定法	連用法　　(1) 逆態假定法(2) 副詞法 中頓法	終止法	連體法	順態確定法(1) 逆態假定法(2)
ク活用　遠し　遠	く	く	し	き	けれ
シク活用　樂し　樂	しく	しく	し	しき	しけれ
主要連接	ば	用言(1) とも(2)	結句	體言	ば　　(1) ども(2)

例句：

1. 未然形

(1) 學校遠くば車に乗らむ。（学校は遠ければ車に乗ろう。）學校若遠即擬乘車前往。。（順態假定法）

(2) 旅行樂しくば共に行かむ。（楽しければ……。）旅行如愉快，我等將同行。（順態假定法）

2. 連用形

(1) 良友も遠く離別すればおのおの天の一方に在り。（離別するので……。）良友遠離別，各在天一方。（蘇武詩）（副詞法）

(2) 一羽の鳥あり。……遠く山を越へて去りぬ。（遠く山を越えて飛び去った。）有一隻烏鴉。……遠遠飛過山去。《可憐兒》（副詞法）

(3) 畢竟その學問の實に遠くして、日用の間に合はぬ證據なり。（間に合わない証拠である。）畢竟證明此類學問遠離實際而不切合日常需要。《勸學篇》（連用法）〔「ぬ」是否定助動詞

「ず」的連體形，見132頁。〕

(4)　路遠くして測る可からず。（はかることができない。）
路遠不可測。杜甫：《夢李白》（連用法）

(5)　山遠うして碧く、雲ありていよいよ碧し。（山は遠くして青く、雲があっていよいよ青い。）山遠而青，有雲更青。德富蘆花：《沙濱之落潮》（連用法）〔「遠う」是「遠く」的音便形，見90頁。〕

(6)　かくて漕ぎゆくまにまに海のほとりに留れる人も遠くなりぬ 。（こうしてこぎ進むにつれて、海のほとりに留っている人も遠くなってしまった。）於是，隨船之駛去，留於岸邊之人亦漸遠矣。《土佐日記》（連用法）〔「る」是完了助動詞「り」的連體形，見172頁。〕

(7)　終日樂しく暮せり。（たのしく暮した。）終日愉快度過。（副詞法）

(8)　成功する日までは尚遠くとも失望する勿れ。（遠くても失望するな。）縱令離成功之日尚遠亦勿失望！（逆態假定法）

(9)　碧 色 の遠山またリボンの如く海を限る。（リボンのように……。）綠色遠山又如緞帶攔海。《沙濱之落潮》（名詞法）

(10)　言高きときは則ち旨は遠く、辭約なれば則ち義は微なり。（辭は約であると則ち義は微である。）言高則旨遠，辭約則義微。杜預：《春秋左氏傳序》（中頓法）

3. 終止形

(1)　野末をわたる風遠し。（野のはてをわたる風は遠い。）掠過原野盡頭之風遠矣。国木田独歩：《獨步吟》（終止法）

(2) 任重くして道遠し。（道は遠い。）任重而道遠。《論語》（終止法）

(3) まことに愛着の道その根深く源遠し。（その根は深く、源は遠い。）誠然，愛戀之道，其根深源遠。《徒然草》（終止法）

(4) 心とこしなへに安く樂し。（心は……楽しい。）心常安逸。《徒然草》（終止法）

(5) 家々みづから以て我が土樂しと爲し……。（自分の土地を楽土となし……。）家家自以我土爲樂。皇甫謐：《三都賦序》〔「と」是格助詞，接在終止形下，見215頁。〕

4. 連體形

(1) 遠き山々は金の煙に暈され……。（遠い山々は……。）遠處群山爲黃色煙霧籠罩，朦朦朧朧……。《香山三日之雲》（連體法）

(2) 遠き慮り無ければ必ず近き憂ひあり。（遠い慮りがないと近い憂がある。）人無遠慮必有近憂。《論語》（連體法）

(3) 遠き家は煙に咽び、近き邊りはひたすら焰を地に吹きつけたり。（遠い家は……近いあたりは……吹きつけた。）遠舍爲煙所噎，近處火焰噴地。《方丈記》（連體法）

(4) からうじてはるかに遠きあづまになりて……。（遠いあづまになって……。）方至遙遠之東國〈任職〉。……《更級日記》（連體法）

(5) 鞭を著け馬に跨がり遠き道を渉る。（遠い道を渉る。）著鞭跨馬涉遠道。李白：《別南陵兒童入京》（連體法）

(6)　常の人は遠きを貴び近きを賤しみ、聲に向ひ實に背く。（遠いものを……近いものを……。）常人貴遠賤近，向聲背實。曹丕：《典論・論文》〔「を」是格助詞，接在連體形下，見209頁。〕

(7)　貧しきが中にも樂しきは今の生活、捨てがたきはエリスが愛。（楽しいことは今の生活で、捨てがたいのはエリスの愛である。）貧困之中仍有樂趣，即今之生活，而難捨者則爲艾莉絲之愛。《舞姬》〔「は」是係助詞，接在連體形下，見251頁。〕

(8)　かくて若き夫婦の幸しき月日は夢よりも淡く過ぎたり。（こうして若い夫婦の楽しい月日は……過ぎた。）於是，年輕夫婦之愉快生活已然過去，比夢猶淡。《源叔父》）（連體法）

(9)　堀川　相國美男の樂しき人にて、そのこととなく、過差を好み給ひけり。（楽しい人で……お好みになった。）堀川太政大臣乃美男中之富豪，事事皆好奢侈。《徒然草》（連體法）

(10)　然らば則ち何ぞ樂しき。（何が楽しいのか。）然則何樂？司馬相如：《子虛賦》〔「ぞ」是係助詞，要求連體形結句，見258頁。〕

5.　已然形

(1)　道尚遠ければ旅行は此處まで中止したり。（まだ遠いから……中止した。）路途尚遠，故旅行至此中止。（順態確定法）

(2)　左右廣ければ障らず、前後遠ければ塞らず。（左右が広くなるとさし障りがなく、前後遠くなると塞らない。）左右寬則無阻，前後遠則不塞。《徒然草》《順態確定法》

(3) 生活楽しければ身に益あり。（楽しいと……）生活愉快，於身有益。（順態確定法）

(4) この年ごろはいとこそ楽しけれ。（このとしごろは大変楽しい。）此年紀最快活。《大鏡》〔「こそ」是係助詞，要求已然形結句，見261頁。〕

(5) 舞踏は楽しけれども度を過ごす勿れ。（楽しいけれども度を過してはいけない。）跳舞雖為樂事，但勿過度。（逆態確定法）

【注一】有的文法書主張「シク活用」的形容詞詞幹也包括詞尾「し」，如「樂し」都看做詞幹。其活用表如下：

原 形	詞 幹	未然形	連用形	終止形	連體形	已然形
樂し	樂	く	く	○	き	けれ

這種活用表也通用，只是缺少終止形，有時不便。但在詞幹的用法上，常有這種形態出現，因此兩種活用表可以互相補充使用。如「シク活用」形容詞的詞幹與接尾詞「み」「さ」「げ」等接合構成名詞（樂しみ、寂しさ、悲しげ）就符合這種活用表。

例句：

(1) ただ静なるを望みとし、憂へなきを樂しみとす。（静かなことを……憂えのないことを楽しみとしている。）惟以安静為懷，以無憂為樂。《方丈記》（名詞法）

(2) 後の寂しさは何にか比へむ。（何に比えようか。）其後之孤寂何比？石川啄木：《愛我之歌》（名詞法）〔「む」是推量

助動詞，見138頁。〕

【注二】形容詞的名詞法較動詞複雜，不僅使用連用形表示，還可由各種形態變化構成名詞。如：

1. 連用形名詞法：

　(1)　春の日脚の西に傾きて、**遠く**は日光、足尾、越後境の山々、**近く**は小野子、子持、赤城の峰々……。（春の日が西に傾いて遠いところは……近いところは……。）春日西斜，遠有日光、足尾、越後境內群山，近有小野子、子持、赤城諸峰……。《不如歸》

　(2)　古き墳、**多く**はこれ少年の人なり。（古いつかは多くはこれ少年の人である。）古墳多爲此等少年之人也。《徒然草》

2. 終止形名詞法：

　(1)　人の身ざまの**善し悪し**、才ある人はそのことなど定め合へるに……。（その才などについて定め合っている場合に……。）對他人風貌之美惡、或有才能者對其才華互相評議時……。《徒然草》

　(2)　用於人名，如：「**武**」、「**正**」

3. 連體形名詞法：

　(1)　白雲團々、月に**近き**は銀の如く光り、**遠き**は綿の如く和らかなり。（白雲は団々として、月に近いものは銀のように光り、遠いものは綿のように和らかだ。）白雲團團，離月近者閃耀如銀，遠者柔軟似綿。德富蘆花：《花月夜》

　(2)　**故き**を温ねて、**新しき**を知れば以て師と爲るべし。

（古いものごとを……新しい知識を……。）温故而知新可以爲師
矣。《論語》

4. 詞幹構成名詞：

    (1) 赤、青、白、丸（圓）

    (2) 用於人名，如：高、近、久

    (3) あなにくの男や。（あゝ、憎い奴だなあ。）噫、討厭
鬼！《枕草子》

    (4) をかしの御髮や。（美しい髮の毛だなあ。）眞是〈一
團〉美髮！《源氏物語》

5. 詞幹與接尾詞結合構成名詞：

    深み、苦しみ、熱さ、可笑しさ、戀しげ、麗しげ

6. 詞幹與其他名詞結合構成複合名詞：

    青山、故里、嬉涙（喜涙）、日長（晝長）、寒夜、端近
（靠門口處）

【注三】形容詞「ク活用」和「シク活用」不能直接與表示未來、推量、否
定、過去等助動詞連接，而且缺少命令形。爲補足這種缺陷，要用連用形加ラ行變
格動詞「あり」所構成的「カリ活用」來表示。

カリ活用表：

種類	活用　語尾 / 語幹　原形	未然形	連用形	終止形	連體形	已然形	命令形
		推量法 (1)　否定法 (2)	連用法	終止法	連體法	順態確定法 (1)　逆態確定法 (2)	命令法
ク活用	多(おほ)し　無(な)し	くあら〜か	くあり〜か	(くあり)〜か	くある〜か	(くあれ)〜か	くあれ〜か
シク活用	美(うつく)し	しくあら〜か	しくあり〜か	(しくあり)〜か	しくある〜か	(しくあれ)〜か	しくあれ〜か
主要連接		む(ん) (1)　ず (2)	き	結句	體言　べし	ば (1)　ども (2)	

例句：

1. 未然形

(1) 數十丈の絶壁を真逆さまに海に落ちて……人知らぬ死を遂ぐるのほか**なから**ん。（絶壁からまっさかさまに海に落ちて……よりほかないでしょう。）從數十丈高之絶壁俯落海中，……惟有摔死而無人知曉也。《懸崖》（推量法）

(2) いかに物の哀れも**無から**ん。（ないだろう。）何無情趣也。《徒然草》（推量法）

(3) 實に人の詩思を索き得て千條の絲よりも**多から**しむ。（ひくことができて千条のいとよりも多いようにする。）實能引人詩思，較千絲萬縷猶多。德富蘆花：《芒草》〔「しむ」是使役助動詞，接在未然形下，見128頁。〕

(4) 梧葉と手水鉢の側なる八剛纂は葉廣うして、わが家の雨聲を**多から**しむ。（側にある八剛纂は葉が広くして、わが家の雨声を多いようにする。）梧葉與水盆旁之八角金盤，葉長肥，加重吾家之雨聲。《吾家財富》

(5) 世の人數もさのみ**多から**ぬにこそ。（世間の人の数もさほど多くはないのである。）世間人口〈數量〉亦非如此之多也。《徒然草》（否定法）〔「ぬ」是否定助動詞「ず」的連體形，見132頁；「こそ」是係助詞，見261頁。〕

2. 連用形

(1) 余が二年あまり寓せる邸内には栗の木**多かり**し。（寄寓した邸内には栗の木が多かった。）余所寄居二年餘之寓所内有許多栗樹。德富蘆花：《栗》（連用法）〔「し」是過去助動詞

「き」的連體形，見164頁[註三]。〕

(2) 人々皆起きいでて……波止場に集まりぬ。波止場は事な **かりき**。（集まった。波止場はなにごともなかった。）人皆起床……聚集於碼頭。碼頭〈安然無事〉未被沖毀。《源叔父》（連用法）

(3) 思のほかのことども **多かり** けり。（などが多かった。）意外之事多矣。《平家物語》（連用法）

(4) かくのぼる人々の中に京よりくだりし時にみな人、子ども **なかりき**。（京から下ったときには誰もみな子供を〈連れて〉い無かった。）於是，溯河而上之人群中，自京都去土佐時，任何人皆無子女。《土佐日記》（連用法）

(5) 妻は美 **しかりし**。名を百合と呼び、大入島の生まれなり。（妻は美しかった。……大入島の生まれである。）妻美，名百合，大入島人。《源叔父》（連用法）

3. 終止形

(1) 目もあてられぬ事 **多かり**。（目もあてられないことが多かった。）目不忍睹之事甚多。《方丈記》（終止法）

(2) あたりを離れぬ君達、夜をあかし、日を暮す **多かり**。（近辺をはなれない貴公子たちは夜を明かし、日を暮すものが多い。）貴公子等多終日守於伐竹翁門前，不離附近。《竹取物語》

(3) 珍かに、あはれなること **多かり**。（めずらかで、あはれなことが多くある。）新奇、風趣之事甚多。《更級日記》

(4) このとまりの濱にはくさぐさの麗しき貝石など **多かり**。（貝、石などが多い。）此港岸邊有許多各色各樣美麗之貝、

—99—

石等。《土佐日記》

(5) かくてこの 間に事多かり。（ことが多い。）於是近來
事多。《土佐日記》

4. 連體形

(1) 鳥部野、舟岡、さらぬ野山にも送る數多かる日はあれど
送らぬ日はなし。（送る〈遺骸の〉数が多い日はあるが送らない
日はない。）毎日皆有許多遺體送往鳥部野、舟岡以及其他荒山野
地，未有不送之日。《徒然草》（連體法）

(2) こちたく多かる、まして口惜し。（多いことはさらにつ
まらない。）〈財寶〉過多則更無益。《徒然草》〔「多かる」下
面省略體言「こと」〕

(3) 木は楢、櫟、榛、栗、櫨などなお多かるべし。（また
多いでしょう。）樹有楢、櫟、榛、栗、櫨等，蓋猶多也。《雜樹
林》〔「べし」是推量助動詞，接在「ラ變」型活用詞連體形下，
見148頁。〕

(4) とり集めたることは秋のみぞ多かる。（とりあつめてい
ることは秋だけ多いものだ。）〈如割稻等〉集中而來之農事唯秋
最多。《徒然草》〔「ぞ」是係助詞，要求連體形結句，見258
頁。〕

(5) 京のうれしきあまりに、歌もあまりぞ多かる。（帰京
のうれしさのあまり、歌もあまりにも多い。）歸京甚喜，故和歌
亦頗多也。《土佐日記》

(6) こと人々のもありけれど賢しきも無かるべし。（他の人
々の〈和歌〉もあったけれど賢しいのもなかっただろう。）他人

亦有和歌，但恐無傑作。《土佐日記》〔「べし」是推量助動詞，接在「ラ變」型活用詞連體形下，見148頁。〕

5. 已然形

(1) これならず多^{おほ}かれども書^かかず。（これだけでなく多くあるけれども書かない。）不僅如此，尚有許多，但略而不書。《土佐日記》（逆態確定法）

(2) ところも變^{かは}らず、人も多かれど、古^{いにしへ}見^みし人^{ひと}は二三十人^{にさんじふにん}が中^{なか}にわづかにひとりふたりなり。（ところもかはらなくて、人も多いが昔見た人は二、三十人のうち、わずかに一二人である。）地亦未變（仍爲京都），人亦頗多，然昔日相識者二三十人中僅存一二人也。《方丈記》（逆態確定法）

(3) 學問^{がくもん}こそ猶　こころに飽^あき足^たらぬところも多^{おほ}かれ。（飽き足らないところも多い。）惟學問猶多有不厭人意之處。《舞姬》〔「こそ」是係助詞，要求已然形結句，見261頁。〕

(4) 忘^{わす}れがたく、くちをしき事^{こと}多^{おほ}かれど、え盡^つくさず。（くちおしいことが多いけれども言いつくすことができない。）〈令人〉難忘、遺憾之事雖多，但不能盡言。《土佐日記》（逆態確定法）

6. 命令形

(1) 同志^{どうし}よ、われの無言^{むごん}をとがむることなかれ。（とがめないで下さい。）同志！莫怪我無言。《墓誌銘》（命令法）

(2) 友^{とも}よさは乞食^{こじき}の卑^{いや}しさ厭^{いと}ふなかれ。（友よさように……いとわないように。）朋友！勿厭乞丐之卑微。《愛我之歌》

(3) 今^{いま}に於^おいて怪^{あや}しむ勿^{なか}れ。（怪しまないでください。）於

今勿怪！《社會主義神髓》

(4)　佛のをしへたまふ趣はことに觸れて、執心なかれとなり。（ほとけが教えられている教の趣は「ことについて執着心もつな」ということである。）佛所教誨之主旨乃謂對任何事勿執著。《方丈記》

【注】「かり活用」只是爲彌補「ク活用」和「シク活用」之不足而產生的一種活用。所以其未然形順態假定法和終止形逆態假定法一般都不使用，而多用「ク活用」或「シク活用」的未然形順態假定法和連用形逆態假定法。而且，「カリ活用」的終止形和已然形在古典文言文中除「多かり」或「多かれ」外，其他用例則很少見。

二、形容詞的音便

形容詞「ク活用」、「シク活用」的音便有「イ音便」和「ウ音便」，「カリ活用」的音便有「撥音便」，共計三種。但與動詞一樣，形容詞的音便形在文言中也可不用。
（）　イ音便（形容詞連體形「き」、「しき」下接體言或感嘆助詞「かな」時可變爲「い」、「しい」。）

(1)　いと暗い夜←──（暗き夜）漆黑之夜《更級日記》
(2)　悲しいかな。←──（悲しきかな。）哀哉！《沙石集》
〔「かな」是感嘆助詞，見280頁。〕
（）　ウ音便（形容詞連用形副詞法或連用法「く」、「しく」下接用言或下接接續助詞「て」、「して」時可變爲「う」、「しう」。但也有寫「ふ」、「しふ」或「しゅう」者。

(1) 行くままに空も水も闇うなりまさりぬ。←（闇くなってまさった。）隨舟之前進，天空、水面皆愈益暗矣。《夏之興趣》

(2) 日落ちて山闇ふなり行く時……。←（山が闇くなって行く時……。）日落而山色發暗時……。《天香百合》

(3) 徘徊　良久しゅうして空を仰げば……。←（やや久しくして……。）徘徊良久，仰望天空……。《梅》

(4) いと美しうてゐたり。←（美しくて坐っている。）姿態頗美，端坐〈於竹筒中〉。《竹取物語》

㈢ **撥音便**（形容詞「カリ活用」連體形「かる」、「しかる」下接表示推斷意義的助動詞「なり」、「めり」時可變爲「かん」、「しかん」或把「る」和「な」一起省略。）

(1) いとよかんなり。←（いとよかるかり。）（よろしいです。）甚佳。《源氏物語》

(2) 人のこころざしひとしかんなり。←（ひとしかるなり。）（等しいです。）〈五〉人之心似同樣也。《竹取物語》

(3) そはよかめり。←（よかんめり。）←（よかるめり。）（それはよかろう。）其或佳也。《枕草子》

(4) この世に生れては願はしかるべき事こそ多かめれ。←（多かんめれ。）←（多かるめれ。）（この世にうまれて願わしかろうと思うことが多いようである。）生於此世，渴望之事似甚多也。《徒然草》

三、補助用言㈡──補助形容詞

補助形容詞有「無し」、「良し」等。

例句：（①爲形容詞，②爲補助形容詞）

⑴ 「無し」接副詞或用言連用形下表示否定時可看成是補助形容詞。

　　① 日暮れて間もなきに問屋三軒皆戸ざして人影絶え人聲なし。（間もなくて……人影がたえ、人声がない。）日暮不久，三家貨棧皆閉門，既無人影，亦無人聲。《源叔父》

　　① 寸陰　惜しむ人無し。（寸陰を惜しむ人はない。）無惜寸陰者。《徒然草》

　　① ひと日もみ雪降らぬ日はなし。（一日も雪の降らない日はない〈のである〉。）無日不飛雪。《古今和歌集》

　　② ふるさとも戀しくもなし。（故郷までもこいしくもない。）故郷亦不留戀。《平家物語》

　　② よる鳴くものなにもなにもめでたし。乳兒どものみぞさしもなき。（夜鳴くものはなにもかもめでたい。……そうでもない。）夜鳴者皆令人喜，唯嬰兒不然。《枕草子》

　　② 億萬限りなきの蘆花影を倒まにして水に映じ……。（億万限りない蘆花は……。）億萬無限之蘆花，其影倒映於水中……。《蘆花》

　　② 寂として應へなし。（こたえない。）寂而不應。《源叔父》

⑵ 「良し」接動詞連用形下表示動作順利、容易。

①　良き馬二つ、牛二つ。（良い馬は……。）良馬二匹、牛二頭。《宇津保物語》

①　その葉落ち盡して寒林の千萬枝簇々として寒空を刺すもよし。……大月盆のごとく出でたる、もっともよし。（刺すこともよい。大月が盆のようにでていることは最もよい。）其葉落盡，而寒林千萬條枝簇簇伸刺寒空亦佳。……月出如盤最佳。《雜樹林》

②　ありよしと人はいへども……。（住みよいと……。）人雖言可住……。《萬葉集》

②　ひねもすに鳴けど聞きよし。（一日中鳴っているが聞きよい〈ものだ〉。）終日啼鳴，但頗悅耳。《萬葉集》

【練習十三】

1. 舉例說明文言形容詞與口語形容詞的活用形有何不同？

2. 寫出文言形容詞「暑し」「善し」「優し」「正し」的各活用形。

3. 按「シク活用」型寫出文言形容詞「同じ」的活用形。

4. 舉例說明口語形容詞的「ウ音便」發生在什麼情況下？

第六節　形容動詞

形容動詞也是用言之一，主要用做修飾語和謂語。在性質上，一方面因有副詞法，故與形容詞相同；另一方面，詞尾變化是屬動詞「ラ變」型的，因此又與動詞相同。

一、形容動詞的分類

形容動詞有「**ナリ活用**」和「**タリ活用**」兩種：

(1) ナリ活用

常見的「ナリ活用」形容動詞有：

明らかなり、鮮やかなり、あはれなり、おどろなり、大きなり（大いなり）、愚かなり、かすかなり、清らかなり、細やかなり、さだかなり、静かなり、なめらかなり、にはかなり、ねんごろなり、華やかなり、ひそかなり、冷ややかなり、稀なり、見事なり、安らかなり、豊かなり、僅かなり、をかしげなり、急なり、真なり、切なり

ナリ活用表：

活用 詞尾 原形 詞幹	未然形	連用形	終止形	連體形	已然形	命令形
	推量法(1) 否定法(2) 順態假定法 (3)	連用法(1) 中頓法(2) 副詞法(3)	終止形(1) 逆態假定法 (2)	連體法	順態確定法 (1) 逆態確定法 (2)	命令法
静かなり 静か	なら	なり (1)(2) に (1)(2)(3)	なり	なる	な れ	なれ
主要連接	む（ん）(1) ず (2) ば (3)	きて (1) （して）(1) 用言 (1)(3)	結句 (1) とも (2)	體言	ば (1) ども (2)	

例句：

1. 未然形

(1) 樹<ruby>静<rt>きず</rt></ruby>かならんと<ruby>欲<rt>ほつ</rt></ruby>すれども<ruby>風止<rt>かぜや</rt></ruby>まず、<ruby>子養<rt>こやしな</rt></ruby>はんと<ruby>欲<rt>ほつ</rt></ruby>すれども<ruby>親待<rt>おやま</rt></ruby>たず。（木が静かだろう〈になろう〉と欲するが風は止まなくて……。）樹欲靜而風不止，子欲養而親不待。《韓詩外傳》（推量法）

(2) <ruby>人<rt>ひと</rt></ruby>に<ruby>向<rt>むか</rt></ruby>ひたれば<ruby>詞<rt>ことば</rt></ruby>おほく、<ruby>身<rt>み</rt></ruby>もくたびれ、こころも<ruby>閑<rt>しづ</rt></ruby>かならず……。（人に向っていると……心も静かでなくて……。）與人對坐，則多言、體倦、心亦不寧。《徒然草》（否定法）

(3) <ruby>静<rt>しづ</rt></ruby>かならざりし<ruby>夜戌<rt>よいぬ</rt></ruby>の<ruby>時<rt>とき</rt></ruby>ばかり……。（静かでなかった夜、午後八時ごろ……。）不寧之夜，晩八時許……。《方丈記》（否定法）〔「ざり」是否定助動詞，見132頁；「し」是過去助動詞「き」的連體形，見161頁。〕

(4) <ruby>心<rt>こころ</rt></ruby>は<ruby>縁<rt>えん</rt></ruby>にひかれて<ruby>移<rt>うつ</rt></ruby>るものなれば、<ruby>閑<rt>しづ</rt></ruby>かならでは、<ruby>道<rt>みち</rt></ruby>は<ruby>行<rt>ぎやう</rt></ruby>じがたし。（移り変るものであるから、静かでなくて仏道は修行しがたい。）心爲環境牽引而變化，故不平靜，道亦難於修成。《徒然草》（否定法）〔「ならで」是「ならずて」的約音，見135頁否定助動詞「ず」注一。〕

(5) この<ruby>室静<rt>しつしづ</rt></ruby>かならば<ruby>借<rt>か</rt></ruby>らん。（静かならば〈静かであったら〉借りよう。）此室若靜即擬借用。（順態假定法）

2. 連用形

(1) <ruby>山<rt>やま</rt></ruby>いよいよ<ruby>静<rt>しづ</rt></ruby>かになりぬ。（静かになった。）山益靜。德富蘆花：《灰燼》（連用法）

(2)　然も海上は静かにして一波だも動かず。（静かで、一波でさえも動かない。）然，海上平静而無波。《夏之興趣》（連用法）〔「だも」是副助詞「だに」與係助詞「も」的約音。〕

(3)　和顔を収めて志を静かにし、礼防を申べて以て自ら持す。（静かにして……自ら持する。）収和顔而静志分，申礼防以自持。《洛神賦》（連用法）

(4)　今日も寂かに暮れむとす。（静かに暮れようとする。）今日亦将安然度過。《可憐兒》（副詞法）

(5)　静かにこれを訴へて遠慮なく議論すべし。（議論するべきだ。）應安然提出而不客氣予以批評。《勧學篇》（副詞法）

(6)　天下事無く、吾家事事く、客無く、債鬼なく、また餘財なく、淡々焉として年は静かに暮れ行く。（静かに暮れて行く。）天下太平，吾家平安，無客、無債鬼、又無餘財，安然臨近年底。德富蘆花：《除夕》（副詞法）

(7)　いみじく静かにおほやけに御文たてまつりたまふ。（静かに帝にお手紙をさしあげられる。）赫奕姫頗爲冷静〈而〉上書於帝。《竹取物語》（副詞法）

3. 終止形

(1)　蛙の聲いと静かなり。（かえるの声は〈無いから〉甚だ静かだ。）無蛙聲，故極静。《花月夜》（終止法）

(2)　午後春雨。暖かにして、長閑に、且つ静かなり。（静かである。）午後春雨。温暖、悠閑而寂静。《初春之雨》

4. 連體形

(1)　《静かなる山々》（《静かな山々》）德永直：《静静的

群山》——小説名。（連體法）

(2)　海は實に大、靜かなる時は慈母の胸のごとく……。（静かな時は慈母の胸のように……。）海實大，平靜時如慈母之胸懷……。德富蘆花：《大河》（連體法）

(3)　靜かなるは麥苅すむころの田舍の夕暮なりけり。（静かな時は……夕方なのだなあ。）安靜時刻乃麥收後農村之傍晚也。德富蘆花：《蒼茫之黃昏》〔「は」是係助詞，接在連體形下，見251頁；「けり」是詠嘆助動詞，見203頁。〕

(4)　靜かなるあかつき、この理を思ひ續けて、みづから心に問ひて曰く……。（静かな曉、……自ら心に問っていうには……。）寂靜之黎明，繼續悟其道理，於心自問曰：……。《方丈記》（連體法）

(5)　澹乎として深泉の靜かなるが若く、泛乎として繫がざる舟の若し。（静かであるように……のようである。）澹乎若深泉之靜，泛乎若不繫之舟。賈誼：《鵬鳥賦》〔「が」是格助詞，接在連體形下，見206頁。〕

5.　已然形

(1)　もし夜靜かなれば窓の月に故人をしのび、猿の聲に袖をうるほす。（もし夜は静かになると……。）〈更深〉夜靜，則望窗月而思故人，聞猿聲而淚沾衣。《方丈記》（順態確定法）

(2)　こころ自から靜かなれば無益のわざを爲さず。（静かなので無益のわざをなさない。）心自坦然，不爲無益之事。《徒然草》（順態確定法）

(3)　夜は靜かなれどもなほ眠ること難かし。（夜は静かであ

るが……。）夜雖靜仍難眠。（逆態確定法）

　(4)　このごろの晝こそいと**靜かなれ**。（非常に静かなの
だ。）近來晝間頗爲安靜。《晚秋初冬》〔「こそ」是係助詞，要
求已然形結句，見261頁。〕

6. 命令形

　　愈々　始まる故**靜かなれ**。（静かにしなさい。）即將開始，
請肅靜！（命令法）

　㈡　**タリ活用**

　　「タリ活用」形容動詞都以漢語爲詞幹，即由漢語轉來者。常
用的「タリ活用」形容動詞有：

　　恍たり、藐たり、矯たり、嚴たり、慘たり、欣々たり、炎
々たり、蕩々たり、陶々たり、峨々たり、茫然たり、漠然たり、
悄然たり、決然たり、沛然たり、斷乎たり、煥乎たり、炭々乎
たり、巍々乎たり、洋洋乎たり、莞爾たり、卒爾たり、忽焉た
り、圉々焉たり、躍如たり、勃如たり、渺茫たり、自若たり

タリ活用表：

原形＼詞幹＼活用＼詞尾		未然形	連用形	終止形	連體形	已然形	命令形
		推量法(1) 否定法(2) 順態假定法 (3)	連用法(1) 中頓法(2) 副詞法(3)	終止形(1) 逆態假定法 (2)	連體法	順態確定法 (1) 逆態確定法 (2)	命令法
燦然たり	燦然	た　ら	たり─(1) ─(2) と　<(1) 　　(2) 　　(3)	た　　り	た　る	た　れ	たれ
主要連接		む（ん）(1) ず　　(2) ば　　(3)	き　　(1) して　(1) 用言<─(1) 　　　(3)	結句　(1) とも　(2)	體言	ば　(1) ども(2)	

－110－

例句:

1. 未然形

　　⑴　人格は玉の如し。磨くほど燦然たらむ。（人格は玉のようである。……燦然としていよう。）人格如玉，愈磨練愈燦然。（推量法）

　　⑵　努力して磨けども未だ燦然たらず。（磨くがまだ燦然としていない。）雖盡力琢磨，仍未放異采。（否定法）

　　⑶　寶石の光輝燦然たらば買はん。（燦然としているなら買おう。）寶石之光澤若美，即欲購之。（順態假定法）

2. 連用形

　　⑴　宛ながら幾頭の青龍の蜿々として山を下るが如く……。（下るように……。）如數條青龍蜿蜒下山……。德富蘆花：《高根山之風雨》（連用法）

　　⑵　余は愕然として顧りみ、顧りみてまた愕然たりき。（また愕然とした。）余愕然回顧，顧後又愕然。德富蘆花：《國家與個人》（連用法）

　　⑶　舟は遙々として以て輕く颺り、風は飄々として衣を吹く。舟遙遙以輕颺，風飄飄而吹衣。陶潛：《歸去來辭》（連用法）

　　⑷　高山森々として一鳥聲聞かず。（聞かない。）高山森森，不聞鳥聲。《奧州小道》〔「して」是接續助詞，見238頁。〕（連用法）

　　⑸　越路の山の雪皎々と白きを見よ。（白いのを見よ。）請賞越路山之皎皎白雪！《春雨後之上州》（副詞法）

－111－

(6) 繽紛と飛び來る火の粉は急霰の如く面を撲ち……。（急霰のように……。）火星繽紛〈飛來〉如驟霰撲面……。《灰燼》（副詞法）

(7) 三五夜中の新月白く冴え、涼風颯々たりし夜半に……。（十五夜のお月は……颯々とした夜半に……。）於此中秋〈初升之〉冷月清清、涼風颯颯之夜半……。《平家物語》（連用法）

3. 終止形

(1) 北には青山峨々として、松吹く風索々たり。南には蒼海漫々として、岸打つ波も茫々たり。（松を吹く風は索々としている。……岸を打つ波も茫々としている。）北面青山巍巍，吹松之風嗦嗦，南面蒼海漫漫，擊岸之波茫茫。《平家物語》（終止法）

(2) 思ふこと無く、慮ること無く、その樂しみは陶々たり。（陶々としている。）無思無慮，其樂陶陶。劉伶：《酒德頌》

(3) 夜十時、燈をとりて外を覘へば飛雪なほ紛々たり。（灯をとって外を窺うと、飛雪はなほ紛々としている。）夜十時，掌燈外望，仍見飛雪紛紛。德富蘆花：《雪天》

4. 連體形

(1) 蕭然たる音山谷に起り……。（蕭然としている音が……。）蕭然之音起於山谷……。《高根山之風雨》（連體法）

(2) 堂々たる孔明、基宇は宏邈なり。（堂々たる孔明は基宇は宏邈である。）堂堂孔明，基宇宏邈。《三國名臣序贊》（連體形）

(3) 北を顧りみれば又山岳の峨々たるより百尺の瀧水みなぎり落ちたり。（北を顧みると又山岳の峨々たるところから、百尺の滝水は漲って落ちた。）回顧北面，又自巍峨山巔有百尺瀑布奔騰而下。《平家物語》「より」是格助詞，接在連體形下，見219頁。〕

5. 已然形

(1) 光景燦然たれば思はず嘆聲を放てり。（燦然としているので……放った。）景象燦然，不由發出讚嘆之聲。（順態確定法）

(2) 伊香保山の外、渾て白濛々たれどももはや晴の遠からざるを思ふ。（白濛々としているが晴が遠くないと思う。）伊香保山外，蒼茫一片，但可望轉瞬即晴。《香山三日之雲》（逆態確定法）

6. 命令形

(1) 態度は堂々たれ。（堂々としていなさい。）態度須莊嚴！（命令法）

(2) 汝の品格は常に燦然たれ。（燦然としていなさい。）汝之品格應保持高尚！

【注】「タリ活用」形容動詞的連用形副詞法和連體形在口語中仍常見，如「燦然と」在口語中爲副詞，可做狀語；「燦然としている」或「燦然としておる」可做謂語；「燦然とした」、「燦然たる」可做定語。所以口語語法中也有另設「タルト型」形容動詞的。

二、形容動詞的音便

「ナリ活用」形容動詞的連體形連接表示推斷意義的助動詞「なり」、「めり」、「べし」時發生「撥音便」。如：

   (1)　靜かなるなり。——→靜かなんなり。（或「靜かななり。」）〈頗〉安靜也。

   (2)　愚かなるめり。——→愚かなんめり。（或「愚かなめり。」）似乃愚笨。

   (3)　穩やかなるべし。——→穩やかなんべし。（或「穩やかなべし。」）或許穩妥。

【練習十四】

   1. 寫出口語形容動詞「靜かだ」的活用形，與文言「靜かなり」比較有何不同？

   2. 寫出下列形容動詞的活用形：

    盛んなり、速かなり、懇切なり、慘たり、朗々たり、勃如たり

   3. 找出下面例文中的用言，列表填寫各活用形：

    午前　春陰、午後　春雨。暖かにして長閑に且靜かなり。

  逗子の梅は多く老いぬ。八幡の林には、子を負ひたる老婆、松葉、松子、枯れ枝を拾ひつつあり。雨は松杉欅の間を漏りて、ほとほと枯葉まじりの砂をうつ。

  村より野に出づれば　麥の緑　著しく深くなりて、路邊の枯草も緑斑らに萌え出でぬ。雨漫ろにしぶきて神武寺の山碧くかすめり。

德富蘆花：《初春之雨》

   4. 試譯3之例文。

第七節　連體詞

連體詞是獨立詞之一，沒有詞尾變化，在句子中只能做定語修飾體言，有「或る」「有ゆる」「所謂」「如何なる」「斯る」「斯の」等。如：

(1)　**或年の秋の或日**、ひとり輕井澤を立ちて、舊道を辿る。某年秋之某日，自輕井澤啓身尋舊路而行。德富蘆花：《碓山嶺之川流聲》

(2)　**ある人**、弓射ることを習ふにもろ矢をたばさみて的に向ふ。（習うのに二本の矢を手挾んで的に向う。）有人習射，然手持雙矢向的。《徒然草》

(3)　これを見て**あらゆる**蛇一口づつかみて……。（あらゆる蛇が一口ずつかんで……。）所有蛇〈均〉各咬一口……。《沙石集》

(4)　**いはゆる**折琴、繼琵琶これなり。（これである。）所謂折琴、繼琵琶是也。《方丈記》

(5)　自然は**如何なる**ものをも用いて絶好の趣味を作るなり。（作るのである。）大自然利用一切〈任何物〉創造絶妙之情趣。德富蘆花：《榛樹》

(6)　**かかる**愚民を支配するには……。（このような愚民を……。）〈爲〉統治如此之愚民……。《勸學篇》

(7)　余は**斯**雜木林を愛す。余愛此雜樹林。《雜樹林》

(8)　思ひ出づれば**去ぬる**二月降り積む雪を落花と蹴散らして……。（思い出していると、去る二月降り積んだ雪をけちらし

て……。）憶及前曾踢散二月積雪有如落花……。《灰燼》

一般來說，連體詞大多是由其他品詞轉化而來，如「我が國」的「我が」，由代名詞「我」和助詞「が」構成；「この」「その」「あの」「いづれの」都是由代名詞「此」「其」「彼」「孰れ」等加助詞「の」構成；「同じ事」的「同じ」是由形容詞轉化來的。

第八節　副詞

一、副詞的職能

副詞也是獨立詞之一，在句子中可做狀語，修飾用言、體言、副詞和短句。

(一) **修飾用言**：
(1)　百合の中、余は尤も白百合、山百合を愛す。（愛する。）百合當中，余最愛白百合、天香百合。《天香百合》（修飾動詞）
(2)　晚秋冬初は東京東北郊の趣味もっとも深き時なり。（深いときである。）晚秋初冬乃東京東北郊最富情趣之時也。《榛樹》（修飾形容詞）
(3)　葉落ち盡して寒空に立つは尤も妙なり。（寒空に立つことはもっとも妙である。）〈榛樹〉葉落盡而矗立於寒空極妙也。《榛樹》（修飾形容動詞）

(二) **修飾體言（只限於表示程度或時間、場所、方向和數量等）**：

(1) <u>僅か</u>一日の用量なり。（僅かな一日の量である。）僅一日之服用量。（表示時間）

(2) 學校は<u>直ぐ</u>隣なり。（直ぐな隣である。）學校乃近鄰。（表示場所）

(3) 紅霞はすでに<u>最も</u>北なる大山の頭にかかりぬ。（最も北である大山の頭にかかった。）紅霞已籠罩最北面之大山頭。《近日富士山之黎明》

㈢ **修飾副詞**：

(1) 吾妻川の谷に屯せる雲は<u>なほ牢乎</u>として動かず。（谷に屯した雲は……動かない。）聚集於吾妻川谷之雲仍牢牢不動。《香山三日之雲》

(2) <u>猶しばし</u>蟲聲、樹影の中に立ちぬ。（……に立った。）猶暫立於蟲聲、樹影之中。《夏之興趣》

㈣ **修飾短句**：

(1) 雲の變幻<u>實に</u>名狀す可からず。（名狀することができない。）雲之變幻實不可名狀。《香山三日之雲》

(2) <u>果然</u>山谷に滿ちし雲霧の陣破れて……。（に滿ちた雲霧の陣が破れて……。）果然，布滿山谷之雲霧，陣勢已破……。《香山三日之雲》

二、副詞的分類

㈠ 副詞根據詞源不同，可分**固有副詞和轉來副詞**兩種：

—117—

1. 固有副詞：

(1) 獲物は鯉、鮒……等はなはだ多し。（甚だ多い。）捕物如鯉、鯽等甚多。德富蘆花：《四條魚網》

(2) 此より余は霜を愛することいよいよ深し。（いよいよ深い。）自此，余愛霜益深。《晨霜》

(3) 涙はほろりと膝に落ちぬ。（膝に落ちた。）涙紛紛落於膝上。《灰燼》

(4) 余が堤上に立ちて、しばらく憩へる時……。（暫らくいこっている時……。）余立堤上暫憩時……。《蘆花》

2. 轉來副詞：

(1) 朝來雨瀟々たりしが……。（朝から雨は瀟々としていたが……。）晨來，細雨瀟瀟。《香山三日之雲》（名詞轉來）

(2) 三度立って燈心をかき立てつ。（かき立てた。）三次起身撥亮燈心。《灰燼》（數詞轉來）

(3) 逗子の梅は多く老いぬ。（多く老いた。）逗子村之梅多老矣。《初春之雨》（形容詞轉來）

(4) 天地俄に幽然と暗くなりぬ。（幽然と暗くなった。）天地俄而幽然變暗。德富蘆花：《相摸灘之晚霞》（形容動詞轉來）

(5) ただ點景の料としてきわめて趣致多し。（極めて趣致が多い。）唯作點景之材料則極富情趣。《四條魚網》（動詞轉來）

(二) 副詞根據意義、職能之不同，可分**情態副詞**、**程度副詞**和**敘述副詞**三種：

1. 情態副詞（在用言做謂語的句子中修飾謂語）：

あらかじめ、　一切、　うらうらに、　おほむね、　かく、
かねて、　さ、　さと、　しか、　しばし、　しばしば、
已に、　直ちに、　たちまち、　度々、　偶々、　つくづく
（と）、　つと、　つとに、　つひに、　はるばる、　は
や、　はらはら（と）、　ひらひら（と）、　ふと、　ほの
ぼの（と）、まれまれ、　やがて、　やをら、　おもむろに

例句：

(1)　忽ち微風一陣幽香を送り來るあり。（送って来る。）
忽然，微風送來一陣幽香。《天香百合》

(2)　つひに本意の如くあひにけり。（本意の通りに合ったよ
〈結婚したよ〉。）如願以償，終於結合。《伊勢物語》〔「に」
是完了助動詞「ぬ」的連用形，見167頁；「けり」是詠嘆助動
詞，見203頁。〕

(3)　雨ははらはらと降り出でぬ。（降って来た。）雨刷刷降
下。《香山三日之雲》

(4)　風おもむろに吹き來ぬ。（吹いて来た。）風徐徐吹來。
德富蘆花：《新樹》

2. 程度副詞（表示事物狀態的程度）：

いと、　いとど、　いささか、　愈々、　うたた、　極め
て、　げに、　少し、　すべて、　すこぶる、　そぞろ、
ただ、　猶、　はなはだ、　誠に、　益々、　最も、　や
や、　よにも

例句：

   (1) 風<ruby>な<rt>や</rt></ruby>ほ止まず、海はますます猛けりぬ。（風はなほ止まなくて、海はますます猛った。）風猶不止，海愈咆哮。《海與岩》

   (2) やがて子持の右腹にも極めて薄き虹の影あらはれぬ。（虹の影があらわれた。）不久，子持山之右腹出現一道極薄之虹影。《香山三日之雲》

   (3) 山も秋やや深ふなりぬ。（秋はやや深くなった。）山亦漸入深秋。德富蘆花：《秋漸深》

   (4) 水いよいよ白く、東の空ますます黄ばみ……。水愈白，東方上空益呈黄色……。《大梅之日出》

3. 敘述副詞（在用言做謂語的句子中規定敘述方法，並與謂語相呼應）：

   ① 以否定語氣結句（與否定呼應）：

   あへて、 いまだ、 いさ、 いささかも、 え、 必ず
しも、 さして、 さまで、 さらに、 絶えて、 つゆ、
な、 ゆめ、 ゆめゆめ、 をさをさ

   (1) われは……歸りて未だ死せず……。（帰ってから、〈かれは〉まだ死ななくて……。）吾歸後，伊尚未死……。《懸崖》

   (2) ゆめゆめ人に語るべからず。（人に語ってはいけない。）萬勿與他人言。《宇治拾遺物語》

   ② 以疑問語氣結句：

   いかが、 いかに、 なぞ、 など 何故（に）

例句：

(1) **如何**になりしぞ。杳として知るべからず。（いかになったか。……知ることができない。）後果如何？杳不可知。德富蘆花：《櫻》

(2) **何故**に不幸なるか。（不幸であるか。）何故不幸？《友愛》

③ 以反問語氣結句：

あに、 いかで（か）、 いづくんぞ、 なに、 などか

例句：

(1) **いかでか**人情の深き響を聞くこと得ん。（どういうふうにして人情の深い響を聞くことができよう〈できるか〉。）如何能聞人情深處之音？《友愛》

(2) **豈**一衣帶水に限り、之を拯はざる可けんや。（救わないことはできようか。）豈可限一衣帶水不拯之乎？《南史・陳本紀》

④ 與假定語氣呼應：

たとひ、 もし、 よし（や）

例句：

(1) **たとひ**望ありとも 勢ある人の貪欲多きに似るべからず。（たとい欲望があっても……貪欲の多いことには似てはならない。）縱然有所奢望，亦不該似有權勢者貪婪無饜。《徒然草》

(2) **若果**して寂寞を感ぜんか、必ず友を求めて友ある可きなり。（もし……感じたならば……友があるべきだ。）若果感寂

寬，則必求友而得友。《友愛》

⑤　以推測語氣結句：

おそらく、　あるひは、　けだし、　よも、　定めて、いか
ばかり

例句：

(1)　この御社の獅子の立てられ様、**定めて**習ひある事に侍
らん。（この御社の獅子のお立てなさりようはきっと由緒のある
事でございましょう。）此神社之石獅放置樣式定有來由。《徒然
草》〔「られ」是敬語助動詞「らる」的連用形，見125頁。〕

(2)　**いかばかり**、心のうち涼しかりけん。（心のうちは涼
しかろう〈涼しいことであろう〉。）心中何等涼爽！《徒然草》
〔「けん」是推量助動詞「けむ」，見142頁。〕

⑥　以比擬語氣結句：

あたかも、　さも、　さながら

例句：

(1)　かかる凪の夕べに落日を見るの身は**あたかも**大聖の臨
終に侍するの感あり。（侍する感がある。）余於如此風平浪靜
之傍晚觀賞落日，似有侍於大聖臨終時之感。德富蘆花：《相摸灘
之落日》

(2)　月光その滑らかなる葉の面に落ちて、葉は**さながら**碧
玉の扇と照れるが……。（照っているが……。）月光落於平滑
之葉面，照得碧葉宛如一面玉扇……。德富蘆花：《良宵》
〔「る」是完了助動詞「り」的連體形，見172頁；「が」是接續

助詞，見233頁。〕

⑦　以當然語氣結句：

まさに、　すべからく

例句：

(1)　**まさに**梅雨のころの水の聲なり。（水の声である。）確係梅雨時節之水聲也。《梅雨時節》

(2)　徳をつかんと思はば**すべからく**先づ、その心遣ひを修行すべし。（修行しなくてはならない。）若欲致富，應先學會操心。《徒然草》

⑧　以願望語氣結句或呼應：

なにとぞ、　いかで、　願はくは

例句：

(1)　御室にいみじき兒のありけるを、**いかで**誘ひ出して遊ばんと企む法師どもありて……。（すばらしい稚児がいたので、何とかして誘い出して遊ぼうと企てた法師たちがいて……。）仁和寺有一幼兒，有些法師總想引其外遊。《徒然草》〔「ける」是過去助動詞「けり」的連體形，見164頁；「を」是接續助詞，見235頁。〕

(2)　地に在りては**願はくは**連理の枝と為らんと。（……となろうと。）在地願爲連理枝。《長恨歌》

【練習十五】

1.　找出下列句中的副詞，並指明修飾哪個詞或句？再譯成中文。

(1)　ゆめゆめ怠るべからず。

(2) 蓋^{けだし}一大作家たるを失^{うしな}はず。

(3) 恐^{おそら}くは大事^{だいじ}を誤^{あやま}るならむ。

(4) たとへ失敗^{しっぱい}すとも志^{こころざし}を捨^すつべからず。

(5) すべからく大志^{たいし}をいだくべし。

(6) あたかも木の葉^{こ は}の波^{なみ}に浮^うかぶが如^{ごと}し。

(7) われ豈^{あに}勞^{らう}を惜^をしまむや。

(8) やや、右の方^{みぎ はう}を見^みよ。

2. 用字典查出下列副詞的意義：

はるばる、頻^{しき}に、やをら、轉^{うた}た、いとど、殊^{こと}に、縱^{たと}しや、あへて

第九節　接續詞

接續詞是連接單詞、詞組或句子的品詞，因其具有一定的概念，所以與接續助詞不同，是觀念詞之一種。

一、接續詞的職能

（一）　連接單詞：

奈良^{な ら}の御時^{お とき}の萬葉集^{まんえふしふ}を先^{さき}として、拾遺^{しふ ゐ}および金葉集^{きんえふしふ}に至^{いた}るまで……。（拾遺と金葉集……。）以奈良時《萬葉集》爲先乃至《捨遺集》及《金葉集》……。《奧儀抄》

（二）　連接詞組：

家^{いへ}は十坪^{とをつぼ}に過^すぎず、庭^{には}は三坪^{みつぼ}、誰^{たれ}か云^いふ、狹^{せま}くして且^かつ陋^{ろう}なりと。（……陋であると。）室不過十坪，庭只三坪，有人云狹且陋。《吾家財富》

（三） 連接句子：

醫は仁術なり。しかれども醫者をさして仁を行ふものとは言ふべからず。（医は仁術である……とはいってはならない。）醫仁術也。然不可指醫生謂爲行仁。《梅園叢書》

二、接續詞分類

（一） 並列或選擇接續詞：

並びに、 或ひは（或るは）、及び、 また、 又は、 若くは（もしは）

例句：

(1) 金閣寺並びに銀閣寺は足利氏の建立にかかる。（足利氏の建立したものである。）金閣寺並銀閣寺乃足利氏所建。（並列）

(2) 或ひは笛を吹き、或ひは歌をうたひ……。〈五人〉或吹笛，或詠歌……。《竹取物語》（選擇）

(3) 美しかりし白雲は消え、若くは煙の如くなりて山の面に殘るよ。（美しかった白雲は消え、もしくは煙のようになって。……。）美麗之白雲消散，或如煙而殘留於山〈表面〉上。《香山三日之雲》（選擇）

（二） 累加接續詞：

且つ、 然も、 しかのみならず、 なほ

例句：

(1) しかも終に晴れ得ずして、且つ曇り、且つ降る間に日は蒼然として暮れぬ。（晴れられなくて……暮れた。）然終未能

晴，且陰且雨之間，暮色蒼然。《香山三日之雲》

　(2)　行く河の流れは絶えずして**しかも**もとの水にあらず。

（絶えなくてしかももとの水ではない。）河水流而不絕，但非原

來之水。《方丈記》

　㈢　**順態接續詞：**

　　かくて、　かくして、　さらば、　されば、　しからば、

かれば、　しかして、　すなはち、　故に、　よって

例句：

　(1)　**されば**年々の藏入も千俵に下らず……。（だから……

千俵に下らなくて……。）因此，年年入庫貢米不下千俵。《灰

燼》

　(2)　西の山の麓に一宇の御堂あり。**すなはち**寂光院これ

なり。（御堂がある。即ち寂光院これである。）西山麓有一佛堂

即寂光院是也。《平家物語》

　㈣　**逆態接續詞：**

　　かかれども、　さりながら、　さるに、　されど、　されど

も、　しかし、　しかしながら、　しかるに、　しかれども、

ただし

例句：

　(1)　**されど**父の愛あり。（だが、父の愛がある。）但有父

愛。《不如歸》

　(2)　十月諸社の行幸、その例も多し。**ただし**多くは不吉の

例なり。（例である。）十月天皇之行幸於諸神社，其例亦多，但多爲不吉之例。《徒然草》

【注】有些接續詞來源於副詞，有的甚至形態也與副詞一樣，但在句子中的職能、含義則與副詞稍不同，應予注意，如「又」、「最も」、「或ひは」、「尚」等。

【練習十六】

1. 查出下列接續詞的意義，並指明是哪一類：

而して、 そもそも、 就中、 是に由りて、 その上、 または、 然りといへども、

2. 將下列各句譯成中文，並指出哪個句子中的「又」、「最も」、「或ひは」、「尚」是接續詞：

(1) きのふ渡りし河の上流を今日また越ゆ。

(2) 進んで川を渡り、また山を越ゆ。

(3) 八合目より九合目までの道はもっともけはし。

(4) 山道は頗る急なり。もっとも中腹までは馬背の便あり。

(5) 彼は相撲あるひは柔道に熱心なりき。

(6) 彼の言、あるひは真ならむ。

(7) 期限までにはなほ三日あり。

(8) 本日の會議は五時に終れり。なほ明日より休會に入る。

第十節　感嘆詞

感嘆詞是表示感情或應答的品詞，是獨立詞。

一、感嘆詞的特點

(一) 感嘆詞是觀念詞，但在句子中不能做主語，並且沒有詞尾

變化，與句中其他成分也沒有文法上的關係，而在句子中獨立存在。

　　㈡　感嘆詞與副詞性質接近，但它所修飾的是整個句子。感嘆詞是表現主觀情緒的品詞，多爲擬聲詞。

　　二、感嘆詞分類

1.　表示感情的感嘆詞（表達喜、怒、哀、樂、悲、恐、驚等感情）：

例句：

　　⑴　嗚呼悲しきかな。（あゝ、かなしいなあ。）嗚呼哀哉！《禮記》〔「かな」是感嘆助詞，見280頁。〕

　　⑵　ああ海よ。爾の怒は偉大なり。（偉大だ。）壯哉海也！爾之怒態非凡。《海與岩》

　　⑶　於赫たる太上、わが漢の行ひを示したまふ。（ああ赫としているおおきみは吾が漢の行ひを示される。）於赫太上，示我漢行。張衡：《東都賦・闢雍詩》

　　⑷　あな、めでたの人や。（あゝ、愛らしい人だなあ。）嘻，可愛之人也！《源氏物語》

　　⑸　あな、おそろし。（あゝ、恐しい。）噫，可怕！（枕草子）

　　⑹　あっぱれ馬や。馬はまことによい馬でありけり。（……馬であるわい。）美哉，良馬也！此馬確係良馬也！《平家物語》〔「けり」是詠嘆助動詞，見203頁。〕

　　⑺　あら、うらやまし。（ああ、羨しい。）嗟，令人羨慕

也！《榮華物語》

(8)　**あはれ**、いと寒しや。（あゝ、大変寒いなあ。）噫，甚寒！《源氏物語》

2.　表示應答的感嘆詞（表示勸誘、呼應等）：

例句：

(1)　**いで**見む。（いざ、見よう。）來，請觀之。《源氏物語》

(2)　帰りなん**いざ**。（さあ、帰ってしまおう。）歸去來兮。《歸去來辭》

(3)　**いざ**行かむ雪見にころぶところまで。（さあ、行こう……。）走，同去賞雪！直至跌倒止。（芭蕉俳句）

(4)　**いや**、疑ひは人間にあり。天にいつはりなきものを。（天に偽りはないものだよ。）億！猜疑仍人間所有，天上無虛僞也。謠曲《羽衣》〔「ものを」是接續助詞，此處用於感嘆，見247頁接續助詞「ものを」注一。〕

(5)　**おう**、我れもさうは心得たれども……。（おお、私もそのように心得ているが……。）是，吾亦如此理解，然……。《史記抄》

第十一節　助動詞

助動詞是形式詞（虛詞）之一，本身沒有具體概念，它只能與觀念詞（實詞）結合而爲之增添意義。

一、助動詞特點

㈠　助動詞是一種附屬詞，不能獨立使用，只能附在獨立詞後面。

㈡　助動詞有活用，但無詞幹詞尾之分。

㈢　少數助動詞也可用漢字表示，如「可﹙べ﹚し」「如﹙ごと﹚し」「也﹙なり﹚」「度﹙た﹚し」等。

二、助動詞的接續法

助動詞既然是可以為獨立詞增添意義、有活用的附屬詞，因此掌握它的職能、活用規律及其接續法則是學習和運用的關鍵。助動詞的接續法可分**上接**、**下連**兩方面：

㈠　上接（各種助動詞可分別上接用言的各種活用形或體言和形式詞）

1.　上接用言：

⑴　舟﹙ふね﹚に人﹙ひと﹚は滿﹙み﹚ちたり。（滿ちている。）舟內人滿。《源叔父》〔「たり」是完了助動詞，上接動詞連用形〕

⑵　今朝﹙けさ﹚は日曜﹙にちえう﹚なれば家﹙いへ﹚に在﹙あ﹚れど心﹙こころ﹚は樂﹙たの﹚しからず。（日曜であるから家にいるが心は樂しくない。）今日為星期日，雖在家而心不悅。《舞姬》〔「ず」是否定助動詞，上接形容詞カリ活用的未然形〕

⑶　還﹙ま﹚た似﹙に﹚たり。去年﹙きょねん﹚の惆悵﹙ちうちゃう﹚たりしに、（また似ている。去年の惆悵としたことに、）還似去年惆悵。溫庭筠：《更漏子》（「し」是過去助動詞「き」的連體形，上接形容動詞連用形）

2. 上接體言：

(1) 今日は立春なり。（今日は立春である。）今日立春〈也〉。德富蘆花：《立春》（「なり」是指定助動詞，上接體言。）

(2) 人たる者は貴賤上下の區別なく……。（人である者は……。）爲人者不分貴賤上下……。《勸學篇》（「たる」是指定助動詞「たり」的連體形，上接體言。）

3. 上接形式詞：

(1) 年は十六七なるべし。（年は十六七歳なのでしょう。）年約十六七歲。《舞姬》（「べし」是推量助動詞，上接指定助動詞「なり」的連體形。）

(2) 負るあり、抱けるあり、兒孫愛すが如し。（負っているものもおり、抱いているものもおり、児孫を愛するようだ。）有背者，有抱者，如愛兒孫一般。《奧州小道》（「如し」是比況助動詞，上接格助詞「が」。）

(二) 下連（助動詞除特殊活用型外，一般都按動詞、形容詞或形容動詞的活用規律而活用，而且活用形也不完全一致，有多有少，在其下面主要連接的詞也大體與用言各活用形下連的詞相同。）

1. 下連用言：

(1) 夕日は今その玻璃窓を射て、金の如く閃きつ。（金のように閃いた。）夕陽今射於玻璃窗上，閃耀如金。《可憐兒》（「如く」是比況助動詞「如し」的連用形，下連動詞。）

(2) 深き水は涼しげなし。淺くて流れたる遙かに涼し。（浅くて流れているものの方が遙かに涼しい。）深水不涼，淺流甚

冷。《徒然草》（「たる」是完了助動詞「たり」的連體形，其下省略形式體言「もの」而直接連接形容動詞。）

2. 下連體言：

(1) 十五夜の雨に隠れし月は今宵照り出でぬ。（隠れた月は今宵〈照って〉でた。）中秋夜因雨未見之月，今宵出現大放光明。《秋分》（「し」是過去助動詞「き」的連體形，下連體言。）

(2) 寺の筋向ひなる大戸を入れば缺け損じたる石の梯あり。（寺の筋向いである大戸を入ると、缺けて損じた石の梯がある。）進教堂斜對面之大門，有一缺損之石梯。《舞姬》（「なる」是指定助動詞「なり」的連體形，「たる」是完了助動詞「たり」的連體形，下連體言。）

3. 下連形式詞：

(1) 麥藁燒く煙の影の田を渡るなりけり。（煙の影が田をわたるのであった。）燒麥稭之煙影掠過田頭。《蒼茫之黃昏》（「なり」是指定助動詞「なり」的連用形，下連過去助動詞「けり」。）

(2) 時に慮る所有れば、通夜瞑らざるに至る。（……あると夜通し眠れない〈ほどに至る〉でしまう。）時有所慮，至通夜不瞑。曹丕：《與吳質書》（「ざる」是否定助動詞「ざり」的連體形，下面省略形式名詞「ほど」直接下連格助詞。）

(3) 伏したるはなき人なるべし。（伏しているのは亡き人であろう）臥床者蓋亡人也。《舞姬》（「たる」是完了助動詞「たり」的連體形，下面省略形式名詞「者」或「の」直接下連係助

詞；「なる」是指定助動詞「なり」的連體形，下連推量助動詞。）

三、助動詞的分類

助動詞除根據接續法或用言活用的類型分類外，還可根據助動詞的職能作用分為被動、可能、自發、敬語、使役、否定、推量、否定推量、時相、指定、願望、比況、傳聞、詠嘆十四類。

(一) 被動助動詞「る」、「らる」

在動詞做謂語的敘述句中，動詞下接「る」、「らる」構成被動句，句中主語是被動者，用係助詞「は」或「も」提示（也可不用）；補語為發動者，用格助詞「に」「より」「から」或詞組「よって」「の為に」等表示。

「る」「らる」活用表（屬下二段活用型）：

上　　接 活用形 原形	未 然 形	連用形	終止形	連體形	已然形	命令形
四段、ナ變、ラ變未然形	る	れ	れ	る	るる	るれ	れ
四段、ナ變、ラ變以外的未然形	らる	られ	られ	らる	らるる	らるれ	られ
主　要　下　連	む（ん） ず ば	たり 用言	結句 とも	體言	ば ども	よ

例句：

1. 未然形

(1) 身はこの廣漠たる歐洲大都の人の海に葬られんかと思

－133－

ふ念、心頭を衝いて起れり。（葬られようと思う念が……起っている。）有感吾將葬身於此歐洲大城之茫茫人海中，如此之念衝撃心頭。《舞姫》

(2) 墨翟の術　何ぞ稱せられん。（どうして称せられようか。）墨翟之術何稱？《爲曹洪與魏文帝書》

(3) 如し、微才試みられず……。（試み〈用い〉られなく……。）如微才不試……。曹植：《求自試表》

(4) 二人とばかり書かれて、三人とは書かれざりけり。（三人とは書かれなかった。）〈赦令〉只載二人，未載三人。《平家物語》

(5) あゝ、愛されぬは不幸なり。（あゝ、愛せられないことは不幸である。）吁！不被愛乃不幸也。《不如歸》〔「ぬ」是否定助動詞「ず」的連體形，見132頁。〕

2. 連用形

(1) 疑はれ、讒せられ、虐げられ、幽されて彼女は世を果敢なみ……。被疑、受讒、受虐待、遭幽禁，故該女厭世……。《可憐兒》〔「幽され」是「幽せられ」的約音。〕

(2) あたの風吹きて三つある船二つはそこなはれぬ。（損われた。）因狂風大作，三船有二被毀。《宇津保物語》〔「ぬ」是完了助動詞，見167頁。〕

(3) あまりに水が速うて、馬は押し流され候ひぬ。（あまり水がはやくて、馬は押し流されてしまいました。）水甚急，馬〈被〉順流沖去。《平家物語》

(4) 屈原は放逐せられて、乃ち離騒を賦し……。（屈原は

放逐されて……。）屈原放逐，乃賦離騷。《報任安書》

3. 終止形

(1) それより殺生石に行く。館代より馬にて送らる。（館代より馬で送られる。）今即往殺生石，館代以馬相送。《奧州小道》

(2) 須賀川の驛に等窮といふ者を訪ねて、四五日とどめらる。（とどめられる。）於須賀川驛，訪一名曰等窮者，蒙其留宿四、五日。《奧州小道》

(3) いかでか人に知らるべき。（どうして人に知られるでしょうか。）如何可爲人知？《舞姬》

(4) 李斯は相なるも五刑に具せらる。（李斯は宰相であるが五刑に具せられる。）李斯相也，具於五刑。《報任安書》
〔「も」是接續助詞，見232頁。〕

4. 連體形

(1) 塞かるる度に水は激せられて益々その勢をますものなればなり。（塞かれる度に水は激されて……ものだからである。）蓋因每經堵塞，水即激蕩而益增其勢也。《慰友人落第書》

(2) 千百羽の大鷲の翼揃へて飛び出でしかと疑はるる物音颯然と空に起りて……。（飛んででたかと疑われる物音が……。）疑爲千百隻大鷲比翼齊飛之聲颯然起於空中……。《灰燼》

(3) 具眼の讀者の諒とせらるる所なる可きを信ず。（諒とされる所であるはずであることを信じる。）相信必爲明眼之讀者所諒也。《平民新聞》

(4) 思ふ人の、人に賞めらるるはいみじううれしき。（人に賞められることはたいへん嬉しい。）〈聞〉戀人爲人所讚，頗爲高興。《枕草子》

5. 已然形

(1) 高山の 巓 には美木無し。多陽に傷らるればなり。（多陽に傷られたからである。）高山之巓無美木，傷於多陽也。《說苑・説叢篇》

(2) 今、人 過 ありてその非を正さるれば、「昔 の誰某もかかる 過 はありし、況 や我等如きの人をや」などとて 悛むることをば知らず。（その非を正されると……。）今人有過，爲人糾正時，則謂"古時某人尙有此過，況吾人乎！"遂不知悛改。《梅園叢書》〔「を」是感嘆助詞，見286頁；「や」是係助詞，見254頁。〕

(3) 韓退之は二度迄落第したれども後世にては八大家の随一とこそ呼ばるれ。（落第したが後世では八大家の随一とさえ呼ばれる。）韓愈雖二次落第，後世仍稱其爲八大家之冠。《慰友人落第書》

6. 命令形

汝人 に信頼せられよ。（お前、人に信頼されよ。）汝應爲人所信賴！

【注】サ變動詞未然形加「らる」爲「せらる」，「せら」約音爲「さ」，也可不用約音。

（二） 可能助動詞「る」、「らる」

在動詞做謂語的敘述句中，動詞下接「る」、「らる」也可構成**能動句**，句中主語是主動者。「る」和「らる」的活用形和接續法與被動助動詞相同，但無命令形〔見117頁〕。

例句：

1. 未然形

(1) さすがに棄てられぬ趣あり。（さすがに捨てられない趣がある。）實有不能捨棄之趣。《栗》〔「ぬ」是否定助動詞「ず」的連體形，見132頁。〕

(2) つれなき人に操を守りて知られぬ節を保たんのみ。（知られない節を保とうとするだけである。）僅想爲無情人持操而守莫名其妙之節而已。樋口一叶：《雪天》〔「節」應讀「せつ」，「節操」的意思。〕

(3) 予は口を閉ぢて眠らむとして寐ねられず。（眠ろうとしてもねむられない。）余閉口欲眠而不能入睡。《奧州小道》

(4) 謎語豈解決せられざらんや。（どうして解決されないだろうか。）謎豈不能解耶？《社會主義神髓》

2. 連用形

(1) されば負けて興なくおぼゆべき事また知られたり。（だから、まけて興味なくおぼえるであろう事はまた〈よく〉知っている。）故復知遊戲失敗而覺掃興。《徒然草》

(2) 興なき事を言ひてもよく笑ふにぞ品のほどはかられぬべき。（〈人〉品の程度ははかられるであろう。）談無聊之事而大

笑，可〈借以〉推測其人品之高低。《徒然草》〔「ぬ」是完了助動詞，見167頁。〕

3. 終止形

(1) 大空曇りて、雪降らんとす。……その日の寒さ推して知らる。（雪が降ろうとする。その日の寒さは推して知ることができる。）天陰降雪。……當日之寒可以推知。《源叔父》

(2) 南ははるかに野の方見やらる。（野の方を見やられる。）向南可遙望原野。《更級日記》

(3) 冬はいかなる所にも住まる。（住まれる。）冬天何處皆可住。《徒然草》

4. 連體形

(1) 悔れども取返さるる齢ならねば、走りて坂を下る輪の如くに衰へ行く。（悔いているが取返される齢ではないから……輪のように。）年齡非後悔而能挽回者，故如下坡之車輪疾馳於衰老之途。《徒然草》

(2) 誰ぞ其の之に配びまつらるるは世祖の光武。（その祭りにならび祭れるのは誰であろう……。）誰其配之，世祖光武。張衡：《東都賦・明堂詩》

5. 已然形

(1)彼は讀まるれども書かれず。（読むことができるが書けない。）彼能讀，但不能寫。

(2) おほかたは家居にこそ、ことざまは推しはからるれ。（家居によってことざまは推し計れる。）據其住居，蓋可推知〈其人之〉狀況。《徒然草》

【注】能動句的表達方式除可利用「る」和「らる」外，還有其它幾種：

1. 動詞連用形接下二段動詞「得」，相當口語的「することができる」。

(1) されど、われいかでこの 翁 を 忘れ 得んや。（忘れることができるか。）然吾如何能忘此翁？《源叔父》

(2) 友 情 を 解し 得ずして 一 生 を 了る 者 かならずその 品性に 缺所ある 事を 證するなり。（友情を理解することができずに……証するのである。）不能理解友情而終其一生者證明其品性必有缺陷。《友愛》

2. 動詞連體形下接「ことを得」：

(1) されど、我には 何時にても 起つことを得る 準備あり。（何時でも立つことができる準備がある。）但吾有隨時挺身戰鬥之準備。《墓志銘》

(2) 盈々として 一水の 間 、 脈々として 語ることを得ず。（語る〈話し合う〉こともできない。）盈盈一水間，脈脈不得語。（古詩十九首之十）

(3) 國のため君のため 止むことを得ずして 為すべき 事多し。（止むを得ず、しなくてはならない事が多い。）爲國爲君不得已而〈必須〉爲之之事甚多。《徒然草》

3. 「得」下接動詞否定法：

子 爵 夫 人の 唇 は 顫ひ、 物をえ 言はず 顔打掩ひて 退きぬ。（物を言われなくて……。）子爵夫人唇顫不能言，掩面而退。德富蘆花：《不如歸》

4. 用四段動詞「能ふ」也可構成能動句，但多用否定法：

翁 は 泣き 嘆く。 能はぬことなり。（不可能なことである。）翁泣而嘆曰：〈想留赫奕姬而〉不能也。《竹取物語》

5. 動詞連體形下接「能はず」或「こと能はず」，相當口語的「できない」。

(1) 夜 中 なるも 寐ぬる 能はず、 起き 坐て 鳴琴を 彈す。（夜中であるが眠ることができず……。）夜中不能寐，起坐彈鳴琴。阮籍：《詠懷》

(2) われはかの 夜の 激論を 忘るること 能はず。（忘れることができない。）吾不能忘記該夜激烈之爭論。石川啄木：《激論》

6. ラ變動詞和ラ變型活用詞的連體形或其他動詞終止形下接推量助動詞「べし」也表示可能：

(1) 余に 詩人の 筆なければ、これを 寫すべくもあらず。（寫すことができな

い。）余無詩人之筆，故不能描繪其面容。《舞姫》

(2) 阮籍が青き眼、誰もあるべきことなり。（誰でもあり得ることである。）阮籍之青眼〈待嘉賓〉，人皆能有之。《徒然草》

(3) 賢者をして上に居り、不肖者をして下に居らしめて、而る後に、以て理安なるべし。（理安であるということができる。）使賢者居上，不肖者居下，而後可以理安。柳宗元：《封建論》

㈢ 自發助動詞「る」、「らる」

在敘述句中，有關表達感情的動詞下接「る」、「らる」可表示動作的**自發性**或**非意志性**，其活用形和接續法與被動助動詞相同（見117頁），但無命令形。

例句：

1. 未然形

(1) 世に斯る平和のまた多かるべしとも思はれず。（また多くなるでしょうとも思われない。）並不感覺世間如此和平氣氛又將增加。《相摸灘之落日》

(2) このごろの世の人は十七八よりこそ、經よみ、行ひもすれ、さること思ひかけられず。（……そのようなことは思いもかけられない。）近來，世人甚而十七、八歲即開始誦經行善，吾自然無意此道。《更級日記》

2. 連用形

(1) 筆執れば物書かれ、樂器を取れば音を立てむと思ふ。（筆をとると〈自然に〉物も書かれ……音を立てようと思う。）執筆則不禁欲書，持樂器則不禁欲奏。《徒然草》

(2) この來たる人々ぞ心あるやうには言はれほのめく。

（この来た人々は心〈誠意〉があるようなことにはほのめかして言はれる〈言わずにはおれなくなり〉。）不禁暗地言道來者懷有誠意。《土佐日記》

3. 終止形

(1)　打^うち見^みには十五六^{じふごろく}と思^{おも}はる。（十五六才に思われる。）從外貌觀之，認爲有十五六歲。《源叔父》

(2)　凩^{こがらし}の烈^{はげ}しきに月^{つき}の光^{ひかり}も吹^ふき消^けされむずる心地^{ここち}せらる。（吹き消されようとする心地がされる。）不由則有月光因秋風勁疾而欲被吹消之感。《秋風》

(3)　かれが妻^{つま}なるべし知^しらる。（彼の妻であろうと思われる。）即知必爲彼妻也。《奥州小道》

(4)　はからざるに病^{やまひ}をうけて、忽^{たちま}ちにこの世^よを去^さらんとする時^{とき}にこそ、はじめて過^すぎぬる方^{かた}のあやまれる事^{こと}は知^しらるなれ。（この世を去ろうとする時にこそはじめて過ぎた昔のあやまったことを〈自然に〉知るであろう〈ものだ〉。）不料患病，突將去世時始知過去之誤也。《徒然草》〔「ぬる」是完了助動詞「ぬ」的連體形，見167頁。〕

(5)　住^すみなれしふるさと、限^{かぎ}りなく思^{おも}ひいでらる。（住み馴れた故里が限りなく思い出される。）自然無限懷念久居之故鄉。《更級日記》

4. 連體形

(1)　翁^{おきな}は老^{おい}夫婦^{としよりふふ}が連^つれし七歳^{ななつ}ばかりの孫^{まご}とも思^{おも}はるる兒^こを見^みかへりつつ言^いへり。（翁は老夫婦の連れた……孫とも思われる児を見かへりながら言った。）老人邊回顧小兒邊談，認爲其乃

老夫婦所攜七歲許之孫也。《源叔父》

　　(2)　由縁あれば「……」この一と言さへ思い出でらるるを。
（ゆかりがあるから……思い出されたのだよ。）因有關聯，故不
禁憶起此句："……。"樋口一叶：《雪天》〔「を」是感嘆助
詞，見286頁。〕

　　(3)　逢坂の關を見るにも、昔越えしも冬ぞかしと思ひ出で
らるるに……。（昔越えたのも冬だったなあと思い出される
が……。）見逢坂關，不禁憶起昔日過此關正值隆冬季節也。《更
級日記》〔「がし」是感嘆詞，見　　頁。〕

　　(4)　まづ山里ぞ思ひやらるる。（まず、山里が思いやられ
る。）不禁總是遐想山村。〔「ぞ」是係助詞，見258頁。〕

5. 已然形
　　(1)さやうの所にてこそよろづに心づかひせらるれ。（そう
いう所では万事に〈自然に〉心づかいをせられる。）〈於〉此種
情況下，諸事自然牽掛於心。《徒然草》〔「こそ」是係助詞，要
求已然形結句，見261頁。〕

　　(2)　飽ず口惜しう思さるれば今一階の位をだにと贈らせ給
ふなりけり。（口惜しく思われるので……お贈りになった。）殊
覺遺憾，故今贈以一階之位。《源氏物語》〔「だに」是副助詞，
見263頁。〕

　　(3)　下級の者と顔を合はすは少々不面目の様に考へらるれ
ども交際を廣くする點より云へば尤も善し。（……の様に考え
られるが……。）與下級學友相遇雖稍感羞愧，但從廣為交際一點
言之，則固佳也。《慰友人落第書》

㈣　敬語助動詞「る」、「らる」

動詞加「る」、「らる」做謂語的敘述句，如爲主動句則可表示**對主動者的敬意**，「る」、「らる」的活用形和接續法與被動助動詞相同（見117頁）。

例句：

1.　未然形

　　(1)　大みこころの深ければもとよりいかで思されむ。（……お思いになるでしょう。）聖上恩情深厚，如何作此著想？《願君莫死》

　　(2)　龜山殿の御池に大井川の水をまかせられむとて、大井の土民に仰せて、水車を造らせられけり。（水をおひきになろうとして大井の村民にいいつけられて、水車をお造らせになった。）據聞欲引大井川之水入龜山離宮之池中，故曾命大井村民造水車。《徒然草》〔「けり」是過去助動詞，見164頁。〕

　　(3)　離別を請ふて聞かれず。（お聞きにならない。）請離婚而〈子爵〉不應。《可憐兒》

2.　連用形

　　(1)　大臣の君に重く用ゐられ玉はば我路用の金は兎も角もなりなん。（用いられるなら……ともかくもなるだろう。）〈艾莉絲信中言道：〉"若大臣重用於君，則吾之路費總將獲得解決。"《舞姬》〔「な」是完了助動詞「ぬ」的未然形，見167頁；「ん（む）」爲推量助動詞，見138頁。〕

　　(2)　昨夜ここに着せられし天方大臣に附きてわれも來たり。（昨夜ここに到着せられた天方大臣について我も來た。）昨

夜吾亦隨天方大臣抵此。《舞姫》

(3) 母の姿貌ははっきりと覺えねど始終笑みを含みていられしことと……。（お含みになっていたことと……。）母之面容雖記憶不清，但伊始終含笑及……。《不如歸》〔「ね」是否定助動詞「ず」的已然形，見132頁；「し」是過去助動詞「き」的連體形，見161頁。〕

(4) 「内侍所の御鈴の音はめでたく優なるものなり」とぞ、德大寺の太政大臣は仰せられける。（優雅なものであると……おほせられた。）德大寺之太政大臣曾言："内侍所之〈神樂〉鈴聲實爲優美動聽。"《徒然草》〔「ぞ」是係助詞，見258頁；「ける」是過去助動詞「けり」的連體形，見164頁。〕

(5) 藤大納言殿語られ侍りしは……。（藤大納言殿が語られましたことは……。）藤大納言所言者……。《徒然草》

3. 終止形

(1) 南谷の別院に舍して憐愍の情こまやかにあるじせらる。（……主人はしておられる。）宿於南谷分寺，主人予以盛情款待。《奧州小道》

(2) かの大納言はいづれの船にか乘らるべき。（乘られるでしょうか。）彼〈四條〉大納言將乘何船？《大鏡》

(3) 今日は大元帥陛下が廣島より凱旋あらせらるべき日なりき。（広島から凱旋されるはずの日であった。）今日應爲大元帥陛下自廣島凱旋之日。《國家與個人》

4. 連體形

(1) 主人は何ゆゑにこの翁のことをかくも聞きたださ**るる**

か……。（聞き質されるのであるか……。）主人何故如此追問此翁之事？《源叔父》

(2) ひがひがしからむ人の仰せらるる事聞き入るべきかは。（おおせられる事を聞き入れることができるか。）不明事理之人所言焉能從命？《徒然草》〔「かは」是係助詞，見256頁。〕

5. 已然形

(1) 萬障御繰合はせ出席せらるれば、幸甚に存候。（万障をお繰合せて、ご出席くださいますれば、甚だ幸であると存じます。）如能撥冗出席，〈則感〉不勝幸甚！

(2) 乳母かへてむ。いとうしろめたしと仰せらるれば、かしこまりて御前にも出でず。（めのとを換えてしまおう。……と仰せられるので、〈命婦は〉……でない。）〈天皇〉言道欲換乳母，故命婦頗爲擔心而畏縮不前。《枕草子》

(3) 殿は疾く知ろしめさるれども仰せ出されず。（知ろし召されるが仰せ出されない。）殿下雖已知曉，但默不作聲。

6. 命令形

(1) 内裏より召す。すみやかに參られよ。（参上なさい。）宮内宣召，請速晉謁！《保元物語》

(2) 父上よ、早く歸られよ。（早くお帰りになりましょう。）父親大人，請早歸！

【注】助動詞「る」、「らる」在句子中表示被動、可能、自發或敬意，則須根據用詞的具體情況及主語、賓語、補語等成分的關係而定。

【練習十七】

1. 列表寫明口語被動、可能、自發、敬語助動詞的活用形,並與文言對照,看有何不同?

2. 指明被動助動詞例句中「る」、「らる」上接的動詞是哪類動詞?是甚麼活用形?

3. 把下列各句譯成中文,指明句中的助動詞屬哪一類?

(1) 幾度かことわりたれども許されず。

(2) 良心に咎められ、道徳に問はれ、法律に罰せらる。

(3) 新大陸コロンブスより發見さる。

(4) この珍書盗まるれば一大事なり。

(5) 父母の事のみ案ぜられて、夜も安眠せられず。

(6) 余は明日行かるとも行かず。

(7) 故里の友のみ思ひ出でらる。

(8) 何と仰せらるとも我承知せず。

(五) 使役助動詞「す」、「さす」、「しむ」

在敘述句中,動詞下接助動詞「す」、「さす」或「しむ」表示使對方做某項動作。這種**使役句**的使動者居主語地位,被使動者在他動詞做謂語時爲補語,一般用「に」表示;在自動詞做謂語時則爲賓語,用「を」或「をして」表示(但在句中無補語時,也可用「に」表示而充補語)。

「す」、「さす」、「しむ」活用表（屬下二段活用形）：

上接 / 活用形 原形	未 然 形	連用形	終止形	連體形	已然形	命令形
四段、ナ變、ラ變未然形	す	せ	せ	す	する	すれ	せ
四段、ナ變、ラ變以外的未然形	さす	させ	させ	さす	さする	さすれ	させ
動、形カリ、形動未然形	しむ	しめ	しめ	しむ	しむる	しむれ	しめ
主 要 下 連	む（ん）ず ば	たり き	結句 とも	體言	ば ども	よ

例句：

1. 未然形

(1) 必ず能く行陣をして和穆せしめ、優劣をして所を得しめん。（和穆させ……所を得させよう。）必能使行陣和穆、優劣得所也。《前出師表》

(2) 我負けて人を喜ばしめんと思はば、更に遊びの興なかるべし。（喜ばせようと思うならば……興味がないでしょう〈あるはずもない〉。）如欲吾敗而使人喜悦，則遊戲更無趣也。《徒然草》

(3) 願はくは先生之が賦を為り、四坐をして皆共に榮觀せしめば、亦可ならずや。（栄観させればまたいいではないか。）願先生為之賦，使四坐皆共榮觀，不亦可乎？彌衡：《鸚鵡賦》

(4) 天は才華爛發なる詩人をして人間の悲曲を歌ひ盡さしめず、閭巷無名鄙婦をして人間の為に代ってその悲みを天に訴

へしむ。（歌い尽させないで……天に訴えさせる。）上天不使才氣煥發之詩人唱盡人間之悲曲，而使閭巷無名之賤婦代人向天訴其哀音。德富蘆花：《哀音》

2. 連用形

(1) 彼は涙ぐみて身をふるはせたり。（涙ぐんで身をふるわせた。）伊含涙而〈使全身〉戰慄。《舞姫》

(2) 一家をして皆病ましめぬ。（病氣にかからせた。）使全家皆患病。《可憐兒》

(3) 親は刃を握らせて、人を殺せと教へしや。（教えたか。）父母曾命汝持刀殺人乎？《願君莫死》

(4) 人々の慈悲は童をして母を忘れしめたるのみ。（忘れさせているだけである。）諸人之慈悲僅使幼童忘其母也。《源叔父》

(5) その日のあらまし、等栽に筆をとらせて寺に殘す。（その日のあらましを等栽に書かせて……。）命等栽（人名）執筆記下該日活動概況，存於寺中。《奧州小道》

(6) 「これは勇める馬なり」とて、鞍を置き換へさせけり。（おきかえさせた。）言道：“此乃烈馬也”，遂令換鞍改乘他馬。《徒然草》

(7) 翌朝早く起きいでて、源叔父は紀州に朝飯たべさせ自分は頭重く口渇きて堪へ難しと水のみ飲みて何も食はざりき。（……と言って水のみ飲んで何も食べなかった。）翌晨早起，源叔父命紀州用早飯，自己稱頭重口渇難忍，僅飲水而未食何物。《源叔父》

(8) 渠を決すれば、雨を降らせ、挿を荷ふもの雲を成し……。決渠降雨，荷挿成雲……。《兩都賦》

3. 終止形

(1) 戸棚より膳取出して、自身は食はず紀州にのみたべさす。（戸棚から膳をとりだして、自分は食べないで、紀州にだけたべさせる。）自櫥中將飯取出，自己不食，僅令紀州食之。《源叔父》

(2) 人をして當年の相摸太郎を想はしむ。（人に……を想わせる。）使人憶起當年之相摸太郎。《海與岩》

(3) 登徒子之を悦んで五子有らしむ。（あらしめる。）登徒子悦之，使有五子。《登徒子好色賦》

(4) 雲は衣裳を想はせ、花は容を想はしむ。（……を思はせる。）雲想衣裳花想容。李白：《清平調》

(5) そこなる人にみな瀧の歌讀ます。（そこにいる人にみな滝の歌をよませる。）令該處之人皆詠瀑布之和歌。《伊勢物語》

4. 連體形

(1) 真に人を哀ましむるものは雨にあらずして風なり。（真に哀ませるものは雨ではなくて、風だ。）眞惹人哀傷者非雨而風也。德富蘆花：《風》

(2) 「かれに物食はせよ。」と言ひければ、食はするに、うち食ひてけり。（物を食わせよと言ったので、食わせるとみな食ってしまった。）吩咐令狐吃食，遂使狐食之，狐即食盡。《宇治拾遺物語》

(3) 愚かなる人の目をよろこばしむる樂しみもまたあぢきな

し。（よろこばせる楽しみもまた味気ない。）使愚人悦目之樂趣亦無聊也。《徒然草》

5. 已然形

(1) 但だ心をして金鈿の堅きに似しむれば天上人間、會ず相見んと。（堅いものに似させるならば……会うこともできよう。）但令心似金鈿堅，天上人間會相見。《長恨歌》

(2) そのあたりに知りたる者やあると尋ねしむれども、さらに知りたる人なし。（知っている者があるかと尋ねさせたが、誰も知っている人はいなかった。）詢及附近有知者乎？然皆不知。《今昔物語集》

6. 命令形

(1) 知らしめよ、つとめしめよ。（知らせよ、つとめさせよ。）應使〈子女〉知之！使其盡力〈求之〉！《友愛》

(2) 乞ふ衡をして褐衣を以て召見せしめよ。（召見させよ。）乞令衡以褐衣召見。孔融：《荐彌衡表》

(3) 遙かなるほどなり。口づきの男にまづ一度せさせよ。（まず一杯飲ませよ。）路程遙遠，先令馬夫飲一杯。《徒然草》

【注一】除「す」、「さす、」、「しむ」可構成使役句外，有些他動詞本身即有「使動」作用，如「漏す」、「馴す」、「汚す」、「靡す」、「悩す」等。如：

青ばになりゆくまで、萬に、ただ、心をのみぞ悩す。（青葉になるまで……心を悩すばかりだ。）花木長出嫩葉之前，惟頗令人擔心。《徒然草》

另外，形容詞和形容動詞連用形下接サ變動詞「す」也有使動性。如「善くす」、「美しくす」、「静かにす」、「明かにす」等。

【注二】使役助動詞下接被動助動詞「らる」時表示自發或被迫的意思。如：

 (1) 先生のお教を受けて考へさせらる。（考えさせられる。）受先生之教誨，不得不加以思考。

 (2) 小僧、主人に夜使に行かせらる。（夜使に行かせられる。）店徒夜間為主人驅使買物。

 (3) 勝てば官軍、負けては賊の名を負はされて……。（負わせられて……。）勝者王候，敗者不得不身負賊名……。《灰燼》

【注三】使役助動詞下接敬語助動詞「らる」、「給ふ」等還可表示敬意。如：

 (1) 首相御渡歐の途に就かせられたり。（……にお就きになった。）首相已啓程赴歐。

 (2) 殿下式事に臨ませらる。（臨ませられる。）殿下參加典禮。

 (3) 天皇親ら政を聽かしめ給ふ。（政をお聞きになる。）天皇親政。

 (4) おほやけも行幸せしめ給ふ。（お行幸になる。）天皇亦行幸。《大鏡》

 (5) 花の下に立ち寄らせ給ひて、一枝を押し折りて御かざしに挿して……。（花の下にお立ち寄りになって……。）〈太政大臣兼通〉走近花下，折一枝插做髮飾。……。《大鏡》

【練習十八】

 1. 列表寫明口語使役助動詞的活用形，與文言有何不同？

 2. 下二段詞「得」、「經」下接使役助動詞「しむ」時容許寫成「得せしむ」和「經せしむ」，但按接續法規定應如何連接？

 3. 將下列各句譯成中文：

 (1) 優等者にのみ褒賞を得せしむ。

 (2) 上下貴賤の別なく、各々その地位に安んずることを得せしむべし。

 (3) 彼に試驗を經せしむべし。

 (4) 苛税を誅求して民を悩す。

 (5) 彼の行ひは實に人をして驚かしむるものあり。

 (6) 彼れに特効藥を用ゐさすれども病癒えず。

㈥　**否定助動詞「ず」、「ざり」**

用言和助動詞未然形下接「ず」、「ざり」時表示對動作或性質、狀態等的否定。

「ず」、「ざり」活用表（「ず」為特殊型，「ざり」為ラ變型）

上　　接 　　活用形 原形	未 然 形	連用形	終止形	連體形	已然形	命令形
動、形カリ、形動、助動詞之未然形	ず⑴	ず⑴	ず	ぬ	ね	○
	ざら⑵	ざり⑵	○	ざる	ざれ	ざれ
主　要　下　連	ば ⑴ ⑵ む(ん)⑵	して⑴ き ⑵	結句	體言	ば ども

①「ず」的例句：

1.　未然形

　⑴　若その北端に同じ藍色の富士を見ずば、諸君恐らくは……を知らざるべし。（……を見なければ……を知らないでしょう。）若不見其北端同樣藍色之富士山，諸君則恐不知……。《近日富士山之黎明》

　⑵　猶狂人をして利刃を持せしむるが如し。自ら傷け、人を傷けずんば已まず。（……を持たせるようなものだ。……人を傷けなければ〈傷けないでは〉止まない。）猶如使狂人持利刃，不自傷或傷人則不罷休。《社會主義神髓》

2.　連用形

(1) その損得は言ずして明なり。（言わなくても明かである。）其得失不言而喻也。《慰友人落第書》

(2) 晨坐して之を聽けば、覺えず涙下る。（朝座してこれをきくと思わず……）晨坐聽之，不覺淚下。李陵：《答蘇武書》

(3) 天は人の上に人を造らず、人の下に人を造らず。（造らなくて……造らない。）天不生人上人，亦不生人下人。《勸學篇》

(4) 紀州の歲ほど推しがたきはあらず……。（推しがたいことはなく……。）如紀州之年歲並不難於推算……。《源叔父》

3. 終止形

(1) 自然は之れを愛する者に負かず。（……に負かない。）自然不負愛之者。《友愛》

(2) 熟視すれども泰山の形を覩ず。（形を見ない〈形が見えない〉。）熟視不睹泰山之形。《酒德頌》

(3) 或は花しぼみて露なほ消えず。（消えない。）或花萎而露猶未消。《方丈記》

(4) 先聖かならずしも金骨にあらず。（金骨ではない。）先聖未必爲金骨。《正法眼藏隨聞記》

(5) 曲士は以て道を語る可からずとは教へに束ねらるればなり。（……てはいけないというのは教理に束ねられるからである。）曲士不可以語於道者，束於教也。《莊子》

4. 連體形

(1) 無理ならぬことなり。（無理ではない〈無理もない〉ことだ。）不無道理。《勸學篇》

（2） 愛することのできぬはなほさらに不幸なり。（愛することのできないことは……不幸である。）不能愛更爲不幸也。《不如歸》

（3） 言はぬは言ふに優る。（〈はっきり〉言わない方が言うよりましである。）不〈明〉言勝於言。《源氏物語》

5. 已然形

（1） 昨日今日の交りならねば正しき品行は御覧じ知る筈を。（昨今の交りではないから……よく知っているはずだよ。）因非一日之交，〈君〉當知〈吾〉品行端正也。樋口一葉：《雪天》〔「を」是感嘆助詞，見286頁。〕

（2） 我が隠しには二三「マルク」の銀貨あれど、それにて足るべくもあらねば余は時計をはづして机の上に置きぬ。（銀貨はあるが、それで足りるはずもないから……机の上に置いた。）吾衣袋中雖有二、三馬克之銀幣，然不足以用〈之解決問題〉，遂即脱下手錶置於桌上。《舞姫》〔「にて」是格助詞，見222頁；「ぬ」是完了助動詞，見167頁。〕

（3） 風波止まねば、なほ同じ所にあり。（止まないので……。）風浪不止，故仍泊於該〈大湊〉港。《土佐日記》

（4） 陽暦の節句、桃は咲かねど、春雲日を籠めて、空氣は酒よりも濃かなり。（咲かないが……濃かである。）陽暦三月三，桃花雖未開，然春雲蔽日，空氣濃於酒。《三月節》

【注二】「ず」下接接續助詞「ば」時增加撥音爲「ずんば」，見228頁接續助詞「ば」注一；下接接續助詞「して」或「て」時，也可約音爲「で」，表示動作的持續態。「で」在本書中另列爲**接續助詞**，見240頁。如：

(1) 屋根で雪は消えで（消えずして）未だに殘れり。（雪は消えないでまだ残っている。）屋頂之雪未融，猶殘存其上。

(2) この世ひとりの君ならで（君ならずて）……。（君ではなくて〈は〉……。）此世若非爾……。《願君莫死》

(3) 物響を傳ふるにも春の如く音波の悠々と廣まり行くにあらで（行くにあらずて）……。（広まって行くのでなくて……。）音響之傳送亦非如春天聲浪悠悠傳播開去。德富蘆花：《透明凜然》

【注二】「ず」本身無命令形，又不能與推量助動詞「む」、過去助動詞「き」「けり」連接，所以要表示推測和過去須用另一個否定助動詞「ざり」。

「ざり」的例句：

1. 未然形

(1) 爭でか參られざらむ。（どうして参られないのでしょう。）何以不能來？《保元物語》

(2) 吾心憤らざらん耶。（憤らなかろうか）吾心不憤耶？《懸崖》

(3) 人をして應接に暇あらざらしむ。（暇が〈さえ〉ないようにさせる〈せしめる〉。）使人應接不暇。《世說新語》

2. 連用形

(1) かれは煙草も酒も用ゐざりき。（嗜まなかった。）彼煙酒皆不用。《墓志銘》

(2) かうやうの事さらに知らざりけり。（このような事はさらに知らなかった。）如〈詠和歌〉之類事更不曉也。《土佐日記》

(3) 悔ゆ當初雕鞍把ば鎖さざりしを。（当初……鎖さなかっ

たことを悔いる。）悔當初，不把雕鞍鎖。柳永：《定風波》
〔「し」是過去助動詞「き」的連體形，見161頁。〕

3. 終止形（無）（結句時用「ず」）

4. 連體形
　(1)　己れの欲せ**ざる**ところは人に施すなかれ。（欲しない
ことは人にもするな。）己所不欲，勿施於人。《論語》
　(2)　愚かなる人は決して友を得**ざる**なり。（愚かな人は決し
て友を得ることがないものだ。）愚者決不可得友。《友愛》
　(3)　到る所として星なら**ざる**はなし。（ここかしこ星でな
いものはない。）到處皆星。德富蘆花：《寒星》
　(4)　爭奈せん。歸期の未だ期す可から**ざる**を。（どうしたら
いいだろう。……期することができないのを。）爭奈歸期未可
期。晏幾道：《鷓鴣天》

5. 已然形
　(1)　其の人みづから友なるものの何たるを會せ**ざれ**ばな
り。（友というものは何であるかを理解しないからである。）乃
因其人不解友人爲何物之故也。《友愛》
　(2)　一日見**ざれ**ば三秋の如し。（一日見〈会わ〉ないと三秋
も会わないようだ。）一日不見如三秋兮。《詩經》
　(3)　貧しくて分を知ら**ざれ**ば盗み、力衰へて分を知ら**ざれ**
ば、病を受く。（分際を知らないと……分際を知らない
と……。）貧而不知分則盗，力衰而不知分則病。《徒然草》
　(4)　いづれにしても落第して善き心地はせ**ざれ**ども、小説を
書く上より云へば經驗の一にして尤も目出度事なり。（善い心

－156－

地はしないが小説を書く上から云えば、経験の一であって尤も目出度い事である。）無論如何，落第後不會心情舒暢，但從寫小說此點言之，此乃經驗之一，固可喜也。《慰友人落第書》

6. 命令形

(1) いやしきを譏らざれ。（いやしいものを譏るな）勿譏卑賤者！

(2) 國事に任ずる者は身をも家をも顧みざれ。（国事に任じる人は身をも家をも顧みるな。）任國事者勿顧身家！

【練習十九】

1. 列表寫出口語否定助動詞的活用形，與文言有何不同？

2. 寫出下列各詞接「ず」的形態：
立つ、絶つ、絶ゆ、鳴く、見る、蹴る、明く、與ふ、解く、死ぬ、あり、來、上京す、強し、恥し、澎湃たり、柔かなり

3. 把下列各句譯成中文：
(1) 各自に糧囊を帶び、銃を提げ、大刀を釣り、松明も默さず、言はず。
(2) 富士の秀色見ずや。
(3) トルストイの「戰爭と平和」を讀まざるべからず。
(4) 惡しき友には交はらざれ。
(5) 病なれば行かざりき。

(七) **推量助動詞「む」、「らむ」、「けむ」、「めり」、「らし」、「べし」、「まし」**

文言方面，對事物的動作、狀態、性質等表示推測、意志、勸誘、希望、假定時，由於情況不同，須用一些不同職能的推量助動詞。因此，文言的推量助動詞較口語為多。

①　「む（ん）」

表示對未來情況的推測、意志、勸誘或商量等。用「む」構成的**推量句**，如果用來說明對稱或他稱的動作、狀態，則表示推測；若說明自稱的則表示意志；如說明對稱及自稱的共同動作時，則表示勸誘或商量，但要根據上下文的關係來判斷。「む」相當口語的「う」或「よう」。

「む」活用表（屬四段活用型）：

上　　接	活用形＼原形	未然形	連用形	終止形	連體形	已然形	命令形
動、形カリ、形動、助動詞未然形	む（ん）	○	○	む（ん）	む（ん）	め	○
主　要　下　連				結句	體言	ども	

例句：

3.　終止形

⑴　白雪の富士高く晴空に倚るを見む。（見よう〈見るだろう〉。）請看白雪皚皚之富士山高倚晴空！《近日富士山之黎明》

⑵　萬戮せらると雖も豈悔い有らんや。（どうして悔いがあろうか。）雖萬被戮，豈有悔哉？《報任安書》

⑶　月傾きて短夜の明けんとす。（明けようとしている。）月斜，短夜將明。《灰燼》〔「と」是格助詞，見215頁。〕

⑷　道來る人「この野はぬすびとあなり」とて火つけむと

す。（盗人がおるのだといって火をつけようとする。）路上來人言道："此荒野有盜賊。"言罷即欲點火。《伊勢物語》

(5) 小黒崎、みつ小島を過ぎて、鳴子の湯より尿前の關にかかりて、出羽の國に超えんとす。（超えようとする。）欲過小黒崎、美豆小島，經鳴子溫泉至尿前關，前往出羽國。《奥州小道》

(6) 此の恨は綿々として絶ゆる期無けん。（絶えるときがなかろう〈ないだろう〉。）此恨綿々無絶期。《長恨歌》

【注】「無けん」是古代形容詞「無し」的未然形「無け」下接推量助動詞「む」，相當於日語的「ないであろう」、「なかろう」。如：
聞かぬ日無けむ。（聞えない日はないだろう。）無日不聞〈杜鵑啼〉。《萬葉集》

4. 連體形

(1) 行役して戰場に在れば、相見みえんこと未だ期有らず。（戰場におるのでまだ相見みえようとする時機がない。）行役在戰場，相見未有期。（蘇武詩）

(2) その財を用ひ物を取るに方りては常に生類の殄きんことを畏る。政を賦き役に任ずるには常に人力の盡きんことを畏る。（生類の殄きよう〈とする〉ことを畏れる。……人力の尽きようことを恐れる。）方其用財取物，常畏生類之殄也。賦政任役，常畏人力之盡也。張衡：《東京賦》

(3) 心に適はぬ事あらば、やすく他へ移さむが為なり。（適わないことがあったら、たやすく他〈のところ〉へ移そうとするためである。）乃由於不如意即易遷居之故也。《方丈記》

(4) 午前四時過ぎにもやあらむ。（四時過ぎでもあろう
か。）蓋爲午前四時將過。《大海之日出》〔「や」是係助詞，見
254頁。〕

5. 已然形
(1) 幾度も奏聞にこそ及ばめ。（奏聞に及ぼうとする。）早
擬多次奏聞。《平家物語》〔「こそ」是係助詞，見261頁。〕
(2) 翁は……われこそ死なめとて……。（私こそ死のうと
いって……。）伐竹翁言道："……吾願一死！"《竹取物語》
(3) 時季稍遲からめども、明日 隅田川堤 の櫻を觀に行
かむ。（やや遲かろうけれども……見に行こう。）時或稍晚，但
明日仍欲去賞隅〈田川〉堤之櫻。

【注一】「む」沒有命令形，但有時以終止形結句可以表示對上級、對高貴者
委婉命令的意思。如：
櫻の花を一枝折りて賜らむ。（折って戴きとう存じます。）請折賜一枝櫻
花！

【注二】「む（ん）」下接格助詞「と」，再接サ變動詞「す」則與「む」相
同，表現意志或決心，只是表現力更強。「む（ん）とす」可約音爲「むず」或
「んず」。如：
(1) 「む」は〈用言の未然形〉に接續して、事物の動作の未來に起らんとす
る者を表す詞なり。又「む」は自己の決心を表す詞なり。（起ろうとするもの
を表す詞である……。）「む」接續於用言之未然形而表事物之動作將起於未來
時之詞也。又，「む」者表我決心之詞也。松本龜次郎：《漢譯日本文典》
(2) 默然と聞ける猛は手に持つ鞭の落ちむとするを緊と握りつ。（聞いて
いる猛は……落ちようとするのを緊と握った。）猛〈人名〉默然聽之，緊握手中
欲落之鞭。《灰燼》〔「る」是完了助動詞「り」的連體形，見172頁；「つ」也

— 160 —

是完了助動詞，見167頁。〕

(3) 足の向きたらむ方へ往なむず。（足の向くであろう方へ行こうとする。）信步行去。《竹取物語》

(4) いま秋風吹かむ折にぞ來むずる。（秋風が吹こうとする時に来よう〈とする〉。）今將於秋風欲吹之時到來。《枕草子》

【注三】「む」有時也可表示假定想像。如：

(1) 遠からむ者は音にも聞け、近くく寄って目にも見よ。（遠かろうとする者は……近ければ……。〈若爲〉遠者可聽取眾議，近者則可前去觀察。

(2) 喜びと云はむは過ぎ、哀みと云はむは未だ及ばず。（〈もし〉喜びと言おうには過分であり、哀みと言おうにはまだ及ばない。）〈若〉言喜則過，言悲則不及。《相摸灘之落日》

② 「らむ（らん）」

表示對現時情況的推測和對事物原因的想像，相當於口語的「だろう」、「しているだろう」和「からであろう」。

「らむ」活用表（屬四段活用型）：

上　　　接	活用形 原形	未然形	連用形	終止形	連體形	已然形	命令形
動詞終止形； ラ變、形カリ 形動連體形	らむ （らん）	○	○	らむ （らん）	らむ （らん）	らめ	○
主　要　下　連				結句	體言	ど	

例句：

3. 終止形

(1) げに幾重の深さなるらむ。雲の奥に雲あり、雲の上に雲

— 161 —

あり……。（深さであろう。）〈雲〉蓋實有幾重深也。雲內有雲，雲上有雲……。（推測）《香山三日之雲》

(2)搔鳴らす者は無心に搔き鳴らす**らむ**。（搔き鳴らすだろう。）彈〈三弦〉者或無心彈撥也。（推測）《哀音》

(3) 雲のいづこに月宿る**らむ**。（……に月は宿るのでしょう。）浮雲何處留月宿？（想像）《古今和歌集》

4. 連體形

命 死なばいかがはせむ。生きてあらむかぎり、かく歩きて、蓬萊といふ**らむ**山に逢ふやと、海に漕ぎただよひありきて……。（死んだらどうしようか。生きているかぎりは……蓬萊とかいう山に逢うだろうよと……。）若死則休矣。如活即如此繼續前進，或將遇〈所聞之〉蓬萊山，遂於海上漂航……。（傳聞）《竹取物語》

5. 已然形

(1) みづからはいみじと思ふ**らめ**ど、いと口惜し。（と思っているだろうが、いかにも口惜しい。）自覺非凡，然〈旁者觀之〉頗不足道。（想像）《徒然草》

(2) 當時味方に東國の勢なん萬騎かある**らめ**ども、いくさの陣へ笛持つ人はよもあらじ。（何万騎かあるだろうが……よもやあるまい。）當時盟方東國軍力雖有數萬騎，恐無人持笛奔赴陣前。（推測）《平家物語》〔「じ」是否定推量助動詞，見156頁。）

【注一】「らむ」有時用「ならむ」（「なり」的未然形加「む」）、「なるらむ」（「なり」的連體形加「む」）或「なるべし」（「なり」的連體形加「べ

し」表示，特別是在近代文言中常見。如：

　　故郷に在す母上は、日夜我が身の上を案じ給ふらむ（「給ふならむ」或「給ふなるべし」）。（……を案じておられるでしょう。）故郷之母恐在日夜思吾。（推測）

【注二】「らむ」的連體形用法多表示傳聞，相當口語的「とかいう」。如：
鳥は異所の物なれど、鸚鵡いとあはれなり。人の言ふらむことをまねぶらむよ。（物ではあるが……人の言うだろうことをまなぶということだよ。）鸚鵡雖爲異邦之鳥，但頗動人，據聞能學人言。《枕草子》

③　「けむ（けん）」

「けん」表示對過去情況的推測和對事物原因的想像，相當於口語的「……したろう」、「……しただろう」和「……したのだろう」。

「けむ」活用表（屬四段活用型）：

上　　接 ＼ 活用形 原形	未然形	連用形	終止形	連體形	已然形	命令形
動、形カリ、形動、助動詞 連用形	けむ（けん）	○	○	けむ（けん）	けむ（けん）	けめ	○
主　要　下　連			結句	體言	ども	

例句：

3. 終止形

　（1）この時の心何を思ひけん。（何を思ったのだろう）當時心中在想何事？（推測）樋口一葉：《雪天》

(2) 且は嘲り、且は嫉みたり**けん**。されど、こは余を知らねばなり。（嫉んだろう。……私をしらないからである。）〈彼等〉且嘲且妬，但此乃不知吾之故也。（推測）《舞姬》

(3) かれはいかに母を説き動かし**けん**。（説き動かしたのだろうか。）〈不知〉伊如何説服母親？（想像）《舞姬》

4. 連體形

(1) 「山中人自正」と云ひ**けむ**様に……。（と言っただろうように……。）蓋如所云："山中人自正"一語……。（推測）《礁冰鱗之川流聲》

(2) 我が真率なるこころや色に形はれたり**けん**。（私の真率な心が色に顕われたのだろう。）吾率眞之心恐形於色矣。（推測）《舞姬》〔「や」是係助詞，要求連體形結句，見254頁。〕

(3) 變化の者にて侍り**けむ**身とも知らず……。（変化の者でありましたろうとかいう身とも知らないで……。）不知己身原爲異類……。（想像）《竹取物語》

(4) 面白き事とや思ひ**けむ**。（面白いこととは思ったのだろう）或感有趣也。（想像）《伊勢物語》〔「や」是係助詞，見254頁〕

(5) クロステル街まで來しときは半夜をや過ぎたり**けん**。（来たときは半夜をさえ過ぎていただろう。）來至庫羅斯特〈修道院〉街時，恐已過半夜。（推測）《舞姬》

(6) 何の仇にか思ひ**けむ**。（何の仇であるかと思ったのだろう）認爲係何怨仇？（想像）《伊勢物語》〔「に」是指定助動詞「なり」的連用形，見184頁。〕

5. 已然形

　(1)　返し、上手なれば、よかり**けめ**ど、え聞かねば書かず。（上手であるから、返し歌はよかったろうが、聞くことができなかったので〈ここには〉書かない。）〈藤原兼輔〉善詠和歌，故其答歌想必亦佳。然未得聞，故於此省略不書。（想像）《大和物語》〔「ね」是否定助動詞「ず」的已然形，見132頁。〕

　(2)　醫師のもとにさし入りて、向ひゐたりけんありさま、さこそ異様なり**けめ**。（向い合って坐っていただろう。そのありさまはきっと異様なものであったろう。）去醫師處，與其對坐，此種情景實奇妙也。（想像）《徒然草》〔「こそ」是係助詞，要求已然形結句，見261頁。〕

　【注】近代文言中多用「しならむ」（過去助動詞「き」的連體形「し」加指定助動詞「なり」的未然形「なら」再加「む」）或「しなるべし」（「し」加「なり」的連體形「なる」再加推量助動詞「べし」）表示。如：

　(1)　昨夜は雨降り**けむ**（「降りしならむ」或「降りしなるべし」）。今朝、道いたく濡ひたり。（雨が降ったのだろう。……濡っている。）今朝道路沾濡實甚，昨夜其驟雨乎！（想像）

　(2)　誰が植ゑ**けむ**（「植ゑしならむ」或「植ゑしなるべし」）。彼の墓前に草花咲けり。（誰が植えたのだろう。……草花が咲いている。）彼之墓前有花盛開，誰植之乎？（想像）

　④　「めり」

　「めり」表示對現時情況進行婉轉的推斷，相當於口語的「樣子だ」、「ようだ」、「……のように見える」。

「めり」活用表（屬ラ行變格型）:

上　　接\活用形\原形	未然形	連用形	終止形	連體形	已然形	命令形
ラ變以外動詞終止形；ラ變、形カリ、形動連體形　めり	○	めり	めり	める	めれ	○
主　要　下　連		き	結句	體言	ど	

例句:

2. 連用形

この侍（さむらひ）ぞ、よく聞（き）かむとあどうつめりし。（この侍はよく聞こうとあいずちをうつようすであった。）此武士似欲仔細聽後作隨聲附和之態。《大鏡》

3. 終止形

(1) 法華堂（ほっけだう）などもいまだ侍（はんべ）るめり。（まだあるようだ。）法華三昧堂等似尚存。《徒然草》

(2) これこそ、われに衣得（きぬえ）させにいで來（き）たれる人なめり。（着物をえさせるために来た人なのようだ。）此人乃似爲我送衣而來者。《今昔物語集》〔「こそ」是係助詞，應以已然形結句，見261頁，此處以終止形結句，可視爲例外。〕

(3) 龍田川（たたがは）紅葉亂（もみぢみだ）れて流（なが）るめり。渡（わた）らば錦中（にしきなか）や絶えなむ。（竜田川には紅葉が乱れ流れているように見える。川を渡るならば〈水中の美しい〉錦は中ほどから絶えてしまうだろう。）龍田川中，紅葉潺流，若有人渡，裂錦是虞。《古今和歌集》〔「や」是係助詞，見254頁。〕

(4) 子となり給ふべき人なめり。（子となりなさるはずの人であるようだ。）〈伊〉似應爲〈伐竹翁之〉女。《竹取物語》

4. 連體形

この人をなむ聖人とはいふめる。（この人をば聖人と言うようだ。）似稱此人爲聖人。〔「なむ」是係助詞，見259頁。〕

5. 已然形

何事をか言ふめれど、聲低くして聞えず。（何かを言っているようであるが、声が低くて聞えない。）似在小議，但因聲低而未能聞。〔「か」是係助詞，見256頁。〕

【注】「めり」接在「ラ變」動詞或「ラ變」型詞的下面多發生「撥音便」，但撥音「ん」常常省略。如：

あるめり──→あんめり──→あめり

なるめり──→なんめり──→なめり

(1) 今一きは心も浮き立つものは春の景色にこそあめれ。（春の景色であるようだ。）今更令人愉快者似爲春景也。《徒然草》

(2) こよひこそいとむつかしげなる夜なめれ。（夜であるようだ。）今夜似爲恐怖之夜！《大鏡》〔「こそ」是係助詞，要求已然形結句，見261頁。〕

⑤ 「らし」

表示根據當前客觀事實做出的推測和想像，相當口語的「らし」「ようだ」。

「らし」活用表（屬形容詞型）：

上接	活用形 原形	未然形	連用形	終止形	連體形	已然形	命令形
ラ變以外動詞終止形；ラ變、形カリ、形動連體形	らし（らしかり）	○ らしから	らしく(1) らしかり (2)	らし ○	らしき らしかる	らしけれ ○	○ ○
主　要　連　接		ず	用言(1) き (2)	結句	體言	ば	

例句：

2. 連用形

(1) 戦爭起るらしく思はる。（起きるように思はれる。）感到戰爭似將發生。

(2) 雨降るらしく見ゆ。（雨が降るらしく見える。）似將降雨。

3. 終止形

(1) 今日といへども斯く言ふ人あるらし。（今日でもこのように言う人がいるらしい。）今日似乎亦有如此言者。

(2) 河水の濁れるを見れば、昨夜水源地は雨降りたるらし。（河水のにごっているのを見ると……雨が降ったらしい。）見河水污濁，似乎昨夜上游降雨矣。

4. 連體形

(1) 雨の降るらしき空合なり。（降るらしい模様だ。）似降雨之天氣也。

(2) 戦爭の起るらしき模様なり。（起るらしい様子であ

る。）似發生戰爭之狀態。

5. 已然形

來客あるらしければ、面會せずして歸りたり。（お客がい
るらしいから、面会しないで帰った。）似有賓客，故未會晤歸
矣。

【注一】「らし」只有連用形副詞法、終止形、連體形和已然形，所以要表示
否定和過去時必須借助於「カリ」活用。如：
(1) 雨降るらしからず。（降るらしくない。）不像降雨〈之樣態〉。
(2) 雨降るらしかりき。（降るらしかった。）似已降雨。

【注二】古代文言中，「らし」只有終止形、連體形和已然形，而且各形都是
「らし」。如：
(1) 春過ぎて夏來るらし。（夏が来るらしい。）像似春去而夏來。《萬葉
集》（終止形）
(2) み吉野の山の白雪つもるらし。古里さむくなりまさるなり。（白雪が
積っているとみえる。古里はさらに寒くなるのである。）奈良古里，天氣日寒，
吉野之嶺，恐成雪巒。《古今和歌集》（終止形）
(3) この川に、紅葉流る、奥山の、雪消の水ぞ、今増るらし。（この河に紅
葉が流れている。奥山の雪溶けの水は今増しているらしい。）紅葉逐逝波，深山
似解雪。《古今和歌集》（連體形）〔「ぞ」是係助詞，見258頁。〕
(4) 抜亂る人こそあるらし。白玉の間なくも散るか袖のせばきに。（〈系か
ら〉抜いて散らしている人がいるらしい。白玉がひっきりなしに降って来るよ。
袖が狭くて拾いきれはしないのに。）似有散串人，玉珠落不絶，袖狹不勝收。
《古今和歌集》（已然形）〔「こそ」是係助詞，見261頁；「に」是接續助詞，
見234頁。〕
【注三】近代文言中，「らし」也接在體言下面。如：
(1) 島にかへる娘二人は姉妹らしく、頭に手拭かぶり、手に小さき包み持
ちぬ。（手に小さい包を持った。）返島之二女似爲姉妹，頭覆毛巾，手持小包。

《源叔父》

(2) 明日は晴天らし。（晴日らしい。）明日似晴。

(3) 「誰の舟ぞ」問屋の主人らしき男問ふ。（主人らしい男は問う。）
"何人之舟？"似貨棧主人模樣之人問道。《源叔父》

因此，有的文法書把這種接在體言下面的「らし」列為**接尾詞**。又因其形式上
按形容詞活用規律而變化，所以又可說它是**構成形容詞的接尾詞**。〔見13頁接尾詞
(3)〕

⑥ 「べし」

主要表示對當然事實的推測、意志和勸誘，另外還表示可能、
當然、義務、命令等：

1. 表示推測（相當口語的「だろう」）：

(1) あゝ、また、誰をたのむべき。（誰をたよったらいいで
しょう。）吁！又將依誰？《願君莫死》

(2) この大雪にはいかな園林も一様に白くなるべきぞ。（白
くなるでしょうね。）因此大雪，各處園林將一樣白也！《中華若
木詩抄》

(3) この人々の深きこころざしはこの海にも劣らざるべし。
（劣らないことでしょう。）眾人情誼之深不亞於海也。《土佐日
記》

2. 表示意志（常用終止形，相當口語的「しよう」、「するつも
りだ」）：

(1) 明日は遠き國へ赴くべし。（行こう。）明日欲往遠
方。《徒然草》

(2) 「この御馬で宇治川の真先渡し 候 べし」とて……。

— 170 —

（真先を渡りましょうといって……。）〈佐佐木高綱〉自語道：
"定乘此馬衝過宇治川陣前！"《平家物語》

3.　表示勸誘或適當（相當口語的「しよう」、「の方がよい」）：

　　(1)　共に遊びに來られるべし。（お出でになりましょう。）
請來同遊！

　　(2)　家の作りやうは夏をむねとすべし。（夏をむねとする方がよい。）築室宜以夏爲主。《徒然草》

　　(3)　人に勝らん事を思はば、ただ學問して、その智を人に勝らんと思ふべし。（人に勝ろうことを思えば……と思うのがよい。）欲勝人一籌，唯攻學問，而以其智勝之爲佳。《徒然草》

4.　表示可能（相當口語的「することができる」）：

　　(1)　三軍も帥を奪ふべきなり。匹夫も志を奪ふべからざるなり。（奪うことができる……奪うことができないのだ。）三軍可奪帥也。匹夫不可奪志也。《論語》

　　(2)　謂はゆる理は推すべからずして、壽は知る可からざるなり。（推すことができなくて、壽は知ることができないのである。）所謂理者不可推，而壽者不可知矣。韓愈：《祭十二郎文》

　　(3)　財多しとて頼むべからず。時の間に失ひやすし。（頼むことができない。）財寶雖多不可賴之，因瞬間易失也。《徒然草》

5.　表示當然（相當口語的「するべきだ」、「するはずだ」）：

　　(1)　われらは老人の早く死に、しかしてわれらの遂に勝つべきを知る。（勝つはずであることを知る。）我等知老人將早死，

而我等終將勝利。石川啄木：《無止境議論之後》

　　(2)　その母が……十年の間には癖もつく**べく**、艷も失す**べ**
し。（癖もつくこと、艷も失ってしまうはずだ。）其母……於此
十年間，當染惡習，失其艷容。《不如歸》

　　(3)　金は山に捨つ**べく**、玉は淵に投ぐ**べし**。（すてるべき
で……投げるべきである。）金當棄諸山，玉當投之淵。《徒然
草》

　　(4)　汝は時に尤も小なり、當に復た記憶せざる**べし**。（小
であって〈小さくて〉……記憶していないはずてある。）汝時尤
小，當不復記憶。《祭十二郎文》

6.　表示義務（相當口語的「しなくてはならない」「しなければ
いけない」）：

　　(1)　この時、父母は子女に向ひて教へざる**可からず**。（教え
なければならない）此時，父母不可不對子女教之。《友愛》

　　(2)　吾らはつとめて友愛の情を耕さざる**可からず**、培は
ざる**可からず**。（耕さなくてならず、培はなくてはならない。）
吾等必須努力播種友情，培植友情。《友愛》

　　(3)　もしなす**べき**事あれば、すなはちをのが身を使ふ。（も
ししなくてはならないことがあれば……。）如有應做之事，則親
自爲之。《方丈記》

7.　表示禁止、命令（相當口語的「してはいけない」、「する
な」、「しなさい」、「せよ」、「しろ」）：

　　(1)　猥りに境內に立いる**べからず**。（立ち入ってはいけな
い。）禁止擅入界內！

(2) 討手をつかはし、頼朝が首をはねて、わが墓の前に懸く
べし。（懸けよ。）命刀斧手將賴朝首級割下懸吾墓前！《平家物
語》

(3) 人皆病あり。やまひに冒されぬれば、その愁しのびが
たし、醫療を忘るべからず。（冒されてしまうと……。医療を忘
れてはならない。）人皆生病。生病則難忍其苦。〈故〉不可忘醫
療。《徒然草》

「べし」活用表（屬形容詞型）：

上　　接 活用形 原形		未然形	連用形	終止形	連體形	已然形	命令形
ラ變以外動終止 形；ラ變、形カ リ、形動連體形	べし	べく(1)	べく(1)	べし	べき	べけれ	○
	(べかり)	べから(2)	べかり(2)				○
主　要　下　連		ば　(1) む　(2) ず　(2)	用言(1)	結句	體言	ば ども	

例句：

1. 未然形

(1) その願むなしかるべくは、道にて死ぬべし。（その願
が空しくなろうものなら、途中で死ぬでしょう。）若不如願，則
將死於〈流放之〉途。《平家物語》

(2) 退之、宜しく更に思ふべし。為すべくんば、速かに為
せ。（思うべきだ。することができたら……。）退之宜更思。可
爲速爲。柳宗元：《與韓愈論史官書》

2. 連用形

(1) 家陋なりと雖ども膝を容る可く、庭狭きも碧空仰ぐ可く、歩して永遠を思ふに足る。（膝を入れることができ……仰ぐことができ……。）室雖陋而可容膝，庭雖狭而可仰望碧空，歩行足以思遠也。《吾家財富》

(2) 余はこの哀音の中に感ず可くして、言ふべからざる無數の苦み……。（感じることができて、言うことができない無數の苦み……。）余於此哀音中感到無數難言之苦……。《哀音》

(3) 凄まじきこと言ふべくもあらず。（言うこともできない。）驚人之狀亦不可言。德富蘆花：《高根山之風雨》

3. 終止形

(1) 蕭散の致　畫くべく、歌ふべし。（画くことができ、歌うこともできる。）蕭散之致，可繪可歌。《碓冰嶺之川流聲》

(2) 千辛萬苦堪へ來りて、始めて大丈夫と言ふべし。（大丈夫だと言える。）耐得千辛萬苦始可稱大丈夫。《慰友人落第書》

(3) 老人　足を以て之を受けて曰く「孺子教ふべし。……」と。（教えることができる。）老人以足受之曰："孺子可教……。"《十八史略》

4. 連體形

(1) 吾はみづから扶助すべき身となりぬ。（扶助することができる人となった。）吾已成爲可自助之人。《懸崖》

(2) もし歩くべき事あれば、みづから歩む。（もし歩かねばならないことがあれば、自分で歩く。）如有須步行〈前往〉之

事，即親身步行而去。《方丈記》

(3) 憐れむ**べき**はこの種の人なり。（憐れむべきものはこの種の人である。）可憐者此種人也！《友愛》

(4) 余は明旦　露西亞に向ひて出發すべし。隨ひて來**べき**か。（出發するだろう。ついて来られるか。〈来ることができるか。〉）余明晨將起程赴俄，爾能隨往耶？《舞姬》

5. 已然形

(1) 月の影は同じことなる**べけれ**ば、人の心もおなじことにやあらむ。（同じことであるから、人の心も同じことであろう。）月光相同，故人之情亦相同也。《土佐日記》

(2) この木花は咲く**べれ**けども實は結ばじ。（咲くだろうが、實は結ばないだろう。）此樹可能開花，恐不結果。

【注一】因未然形「べく」不能接「む」、「ず」表示推測和否定；連用形不能接「き」、「けり」表示過去，故須借「カリ活用」表示。如：

(1) 彼は努力せるゆゑ、博士になる**べから**む。（努力したので、博士になることができるだろう。）因彼努力，故將可成爲博士。

(2) 羽なければ空をも飛ぶ**べから**ず。（羽がないから空をも飛ぶことができない）無羽，故亦不能飛空。《方丈記》

(3) 妙なること之を言に盡す**可から**ず、事之を筆に窮む**可から**ず。（尽すことができず、……窮めることができない。）妙不可盡之於言，事不可窮之於筆。郭璞：《江賦》

(4) 人情の幽音に耳を傾くることをつとめざる**可から**ざる也。（耳を傾けることを務めなくてはいけないのだ。）不可不致力於傾聽人情之幽音。《友愛》

(5) 月夜には、それとも見えず。梅の花、香を尋ねてぞ、知る**べかり**ける。（香を尋ねてこそ知ることができるのだよ。）月夜有勝無，相映仍不見；梅花何處尋，須借風香便。《古今和歌集》〔「ぞ」是係助詞，見258頁；「ける」是詠

嘆助動詞「けり」的連體形，見203頁。）

【注二】爲求讀音方便，未然形「べく」連接接續助詞「ば」時，中間可加撥音「ん」變成「べくんば」，相當於口語的「できるならば」。如：

彼に食あり、守りて以て喪を終ふるを待つ可くんば、則ち喪を終ふるを待ちて、取りて以て來らん。（終えることを待つことができるならば……。）彼有食，可守以待終喪，則待終喪，而取以來。《祭十二郎文》

【注三】「べから」接推量助動詞「む（ん）」時可約音爲「べけむ（ん）」。如：

(1) その状は峨々たり、何ぞ極言す可けん。（峨々としており、どうして極言することができよう。）其状峨峨，何可極言。《神女賦》
(2) 其れ以て法と爲す可けんや。（爲すことができようか。）其可以爲法乎？柳宗元：《晉文公問守原議》

【注四】否定、推量及時相助動詞都連接在「べし」的「カリ活用」下。如：

べから	ず / ざる / む / まし / じ	べかり	き / けり / ぬ / つ	べかる	らむ / らし / まじ

⑦ 「まし」

表示對虛構事物的想像，另外還表示願望和意志，相當口語的「もし……だったら……だろう」、「たい」和「しよう」。

「まし」活用表（屬特殊活用型）：

上　　　接	活用形＼原形	未然形	連用形	終止形	連體形	已然形	命令形
動、形カリ、助動詞未然形	まし	ましかませ	○	まし	まし	ましか	○
主　要　下　連		ば		結句	體言	結句	

例句：

1. 未然形

(1) 普魯西の官員は皆 快 く余を迎へ、公使 舘 よりの手つづきだに事なく濟みたら**ましか**ば、何事にもあれ、教へもし、傳へもせむと約しき。（済んだのならば……伝えもしようと約した。）普魯士官員皆熱情迎余，並約定若公使館順利辦妥手續，無論何事皆將予以指引、轉告。（想像）《舞姫》〔「だに」是副助詞，見263頁。〕

(2) あらかじめ君來まさむと知ら**ませ**ば門に宿にも玉敷かましを。（もし知っていたら……敷いただろうに。）若先知君來，門庭敷玉珠。（想像）《萬葉集》

2. 連用形（無）

3. 終止形

(1) 若し眞なりせば、いかにせ**まし**。（若し本當であったらばどうしようか。）果眞如此，如何處之？（想像）《舞姫》〔「せ」是過去助動詞「き」的未然形，見161頁。〕

(2) 穉 しと笑ひ玉はんが、寺に入らん日はいかに嬉しから**まし**。（幼いとお笑いになるでしょうが、寺に入ろうとする日は

なんと嬉しいことだろうか。）君或笑吾幼稚，然入教堂〈使子受洗禮〉之日將如何愉快！（想像）《舞姫》

(3)　鏡に色、形あらましかば、映らざらまし。（色、形がもしあったら、物はうつらないだろう。）鏡若有色、形，恐無法映照他物。（想像）《徒然草》

4.　連體形

(1)　しやせまし、せずやあらましと思ふことは、おほやうはせぬはよきなり。（することにしようか、しないですませようかと……しない方がよいものである。）猶豫不定之事，大體以不做爲宜。（意志）《徒然草》〔「や」是係助詞，見254頁。〕

(2)　行き暮れて木の下蔭を宿とせば花や今夜の主ならまし。（宿としたら、花は今夜の主人であろう〈かしら〉。）途窮日暮宿林下，花即今宵一主人。（想像）《平家物語》

(3)　鶯の谷より出づる聲なくは、春くることを誰か知らまし。（声がないならば誰が春の来ることを知ることができようか。）鶯聲不出谷，誰知春來到？（想像）《古今和歌集》〔「か」是係助詞，見256頁。〕

(4)　見る人もなき山里の櫻花ほかの散りなむのちぞ咲かまし。（散ってしまったのち咲いたらよかろう。）山村櫻花無人識，他花落後發不遲。（想像）《古今和歌集》〔「な」是完了助動詞「ぬ」的未然形，見167頁。〕

5.　已然形

(1)　われにこそ聞かせたまはましか。（聞かせて下さらないでしょう〈か〉。）請令吾聞知！（願望）《宇津保物語》〔「こ

そ」是係助詞，見261頁。〕

(2)その聞きつらむところにて、ふとこそよま**ましか**。（聞いたという所で、たちまちよめばよかったのに。）君聞子規啼時即詠和歌爲妙。（願望）《枕草子》〔「らむ」是推量助動詞，見141頁。〕

【注】「ましか」下接「ば」表示假定前提條件時爲未然形；與係助詞「こそ」呼應而結句時爲已然形。

(八)　否定推量助動詞「じ」、「まじ」

對事物表示否定推測和否定意志的助動詞有「じ」和「まじ」兩種。「じ」即對「む（ん）」表示的推測或意志加以否定，偏重於「否定」一面；「まじ」是對「べし」表示的推測或意志加以否定，偏重於「推量」方面，文言的否定推量助動詞相當於口語的「まず……ないだろう」、「なさそうだ」、「ないつもりだ」、「まい」等。另外還可以表示禁止，相當於口語的「してはいけない」。

否定推量助動詞「じ」、「まじ」活用表
（「じ」屬特殊型、「まじ」屬形容詞型）：

上　　接	活用形／原形	未然形	連用形	終止形	連體形	已然形	命令形
動、形カリ、形動未然形	じ	○	○	じ	（じ）	（じ）(1)	○
ラ變以外動終止形；ラ變、形カリ、形動連體形	まじ	まじく	まじく(1) まじかり(2)	まじ	まじき （まじかる）	まじけれ(2)	○
主　要　下　連		ば	連用(1) けり(2)	結句	體言	結句(1)(2) ば(2) ども(2)	

「じ」的例句：

3. 終止形

(1) 自然はこの上に完き秋日を與ふる能はじ。（まったい秋日を与えることはできないだろう。）大自然恐不能賜予更完美之秋日也。（否定推測）德富蘆花：《秋風之後》

(2) 一人は七つか八には過ぎじと見ゆる美しき女の兒なり。（には過ぎないだろうと〈過ぎないように〉見える美しい女の児である。）一爲不過七、八歲之秀麗女童也。（否定推測）《可憐兒》

(3) これにて見苦しとは誰も得言はじ。（これで見苦しいとは誰も言うことができないでしょう。）恐誰亦不能以此而言丟醜也。（否定推測）《舞姬》

(4) 一生の恥これに過ぐるはあらじ。（これに過ぎる〈以上の〉ことはないでしょう。）一生恥辱蓋莫過於此。（否定推

測）《竹取物語》

(5) 月ばかり面白きものはあらじ。（月ほどおもしろいもの
はあるまい。）恐無如月之引人興趣者。（否定推測）《徒然草》

(6) 如何に苦しくともわが志を變へじ。（変えることは
ないでしょう。）縦有如何困難，亦決不變我志。（否定意志）

4. 連體形

(1) 兩親あれば彼の様にも成らじ物と……。（あのように
も成らないですむだろうものと……。）人言："若有雙親，恐不
致如此……。"（否定推測）樋口一葉：《雪天》

(2) 假にもいつはりは言はじ者なり。（偽を言ってはいけな
いものだ。）雖暫時亦不可爲說謊者。（禁止）

【注】連體形較少用，已然形多在和歌中用係助詞「こそ」提示時做結句用。

「まじ」的例句：

1. 未然形

(1) 人に語るまじくば見せむ。（人に言いたくなかったら見
せることにしよう。）若不告人則示之。（否定推測）

(2) 參るまじくばそのやうを申せ。（行かないのだったらそ
の理由をいいなさい。）如不去須申明理由。（否定意志）《平家
物語》

2. 連用形

(1) げにえ堪ふまじく泣いたまふ。（実に堪えられないよう
にお泣きになる。）哭得實難忍也。（否定意志）《源氏物語》

(2) 蝶花の愛、親といふともこれには過ぎまじく……。（と
いってもこれには過ぎないでしょう。）縱謂蝶花之情、父母之愛
亦莫過於此……。（否定推測）樋口一葉：《雪天》

3. 終止形

(1) 唐の物はくすりのほかはなくとも事欠くまじ。（中國か
らのものは薬の外はなくても何ものも欠けるまい。）除藥品外，
縱無其他來自中國之物，恐亦無所欠缺。（否定推測）《徒然草》

(2)「ただ今は見るまじ」とて入りぬ。（今は見えないつもり
だと言ってお入りになった。）"不欲立即見之"，言罷入內。
（否定意志）《枕草子》

(3) これよき事なり。人の御恨みもあるまじ。（これはよい
ことだ。人のうらみもありますまい。）〈伐竹翁言道：〉甚好。
他人恐亦無怨言。）（否定推測）《竹取物語》

4. 連體形

(1) 少女の美しき面には子供にあるまじき悲寥の色あるを
認めぬ。（子供にはあってはならない悲寥の色が現れているの
を認めた。）見少女秀麗之臉上有孩童不應有之悲色。（表示禁
止）《可憐兒》

(2) あるまじき事と思ひながらも立ちし浮名の消ゆる時なく
ば、あたら白玉の瑕になりて……。（あるはずもない事だと思う
ながらも……。）雖認爲乃不應有之事，但已出現之醜聞若不消
除，可惜將成爲白玉之瑕……。（表示禁止）樋口一葉：《雪天》

(3) 妻といふものこそ、男の持つまじきものなれ。（妻と
いうものは男の持ってはならないものなのだ。）妻者，男人所不

應有之物也。（表示禁止）《徒然草》

5. 已然形

　　(1)　彼は行く**まじけれ**ば、誘はずともあるべし。（行かないつもりなので……。）彼既不擬去，可不必邀之。（否定意志）

　　(2)　彼は到底わが要求を容る**まじけれ**ども、我はなほ國際上至當の交渉を試みん。（容れないつもりなのだが……試みよう。）彼終不容我之要求，而我仍欲於國際進行合理之交渉。（否定意志）

　　(3)　冬枯れのけしきこそ、秋には、をさをさ劣る**まじけれ**。（冬枯れの景色は秋〈の景色〉にはほとんど劣らないだろう。）冬景凄凄、幾乎不亞於深秋。（否定推測）《徒然草》

【注一】「まじ」的連用形下接過去助動詞「けり」時，須用「**カリ活用**」的連用形「**まじかり**」。如：

　　人には言ふ**まじかり**けり。（言はなかっただろう。）恐未對人言也。（否定推測）

　　連體形「**まじかる**」不常用。

【注二】「まじ」與形容形一樣也有「**音便**」。連體形「まじき」下接係助詞「ぞ」時發生「**イ音便**」；連用形副詞法「まじく」下接用言時發生「**ウ音便**」（但也可以不用音便形）。如：

「**イ音便**」：この舟には乗す**まじい**ぞ（まじきぞ）。（乗ってはいけないぞ。）勿乘此船！（表示禁止）

「**ウ音便**」：え念じ過ごす**まじう**おぼえたまへど。（まじくおぼえたまへど。）（過してはならないように覚えておいて下さいが。）請牢記勿過於懸念！（表示禁止）

－ 183 －

【練習二十】

1. 寫出下列各詞接推量助動詞「む」、「らむ」、「けむ」、「めり」後的形態：

赴<ruby>赴<rt>おもむ</rt></ruby>く、着<ruby>着<rt>き</rt></ruby>る、分<ruby>分<rt>わ</rt></ruby>く、避<ruby>避<rt>さ</rt></ruby>く、堅<ruby>堅<rt>かた</rt></ruby>く、赫々<ruby>赫々<rt>かくかく</rt></ruby>たり

2. 寫出下列各詞接「らし」、「べし」、「まし」後的形態：

落<ruby>落<rt>お</rt></ruby>つ、捕<ruby>捕<rt>とら</rt></ruby>ふ、來<ruby>來<rt>く</rt></ruby>、有<ruby>有<rt>あ</rt></ruby>り、忙<ruby>忙<rt>いそが</rt></ruby>し、流暢<ruby>流暢<rt>りうちやう</rt></ruby>なり

3. 寫出下列各詞接否定推量助動詞「じ」、「まじ」後的形態：

射<ruby>射<rt>い</rt></ruby>る、流<ruby>流<rt>なが</rt></ruby>る、為<ruby>為<rt>す</rt></ruby>、死<ruby>死<rt>し</rt></ruby>ぬ、多<ruby>多<rt>おほ</rt></ruby>かり、決然<ruby>決然<rt>けつぜん</rt></ruby>たり

4. 將下列各句譯成中文：

(1) 實證科學の進歩にともなひ哲學中の形而上學的色彩は日一日と抹消され行かん。

(2) 微かに聞ゆる遠ねは笛の響なるらん。

(3) 何處に行きけん影も見えずになりぬ。

(4) 我宿の庭の秋萩散りぬめり。

(5) この世に生れては、願はしかるべき事こそ多かるめれ。

(6) われらには國民としてなすべき多くの務あり。

(7) 授業中は、みだりに離席あるべからず。

(8) 彼はいまだ遠くは行かじ。

(9) 今宵は月出づまじ。

(10) 他に行くべきところもあるまじければ、やがては歸り來るべし。

(九) 時相助動詞「き」、「けり」、「つ」、「ぬ」、「り」、「たり」

動詞在時間上的運用是通過時相助動詞來表現的。時相助動詞可以表示動作發生的時間（未來、現在或過去），也可表示動作處於進行、完了、存在等狀態。表示未來的助動詞「む」多表示推測，已列入「**推量助動詞**」；「き」、「けり」表示過去，也稱「**過去助動詞**」；「つ」、「ぬ」、「り」、「たり」表示動作完成，也稱「**完了助動詞**」。

① 「き」（過去助動詞）

回想過去的事物或主觀斷定過去的事實，可以用動詞等下接過去助動詞「き」來表示，即形成句子的**過去態**。相當於口語的「……た」、「……たのだ」。

「き」活用表（屬特殊活用型）：

上　　接	活用形／原形	未然形	連用形	終止形	連體形	已然形	命令形
動、形カリ、助動詞的連用形	き	（せ）	○	き	し	しか	○
主　要　下　連		ば		結句	體言結句	ばども	

例句：

1. 未然形

未然形「せ」在近代文言中已不常見，多接在「ざり」、「なかり」之下，再下連「ば」表示對過去否定的假定，相當口語的「なかったら」。如：

(1) もしその間_{かん}にテーブルのなかりせば、かれの手_ては恐_{おそ}くわが頭_{あたま}を撃_うちたるならむ。（もし……なかったら……頭をうったでしょう。（其間若無桌〈相隔〉，彼之手恐撃吾頭矣。《激論》

(2) 水_{みづ}を更_{さら}に數日_{すうじつ}與_{あた}へざりせば枯死_{こし}せしならむ。（与えなかったら、枯死しただろう。）再過數日不澆水，恐已枯死。〔「し」見注一〕

(3) 女_{をんな}のなき世_よなりせば、衣文_{えもん}も冠_{かぶり}もいかにもあれ、ひき

－ 185 －

つくろふ人も侍らじ。（もし女のない世の中であったら……人もありますまい。）若世間無女子，無論如何亦不會有衣冠整齊之人矣。《徒然草》

3. 終止形

(1) 車中寂として聲なかりき。（声がなかった。）車内寂靜無聲。德富蘆花：《兄弟》

(2) 五月の夜はすでに一時になりき。（一時になった。）五月之夜已至一時。《激論》

(3) 彼を識るは彼を愛する所以なりき。（所以であった。）識彼乃因愛彼也。《風景畫家柯羅》〔「なり」是指定助動詞，見184頁。〕

(4) 同志の一人はかく彼を評しき。（かれを評した。）一位同志如此評論彼。《墓志銘》

(5) 人々の笑ふ聲しばし止はざりき。（止まなかった。）眾人笑聲一時不止。《源叔父》

(6) ある時には來方行末も知らず、海にまぎれむとしき。（まぎれようとした）有時方向不明，彷徨於海中。《竹取物語》

(7) と、三條右大臣殿仰せられき。（と仰しやいました。）三條右大臣大人已吩咐：……。《徒然草》

4. 連體形

(1) 風大いに到れば、積りし雪また亂れ立って走る。（風が大きくなると積った雪は……。）風愈烈時，積雪亦亂飛去。德富蘆花：《雪天》

(2) 上天に向ひて吾が救はれしことを感謝してありき。

（救われたことを感謝しておった。）感謝上天救我〈之恩〉。《懸崖》

(3) バスチールを毀(こぼ)たしめ**し**ものも餓(うへ)なり。（……をこわさせたものも飢餓である。）摧毀巴士底獨者亦饑餓也。《國家與個人》

(4) 喜(よろこ)ばしきはわが故里(ふるさと)にて獨逸(ドイツ)、佛蘭西(フランス)の語(ご)を學(まな)び**し**ことなり。（故里で……学んだことである。）所幸者，乃於吾故里〈國內〉學過德語、法語。《舞姬》

5. 已然形

(1) 去年(きょねん)は暖(あたた)かなり**しか**ば雪(ゆき)降(ふ)らざりき。（去年は暖かであったので雪は降らなかった。）去年天暖，故未降雪。

(2) 斯(か)くまでに師(し)は戀(こひ)しかり**しか**ど、夢(ゆめ)さらこの人(ひと)を良人(つま)と呼(よ)びて、共(とも)に他郷(たきゃう)の地(ち)を踏(ふ)まんとはかけても思(おも)ひ寄(よ)らざりしを。（恋しかったが……思いも寄らなかったよ）雖如此愛師，但未料甚至夢中亦稱此人爲良人而欲共奔他鄉。樋口一葉：《雪天》〔「を」是感嘆助詞，見286頁。〕

(3) 昨日(きのふ)こそ早苗(さなへ)取(と)り**しか**何時(いつ)の間(ま)に稻葉(いなば)戰(そよ)ぎて秋風(あきかぜ)の吹(ふ)く。（昨日は早苗を取ったのに……。）昨日移秧苗，不覺秋風起，稻葉舞翩躚。《古今和歌集》

【注一】「**き**」上接「**カ變**」、「**サ變**」動詞時另有特殊的接續形態，如下表：

動詞種類	原形	未然形	連用形	
カ變	來(く)	來(こ)〈し／しか	來(き)〈し／しか	來(こ)／來(き) 不接き
サ變	為(す)	為(せ)〈し／しか	為(し)——き	為(じ)不接〈し／しか

例句：

　(1)　と、わざわざ東京より見に**來**し或有名の骨董家は溜息つきぬ。（東京から見に来たある有名な骨董家は溜息をついた。）特自東京來此鑒賞〈字畫〉之某著名骨董家長吁一聲：……。）《灰燼》

　(2)　**き**しかた行く末思ひつづけ給ふに、悲しき事、いとさまざまなり。（お思いつづけになると、悲しいことがとてもさまざまなのです。）毎思往日及未來，憂傷之事頗多也。《源氏物語》〔「きしかた」已成複合名詞。〕

　(3)　都いでて、君にあはむとこしものをこしかひもなく別れぬるかな。（都をでて、君に逢おうと来たのに来たかいもなく別れてしまうよ）遠離都城來會君，誰知始晤又別離！《土佐日記》〔「ものを」是接續助詞，見246頁；「かな」是感嘆助詞，見280頁。〕

　(4)　すでに春こ（き）しかば、梅の花咲かむ。（春が来たので……。）春已來臨，梅將放蕊。

　(5)　彼の言に感動せし人多かりき。（感動した人は多かった。）爲其言所感動者多矣。

⑹　専心耕作に 従 事せしかば豊かなるみのりを得たり。
（……に従事したから豊かな実りをえた。）專心耕耘，故獲豐碩成果。

⑺　ある時に糧つきて、草の根を食ひ物としき。（……を食い物とした。）有時糧盡而以草根爲食。《竹取物語》

【注二】「し」、「しか」原應上接四段動詞的**連用形**，但在近代文言中，已作爲「文法上容許事項」可以上接**サ行四段動詞的已然形**，如：

「爲せ〈_し」、「殺せ〈_し」、「致せ〈_し」等。

⑴　多年 志 せしかど、終に水泡に歸しぬ。（志したが……帰した。）多年願望終成泡影。〔「ぬ」是完了助動詞，見 167 頁。〕

⑵　數回 試 せしかど、效果はなかりき。（試したが效果がなかった。）數次試驗未見效果。

【注三】「き」的連體形「し」也可用來結句：

⑴　娘ただ一人侍りし。（伺候した。）僅一少女侍候。《源氏物語》

⑵　火災は二時間の長きにわたりて鎭火せざりし。（鎭火しなかった。）大火蔓延達二小時而未撲滅。文部省告示：《文法上容許事項・三》

②　「けり」（過去助動詞）

關於「けり」的語源問題，有過去助動詞「き」與「あり」結合、動詞「來」與「あり」結合兩種主張。「けり」的職能除與「き」一樣單純**表示過去**外，**還表示過去事物的繼續存在狀態**，偏重於從客觀上回想或敘述傳聞中的過去事物；「き」則偏重於主觀上回想或斷定親身經歷的過去事物。「き」多用於對話體文章；「けり」多用於敘述體文章如「物語」等，相當於口語的「し

た」、「していた」、「ということだ」。

「けり」活用表（屬ラ變活用型）：

上　　接	活用形原形	未然形	連用形	終止形	連體形	已然形	命令形
動、形カリ、助動詞的連用形	けり	（けら）	○	けり	ける	けれ	○
主　要　下　連		ず		結句	體言	ばども	

例句：

1. 未然形

「けら」在近代文言中已不用，古典文言中多與「ず」結合使用。

　　梅の花咲きたる園の青柳はかづらにすべくなりにけらずや。
（がずらにするほどになったではないか。）梅花已凋落，猶有園中柳，青々嫩芽枝，可以爲髮飾。《萬葉集》〔「たる」是完了助動詞「たり」的連體形，見172頁。〕

3. 終止形

（1）　童は戰爭を逃げて親戚の家に行く途中なりけり。（途中であった。）一童因逃避戰亂而處於投親之途中。《櫻》

（2）　危きは余が當時の地位なりけり。（地位であった。）所擔心者乃余當時之地位也。《舞姬》

（3）　むかし男ありけり。（男がいた。）昔有一人。《伊勢物語》

（4）　女返し……とよみて死にけり。（と詠んで死んだ。）

女子作答歌曰……，詠畢即死去。《大和物語》

　　(5)　椿落ちて昨日の雨をこぼしけり。（……を零した。）
山茶花落，滴下昨日雨。（蕪村作）

　　(6)　落書ども多かりけり。（落書などが多かった。）諷刺文
等多矣。《平家物語》

　　(7)　これも昔、右の顔に大きなるこぶある翁ありけり。
（翁がいたということだ。）昔有一翁，右頰生一大瘤。《宇治拾
遺物語》

4.　連體形

　　(1)　伊香保を出でけるころ、ほとほと傘を敲ける雨は澁川に
到りて止み……。（伊香保からでたころ……たたいていた雨
は……。）離伊香保後，雨嗒々擊傘，至澀川始止。《春雨後之上
州》〔「る」是完了助動詞「り」的連體形，見172頁。〕

　　(2)　或る時は、彼の語りけるは……。（語ったのは……。）
有時，彼所言者……。《墓志銘》

　　(3)　最初は一度二度戰場より吾子の便もありけるが……。
（便もあったが……。）最初亦收到一兩次吾兒發自前線之書函，
然……。《灰燼》

　　(4)　若かりける時、常に百首の歌を詠みて……。（若かっ
た時……。）年輕時常詠百首和歌……。《徒然草》

　　(5)　むかし土佐といひける所に住みける女この舟にまじれ
りけり。（土佐とかいったところに住んでいたという女の人がこ
の舟にまじっていた。）昔有一曾居土佐之女人亦同乘此舟。《土
佐日記》

(6) これぞなかなかに我本性<ruby>我本性<rt>わがほんせい</rt></ruby>なりける。（私の本性であった。）此實乃余之本性也。《舞姫》〔「ぞ」是係助詞，見258頁。〕

5. 已然形

(1) <ruby>可憐兒<rt>かれんじ</rt></ruby>、<ruby>卿<rt>おんみ</rt></ruby>が<ruby>母<rt>はは</rt></ruby><ruby>美人<rt>びじん</rt></ruby>なりければ、<ruby>懇望<rt>こんまう</rt></ruby>せられて、<ruby>秋田<rt>あきた</rt></ruby><ruby>子爵<rt>ししゃく</rt></ruby><ruby>夫人<rt>ふじん</rt></ruby>となりぬ。（美人だったので……夫人となった。）可憐兒！汝母因係美人，故被求成爲秋田子爵夫人矣。〔「ぬ」是完了助動詞，見167頁。〕德富蘆花：《可憐兒》

(2) <ruby>興<rt>きょう</rt></ruby>なく<ruby>覚<rt>おぼ</rt></ruby>えければ、鉢に<ruby>植<rt>う</rt></ruby>ゑられける木ども皆<ruby>掘<rt>ほ</rt></ruby>り<ruby>捨<rt>す</rt></ruby>てられにけり。（覚えたので、鉢に植えられた木などを皆掘って捨てられてしまった。）〈資朝卿〉因感無味，遂將盆中所植花木盡掘棄之。《徒然草》〔兩個「られ」都是敬語助動詞「らる」的連用形，見125頁。〕

(3) <ruby>官兵<rt>くわんぺい</rt></ruby>雲の<ruby>如<rt>ごと</rt></ruby>く<ruby>集<rt>あつま</rt></ruby>りければ、賊徒は霧の<ruby>如<rt>ごと</rt></ruby>くに<ruby>散<rt>ち</rt></ruby>りにけり。（雲のように集まったので、賊徒は霧のように散ってしまった。）官兵已如雲集，故賊徒如霧散矣。《源平盛衰記》〔「<ruby>如<rt>ごと</rt></ruby>く」是比況助動詞「ごとし」的連用形，見196頁。〕

(4) しばし<ruby>待<rt>ま</rt></ruby>てと<ruby>言<rt>い</rt></ruby>ひけれども<ruby>耳<rt>みみ</rt></ruby>を<ruby>傾<rt>かたむ</rt></ruby>くる<ruby>者<rt>もの</rt></ruby>なかりき。（ちょってまってと言ったが……者はいなかった。）雖請稍待，但無聽者。

【注】「けり」還可表示感嘆，本書另列爲**詠嘆助動詞**。

③　「つ」、「ぬ」（完了助動詞）

　　「つ」多附在他動詞下表示有意識的動作的完成，表達語氣強烈而有衝動感，相當口語的「……した」、「……してしまう」。

　　真先に吾を狙ふ兵士を横薙になぐり倒しつ。（殴り倒した。）先將襲我之士兵横砍一刀打倒在地。《灰燼》

　　「ぬ」多附在自動詞下表示自然達到某種狀態，表達語氣和緩，相當口語的「……た」、「……してしまう」、「……してしまった」。

　　富士は薄紅に醒めぬ。（醒めた〈目を醒した〉。）富士山已在晨曦中醒來。《近日富士山之黎明》

　　「つ」、「ぬ」還可與推量助動詞「む」、「らむ」、「べし」等結合表示對事實的確認，相當口語的「必ず……するだろう」、「きっと……であろう」、「確かに……する」。

　(1)　この酒を飲みてむ。（飲んでやろう。）定飲此酒！《伊勢物語》

　(2)　都の山は色づきぬらむ。（色ずいていることだろう）京郊山野色，楓林盡染紅。《萬葉集》

　(3)　風も吹きぬべし。（きっと吹くだろう。）風必起也。《土佐日記》

　　「つ」、「ぬ」的終止形可以表示並列，相當口語的「したり……したり」。

　(1)　人はこの時眠り、夢の世界にて、故人相見え泣きつ笑ひつす。（泣いたり、笑ったりした。）人此時已入睡，於夢中世界，故人相見且哭且笑。《源叔父》〔參見 243 頁接續助詞

「つ」〕

(2) 僧都乗っては下りつ、下りては乗りつ……。（下りた
り……乗ったりして……。）僧都乗而又下，下而又乘……。《平
家物語》

(3) 白波の上にただよひ、浮きぬ、沈みぬ、搖られけれ
ば……。（浮いたり、沈んだりして揺られたので……）随波逐
流，或浮或沉，漂搖不定……。《平家物語》

(4) 泣きぬ笑ひぬぞしたまひける。（泣いたり、笑ったりな
さいました。）又哭又笑。《平家物語》〔「ぞ」是係助詞，見258
頁。〕

「つ」、「ぬ」活用表（「つ」屬下二段型；「ぬ」屬ナ變型）：

上　　接	活用形／原形	未然形	連用形	終止形	連體形	已然形	命令形
動、形カリ、形動的連用形	つ	て	て	つ	つる	つれ	て (1)
動、形カリ的連用形〔注〕	ぬ	な	に	ぬ	ぬる	ぬれ	(ね)(2)
主　要　下　連		ばむ	き	結句	體言	ばども	よ (1)結句(2)

「つ」的例句：

1. 未然形

(1) 梅が香を袖にうつして留めてば春は過ぐとも形見ならま
し。（とどめておいたら……形見になるだろう。）梅香袖內藏，
春過可留念。《古今和歌集》

(2) わが弓の力は、龍あらば、ふと射殺して、首の玉は取

りてむ。（竜がいたら……くびのたまは取ってしまえるだろう。）吾弓之力，如有龍則即射殺，定能取其首之珠。《竹取物語》

2. 連用形

(1) 終<small>しうじつこつざ</small>日兀坐する我<small>わがどくしょ</small>讀書の窓<small>さうか</small>下に、一<small>いちりん</small>輪の名<small>めいくわ</small>花を咲<small>さ</small>かせてけり。（咲かせたのだ。）於我終日兀坐讀書之窗下，開放一朵名花。《舞姫》

(2) うたた寢<small>ね</small>に戀<small>こひ</small>しき人<small>ひと</small>を見<small>み</small>てしより夢<small>ゆめ</small>てふものは頼<small>たの</small>みそめてき。（見てから、夢というものを頼みにしはじめてしまった。）假寐見戀人，始知夢可賴。《古今和歌集》

3. 終止形

(1) 一<small>いっぱく</small>白濛<small>もうもう</small>々の空<small>そら</small>、忽<small>たちま</small>ちむろさきに變<small>へん</small>じ、すでにしてまたねづみいろになりつ。（鼠色になった。）天空濛々一片白雲，忽變紫色，而後又變成灰色。《香山三日之雲》

(2) 武<small>たけ</small>男<small>を</small>は思<small>おも</small>はず熱<small>あつ</small>き涙<small>なみだ</small>をはらはらと疊<small>たたみ</small>に落<small>おと</small>しつ。（落したのであった。）武男不覺熱涙紛紛落於蓆墊上。《不如歸》

(3) 兵<small>へい</small>士<small>し</small>十<small>じふ</small>五六<small>ごろくにん</small>人落<small>お</small>ちかかる樣<small>やう</small>に走<small>はし</small>り來<small>き</small>つ。（走ってきた。）士兵十五六人奔來，有如天降。《灰燼》

(4) 「問<small>と</small>ひつめられて、え答<small>こた</small>へずなり侍<small>はべ</small>りつ」と……（「答えられなくなってしまいました。」と……）父言："爲〈孩童〉所追問而不能答。"《徒然草》

4. 連體形

(1) 彼<small>かれ</small>らははじめて余<small>よ</small>を見<small>み</small>しとき、いづくにて、いつの間<small>あひだ</small>にかくは學<small>まな</small>び得<small>え</small>つると問<small>と</small>はぬことなかりき。（余を見た時……学

び得たのであるかと問わないことはなかった。）彼等初見余時，無不問余於何處何時學得如此〈之好〉。《舞姫》

(2)　鷗十數羽きたりて泅ぎつるあり。（泅いだことがある。）有鷗十數隻來遊。德富蘆花：《雪天》

(3)　あはれなりつる事忍びやかに奏す。（あわれであったことを忍びやかに奏する。）將悲慘情景暗暗奏上。《源氏物語》

5.　已然形

(1)　月影さやかなりつれば出でて見ぬ。（さやかであったのででてみた。）月光分外明，故出〈戶外〉賞之。

(2)　翌朝空晴れつれども我ら出發せざりき。（晴れたが我らは出発しなかった。）翌晨雖天晴，我等亦未啓程。

6.　命令形

汝その本を一日も早く讀みてよ。（読んでしまえ。）汝應盡早讀完該書！

「ぬ」的例句：

1.　未然形

(1)　話のみにては解しがたし、目に見なばそなたも必ず泣かん。（話のみでは解しがたい。目で見たならばあなたも必ず泣くだろう。）僅講汝聽，難以理解，親眼觀之，汝亦必將落淚。《源叔父》

(2)　用ありて行きたりとも、その事果てなば、疾く歸るべし。（行ったとしてもその事がおわったならば……。）縱或有事去〈他處〉，事畢則應速歸。《徒然草》〔「たり」是完了助動

詞，見172頁。）

(3) 身の疲れたる時、太刀ののびたるは惡しかりなむ。（身のつかれた時……惡いでしよう。）體倦時，實不宜帶刀。《義經記》

(4) 舟に乘りなむとす。（舟に乘ろうとする。）意欲乘舟〈前往〉！《土佐日記》

2. 連用形

(1) 一夜のうちに塵灰となりにき。（塵灰となってしまった）一夜之間化爲灰燼。《方丈記》

(2) この枝かの枝散りにけり。（散ってしまった。）枝枝皆落矣。《徒然草》

3. 終止形

(1) 一陣の香風しのびやかに吹いて過ぎぬ。（吹いて過ぎた。）一陣香風隱然吹過。《天香百合》

(2) 伊豆の連山すでに桃色に染りぬ。（染った。）伊豆山脈已染成粉紅色。《近日富士山之黎明》

(3) 竟に二册の草紙となりぬ。（草紙となった。）終於成書二册。《浮世風呂》

(4) 三河の國八橋といふ所に至りぬ。（所についた。）行抵三河國之八橋。《伊勢物語》

4. 連體形

(1) 過ぎ別れぬること、かへすがへす本意なくこそおぼえはべれ。（別れてしまったことを……思われます）期滿而別〈確非本意〉，頗感遺憾！《竹取物語》

(2) 色はにほへど散りぬるを、我がよ誰れぞ常ならむ……。
（散ってしまったよ。）花香亦有凋零日，人世誰能住久常……。
《伊呂波歌》〔「を」是感嘆助詞，見286頁。〕

5. 已然形

(1) 同郷人にさへ知られぬれば、彼らは速了にも余を以て色を舞姫の群に漁するものとしたり。（知られてしまったので……ものとした。）甚至爲同郷人所知，彼等貿然認爲余乃漁色於舞姫之群者。《舞姫》

(2) いまは和泉の國に來ぬれば、海賊ものならず。（和泉の国に来てしまったので、海賊なんか物の数でもない。）今已抵和泉國境内，故海賊之類不須擔心。《土佐日記》

(3) 余は彼が身の事に關りしを包み隠しぬれど、彼は余に向ひて、母にはこれを秘め玉へと云ひぬ。（事に関ったことを包み隠したが……これをお秘めなさいと言った。）余雖未明言事與彼身有關，但彼對余曰："請勿告訴母親！"《舞姫》

6. 命令形（多見於古典文言）

(1) 今は言はじ。寝給ひね。（今は言わないでおこう〈言わないでしょう〉。寝てしまいなさい。）今請勿言，請安歇！《枕草子》

(2) はや舟出して、この浦去りね。（この浦を〈離れて〉去ってしまいなさい。）速開船離此海濱！《源氏物語》

【注】古典文言中，「ナ變」動詞連用形下不接「ぬ」，而用「死にき」、「死にたり」、「死にけり」代替「死にぬ」；在近代文言中可以接「ぬ」而成「死にぬ」。

④「り」、「たり」（完了助動詞）

「り」是「有^あり」詞尾的轉用〔注〕，「四段」和「サ變」動詞的連用形接「あり」時發生約音現象，分別變成「四段」已然形加「り」和「サ變」未然形加「り」。如：

咲^さきあり──→咲^さけり。　　決心^{けっしん}しあり──→決心^{けっしん}せり

「り」的職能：

1. 表示動作的完成，構成句子的**現在完成態**，相當口語的「た」：

(1) この風^{かぜ}ひつじの方^{かた}に移^{うつ}り行^ゆきて多^{おほ}くの人^{ひと}の嘆^{なげ}きなせり。（嘆きを為した。）此風向西南方轉去，眾人皆嘆。《方丈記》

(2) 茂^{しげる}は突然^{とつぜん}として歸^かり來^{きた}れるなり。（かえって来たのだ。）茂〈人名〉突然歸來。《灰燼》〔「る」是連體形〕

(3) 談笑^{だんせう}の間^{かん}に、強虜^{きゃうりょ}は灰^{くわい}飛煙滅^{ひえんめつ}せり。（煙滅した。）談笑間，強虜灰飛煙滅。蘇軾：《念奴嬌・赤壁懷古》

2. 表示動作的存在和持續，構成句子的**現在進行態**和**存續態**，相當口語的「ている」和「てある」：

(1) 磯^{いそ}もさながら花^{はな}咲^さける樣^{やう}なり。（花が咲いているようだ。）岸邊亦如鮮花盛開一般。德富蘆花：《海濱退潮》

(2) 葉山^{はやま}の濱^{はま}には金色^{こんじき}の波^{なみ}淘去^{とうきょ}し、また淘來^{とうらい}せり。（また淘来している。）葉山之濱金色波浪湧來湧去。《可憐兒》

(3) それには、色々^{いろいろ}の玉^{たま}の橋^{はし}渡^{わた}せり。（橋が渡してある。）河上架有各種玉橋。《竹取物語》

3. 構成句子的**過去進行態**（一般要與過去助動詞結合），相當口

— 199 —

語的「ていた」：

(1) 某年某月某日二個の人この絶壁の道に立てり。（道に立っていた。）某年某月某日，二人曾立此絕壁之路上。《懸崖》

(2) われは常に彼を尊敬せりき。（尊敬していた。）〈往日〉吾常尊敬彼。《墓志銘》

【注】「り」的詞源既爲「有り」，所以也有動詞連用形下接「あり」的形態，同樣表示事物的存在和繼續。如：

(1) 道路に塵紙捨てあり。（塵紙が捨ててある。）路上棄有廢紙。

(2) 向ふの河には橋架けあり。（橋が架けてある。）對面河上有座橋。

「たり」是助詞「て」與「あり」的約音，其職能如下：

1. 表示動作正在進行或持續存在之中，也相當口語的「ている」和「てある」。如：

(1) 源叔父はその丸き目睜りて乞食を見たり。（乞食を見ている。）源叔父張〈其圓〉目注視乞丐。《源叔父》

(2) 竹の鞭を持ち、和鞍置いたる栗毛の馬に乗りたり。（和鞍を置いてある栗毛の馬に乗っている。）手持竹鞭，乘一騎備有日本鞍之栗色馬。《灰燼》〔「たる」是連體形〕

2. 表示動作的過去或完成，相當口語的「た」。如：

(1) 夜は更けたり。（よはふけた。）夜深矣。《源叔父》

(2) 海はすでに醒めたるなり。（醒めたのだ。）海已醒。《近日富士山之黎明》〔「たる」是連體形〕

【注】「り」與「たり」除接續法不同外，在職能作用上並無太大區別。「字を書けり。」或「字書きあり。」表示**泛指**「写字」動作的存在；「字を書きたり。」或「字書きてあり。」因多一助詞「て」，所以表示**確認**這一**動作結果**的存在。

「り」、「たり」活用表（皆屬「ラ變」活用形）：

上　接 \ 原形	活用形	未然形	連用形	終止形	連體形	已然形	命令形
四段已然形；サ變未然形	り	（ら）	（り）	り	る	（れ）	（れ）
動、助動詞連用形	たり	たら	たり	たり	たる	たれ	たれ
主　要　下　連		ばむ	き	結句	體言	ばども	

「り」的例句。（近代文言中常見的只有終止形和連體形）：

1. 未然形

我れ知れらば、知らずともよし。（知っているなら、知らなくてもよい。）倘若吾知之，亦可作不知。《萬葉集》

2. 連用形

予、ものの心を知れりしより、四十餘りの春秋を秋れる間に、世の不思議を見ること、やや度々になりぬ。（物事を知っているようになってから……を送っている間に……。）予自通曉事理以來，於四十餘載之歲月中，不斷遇到世間難以想像之事。《方丈記》

3. 終止形

(1) 余は橋欄に憑りて立てり。（によって立っている。）余憑橋欄而立。《可憐兒》

(2) 吾は異鄉に零丁の身となれり。（身となった。）吾於
異鄉已淪爲孤寡之人。《懸崖》

(3) 汝知らずや。まことにはわが妻懷妊せり。（知らない
のか……懷妊している。）汝不知乎？吾妻確在懷孕。《今昔物語
集》

(4) その時おのづから事の便りありて、津の國の今の京に
至れり。（今の京に至った。）當時外出，就便至攝津國之新城。
《方丈記》

4. 連體形

(1) ここに集れる者は、皆青年なり……。（集っているも
のは皆青年であって……。）此處聚會者皆爲青年……。《無止境
議論之後》

(2) 「彼」は成功して、「吾」は失敗せるなり。（失敗した
のだ。）"彼"成功而"吾"失敗矣。《懸崖》

(3) 君思へるや、忘るるや。（君は思っているのか，忘れて
いるのか。）爾思念乎？抑忘懷乎？《願君莫死》

(4) 走り寄りて見れば、このわたりに見知れる僧なり。（見
ると……見知っている僧である。）急忙走近觀之，乃附近一熟識
之僧人也。《徒然草》

5. 已然形

(1) 事を知り、世を知れれば、願はず、わしらず、ただ靜か
なるを望み、憂へ無きを樂しみとす。（世を知っていたか
ら……。）因了解〈將發生何種〉大事，亦知世間如何，故並不羨
慕，亦不煩惱，惟以安靜爲懷，以無憂爲樂。《方丈記》

(2) 花は咲けれど、心楽しまず。（咲いたけれど
も……。）花雖放而心不悦。

6. 命令形
此に暫く居給へれ。（ここに暫く居なさい。）請暫居此。

「たり」的例句：

1. 未然形
(1) 後の日だに照りたらば、苦もなく育つはずなりき。
（照ったなら……育つはずであった。）若日後沐浴於陽光中〈得
到母愛〉,則當順利成長矣。《不如歸》
(2) 月の出でたらむ夜は見おこせたまへ。（月の出ている
〈ような〉夜は〈月を〉見やって下さい。）月〈出之〉夜,請望
〈我居之月宮〉。《竹取物語》

2. 連用形
(1) 満目の山沈々として、聲なく人を嚇するの靜寂山谷に満
ちたりき。（山谷に満ちていた。）滿目山沈沈無聲,嚇人之寂靜
充滿山谷。《高根山之風雨》
(2) 飼ひける犬の暗けれど、主を知りて、飛び付きたりける
とぞ。（飼っていた犬が暗いけれども、主人を知って飛びついた
そうだ。）據云所飼之犬雖於暗中亦能識主而撲奔之。《徒然草》
〔「ぞ」是係助詞，見258頁。〕

3. 終止形
(1) 霧のうちには一人の翁立ちたり。（翁が立ってい
る。）霧中立一翁。《源叔父》

(2) 山鳥の聲そこここに聞へたり。（聞えている。）山鳥之聲處處可聞。《灰燼》

(3) その所のさまを言はば、南にかけひあり、岩を立てて水を溜めたり。（ありさまをいえば……水を溜めている。）若言方丈庵之情況，南有引水管，立石貯水。《方丈記》

(4) 家の内、暗きところなく充満ちたり。（光が満ちている。）滿室光明，無一暗處。《竹取物語》

(5) 百千萬里のほど行きたりとも、いかでか取るべき。（行ったとて、どうして取ることができようか。）縱去萬里之遙，如何取得〈佛祖之石缽〉？《竹取物語》〔「か」是係助詞，見256頁。〕

4. 連體形

(1) 大壑に臨みてさし出でたる楢の古木に梟あり、しきりに咽を鳴す。（さん出した〈てある〉楢の古木に……。）伸臨大壑之古枂上，有梟不斷悲鳴。《高根山之風雨》

(2) 四時間ばかりして再び見たる時は、雪すでに消えて……。（見た時……。）約過四小時再看時，雪已融……。《五月雪》

(3) 窓帷のかげに泣いたることもありき。（泣いたこともあった。）亦曾於窗帷後哭泣。《不如歸》

(4) 過ぎたるは猶及ばざるが如し。（過ぎたことは猶及ばないことのようだ。）過猶不及。《論語》

(5) 富士川といふは富士の山より落ちたる水なり。（落ち〈てき〉た水である。）富士川之水乃自富士山上流下者也。《更

5. 已然形

(1) 木山町には薩軍の本營を置き、病院を設けたれば所として薩人ならざるはなし。（病院を設けていると……薩人でないものはいない。）薩軍於木山町設本營，成立醫院後，到處皆爲薩摩軍。《櫻》

(2) 顔の長きが上に頰肉こけたれば、頷の骨尖れり。（痩け〈てい〉たので，頷の骨が尖った。）臉長而且面容憔悴，故頷骨尖突。《源叔父》

(3) 今も猶尊敬す —— かの郊外の墓地の栗の木の下にかれを葬りて、すでにふた月を經たれど、（二月を經たが、）今猶敬之，雖於郊外墓地栗樹下葬伊已經兩月。《墓志銘》

(4) 父はこれを捨てて十餘町こそ逃げのびたれ。（逃げ延びた。）父棄子而已遠逃十餘町。《平家物語》

6. 命令形

その修行者をばしばらく然て置きたれ。（さて置きなさい。）暫將該僧置於一旁！

【注一】「たり」的終止形也可表示並列：
掃いたり拭ふたりちり拾ひ手づから掃除せられけり。（御掃除になりました。）又掃又拭收拾塵埃，親自掃除。《平家物語》

【注二】「たり」有音便形爲「だり」：
勸進帳を引きひろげ高らかにこそ讀うだりけれ。（読んだのであった。）打開緣簿高聲宣讀。《平家物語》

「り」、「たり」與「つ」、「ぬ」在職能作用上稍有不同，「つ」、「ぬ」主要表示動作之**完成**；「り」、「たり」主要表示動作的**存續狀態**。如：

(1) 物ども舟に乗せつ。（乗せてしまう。）已將貨物裝上船〈裝完〉。（表示動作完成）

(2) 物ども舟に乗せたり。（乗せてある。）已將貨物裝於船內。（表示動作的存續狀態）

【附】動詞時相小結

一、說明眞理、常態、習慣、格言、里諺等固定"永恒"的事物時，不涉及時間概念，無所謂現在、過去、未來之分，都用動詞終止形結句來表示。如：

(1) 物體は皆空間の一部を**占む**。（占める。）物體皆占空間之一部。

(2) 生ある物は必ず死**あり**。（死がある。）有生必有死。

(3) 日曜日は**休業す**。（休業する。）星期日停業。

(4) 日本人は奇數を**好む**。日本人喜好奇數。

(5) 病は口より入り、禍は口より**出づ**。（口からはいり……口からでる。）病從口入，禍從口出。

(6) 水を飲みて樂しむものあり、錦を衣て憂ふるもの**あり**。（ものがある。）有飲水而樂者，有衣錦而憂者。

(7) 木より落つる猿も**あり**。智者千慮必有一失。

二、從時間觀念上說明事物的動作和狀態時，則有**現在時、過去時、未來時**之分。現在時即用動詞終止形結句表示；過去時及未

來時要分別借助於過去助動詞「き」、「けり」和推量助動詞「む」、「べし」等表示。如：

　　㈠　**現在時**：花<ruby>咲<rt>さ</rt></ruby>く。花開。

　　㈡　**過去時**：<ruby>昨日<rt>きのふ</rt></ruby><ruby>咲<rt>さ</rt></ruby>き**き**〈咲き**けり**〉。（咲いた。）昨日花開矣。

　　㈢　**未來時**：花<ruby>咲<rt>さ</rt></ruby>か**む**。〈<ruby>咲<rt>さ</rt></ruby>く**べし**。〉（<ruby>咲<rt>さ</rt></ruby>こう〈<ruby>咲<rt>さ</rt></ruby>くだろう〉。）花將花開。

　　三、從時間觀念上說明事物的完成狀態時，則可分**現在完成態、過去完成態和未來完成態**：

　　（一）　現在完成態：

<ruby>始<rt>はじま</rt></ruby>り $\left\{\begin{array}{l}つ。\\ぬ。\\たり。\end{array}\right.$ 　<ruby>始<rt>はじま</rt></ruby>れり。（<ruby>始<rt>はじま</rt></ruby>った。）開始矣。

<ruby>彼<rt>かれ</rt></ruby>の<ruby>文學生活<rt>ぶんがくせいくわつ</rt></ruby>はこれより<ruby>始<rt>はじま</rt></ruby>れり。彼之文學生涯自此開始矣。

　　（二）　過去完成態：

<ruby>始<rt>はじま</rt></ruby>り $\left\{\begin{array}{l}て\\に\\たり\end{array}\right\}$ $\left\{\begin{array}{l}き。\\けり。\end{array}\right.$ 　<ruby>始<rt>はじま</rt></ruby>れり $\left\{\begin{array}{l}き。\\けり。\end{array}\right.$ （<ruby>始<rt>はじま</rt></ruby>ってし

まった〈始まったのであった〉。）業已開始。

<ruby>余<rt>よ</rt></ruby><ruby>昨日<rt>きのふ</rt></ruby><ruby>學校<rt>がくかう</rt></ruby>に<ruby>行<rt>ゆ</rt></ruby>きし<ruby>時<rt>とき</rt></ruby>は<ruby>授業<rt>じゅげふ</rt></ruby>すでに<ruby>始<rt>はじま</rt></ruby>り**たりき**。昨日吾至學校時已開始上課。

始(はじ)り
$\left\{\begin{array}{l}て\\な\\たら\\つ\\ぬ\\たる\end{array}\right.$　む（ん）。

始(はじ)れ $\left\{\begin{array}{l}らむ（ん）。\\るべし。\end{array}\right.$　（始(はじ)って

べし。

しまったろう〈始っていたであろう〉。）恐已開始。

余(よ) 明(みゃう)朝(てう)八(はち)時(じ)行(ゆ)かむ時(とき)、授(じゅ)業(げふ)は始(はじ)りなむ（ん）。余明晨欲於八時去校，彼時恐已開始上課。

四、從時間觀念上說明事物的進行狀態，可分**現在進行態、過去進行態和未來進行態**：

（一）　現在進行態：

鳴(な)き $\left\{\begin{array}{l}たり。\\つつあり。\\居(ゐ)る。\\居(を)る（居(を)り）。\end{array}\right.$　鳴(な)けり。（鳴いている。）正在

啼。　鷄(にはとり)は鳴けり。雞正在啼。

（二）　過去進行態：

鳴(な)き $\left\{\begin{array}{l}て\\に\\たり\\つつあり\end{array}\right\}\begin{array}{l}き。\\けり。\end{array}$　鳴(な)けり $\left\{\begin{array}{l}き。\\けり。\end{array}\right.$　（鳴(な)いてい

た。）已在啼。

今_{こんてう}朝起_おきし時_{とき}、鷄_{にはとり}鳴_なきたりき。今晨起床時雞已在啼。

（三） 未來進行態：

$$
鳴_{な}き
\begin{cases}
て \\
な \\
たら \\
つつあら
\end{cases}
（む）ん。\quad 鳴_{な}けらむ（ん）。\quad （鳴いて
$$

いよう。）將〈在〉啼。

明_{みゃうてう}朝五時_{ごじ}起_おきん時_{とき}、鷄_{にはとり}は皆鳴_{みなな}きたらむ。明晨五時起

床時，雞將皆啼。

五、從時間觀念上說明事物的存續狀態，可分**現在存續態**、**過**

去存續態和未來存續態：

（一） 現在存續態：

$$
置_{お}き
\begin{cases}
たり。\\
つつあり。\\
居_{ゐ}。\\
居_{を}る（居_{を}り）。\\
有_{あ}り
\end{cases}
置_{お}けり。（置いてある。）放有
$$

〈放著〉……。

原書_{げんしょ}は机上_{きじゃう}に置_おきあり。案上放有原文書。

（二） 過去存續態：

$$
懸_{か}け
\begin{cases}
たり \\
あり
\end{cases}
\begin{cases}
き。\\
けり。
\end{cases}
（懸_{か}けてあった。）曾掛有〈曾掛
$$

著〉……。

以前_{いぜんよ}余この室_{しつ}に來_{きた}りしとき、地圖壁_{ちづかべ}けありき。以前余來

— 209 —

此室時，壁上曾掛有地圖。

　　置けりき。（置いてあった。）曾放有〈曾放著〉……。

　　昨日 机 の上に地圖置けりき。昨日書案上〈曾〉放有地

圖。

（三）　未來存續態：

　　架し $\left\{\begin{array}{c}たら\\在ら\end{array}\right\}$ む（ん）。架せらむ（ん）。（架してあろ

う。）將架起……。

　　向ふの河には新鐵橋　架せられたらむ。對面河上將架起

一座新鐵橋。

【注】自動詞做謂語時可不分存續態與進行態。從時間觀念上表示推測時有以

下幾種情況（參閱推量助動詞「らむ」、「けむ」部分）：

一、現在時的推測：

　　雨降るらむ（ん）。（降るだろう。）恐將降雨。

二、現在完成的推測：

　　雨降り $\left\{\begin{array}{c}つ\\ぬ\\たる\end{array}\right\}$ らむ（ん）。（降っているだろう。）或許正在

降雨。

三、過去時的推測：

雨降りけむ（ん）。（降っただろう。）恐降雨矣。

四、過去完成的推測：

雨降り $\begin{cases} て \\ に \\ たり \end{cases}$ けむ（ん）。（降ってしまっただろう。）恐降

過雨也。

【練習二十一】

1. 寫出下列各詞下接過去助動詞「き」、「けり」的形態：
   死ぬ 有り 無し 稀なり 飄々たり

2. 寫出下列動詞下接完了助動詞「つ」、「ぬ」的形態：
   盡く〔上二〕 破る〔下二〕 干る 蹴る

3. 寫出下列動詞下接完了助動詞「り」、「たり」的形態：
   築く 返す 為 來

4. 下列句中的「しか」、「けれ」、「つ」、「ぬ」、「り」、「たる」有何不同？並試譯成中文。

   (1) { ① 昨日こそ早苗取りしか。
       { ② 誰に問ひしか。

   (2) { ① 波こそ高けれ。
       { ② 夢にこそ見けれ。

   (3) { ① 所持の品を捨つ。
       { ② 見るべきものは見つ。

   (4) { ① 日は没しぬ。
       { ② 見ぬいにしへは知らず。
       { ③ 才と徳とを兼ぬ。

(5) ① 船は次第に沈むめり。
   ② 船は水中に沈めり。

(6) ① 世を捨てたる人、
   ② 堂々たる優勝をかちえたり。

5. 將下列各句譯成中文：

(1) 最近外國より歸り來りし者の談にては、經濟界の不況日を逐ひて劇しく、その日の食もなく路頭を彷徨する失業者實に數十萬を下らずとの由なりけり。

(2) 招待を受けざりし故參上せざりき。

(3) 今年の秋までには出來てむ。

(4) 十年以後には山常緑の林となりなむ。

(5) 一人も知れるものなし。

(6) 戸毎に門松を立てたり。

(7) 一旦驕に馴れたるものは節約せんとすとも容易に行ひ得ざるべし。

(8) 山頂に紀念碑立てり。

(9) 來年の今日頃、櫻咲きつつあらん。

(10) 世界の人は久しく之を疑問としたりき。

（十） 指定助動詞「なり」、「たり」

「なり」由助詞「に」與動詞「あり」、「たり」由助詞「と」與動詞「あり」複合約音而成，都表示對事物的**說明**和**斷定**，相當於口語的「だ」、「である」、「です」。如：

(1) こは霰の音なり。（音である。）此乃霰之音也。《源叔父》

(2) コロオが風景畫家たるは何人も知る。（風景画家であることは……。）柯羅作爲風景畫家任人皆知。《風景畫家柯羅》〔「たる」是連體形〕

「なり」與「たり」二者職能作用一樣，但性質不同。「な

り」表示說明和斷定是**内在的、主觀的、永久性的**；「たり」表示說明和斷定是**外在的、客觀的**或**非永久性**的。如：

(1)　人も動物なり。人亦動物也。

(2)　彼は作家の第一人者たり。彼〈成〉爲作家中首屈一指者。

(3)　妾は巫山の女なり、高唐の客たり。（巫山の女で、高唐の客である。）妾巫山之女也，爲高唐之客。宋玉《高唐賦》

有時同一事物既可用「なり」又可用「たり」加以說明或斷定，但前者是從本質上說明或斷定事物，是**自然的**；後者是從資格、地位方面說明或斷定事物，是**人為的**。如：

(1)
① 我も人なり、彼も人なり。吾亦〈生而爲〉人也，彼亦人也。

② 我も人たり、彼も人たり。吾亦〈作爲〉人也，彼亦人也。

(2)
① われらは生徒なり。我等〈本〉學生也。

② われらはよき生徒たりき。（生徒であった。）我等已〈成〉爲好學生也。

「なり」、「たり」活用表（均屬「ラ變」活用型）：

上接　　原形	未然形	連用形	終止形	連體形	已然形	命令形
體言、助、用言、助動詞連體形	なら	なり (1) に (2)	なり	なる	なれ	なれ
體言	たら	たり (1) と (3)	たり	たる	たれ	たれ
主要下連	む ば ず	き(1) て(2) して ∧ (2)(3)	結句	體言	ば ども	結句

「なり」的例句：

1. 未然形

⑴ 良夜（りゃうや）とは今宵（こよひ）ならむ。（今夜であろう。）良宵恐即今夜也。《良宵》

⑵ もし假睡（うたたね）せば、夢（ゆめ）また緑（みどり）ならむ。（緑だろう。）若假寐，夢亦將爲綠色。《雜樹林》

⑶ 龍（りゅう）ならばや雲（くも）にも乘（の）らむ。（竜であったら雲にも乘るであろう。）如爲龍亦定乘雲〈而去〉。《方丈記》〔「や」是感嘆助詞，見284頁。〕

⑷ 吉ならば我（われ）に告げよ、凶ならばその災（わざは）ひを言（い）へ。（吉であったら〈吉なら〉……）吉乎告我，凶言其災。賈誼：《鵩鳥賦》

⑸ おそろしき山（やま）ならねば、梟（ふくろふ）の聲（こゑ）をあはれむにつけても、山中（やまなか）の景氣（けいき）、折（をり）につけて盡（つく）る事（こと）なし。（おそろしい山ではな

いから……尽きることがない。）因非深山，雖聞梟聲亦感有趣，且山中美景常年不盡。《方丈記》

【注】「なり」的否定法有兩種表現形態，除用「ならず」外，還可用體言下接「にあらず」表示，實際是用「なり」的連用形「に」下接「あり」的否定式「あらず」。如：

(1)　雨にあらずして風なり。（雨ではなくて風である。）非雨，而風也。《風》

(2)　三子者曰く、「趙盾に非ざるなり、是趙穿なり。」（趙盾ではないで〈ではなくて〉……。）〈公羊高、谷梁赤、左邱明〉三子者曰："非趙盾也，是趙穿也。"歐陽修：《春秋論》（上）

2.　連用形

(1)　そは實にNの贈れる約婚のしるしなりき。（Nの贈った約婚のしるしであった。）彼確係N所贈之訂婚紀念物也。《激論》

(2)　今日は五月一日なり、われらの日なり。（五月一日で、われらの日である。）今日爲五月一日，乃吾等之節日也。《墓志銘》

(3)　自殺は極端の議論にて、この場合に適合せざる者といへども……。（極端の議論で……。）自殺乃極端之論調，非適用於此種情況，然……。《慰友人落第書》

(4)　花に鳥付けずとはいかなる故にかありけん。（付けないというのはいかなる故であったろうか。）鳥不落於花枝是何原故？《徒然草》

(5)　おのが身はこの國の人にもあらず。月の都の人なり。

（この国の人でもありません。）我非此間凡人，乃月宮之人也。
《竹取物語》

(6) 場所は銚子の水明樓にして、樓下はただちに大東洋なり。（水明楼で。）地點爲銚子水明樓，樓下即日本海。《大海之日出》

(7) 蜀江は水碧にして蜀山は青く……。（水が緑で……。）蜀江水碧蜀山青……。《長恨歌》

3. 終止形

(1) 今宵は陰暦七月十五夜なり。（十五夜である。）今宵爲中元節之夜也。《良宵》

(2) 我病者なり、非器なり。（私は病者であり、非器である。）吾病人也，非器也。《正法眼藏隨聞記》

(3) 君の言ふ所は徹頭徹尾煽動家の言なり。（煽動家の言語だ。）君之所言純係鼓動家之言也。《激論》

(4) 無數の血、無數の涙あるが故に之を聞ひて哀むなり。（哀むのだ）有無數之血、無數之涙，故聞之而哀也。《哀音》

(5) 變化の理を知らねばなり。（……を知らないからである。）因不知〈萬物〉變化之理也。《徒然草》

4. 連體形

(1) また民衆の求むるものの何なるかを知る。（また民衆の求めるものは何であるかを知っている。）複知民眾所求者爲何也。《無止境議論之後》

(2) いまだ彼が如く、渾身皆詩なるはなかりき。（彼のように渾身皆詩である人はいなかった。）未有如彼渾身皆詩者。《風

景畫家柯羅》

(3) 寸金と人は云ふなる錦を吾は庭に敷きぬ。（言うもの
である錦を……敷いた。）吾將人稱之爲寸金之錦鋪於庭中。《吾
家財富》

【注】連體形「なる」也相當口語的「にある」、「にいる」、「と言う」。
如：
(1) 京都なる嵐山……。（京都にある嵐山……。）〈位於〉京都之嵐
山……。
(2) 壺なる御藥たてまつれ。（壺にある御薬を召し上がれ。）請服罐中之
藥！《竹取物語》
(3) 北山なるなにがし寺といふ所に……。（北山にある某寺という所
に……）於北山某寺……。《源氏物語》
(4) そは故郷なる舊友のもとへと書き送るなり。（故郷にいる旧友のもとへ
と書き送るのである。）該函爲寫給故郷舊友者。《源叔父》
(5) 明倫館なる學校……。（明倫館という学校……。）明倫館這所學
校……。
(6) 顔回なる者あり。（顔回という者がいる。）有名曰顔回者。文部省告
示：《文法上容許事項・十六》

5. 已然形
(1) 落第これも浮世のならひなれば、致し方なし。（浮世の
習だから、しかたがない。）落第乃塵世常有之事，無可奈何。
《慰友人落第書》
(2) 折しも五月中旬のことなれば、春は山中にも來た
り……。（五月中旬のことなので……。）當時乃五月中旬，故春
亦來至山中……。《高根山之風雨》

(3) 村々はまだ冬枯のまま**なれ**ど、霞低ふ地に這ひ、春四方に滿てり。（冬枯のままであるが……春は四方に滿ちている）農村仍爲冬枯季節，但已霧低入地，春滿四方。德富蘆花：《初春之山》

(4) 今日の風こそ、こがらしの初**なれ**。（今日の風こそ凩の初である。）今日之風乃秋風之始也。《秋風》

6. 命令形

(1) 君よわが心の友**なれ**。願君爲我知音！

(2) 己に辱ぢざる人間**なれ**。（人間になろう）願爲不辱自己之人！

【注一】「なり」接在「ラ變」活用型的用言連體形下，有音便現象：

あるなり──→あんなり──→あなり〔上接動詞連體形，見62頁動詞的音便(二)〕

よかるなり──→よかんなり──→よかなり〔上接形容詞「カリ」活用的連體形，見91頁形容詞的音便(二)撥音便。〕

しづかなるなり──→しづかなんなり──→しづかななり〔上接形容動詞連體形，見100頁二、形容動詞的音便。〕

【注二】「なり」還接在用言終止形下表示傳聞和感嘆，本書另列爲**傳聞助動詞和詠嘆助動詞**。

「たり」的例句：

1. 未形形

(1) もし良友**たら**ば、必ず諫めてその惡を遂げしめじ。（もし良友だったら、必ず……遂げしめないでしょう。）若爲良友，必當諫之，不使其做出壞事。

(2) 四海皆兄弟、誰か行路の人為らん。（誰か行路の人で
しょう。）四海皆兄弟，誰爲行路人？（蘇武詩）

(3) 下として上に逆ふる事あに人臣の禮たらんや。（人臣
の禮であろうか。）下犯上豈爲人臣之禮耶？《平家物語》

(4) 君、君たらずといふとも、臣以って臣たらずんばあるべ
からず。（君は君ではないといっても……。）君雖不君，但臣不
可以不臣。《平家物語》

2. 連用形

(1) 元方は兄たり難く、季方は弟たり難し。（兄となりがた
く……。）元方難爲兄、季方難爲弟。《世說新語》

(2) 古へ清盛公いまだ安藝守たりし時……。（まだ安藝の
守であったとき……。）昔清盛公尚任安藝守之時……。《平家物
語》

(3) 古の大人も曾て爾が如く天を仰ぎ永遠を思ひ一世を
敵として孤高の戰をつづけたりき。（君のように……つづけて
いた〈つづけたのであった〉。）古時偉大人物曾如爾等〈海與
岩〉仰天思遠，以當代爲敵進行孤高之戰。《海與岩》

(4) 臣、下として禮に背く時は家を失ひ、身を滅す。臣爲
下背禮時，則喪家滅身。《保元物語》

(5) 其の役を執る者は徒隸たり、鄉帥里胥たり、其上は下
士たり、又其上は中士たり、上士たり……。（徒隸であ
り……）其執役者爲徒隸、爲鄉帥里胥，其上爲下士，又其上爲中
士，爲上士……。柳宗元：《梓人傳》

(6) 坂上田村麻呂といふ人、近衛將監とありける時……。

-219-

（近衛将監であった時……。）稱坂上田村麻呂其人者任近衛將監時……。《今昔物語集》

3. 終止形

(1) 時に嘉禾の小倅為り。病を以て眠し、府の會に赴かず。（小倅である。）時為嘉禾小倅，以病眠，不赴府會。張先：《天仙子》

(2) 真の州たるや、東南の水會に當る、故に江淮兩淛荊湖の發運使の治所たり。（真は州であると〈いうこと〉は……発運使の治所である。）眞為州，當東南之水會，故為江淮兩淛荊湖發運使之治所。歐陽修：《眞州東園記》

(3)今日は人の上たりといへども、明日はわが身の上たるべし。（人の上であるといえども。）今日雖為人上，明日必有人為我之上。《平治物語》

4. 連體形

(1) 悲しい哉。秋の氣為るや、蕭瑟として草木揺落して變衰す。（秋は気であるよ。）悲哉！秋之為氣也，蕭瑟兮草木揺落而變衰。宋玉：《九辯》

(2) 龍圖閣の直學士施君正臣、侍御史許君子春の使たるや、監察御史裏行馬君仲塗を得て其判官と為す。（使であるよ。）龍圖閣直學士施君正臣、侍御史許君子春之為使也，得監察御史里行馬君仲塗為其判官。《眞州東園記》

(3) 清盛嫡男たるによってその跡を繼ぐ。（清盛は嫡男であることによって……。）清盛係嫡子，故繼其家業。《平家物語》

5. 已然形

(1) 余は教師たれば、教師たるべき義務を知れり。（教師であるから教師としてあるべき義務を知っている）余身爲教師，故知爲教師者應盡之義務。

(2) 大王はいま天下に君たれども、西に衛、秦の愁へあり。南に強楚の敵あり。（君ではあるが。）大王今係天下之君，但西有衛、秦之憂，南有強楚之敵。《保元物語》

6. 命令形

勇敢なる戦士たれ。（戦となるように。）願君爲一名勇敢戦士！

（十一）　願望助動詞「たし」、「まほし」

「たし」和「まほし」職能作用一樣，既可表示句中居主語地位者的願望，也可表示談話人或作者對別人的希望，相當於口語的「たい」、「……て下さい」、「……てほしい」。如：

(1) 伯の汝を見まほしとのたまふに疾く來よ。（伯爵が君を見たいとおっしゃるから、早く来い。）伯爵言欲見汝，請速來！《舞姫》

(2) 今夜　來宅ありたし。（来宅してほしい。）今晩望〈君〉來吾家！

「たし」、「まほし」活用表（均屬形容詞活用型）：

上接	活用形／原形	未然形	連用形	終止形	連體形	已然形	命令形
動、助動詞連用形	たし（たかり）	たく　たから	たく　たかり	たし　〇	たき　たかる	たけれ	〇
動、助動詞未然形	まほし（まほしかり）	まほしく　まほしかから	まほしく　まほしかり	まほし　〇	まほしき　〇	まほしけれ　〇	〇
主　要　下　連		ば　むず	き	結句	體言	ば　ども	

「たし」的例句：

1. 未然形

　(1)　八島（やしま）へ歸（かへ）りたくば……三種（さんしゅ）の神器（じんぎ）を都（みやこ）へ返（かへ）し入（い）れ奉（まつ）れ。（帰りたければ……都へお返して入れてあげよ〈都へお返しなさい〉。）如欲返回八島〈屋島〉……應速將三種神器奉還京師。《平家物語》

　(2)　死（し）にたからず。（死にたくない。）不欲死。《平家物語》

2. 連用形

　(1)　死（し）にたくてならぬ時（とき）あり。（死にたくてならない時がある。）有時欲死而不能。《愛我之歌》

　(2)　大臣（だいじん）は見（み）たくもなし。唯年久（ただとしひさ）しく別（わか）れたりし友（とも）にこそ逢（あ）ひには行（ゆ）け。（見たくもない。……別れている友に逢いには行くのだ。）〈吾〉不欲見大臣，唯欲往晤久別之友而已。《舞姫》

　(3)　今宵（こよひ）は明（あ）くるまでも語（かた）りたく候（さふら）へども……。（今夜は

－222－

夜が明けるまでも語りたいのではございますが……。）今宵雖欲
長談達旦，然……。《駿台雜話》

　　【注】書信、公函中多見用例。如：
　　(1)　御目にかかりたく存じ候。（お目にかかりたいと存じます。）望乞面
晤！
　　(2)　御伺ひ申し度候。（お伺い申したいのでございます。）願走訪請教！
　　(3)　何卒御海容被下度候。（……してくださいませ。）務請海涵！
　　(4)　御取計被成下度候。（御取計をして〈御取計い〉下さいませ。）務
所祈酌奪爲荷！
　　(5)　御出頭相成度候。（御出頭〈お願い申し上げます。〉になりたいので
ございます。）務請出席！

3.　終止形
　　(1)　御出で相成たし。（お出で〈下され。〉になりたいので
す。）務請光臨！
　　(2)　今日吉日なれば、藥代を冥加のためにつかはしたし。
（吉日であるから……遣したい。）今日乃吉日，故擬遣其施捨藥
金。《日本永代藏》
4.　連體形
　　(1)　心あらん人に見せたきは此頃の富士の曙。（人に見
せたいのは……曙である。）欲請有心人一觀者即近日富士山之黎
明也。《近日富士山之黎明》
　　(2)　小説を書く上より云へば、經驗の一にして尤も目出度
事なり。（目出たいことである。）從寫小説方面言之，乃經驗之
一，頗爲可喜之事也。《慰友人落第書》

(3) 常に聞きたきは琵琶、和琴。（常に聞きたいものは琵琶と和琴である。）常想聽者爲琵琶、六弦琴也。《徒然草》

(4) 家にありたき木は松、櫻。松は五葉もよし。花は一重なるよし。（庭に植えておきたい木は松、桜である……。）院中欲植之樹爲松、櫻。松亦可種五葉松，櫻則以單瓣者爲佳。《徒然草》

5. 已然形

(1) 是非にわが身行きたければ、其方は知らぬ顔にて居よかし。（行きたいから……。）吾必欲親身前往，對方可佯作不知也。樋口一葉：《雪天》〔「よ」和「かし」都是感嘆助詞，見285、281頁。〕

(2) 歸りたければ一人ついたちて行きけり。（帰りたいと……。）〈僧都〉欲歸時即獨自起身離去。《徒然草》

(3) 行きたけれども寸暇なし。（行きたいけれども……。）雖想去，但無半點餘暇。

【注一】表示推測、否定和過去時須用「たし」的「かり」活用。「たかり」的連體形「たかる」還可下接推量助動詞「べし」。

(1) 彼は東京に行きたからむ。（行きたいでしょう。）恐彼欲去東京。

(2) 敵にあうてこそ死にたけれ。惡所に落ちては死にたからず。（死にたい。……死にたくない。）欲遇敵而死，不欲陷險境而死。《平家物語》

(3) 昨日の早慶戰を見たかりき。（見たかった。）曾欲看昨日早大，慶大二校之棒球賽。

(4) 定めて行きたかるべし。（きっと行きたいでしょう。）想必欲去。《平家物語》

【注二】「たし」的連用形「たく」也發生「**ウ音便**」。如：

御返りごとをも 承 りたう 候 ひしかども……。（承りたいのでございますが……。）雖欲獲回音……。《平家物語》

【注三】「たし」也像形容詞一樣，可以單用詞幹，也可下接接尾詞。如：「遊びたや」、「聞きたや」、「逢ひたさ」、「見たさ」等。

「まほし」的例句：

1. 未然形

さほど行か**まほしく**ば、伴ひて行かむ。（そんなに行きたければ伴つ〈連れ〉て行こう。）若如此欲往，則相伴而行。

2. 連用形

⑴ 行か**まほしく**思ふに兄人なる人抱きて率て行きたり。（行きたいと思うから……。）因欲去，故爲兄者抱之攜往。《更級日記》

⑵ 行かむ方知ら**まほしく**て、見おくりつつ行けば、笛を吹き止みて、山のきはに惣門のある内に入りぬ。（行く先が知りたくて、見送りながら行くと……。）欲知其去向，遂跟蹤前往，則見停笛不吹而入山〈旁寺〉門中。《徒然草》

3. 終止形

いかなる人なりけむ。尋ね聞か**まほし**。（どんな人であったろうか〈だろうか〉……聞きたいものだ。）〈彼〉爲何許人也？欲尋問之。《徒然草》

4. 連體形

⑴ こがらしの風起れば、かぐや姫の扇にせ**ま欲しき**其

— 225 —

葉、翩々として 翻 り落つ。（扇にしてほしい〈ような〉其の葉
は……。）秋風起後，〈銀杏〉葉欲變作赫奕姫之扇翩々飄落。
《吾家財富》

(2)　われも諸共に行かまほしきを。（行きたいのに。）吾亦
欲同往！《舞姫》

(3)　少しのことにも先達はあらまほしき事なり。（あってほ
しいものである）些須小事亦望〈有〉指引。《徒然草》

5.　已然形

(1)　われに習ひて巧みに歌ひ出づるかれが聲こそ、聞かまほ
しけれ。（彼の声が聞きたいものだ。）欲聽彼仿吾而唱之動人歌
聲。《源叔父》

(2)　人と生れたらんしるしには、いかにもして世を遁れんこ
とこそ、あらまほしけれ。（生れた徴には……遁れようとするこ
とこそ望ましいことである。）既生而爲人，則所望者惟有遁世
耳。《徒然草》

（十二）　比況助動詞「ごとし」

「如し」表示比喩，並有示例的作用，還可表示不確實的推斷
或表示相同。

1.　表示比喩（相當於口語的「ようだ」）：

(1)　真に夢の如し。（実に夢のようだ。）眞如夢也。德富蘆
花：《五月雪》

(2)　庭の白萩月に照りて雪の如し。（雪のようである。）庭
中白萩照月如雪。《秋分》

2. 表示例用（相當於口語的「のような」、「など」）：

(1) 楚も亦平原 廣 澤遊獵の地の饒かにして樂しきこと、此の若き者有るか。（このようなものがあるか。）楚亦有平原廣澤遊獵之地饒樂若此者乎。《子虚賦》〔「若き」是連體形；「か」是係助詞，見256頁。〕

(2) 和歌、管 絃、往 生 要集ごときの抄物を入れたり。（往生要集のような抄物が入れてある。）〈皮箱中〉裝有和歌、管絃之書及《往生要集》一類之摘抄書冊。《方丈記》

3. 表示不確實的推斷（相當於口語的「ようだ」）：

(1) 形勢既に 逆 轉せるものの如し。（逆転したもののようだ。）形勢似已逆轉。

(2) 事件はほぼ解決に近づきたる如し。（解決に近ずいたようだ）事件大抵接近解決矣。

【注】表示「不確實的推斷」這種用法在古典文言中不常見。

4. 表示相同（相當於口語的「とおりだ」、「と同じだ」）：

つひに本意の如くあひにけり。（本意通りに結婚したよ。）如願以償，終於結婚。《伊勢物語》

「ごとし」活用表（屬形容詞活用型）：

上　　接	活用形　原形	未然形	連用形	終止形	連體形	已然形	命令形
用言連體形；助詞が、の	ごとし	ごとく	ごとく	ごとし	ごとき	○	○
主　要　下　連		ば	なり　の	結句	體言		

例句：

1. 未然形

(1) はたして君の言のごとくば、予は黙すること能はず。（君の話のとおりだったら……。）眞如君所言，則吾不能默不作聲。

(2) 瑞相のごとくば、必ず極樂に生れたる人ならむとなむ人みな言ひける。（瑞相のよう〈な人〉ならば、必ず極楽に生れた人であろうと、人はみな言った。）人皆言道："若爲福相，必生於安樂之人也。"《今昔物語集》

(3) 之を獄官に委し、ことごとく法制を以て事に從はしめん。法の稱する所の如くんば、整即ち主なり。（事に從はせよう。……所のようならば〈劉〉整は主〈謀者〉である。）委之獄官、悉以法制從事。如法所稱，整即主。任昉：《奏彈劉整》

(4) なほ人を震し、人を焚くの雷光光焰が吾人必須の利器となるが如けん也。（利器となるようなものだ。）猶如震人燒人之雷光火焰將成爲吾人必需之武器也。《社會主義神髓》

【注】「如けん」是古代「如し」的未然形「如け」下接推量助動詞「む」構成。

2. 連用形

(1) 夕日今その玻璃窓を射て金の如く閃きつ。（金のように閃いている。）此刻，夕陽照射玻璃窗，閃耀如金。《可憐兒》

(2) 空も空氣も風も月もすべて水の如く淡く、水の如く清く、水の如く流る。（……水のように流れる。）天空、空氣、風、月皆淡如水、清如水、流如水。《新樹》

— 228 —

(3) 白髪三千丈、愁に縁って箇の似く長し。（このように長い。）白髪三千丈、縁愁似箇長。李白：《秋浦歌》

(4) いまだかくの如くの例を聞かず。（まだこのような例を聞かない。）尚未聞如此之先例。《平治物語》

(5) 扇をひろげたるが如く末廣になりぬ。（扇を広げたように末広になった。）火勢蔓延，有如展扇。《方丈記》

3. 終止形

(1) われらの同志の撰びたる墓碑銘は左の如し。（左のようなものだ。）我等同志所撰之墓志銘如下：《墓志銘》

(2) 芙蓉の面の如く、柳は眉の如し。（面のようで……眉のようだ。）芙蓉如面柳如眉。《長恨歌》

(3) ただ春の夜の夢の如し。（夢のようである）唯如春夜之夢。《平家物語》

4. 連體形

(1) 故郷の姉の家に清冷氷の如き井水あり。（氷のような井水がある。）故郷姐家有井水清涼如冰。《夏之興趣》

(2) 鳴呼、相澤謙吉が如き良友は世にまた得がたかるべし。（相澤謙吉のような良友は……得がたいでしょう。）鳴呼！如相澤謙吉般之良友，恐世間難以復得也。《舞姬》

(3) 然るに友情の如きは人情の尤も高尚なるものの一なり。（友情のようなものは……。）然如友情者乃人情中最高尚者之一也。《友愛》

(4) 目には見て手には取らえぬ月の内のかつらの如き妹をいかにせむ。（桂のような妹をどうしょう。）目雖能見，手不能

觸，如月之桂，吾奈妹何！《萬葉集》

【注一】「ごとし」無已然形和命令形，而且也無法表示推測、否定和過去等，故須在連用形「ごとく」下加指定助動詞「なり」而形成另一個「ラ變」活用型的比況助動詞「ごとくなり」，以彌補其不足。

「ごとくなり」活用表（屬「ラ變」活用型）：

上　　接 \ 活用形 \ 原形	未然形	連用形	終止形	連體形	已然形	命令形
用言連體形；助詞が、の	ごとくなり	ごとくなら	ごとくなり (1) ごとくに (2)	ごとくなり	ごとくなる	ごとくなれ	ごとくなれ
主　要　下　連	むずば	き (1) して(2)	結句とも	體言	ばども	結句

例句：

1. 未然形

(1) 落花雪の如くならむ。（雪のようなものでしょう。）落花蓋如雪。

(2) まことに聞くがごとくならば、不便なることなり。（聞いているのと同じようであったら……。）若眞如所聞，實可憐也。《古今著聞集》

(3) 慇懃に自ら行人と語り、流鶯の次を取りて飛ぶが似くならず。（飛んでいるようではない。）慇懃自與行人語，不似流鶯取次飛。晏兒道：《鷓鴣天》

2.　連用形

　　(1)　その聲はさながら咆ゆるごとくなりき。（咆えるようで
あった。）其聲宛如怒吼。《激論》

　　(2)　想ふ、當の年、金戈鐵馬もて、氣は萬里を呑みて虎の如
くなりしを。（虎のようであったことを〈思う〉）想當年，金戈
鐵馬，氣吞萬里如虎。辛棄疾：《永遇樂・京口北固亭懷古》

　　(3)　蟻の如くに集りて東西に急ぎ、南北に走る。（蟻のよ
うに集って……。）群集如蟻，東西奔，南北馳。《徒然草》

　　(4)　一生のあひだに荒野をたどる如くにしてこの世を暮す
者を吾等は幸福なりと云ふ可きか。（荒野をたどるように……幸
福だと言えるか。）有如終生躑躅荒野而度此世者，吾等能謂之幸
福哉？《友愛》

3.　終止形

　　(1)　さしも峻しき東坂、平地を行くがごとくなり。（平地
を行くようだ）東坂〈地名〉雖險，如履平地。《平家物語》

　　(2)　その川のこなたの岸に一人の嫗あり。その形、鬼のご
とくなり。（鬼のようである。）彼河之此岸有一老嫗，形如鬼。
《今昔物語集》

　　(3)　雲霧を披きて青天を覩るが若きなり。（青天を見るよう
である。）若披雲霧而睹青天也。《晉書・樂廣列傳》

4.　連體形

　　(1)　杏梁の雙燕の客の如くなるを嘆く。（客のようである
ことを嘆く。）嘆杏梁雙燕如客。姜夔：《霓裳中序第一》

　　(2)　此の若くなるが故に獵は乃ち喜ぶ可きなり。（このよ

うである故に……。）若此故，獵乃可喜也。《上林賦》

   (3)　この歌もかくの如くなるべし。（この歌もこのようなものであろう。）此〈首和〉歌亦必如此也。《古今和歌集》

5.　已然形

   (1)　歳月は流るるごとくなれば寸陰を惜まざるべからず。（流れるようであるから、寸陰を惜まなければならない。）歳月如流，當惜寸陰。

   (2)　彼の意志金鐵のごとくなれば、他日必ず成功す。（金鉄のようであるから……。）其志堅如鐵，他日必獲成功。

   (3)　趣旨正しきが如くなれど、實行は不可能なり。（正しいようであるが……。）宗旨似爲正確，然不可能實行。

6.　命令形

   (1)　散らば、櫻の如くなれ。（桜のようであれ。）花謝當如櫻！

   (2)　死を見ること歸るが如くなれ。（帰るようでありなさい。）當視死如歸！

【注二】「ごとし」和「ごとくなり」有時像形容詞一樣，只用詞幹「ごと」或「ごとなり」的形態。如：

   (1)　花のごと世の常ならば過ぐしてし昔はまたも歸り來なまし。（花のように、世が常だったら、過ぎてしまった昔もまた帰って来るだろう。）人世若恒存，如花長年放，昔逝之時光，或復歸來歟。《古今和歌集》

   (2)　身をかへたるがごとなりにたり。（身を変えたようになってしまった。）爾似已〈由貧變富〉改換身分矣。《竹取物語》

【注三】另有「やうなり」一詞，也與「ごとし」一樣有比喩的作用，其接續

法與「ごとくなり」相同，是「様」與「なり」的複合詞，多用在假名體的散文中。如：

(1) 三日、海の上昨日のやうなれば、舟出ださず。（昨日のようなので、船を出さない。）三日，海上情況如昨，故未啓航。《土佐日記》

(2) 鬼のやうなるものいで來て、殺さむとしき。（鬼のようなものがでてきて、殺そうとした。）〈有時海中〉出現鬼樣之怪物欲呑噬〈我〉。《竹取物語》

(十三) 傳聞助動詞「なり」

「なり」表示對事物的傳聞，可理解爲「據說」、「據聞」等，相當於口語的「そうだ」、「聞く」、「と言う」、「という噂だ」。

「なり」活用表（屬「ラ變」活用型）：

上　　接	活用形／原形	未然形	連用形	終止形	連體形	已然形	命令形
動、助動詞終止形；ラ變連體形	なり	○	○	なり	なる	なれ	○
主　要　下　連				結句	體言	ば	

例句：

3. 終止形

(1) 人々離るるけはひなどもすなり。（離れるけわいなどもしていると言う）據說人人流露出離別之意。《源氏物語》

(2) また聞けば、侍從大納言の御むすめなくなり給ひぬなり。（また聞くと〈聞くところによると〉……お娘さんはお亡くなりになったそうだ。）又詢問之，據說侍從大納言〈藤原行成〉

之女已故。《更級日記》

4. 連體形

　　(1)　駿河の國にある**なる**山なむこの都も近く、天も近く侍る。（駿河の国にあるという山がこの都にも近く、天にも近うございます。）據說位於駿河國之〈富士〉山既離本都城近，又接近天邊。《竹取物語》〔「なむ」是係助詞，見259頁。〕

　　(2)　今日、九郎が鎌倉へ入る**なる**に各々用意し給へ。（鎌倉へはいると言うことだから各々ご用意になりたい〈御用意を願いたい。〉）據稱今日九郎入鎌倉，務請各自小心！《平家物語》

5. 已然形

　　(1)　唐船のともづなは四月、五月に解く**なれ**ば……。（纜は四月、五月に解くと言うことだから……）據聞中國〈商〉船於四、五月解纜，故……。《平家物語》

　　(2)　かかるとみの事には、誦經などをこそはす**なれ**とて……。（誦経などをして馳せるといった……。）據說遇此種突然之變故，唯誦經可以驅除。《源氏物語》〔「こそ」要求已然形結句〕

【注一】「なり」接在「ラ變」動詞「あり」之下則發生音便。如：

　　　　あるなり──→あんなり──→あなり。

　　(1)　信濃にあんなり木曾路河……。（信濃にあるという木曾路河……。）據聞位於信濃國之木曾路河……。《平家物語》

　　(2)　龍の首に五色の光る玉あ（ん）なり。（玉があるそうだ。）據說龍首有顆五色明珠。《竹取物語》

【注二】古典文言中，「なり」也接在「ラ變」型活用詞的終止形下面，表示推斷。如：

(1) 葦原の中つ國はいたくさやぎてあり**なり**。（日本の国は大変騒いで
いるようだ。）日本國似有大亂。《古事記》

(2) 笛をいとをかしく吹き澄まして、過ぎぬ**なり**。（過ぎてしまったよ
うだ）吹笛而過，似頗愉快。《更級日記》

（十四） 詠嘆助動詞「なり」、「けり」

「なり」、「けり」表示感嘆，一般多用於和歌、俳句等，相
當於口語表示感嘆的終助詞「よ」、「わい」、「なあ」等。

「なり」、「けり」活用表（均屬「ラ變」活用型）：

上　　接 活用形 原形	未然形	連用形	終止形	連體形	已然形	命令形
動、助動詞 終止詞； ラ變連體形	なり	○	(なり)	なり	なる	なれ	○
動、形カ リ、助動 詞連用形	けり	けら	○	けり	ける	けれ	○
主　要　下　連		ず		結句	體言	ば	

「なり」的例句：

3. 終止形

(1) いと思はず**なり**。（思いもよらないことだなあ。）甚出
乎意外！《土佐日記》

(2) 秋の野に人まつ蟲の声す**なり**我かと行きていざとぶらは
む。（人をまつとかいう松虫の声がするよ。……さあ、訪ねてい
くとしよう）松蟲鳴秋野，借問待伊誰？所盼如爲我，當願去相

會。《古今和歌集》

4. 連體形

秋風に初雁が音ぞ聞ゆなる誰が玉づさをかけて來つらむ。

（初雁の声が聞えるわい、誰からの手紙を携えて来たのだろうか。）颯颯秋風裡，初聞鴻雁鳴，誰家發玉函，勞爾傳佳音。《古今和歌集》

「けり」的例句：

3. 終止形

(1) この花の吾家に開くは宜なりけり。（もっともであるよ）此花於吾家開爲宜也。《吾家財富》

(2) 哀れは風に限るなりけり。（限るのだよ。）〈令人〉悲者唯風也。《風》

(3) 明治二十一年の冬は來にけり。（冬は来たよ。）明治二十一年之冬至矣。《舞姫》

(4) その女、世の人には優れりけり。（優れていたよ。）該女勝於〈一般〉世人也。《伊勢物語》

4. 連體形

(1) 山里は冬ぞさびしさまさりける人目も草もかれぬと思へば。（寂しさがまさるものだなあ……枯れたと思うと。）冬季山村兮倍增寂寥，人跡罕到兮草木枯焦。《古今和歌集》〔「ぞ」是係助詞，見258頁。〕

(2) 朝に死に、夕に生るる習ひ、ただ水の泡にぞ似たりける。（似ているよ。）朝死暮生之常情酷似泡影也。《方丈記》

— 236 —

【練習二十二】

1. 說明下列句中的「なり」、「たり」有何不同？並譯成中文：

(1)
① 天すでに明らかなり。
② 彼は文學の天才なり。
③ 滄海桑田となりぬ。
④ 雁が音遠く聞こゆなり。

(2)
① 水は液體なり。
② 風ひややかなり。
③ 余は名古屋に行くなり。
④ 某氏の行ひは正しきなり。

(3)
① 日本第一の名醫たり。
② 春日遲々たり。
③ どうと倒れたり。

2. 將下列各句譯成中文：

(1) 先般の座談會に於いて吳先生は種々有益なる事を話されたり。
(2) 昨日は野人たり、今日は參議たり。
(3) 被害は輕からざるごとし。
(4) 斯は當然の事にして誰か反駁し得ん。
(5) 汝の一言原因にて紛擾こそ惹起せしなれ。
(6) 朝より晩まで袖手茫然として少しの仕事もせず。
(7) 山高きが故に貴からず木があるを以て貴しとす。
(8) 某氏は余に向ひて、國内に學校を建てまほしきものなりと語られたるこ
とありき。

第十二節　助詞

　　助詞是沒有詞形變化（活用）的附屬詞，屬於形式詞（虛詞）
的一種。其職能有二：一是決定單詞、詞組或句子的格，並表示它
們之間的關係；另一是可以爲觀念詞（實詞）增添意義。

助詞也像助動詞一樣，上接或下連什麼詞都有一定的規律，即有它自己的接續法。

助詞一般都根據它的職能和接續法進行分類。本書把助詞分為五類，即格助詞、接續助詞（包括並列助詞）、係助詞（包括提示助詞和疑問助詞）、副助詞、感嘆助詞（包括終助詞和間投助詞）。

一、格助詞

格助詞包括が、の、を、に、へ、と、より、にて、から、して以及由其他詞複合而成的において、における、について、によって、をして、をもって等。

（一）　「が」（可稱主格助詞）

1. 　表示主語（一般都省略，如(4)、(5)兩例。但在作為定語的短句或子句中表示主語的「が」也可不省略）：

(1)　宿の主人が教師に語りしはこれに過ぎざりし。（宿の主人が教師に語ったのはこれに過ぎなかった）寓所主人告於教師者不過如此矣。《源叔父》

(2)　まいて雁などのつらねたるが、いと小さく見ゆるはいとをかし。（つらねているのが……。）況且雁飛成行，望之甚小，頗有趣也。《枕草子》

(3)　清少納言が書けるも、げにさることぞかし。（清少納言が書いているのも……ことですよ。）清少納言〈於《枕草子》中〉所寫者確有道理。《徒然草》〔「かし」是感嘆助詞，見281

頁。〕

 (4) 天晴れ、風清く、露冷やかなり。（天が晴れ、風が清く、露が冷やかだ）天晴、風清、露冷。國木田獨步：《武藏野》

 (5) 風止まず。（風が止まない。）風不止。《土佐日記》

2. 表示所有或係屬（相當於口語的「の」）：

 (1) 我が國（我国）、鶴が岡（鶴岡八幡宮之略稱）、佐渡が島（佐渡島）

 (2) 梅が枝（梅枝）（也可用「**の**」，如「梅の枝」）

 (3) 源叔父は七人の客わが舟に在るを忘れはてたり（私の船にいることを忘れてしまった。）源叔父完全忘記有七位乘客在其舟中。《源叔父》

 (4) 俊陰が船は波斯國に放たれぬ。（俊陰の船はベルシヤ国に放たれた。）俊陰之船已放往波斯國。《宇津保物語》

 (5) それが玉を取らむとす。（竜の珠を取ろうとする）欲取其珠。《竹取物語》

【注】「が」下面的體言也有省略者。如：
この歌はある人の白はく、柿本人麿がなり。（柿本人麿の歌である。）據說此歌乃柿本人麿〈所作〉之歌也。《古今和歌集》

3. 其他習慣用法：

 (1) それが故……。（等於「それ故……。」）因此……。

 (2) 怠りしが為……。（怠ったために……）由於怠惰……。

 (3) 楊貴妃が幸ひし時、楊國忠がさかえしが如し。（楊貴妃の幸った時、楊国忠が栄えたのようなものである。）有如楊貴

妃受寵時楊國忠坐享榮華一般。《平家物語》

(二)「の」(可稱領格助詞)

1. 表示領有、係屬(與上接詞一起構成定語):
(1) 老李の背後に一株の碧梧あり。(碧梧がある。)老李後面有一株碧梧。《吾家財富》
(2) 故に治亂の道、存亡の端、此の若く見易し。(このように見やすい。)故治亂之道,存亡之端,若此易見。東方朔:《非有先生論》
(3) 二十日の夜の月いでにけり。山の端もなくて、海の中よりぞいでくる。(月が出てしまった。……海の中から出てくるのだ)二十夜之月出矣。非出自山端,而出自海中也。《土佐日記》

【注】「の」下面的體言也可省略。如:
この國の博士どもの書ける物も、いにしへのはあはれなること多かり。(博士たちの書いているものも……ことが多い)我國學者之著作,亦有不少引人入勝之古典作品。《徒然草》

2. 表示子句或全句的主語
(1) われらはわれらの求むるものの何なるかを知る。(求めるものは何であるかを知る。)我等知我等所求者爲何也。《無止境議論之後》
(2) 頭上に枯梢の相ふるる音あり、足下に落葉のがさりと云ふ響あり。一瞬にして止む。(枯梢の相觸れる音があり……響がある。)頭上有枯梢相觸之聲,足下有落葉唰唰作響,轉瞬即

－240－

止。《晩秋初冬》

3. 只做一般定語，用以修飾體言：

(1) 伊豆の山已に落日を銜み初めぬ。（落日を銜み始め
た。）伊豆山已開始吞沒落日。《相摸灘之落日》

(2) 今は昔、竹取の翁と言ふものありけり。（今では昔
〈となったが〉……人がいた）昔者，有一伐竹翁。《竹取物語》

(3) ひとり燈火の下に文をひろげて……。（書物を広げ
て……。）獨於燈下〈開卷〉閱覽……。《徒然草》

4. 表示同格（相當於口語的「で」、「であって」）：

(1) 風まじり雨ふる夜の、雨まじり雪ふる夜は……。（雨の
降る夜で……雪の降る夜は……。）風雨交加夜、雨雪亂飛
夕……。《萬葉集》

(2) 白き鳥の、嘴と足と赤き、鴫の大きさなる、水の上に遊
びつつ魚を食ふ。（白い鳥で、嘴と足とが赤い鳥は……。）白
鳥、紅嘴紅足鳥皆大鴫也，邊遊於水上邊食魚。《伊勢物語》

5. 表示比喻（相當於口語的「のように」）：

(1) 玉の如き月水にあり。（玉のような月が水にある。）〈
皎潔〉如玉之月映於水中。《四條魚網》

(2) 日暮るるほど、例の集りぬ。（日が暮れるころにいつもの
ように集った）傍晚、〈求婚者〉照例聚於門前。《竹取物語》

（三） 「を」（可稱賓格助詞）

1. 表示賓語：

(1) 古文を讀み、和歌を樂しみ、詩を作る。讀古文、詠和

歌、賦詩。《勸學篇》

(2) 融……能く琴を鼓し、笛を吹く。融……能鼓琴吹笛。馬
融：《長笛賦》

(3) かくてぞ花をめで、鳥をうらやみ、霞 をあはれび、露
をかなしぶ 心 、言葉多く、さまざまになりにける。（……
〈歌〉はさまざまになったよ。）於是，愛花、喜鳥、賞晚霞、嘆
朝露之情出於多端，和歌亦爲之多樣。《古今和歌集・假名序》

2. 表示動作的起點（相當於口語的「から」，與上接詞一起構成
補語）：

(1) 國を去る。（出國。）故里を離る。（離鄕）

(2) 若者は思はず馬を飛び下りつ。（馬から飛び下りた。）
年輕人不由得飛速下馬。《灰燼》

(3) 山を下りて逗子の村を過れば、人家の 椿 に三四十輪の
花あり。（山から下りて逗子の村を過ぎると……。）下山過逗子
村時，見一人家之山茶開有三四十朵花。德富蘆花：《元旦》

(4) 千住といふところにて舟をあがれば……。（千住という
所で舟から上ると……。）於千住〈地方〉離舟登岸後……。《更
級日記》

(5) 古人曰く、「 百 尺 の竿頭上 、なほ一歩を進む。」古
人云："百尺竿頭、更進一步。"《正法眼藏隨聞記》

3. 表示經過範圍、場所和時間（相當於口語的「を通って」、
「で」與上接詞一起構成補語。）：

(1) 野を歩み、霞める空を仰ぎ、草の草を聞き……。步於田
野，望霞空、聞草香……。德富蘆花：《春之悲哀》

（2）　一鴉空を度り、群山蒼 として暮れんとす。（暮れよう
とする）一鴉飛於空中，群山蒼蒼，日將暮。《梅》

（3）　名取川を渡って仙臺に入る。渡名取川而入仙台。《奥州
小道》

（4）　神無月のころ栗栖野と言ふ所を過ぎて……〈陰暦〉十
月許，過栗栖野〈地方〉。《徒然草》

（5）　都と定まりにけるより後、すでに四百餘歳を經たり。
（都と定ってしまってから後、もう四百餘年を経ている。）定都
後已經四百餘載。《方丈記》

4. 表示使役對象：

（1）　願くば陛下の赤下をして餓へしむる勿れ。（餓えしめ
るな。）願陛下勿使嬰童受飢。《國家與個人》

（2）　此月と此風と殆ど予をして眠る能はざらしむ。（予を
して眠れないようにせしめる。）此月與此風幾乎使余不能入睡。
德富蘆花：《寒月》

【注一】賓語下接他動詞時，在不生誤解的情況下，「を」可以省略。如：
（1）夜業の筆を擱き、枝折戸開けて……。（枝折戸を開けて……。）放下夜
間寫作之筆，打開柴扉……。《良宵》
（2）　教師は都に歸りて後も源叔父がこと忘れず。（源叔父のことを忘れな
い。）教師回京後亦不忘源叔父之事。《源叔父》
下接自動詞時，「を」也可省略。如：
（1）　空飛ぶ鳥……。（空を飛ぶ鳥……）空中翔翔之鳥……。
（2）　道行く人……。（道を行く人……。）行路之人……。

【注二】表示動作的起點、經過範圍、場所和時間時，「を」下面一般都接含
有移動性的自動詞，如2、3、各例，但也有下接**他動詞**者。如：

－243－

(1) 神武寺に遊び夕に及びて、獨り田間の路を辿りて歸る。（辿って帰る。）遊神武寺，及晩，獨沿田間小路而歸。《蒼茫黄昏》

(2) 千年を過ぐすとも一夜の夢の心地こそせめ。（千年を過しても……心地がしよう。）縱經千年猶覺一夢耳。《徒然草》〔「こそ」是係助詞，見261頁。〕

（四）　「に」（可稱位格助詞，與上接詞一起構成補語）

1.　表示位置、場所：

(1) 午前六時過ぎ、試みに逗子の濱に立って望め。（望んでごらんなさい。）午後六時過後，請試立於逗子之濱望之。《近日富士山之黎明》

(2) 見渡せば、海に一帆の影なし。（見渡すと……。）遠望之，海上無一帆影。《海與岩》

(3) 天に常度有り、地に常形有り、君子に常行有り。（……が有り……が有り……が有る。）天有常度、地有常形、君子有常行。東方朔：《答客難》

2.　表示動作的時間：

(1) 風ある日には青々と霞める空より白き花ちらちらと舞ひて、一庭須臾に雪を散す。（霞んでいる空から白い花が……。）〈於〉有風之日，雪花自青青霞空飄然而下，頃刻滿庭是雪。《吾家財富》

(2) 二十一日　卯の時ばかりに、舟出だす。（舟を出す。）二十一日卯時許開船《土佐日記》

3.　表示範圍：

(1) かの無熱池の底には金銀の砂を敷き……。彼無熱池底鋪有金砂、銀砂……。《平家物語》

（2）　之を經濟に見て恐る可きの損失也。（恐れるべき損失である。）於經濟上觀之，乃可怕之損失也。《平民新聞》〈否定戰爭〉

4. 表示動作的目標和歸宿：

（1）　風に從ひて、飛花吾庭に落つ。（わが庭に落ちる。）飛花隨風落吾庭。《吾家財富》

（2）　猛が顏は猛火に向ひて赤鬼の如くなりつ。（赤鬼のようになった。）猛〈人名〉之臉撲向烈火，成爲赤鬼一般。《灰燼》

（3）　行きて駿河國に至りぬ。（駿河国に至った）行抵駿河國。《伊勢物語》

（4）　馬は血付きて宇治大路の家に走り入りたり。（走り込んだ。）馬沾滿〈具覺房（人名）之〉血馳入宇治大路〈飼主〉之家。《徒然草》

5. 表示動作的目的：

（1）　常に世に新しきものを作り出だす青年なり。（世のために……青年である。）乃一群常爲社會做出新貢獻之青年也。《無止境議論之後》

（2）　更に四圍の大景に眼睛を點す。（大景のために……。）更爲周圍之美景點睛。德富蘆花：《富士帶雪》

（3）　東の方に住むべき國求めにとて行きけり。（求めるためにといって行った。）〈昔有一人〉曾稱爲求適居之地而去東方。《伊勢物語》

6. 表示動作結果：

（1）　谷は田にして概ね小川の流あり、流には稀に水車あ

り。（水車がある。）谷變爲田，大概有小河，河邊有罕見之水車。《雜樹林》

 (2)　十分<ruby>ばかり<rt>じふぶん</rt></ruby>過ぐる<ruby>程<rt>ほど</rt></ruby>に<ruby>滿天<rt>まんてん</rt></ruby>の<ruby>黄<rt>くわう</rt></ruby><ruby>焰<rt>えんさら</rt></ruby>更に<ruby>血紅色<rt>けっかうしょく</rt></ruby>に<ruby>燃<rt>も</rt></ruby>へかはり、鬼氣<ruby>森然<rt>しんぜん</rt></ruby>として<ruby>人<rt>ひと</rt></ruby>を<ruby>襲<rt>おそ</rt></ruby>ふ。僅過十分鐘左右，滿天黄色火焰更燃成血紅色，陰氣森森襲人。《相摸灘之晩霞》

7. 表示並列、列舉或累加：

 (1)　<ruby>牡丹<rt>ぼたん</rt></ruby>に<ruby>唐獅子<rt>からしし</rt></ruby>。牡丹與獅。（畫題）

 (2)　<ruby>月<rt>つき</rt></ruby>に<ruby>叢雲<rt>むらくも</rt></ruby>、<ruby>花<rt>はな</rt></ruby>に<ruby>風<rt>かぜ</rt></ruby>。好事多磨、好景不常。（諺語）

 (3)　<ruby>枝<rt>えだ</rt></ruby>と<ruby>枝<rt>えだ</rt></ruby>との<ruby>間<rt>あひ</rt></ruby>に、かけ<ruby>渡<rt>わた</rt></ruby>したる<ruby>蛛絲<rt>しゅし</rt></ruby>の、<ruby>碧<rt>みどり</rt></ruby>に<ruby>黄<rt>き</rt></ruby>に、<ruby>紅<rt>くれなゐ</rt></ruby>に<ruby>閃<rt>ひら</rt></ruby>めくを<ruby>見<rt>み</rt></ruby>よ。（かけ渡してある蜘蛛の系が……。）請看掛於枝間之蛛絲呈綠、黄、紅色，閃閃發光《新樹》

 (4)　ありたきことはまことしき<ruby>文<rt>ふみ</rt></ruby>の<ruby>道<rt>みち</rt></ruby>、<ruby>作文<rt>さくもん</rt></ruby>、<ruby>和歌<rt>わか</rt></ruby>、<ruby>管絃<rt>くわんげん</rt></ruby>の<ruby>道<rt>みち</rt></ruby>、また<ruby>有職<rt>いうそく</rt></ruby>に<ruby>公事<rt>くじ</rt></ruby>の<ruby>方<rt>かた</rt></ruby>、<ruby>人<rt>ひと</rt></ruby>の<ruby>鏡<rt>かがみ</rt></ruby>ならんこそいみじかるべけれ。（また有職〈の知識〉と公事との面で、人の模範であることこそ〈いみじき〉すばらしいことである。）爲人所望者，乃於實學、詩文、和歌、管弦之道及朝廷典章與儀式等方面欲爲人之模範，此實美事也。《徒然草》

8. 表示比較或類同：

 (1)　<ruby>帶<rt>おび</rt></ruby>に<ruby>短<rt>みじか</rt></ruby>し、<ruby>襷<rt>たすき</rt></ruby>に<ruby>長<rt>なが</rt></ruby>し。比腰帶短、比背帶長。（喻爲"不夠材料"，或"高不成低不就"。）

 (2)　<ruby>西施<rt>せいし</rt></ruby>も<ruby>面<rt>おもて</rt></ruby>を<ruby>掩<rt>おほ</rt></ruby>ひて<ruby>之<rt>これ</rt></ruby>に<ruby>比<rt>くら</rt></ruby>ぶるに<ruby>色<rt>いろ</rt></ruby>無し。（比べると色がない。）西施掩面，比之無色。《神女賦》〔「比ぶるに」的「に」是接續助詞，見234頁。〕

 (3)　<ruby>狀<rt>じゃうそうじう</rt></ruby><ruby>走獸<rt>に</rt></ruby>に<ruby>似<rt>ある</rt></ruby>、<ruby>或<rt>ひ</rt></ruby>は<ruby>飛禽<rt>ひきん</rt></ruby>に<ruby>象<rt>に</rt></ruby>たり。（飛禽に似てい

る。）狀似走獸，或像飛禽。《高唐賦》

9. 表示動作的原因或理由（相當於口語的「の故に」、「によって」）：

(1) 後山も雪の為におぼろなり。（雪の故に朧だ。）後山亦因雪而朦朧。德富蘆花：《雪天》

(2) よろづの事は月見るにこそ、慰むものなれ。（月を見ることによって慰められるものである。）諸般煩事，惟賴賞月始得消遣。《徒然草》

(3) 或は煙に咽びて倒れ伏し、或は焰にまぐれて忽ちに死ぬ。（煙によって咽んで……焰によってまぎれて……。）或爲煙燻倒，或爲火窒息，轉瞬即死。《方丈記》

10. 表示動作的手段：

(1) されど、誰一人握りしめたる拳に卓を叩きて……と叫び出づるものなし。（握り緊めた拳で……。）然無一人以緊握之拳擊桌而呼……。《無止境議論之後》

(2) 袖の涙に昔を問へば何事も總て誤りなりき。（袖に滴った涙で……誤りであった。）以袖淚問昔，萬事皆錯也。樋口一葉：《雪天》

(3) きのふの是はけふの非なるわが瞬間の感觸を筆に寫して誰にか見せむ。（筆で写して誰に見せようか。）〈用〉筆寫〈出〉吾瞬間之感觸即昨日之是乃今日之非，將予誰看？《舞姬》

11. 被動句中表示被動者的對象：

(1) 日は凩に吹き落されぬ。（……によって吹き落された。）日爲秋風吹落。《秋風》

(2)　大樹の下には美草なし。多陰に傷らるればなり。（多陰に傷られたからである。）大樹之下無美草，傷於多陰也。劉向：《說苑》

(3)　つひに……人に許されて、雙びなき名を得る事なり。（名を得るのである。）終……爲人所償識而獲無比之聲望。《徒然草》

12.　表示使役對象：

(1)　昔の「彼」を記憶する吾に、今の「吾」を嘲る「彼」を見せしめ……。（見させて……。）使憶及昔日之"彼"之吾，看嘲笑今日之"吾"之"彼"……。《懸崖》

(2)　下部に酒飲ますする事は、心すべきことなり。（部下に酒を飲ませることは……。）令僕人飲酒應多加注意。《徒然草》

13.　表示敬意（多與「は」、「も」合用構成主語）：

(1)　先生には御出席下されたし。（下されたい。）望先生大駕光臨！

(2)　上にも聞こし召して渡りおはしましたり。（主上も聞きつけられて、お出でになった。）主上亦聞之而來。《枕草子》

14.　表示加強語氣（「に」上接動詞連用形，下連相同動詞）：

(1)　待ちに待ちたり。（待ちに待った。）等而又等。

(2)　月は照りに照り、凩は彌吹きに吹く。（月は照りに照って、凩はいよいよ吹きに吹いている。）月光普照，寒風愈吹。《寒月》

(3)　怒りてひた斬りに斬り落しつ。（おこってさんざんに斬り落してしまった。）怒〈將具覺房〉砍落馬下。《徒然草》

（五）　「へ」（可稱方向格助詞，與上接詞一起構成補語）

表示動作的方向：

　　⑴　雲は北へ北へと捲き去りて、午日の光雨の如く降り來ぬ。（雨のように降って来た。）雲一直向北捲去，端午日陽光射來如雨。《春雨後之上州》

　　⑵　むかし男和泉の國へ行きけり。（和泉の国へ行った。）昔有一人赴和泉國。《伊勢物語》

　　⑶　都へ便求めて文やる。（都へ幸便を求めて手紙をやる。）爲乞方便，致函京都。《徒然草》

（六）　「と」（可稱共格助詞，與上接詞一起構成補語）：

1. 表示動作的對象或共同者：

　　⑴　友とおのおの馬に騎して御殿場の方へ行く。與友各自騎馬去御殿場。《夏之興趣》

　　⑵　日毎に眺むる彼の森も空と同一の色に成りぬ。（ひとつの色になった。）每日眺望之彼處樹林亦同長天一色。樋口一葉：《雪天》

　　⑶　誰と共にか昔を語らん。（語ろうか。）〈吾〉將與誰共論往事？《徒然草》

2. 表示變化的結果：

　　⑴　瞬く間に暴風となりつ。（暴風となった。）瞬間變爲暴風。《灰燼》

　　⑵　眼を上れば黄金の弓と見し月も何時か白銀の弓とかはり……。（目を上げると黄金の弓と見えた月も……。）舉目觀

之，看似金弓之月〈亦不知〉何時變爲銀弓……。《大海之日出》

(3)　且には朝雲と爲り、暮れには行雨と爲り……。且爲朝雲，暮爲行雨……。宋玉：《高唐賦》

(4)　一時の懈怠、即ち一生の懈怠となる。一時疏忽即造成終生難變之後果。《徒然草》

(5)　七珍萬寶さながら灰燼となりにき。（灰燼となってしまった。）無數珍寶化爲灰燼。《方丈記》

3.　表示並列或列舉：

(1)　夏の花の中、余は尤も牽牛と百合とを愛す。（愛する。）夏花之中，余最愛牽牛與百合。《天香百合》

(2)　雨降りて止み、止みて又降る。鴉聲と蛙聲と交々雨晴を爭ふ。雨降而止，止後又降。鴉聲與蛙聲交替相爭雨晴。《梅雨時節》

(3)　たとしへなきもの、夏と冬と、夜と晝と、雨降る日と照る日と、人の笑ふと腹立つと。（譬えようがないものは……である。）無法比喩者乃夏與冬、夜與晝、雨與晴、人之笑與怒也。《枕草子》

【注】例句(1)(2)中最後一個「と」可以省略；(3)中每兩個並列的體言或子句，其後面的「と」都可省略。但易生誤解者不要省略。如：

(1)　史記と漢書との列傳を讀むべし。（読むべきである。）應讀《史記》與《漢書》〈二者〉之列傳。文部省告示：《文法上容許事項・十三》

(2)　史記と漢書の列傳とを讀むべし。應讀《史記》與《漢書・列傳》。文部省告示：《文法上容許事項・十三》

4. 表示比喩：

　(1)　彈丸雨と降る。（弾丸が雨のように降る。）彈如雨下。

　(2)　東國の源氏雲かすみと攻めのぼる。（雲と霞のように……。）東方源氏大軍如雲攻取都城。《源平盛衰記》

　(3)　駒並めていざ見に行かむ故里は雪とのみこそ花は散るらめ。（さあ、〈花を〉見に行こう。……〈花は〉雪のようにひたすら散っているだろう。）並馬而行欲賞櫻，舊都花落竟如雪。《古今和歌集》

5. 表示比較的標準：

　(1)　錢あれども用ゐざらんは全く貧者と同じ。（用いないようでは……と同じだ。）有錢而不用，宛如貧者。《徒然草》

　(2)　異木どもとひとしういふべきにあらず。（異木などとは同じように言うこともできない。）〈梧桐〉不可與其他雜木同等而言。《枕草子》

　(2)　軒とひとしき人のあるやうに見たまひければ……。（見られたから……。）見一身高似與屋檐相齊之人，故……。《大鏡》

6. 表示加強語氣（用在兩個相同的動詞之間，或與「も」重疊使用在兩個相同的形容詞之間）：

　(1)　古京はすでに荒れて、新都はいまだ成らず。ありとしある人、皆浮雲の思ひをならり。（ありとあらゆる人は皆浮雲の思いをなしている。）舊京已廢，新都未成，〈所有〉世人皆作浮雲之感。〔「し」是副助詞，見274頁。〕

－251－

(2) 花に鳴く鶯、水に住む蛙の聲を聞けば、生きとし生けるもの、いづれか歌をよまざりける。（あらゆる生きものはどれが歌をよまなかったか）聞花間鶯啼、水中蛙鳴，〈可謂〉世間生物，孰不詠歌？《古今和歌集・假名序》

(3) 秋風の吹きと吹きぬる武藏野はなべて草葉の色變りけり。（秋風が吹きに吹き荒れた武藏野ではすべて草葉の色が変ってしまった。）秋風勁吹武藏野，滿地荒草已變枯。《古今和歌集》

(4) 嬉しとも嬉しく、喜ばしとも喜ばし。欣喜至極，不可名狀。

7. 表示指定內容（用在引用句下，「と」下面多連接「言ふ」、「思ふ」、「考ふ」、「す」等動詞；「と」上面不僅接體言，還可上接用言終止形、連體形）：

(1) 曰く「可愛さ餘りて憎さ百倍」と。諺曰：“愛之過甚而憎之亦極。”《友愛》

(2) 月山と銘を切りて世に賞せらる。（世に賞せられる。）銘刻月山〈二字〉爲世人欣賞。《奧州小道》

(3) わが心はかの合歡といふ木の葉に似て、物觸れば縮みて避けんとす。（物に触れると縮んで避けようとする。）吾心似彼合歡樹之葉，觸物即〈欲〉縮避之。《舞姬》

(4) 碧幹亭々として些の邪なく、吾如直かれと教ふるに似たり。（私のように正しかれと教えるに似ている。）〈梧桐〉碧幹亭亭絲毫無邪，似教人云：“應如吾般正直！”《吾家財富》

(5) 「誰そ」と問へば、「季重」と答ふ。（誰かと問うと、

季重と答える。）當問"誰！"時，答曰："季重〈也〉。"《平家物語》

(6) 次に恥に臨むといふとも、怒り恨むる事なかれ。（といっても怒ったり恨んだりしてはならない。）其次，縱言受辱，亦勿憤恨！《徒然草》

(7) 萬人皆其德を稱へけるとぞ。（万人は……徳を称えていたということだ。）據云萬人皆稱其德。文部省告示：《文法上容許事項・十二》

【注一】「と」上接推量助動詞「む（ん）」、下連動詞「す」、「思ふ」、「欲す」等可以表示意志或決心。如：

(1) 官長はもと心のままに用ゐるべき器械をこそ作らんとしたりけめ。（作ろうとしたのだろう）官長本欲〈將吾〉造就成一可以隨意使用之工具。《舞姫》

(2) 舟に乗りなむとす。（舟に乗ろうとする。）意欲乘舟〈前往〉！《土佐日記》

(3) 山雨來らんと欲して、風樓に滿つ。（来ようとして……）山雨欲來風滿樓。許渾：《咸陽城東樓》

【注二】「と」與接續助詞「て」、「は」重疊使用時相當於口語的「と言って」、「と言うのは」。如：

(1) よしや一たび雪に降られしとて……。（降られたといって……。）縱言一度爲雪所蓋……。《不如歸》

(2) 昔異朝に吳、越とて並べる二つの國あり。（呉、越といって……。）昔異邦有〈稱〉吳、越二國並存。《太平記》

(3) 人情とても然り。（人情といってもそうである。）人情亦然。《友愛》

(4) 人情とは人のうちにある情なれども……。（人情と言うもの

は……。）〈所謂〉人情乃人內心之感情，然……。《友愛》

【注三】「と」與「に」的區別：

「と」用以表示狀態上、形式上的變化，是相對的；「に」用以表示性質上、內容上的變化，是絕對的。如：

(1) 彼は遂に良良少年となれり。（……となった。）彼終於墮落爲不良少年。

(2) 人間は子供を生めば、親になる。（子供を生むと……。）人生育子女即成父母。

（七） 「より」（可稱從格助詞或比格助詞，與上接詞一起構成補語）

1. 表示場所和時間的起點（相當於口語的「から」）：

(1) 向ふより步み來る男あり。（向うから步いてくる男がいる。）有人自對面走來。《櫻》

(2) 二十七日大津より浦戶をさしてこぎ出づ。（二十七日大津から……。）二十七日由大津向浦戶駛去。《土佐日記》

(3) 日の山に落ちかかりてより、その全く沈み終るまで三分時を要す。（日が山に落ちかかってから……）自日落西山至其完全沉沒需時三分鐘。《相摸灘之落日》

2. 表示經由場所（相當於口語的「を通って」）：

(1) 前より行く水を初瀨川といふなりけり。（前を通って行く水を初瀨というのであった。）流經前面之水稱初瀨川。《源氏物語》

(2) この時、箸その河より流れ下りき。（その河を通って流れて下った。）此時，箸自彼河順流而下。《古事記》

(3)　水底の月の上より漕ぐ舟の棹にさはるは桂なるらし。

（月の上を漕ぐ船の棹にさわるものは桂なのでしょう〈らしい〉。）小舟穿過水底月，觸篙之物似桂枝。《土佐日記》

3.　表示比較的標準（相當於口語的「より」）：

(1)　秋深くして滿樹金よりも黄なり。秋深，滿樹比金更黄。

《吾家財富》

(2)　人固より一死有り。或ひは泰山より重く、或ひは鴻毛より輕し。人固有一死，或重於泰山，或輕於鴻毛。《報任安書》

(3)　霜葉は二月の花よりも紅なり。霜葉紅於二月花。杜牧：《山行》

(4)　老いて後子に後れたるより悲しきはなし。（老いて子に後れた〈先だたれた〉ことより悲しいことはない。）哀莫過於老後喪子。《平家物語》

(5)　大谷川—川と言はんよりはむしろ連續せる飛瀑とや言はむ。（川と言おう〈こと〉より、むしろ連続している飛瀑とか言おう〈言った方がよかろう〉。）大谷川與其稱之爲何，寧可謂連續不斷之飛瀑也。《八汐之花》

4.　表示方法、手段（相當於口語的「で」、「によって」）：

(1)　酒は米より作る。（酒は米で作る。）用米釀酒。

(2)　仁和寺にある法師……ただひとり徒歩より詣でけり。（ただ一人で徒歩で詣でた。）仁和寺某法師……獨自徒歩參謁〈石清水八幡宮〉。《徒然草》

5.　表示事物的界限（相當於口語的「よりほかない」）：

(1)　東海道は遠江より東はまゐらず、西は皆まゐりたり。

（皆行った。）東海道遠江以東未派兵，以西皆已派兵前往。《平家物語》

　　⑵　泣くよりほかの事ぞなき。（泣くよりほか〈のこと〉はない。）唯泣耳。《平家物語》

6. 表示原因或理由（相當於口語的「によって」：

　　⑴　東海の景は富士によりて生き、富士は雪によりて生く。（富士によって……雪によって生きる。）東海之景因富士山而有活力，富士山因雪而栩栩如生。《富士帶雪》

　　⑵　一旦の失敗より最後の成功を得たり。（失敗によって……成功をえた。）因一度失敗，遂獲得最後之成功。

7. 表示對行爲、作用的即時反應（相當於口語的「するとすぐに」）：

　　⑴　また、時の間の煙ともなりなむとぞ、うち見るより思はるる。（煙ともなってしまうであろうと見るとすぐに思われる。）而且，觀後即感〈屋舍如遇火災〉將於瞬間化爲灰燼。《徒然草》

　　⑵　命婦かしこに罷で着きて、門ひき入るよりけはひあはれなり。（門にはいっているとすぐに……。）命婦至桐壺更衣家，驅車入門，即見景象淒涼。《源氏物語》

8. 表示被動對象：

　　⑴　新婦とその實家よりつけられし老女の幾を連れて、四五日前、伊香保に來たりしなり。（実家によってつけられた老女……伊香保に来ていたのである。）〈男爵川島武男〉攜新婦及其母家陪送之老婦數名，於四五日前來至伊香保。《不如歸》

（2） 彼は隊長<ruby>隊長<rt>たいちゃう</rt></ruby>より叱責<ruby>叱責<rt>しっせき</rt></ruby>せられたり。（隊長によって叱責された。）彼受隊長斥責矣。

（八） 「にて」（可稱因格助詞，相當於口語的「で」、「に於いて」、「によって」，與上接詞一起構成補語。）

1. 表示場所、時間：

（1） 食桌<ruby>食桌<rt>しょくたく</rt></ruby>にては彼多く問<ruby>問<rt>と</rt></ruby>ひて、我多く答<ruby>答<rt>こた</rt></ruby>へき。（食桌では……答えた。）於食桌旁，〈與相澤共進午餐當中，〉多爲彼問吾答。《舞姬》

（2） 余<ruby>余<rt>よ</rt></ruby>は……我生涯<ruby>生涯<rt>しゃうがい</rt></ruby>にて尤<ruby>尤<rt>もっと</rt></ruby>も悲痛<ruby>悲痛<rt>ひつう</rt></ruby>を覺<ruby>覺<rt>おぼ</rt></ruby>えさせたる二通<ruby>二通<rt>につう</rt></ruby>の書狀<ruby>書狀<rt>しゃう</rt></ruby>に接<ruby>接<rt>せっ</rt></ruby>しぬ。（私の生涯で……接した。）余……〈於〉一生中，收過兩封最令人痛心之信。《舞姬》

（3） 潮海<ruby>潮海<rt>しほうみ</rt></ruby>のほてりにてあざれあへり。（ほてりであざれ合っている。）於海濱遊玩。《土佐日記》

（4） 十二歲<ruby>十二歲<rt>じふにさい</rt></ruby>にて御元服<ruby>御元服<rt>ごげんぶく</rt></ruby>したまふ。（十二才で御元服になる。）十二步行冠禮。《源氏物語》

2. 表示手段和材料：

（1） 鐵路<ruby>鐵路<rt>てつろ</rt></ruby>にては遠<ruby>遠<rt>とほ</rt></ruby>くもあらぬ旅<ruby>旅<rt>たび</rt></ruby>なれば、用意<ruby>用意<rt>ようい</rt></ruby>とてもなし。（鉄路〈汽車〉では遠くもない旅行であるから、用意といっても〈何も〉ない。）此次外出係乘火車，路不爲遠，故無須〈做何〉準備。《舞姬》

（2） 浪子<ruby>浪子<rt>なみこ</rt></ruby>は……桃紅色<ruby>桃紅色<rt>ときいろ</rt></ruby>の毛巾<ruby>毛巾<rt>ハンケチ</rt></ruby>にて、二<ruby>二<rt>ふた</rt></ruby>つ、三<ruby>三<rt>みっ</rt></ruby>つ膝<ruby>膝<rt>ひざ</rt></ruby>のあたりを掃<ruby>掃<rt>はら</rt></ruby>ひながらふはりと坐<ruby>坐<rt>すわ</rt></ruby>りて……。（毛巾で……。）浪子……用桃紅色手帕拂膝兩三次即飄然坐下……。《不如歸》

(3) 深き河を舟にて渡る。（舟で渡る。）乘舟渡大河。《更級日記》

(4) 劍にて人を斬らんとするに似たる事なり。（劍で人を斬ろうとするのに似ていることである。）似欲以劍殺人。《徒然草》

3. 表示原因或理由：

(1) 我 朝ごと夕ごとに見る竹の中におはするにて知りぬ。（竹の中にいらっしゃるので分った。）因〈伊〉在吾朝夕所見之竹中，故知之。《竹取物語》

(2) 紅葉いと盛りにおもしろし。山陰にて、嵐も及ばぬなめり。（山の陰であるために……及ばないものと見える。）紅葉密茂，頗爲壯觀，蓋因〈處於〉山陰之地，風暴所不及也。《十六夜日記》

(九) 「から」（也可稱從格助詞，與「より」大體相同，但沒有作爲比較標準的職能。相當於口語的「から」，但較口語的「から」多一種表示手段、方法的職能。）

1. 表示動作的起點：

(1) 去年から山ごもりして侍るなり。（山ごもりをしております。）自去年始，余即閉居山中。《蜻蛉日記》

(2) 朝霧の八重山越えてほととぎす卯の花べから鳴きて越え來ぬ。（ほととぎすは卯の花の〈咲いている〉あたりから鳴いて越えてきた。）朝霧迷層巒，穿山舞杜鵑，啼鳴展翅越，水晶花畔邊。《萬葉集》

2. 表示經過的場所（相當於口語的「を通って」）：
月夜よみ妹にあはむと直路からわれは來れども夜ぞ更けにける。（月夜がいいので……直路を通って……夜が更けてしまった。）美哉月夜，欲會吾妹，直路而來，夜已深矣。《萬葉集》

3. 表示手段和方法（相當於口語的「で」）：
かれこれ訪ふべき人徒歩からあるまじきもあり。（徒歩でない人もいる。）各方來訪者中，亦有非徒步而來者。《蜻蛉日記》

（十） 「して」

1. 表示使役的對象（相當於口語的「に命じて」、「をつかって」）：
⑴　ありつる御随身してつかはす。（御随身をつかって送る。）命先來之侍從送去。《源氏物語》
⑵　御子の侍従して宮に侍ふ本ども取りにつかはす。（御子の侍従に命じて、宮にある本などを取りにつかわす。）命皇子侍從去取宮中收藏之法帖。《源氏物語》

2. 表示手段和方法（相當於口語的「で」）：
⑴　水をも手してささげて飲みけるを見て……。（手でささげて飲んだのを見て……。）見其以手捧水而飲。《徒然草》
⑵　弓矢して射られじ。（弓矢で〈を持って〉射られないでしょう。）蓋不能以弓箭射之。《竹取物語》
⑶　御迎へに來ん人をば、長き爪して眼をつかみつぶさむ。（長い爪で、目玉をつかみつぶそう。）吾將以長爪將欲來迎〈赫奕姫〉者之眼珠掐碎。《竹取物語》

3. 表示動作的共同者（相當於口語的「で」）：

　　　(1)　もとより友とする人ひとりふたりして行きけし。（一人二人で〈ともに〉行った。）―二故友偕同前往。《伊勢物語》

　　　(2)　ふたりして打たむには、侍りなむや。（二人で〈犬を〉打ったから、〈生きて〉いるでしょうか。）二人打之，〈犬〉將能活耶？《枕草子》

　　　【注】格助詞「に」加格助詞「して」複合成「にして」，也可看做是格助詞，意義及用法與「にて」相同。如：

　　　三十あまりにして、さらにわが心と一つの庵を結ぶ。（三十あまりにて……。）（三十余歲で……。）三十餘歲時，自己遂想建一草庵。《方丈記》

【練習二十三】

1.　將下列各句譯成中文，各句中的「にて」有何不同？
　　　(1)　父は畫家にて子は詩人なり。
　　　(2)　春は暖かにて心地よし。
　　　(3)　庭にて遊ぶ。

2.　將下列短文譯成中文：

初春の山　　　德富蘆花

後山に上る。

春空靄として四山霞棚引き、爭はれぬ春となりぬ。

海はゆらゆらとして空と一つに融け、練れるが如き水の面に富士の白雪ちらちら流れぬ。漁舟鷗よりも小なり。

村々はまだ冬枯のままなれど、霞低ふ地に遣ひ、春四に滿てり。鳶一羽悠々として山下に舞ふ。

山崖、畑の畔、到る處蕗の薹青く萌へ、榛の木などは已に垂々の花をつけ、春蘭も早きは花さきぬ。枯草枯葉の間より春は簇々として萌へつつあり。

（二月二十八日）

二、接續助詞

在兩個詞組、短句或句子之間起接續作用的助詞稱爲**接續助詞**，根據其職能作用可分三種：

種　類		接續助詞（←表示上接）
順態接續	假定條件	未　然　形←──ば
	確定條件	連　用　形←──て、して 連　體　形←──に、を、ものから、ものゆゑ、ものの 已　然　形←──ば
逆態接續	假定條件	終　止　形←──と、とも 連　體　形←──も 已　然　形←──ど、ども
	確定條件	連　用　形←──て、して、つつ 動詞連用形、形容詞終止形←──ながら 連　體　形←──が、に、を、ものの、ものを、ものから、 　　　　　　　　　ものゆゑ 已　然　形←──ど、ども
單純接續		未　然　形←──で 連　用　形←──て、して、つつ 動詞連用形、形容詞終止形←──ながら 連　體　形←──も、が、に、を、や 已　然　形←──ど、ども

（一）　「ば」

1. 表示順態假定條件（接未然形下，相當於口語的「ならば」、「たら」）：

(1)　一指を動かさば壁上の「人」は潭底の「鬼」とならむ。（一指を動かせば……「鬼」となろう。）若動一指〈推之〉，崖上之"人"將爲潭底之"鬼"。《懸崖》

(2)　人生れなば各々志有り、終に此が爲に移らず。（人は生れたら……。）人生各有志，終不爲此移。王仲宣：《詠史》

(3) 一事を必ず成さんと思はば、他の事の破るるをも傷むべからず、人の嘲りをも恥づべからず。（成そうと思うなら……傷んではならないし……恥しいと思ってはならない。）欲堅決定成某事，則不可痛惜他事之失敗，亦不應以他人之嘲笑爲恥。《徒然草》

2. 表示順態確定條件（接已然形下）：

① 表示事物的原因或理由，相當於口語的「ので」、「から」：

(1) 魚驚ひて其下を過ぎらず。影鮮かに水底に落つればなり。（水底に落ちたからである。）魚驚未過網下，乃因其影顯落水底之故也。《四條魚網》

(2) 京には見えぬ鳥なれば皆人見知らず。（京では見かけない鳥なので……。）此鳥係帝都所未嘗見者，故人皆不知其名。《伊勢物語》

② 表示一般事實做爲前提條件，相當於口語的「すると」、「したところ」：

(1) 窓を開けば、滿地ただ月色あり。（窓をあけると……。）開窓一望，唯月色滿地。《哀音》

(2) 眼をあぐれば遠き山靜かに夕日を浴び、麓の方は夕煙諸處に立ち上る。（目を上げると……。）舉目觀之，遠山靜浴於夕陽之中，山麓一帶，各處夕煙裊裊上升。《不如歸》

(3) 舊き都を來て見れば淺茅が原とぞなりにける。（来て見ると浅茅が原となってしまった。）來故都一觀，則已變爲一片荒原！《平家物語》

③　表示眞理、常態等"永恒"條件，相當於口語的「といつも」、「すればかならず」：
　　⑴　日一分を落つれば、海に浮べる落日の影一里を退く。
（一分を落ちると〈落ちるごとに〉……）日落一分，則浮於海上之落日之影退一里。《相摸灘之落日》
　　⑵　財あれば恐多く、貧しければうらみ切なり。（財があると〈あるから〉……貧しいと〈貧しいから〉……。）有財多虞，貧則易怨。《方丈記》
　　⑶　水至って清ければ則ち魚無く、人至って察かなれば則ち徒無し。（清いと……察かだと……。）水至清則無魚，人至察則無徒。《答客難》

④　表示並列：
　　⑴　品も良ければ植も安し。物美價廉。
　　⑵　親もなく、妻なく子なく、版木なし。金もなければ、死に度くもなし。（金もなければ死にたくもない。）無雙親、無妻、無子、無書版，既無金錢亦無死念。林子平：（六無齋和歌）
　　⑶　およそ人たる者はそれぞれの身分あれば、またその身分に從ひ、相應の才德なかるべからず。（……身分があるし……才德がなくてはならない。）凡爲人者各有其不同之身份，且須按其身分具備相應之才德。《勸學篇》

【注一】「ば」上接形容詞、形容詞型助動詞和否定助動詞「ず」的未然形時，發生「音便」爲「んば」。如：
　　⑴　其れ知る無くんば、悲みは幾ばく時ならずして悲しまざる者は窮期無からん。（それを知ることが無かったら……。）其無知，悲不幾時，而不悲者無

－263－

窮期矣。《祭十二郎文》

  (2) 接形容詞型助動詞未然形的例句見153頁推量助動詞「べし」〔注二〕。

  (3) 虎穴に入らず<ruby>ば<rt>ん</rt></ruby>ば虎<ruby>児<rt>こ</rt></ruby>を<ruby>得<rt>え</rt></ruby>ず。（虎穴に入らなければ……。）不入虎穴不得虎子。《後漢書・班超傳》

【注二】「ば」在古典文言中也有用清音「は」的。如：
我が<ruby>背子<rt>せこ</rt></ruby>は<ruby>假廬<rt>かりほつく</rt></ruby>作らす草なく<ruby>は<rt>こまつ</rt></ruby>小松が<ruby>下<rt>した</rt></ruby>の草を<ruby>刈<rt>くさ</rt></ruby>らさね。（草がなければ……。）若無蔨草，修汝茅屋，小松樹下，有草可割。《萬葉集》

（二）　「と」

  「と」接在動詞及動詞型助詞的終止形下，形容詞及形容詞型助動詞的連用形下，表示逆態假定前提條件，相當於口語的「……ても」、「するとしても」，結句時多用推量或否定推量助動詞「む」、「まし」、「べし」、「じ」等。

  (1) あまたは<ruby>寝<rt>ね</rt></ruby>ずとただ<ruby>一夜<rt>ひとよ</rt></ruby>のみ。（多くは寝なくても……。）縱不酣眠數日，而僅睡一夜足矣。《允恭記》

  (2) <ruby>繪<rt>ゑ</rt></ruby>に<ruby>書<rt>か</rt></ruby>くと<ruby>筆<rt>ふで</rt></ruby>も<ruby>及<rt>およ</rt></ruby>ばじ少女<ruby>子<rt>こ</rt></ruby>が花の<ruby>姿<rt>すがた</rt></ruby>を誰れに<ruby>見<rt>み</rt></ruby>せまし。（絵に書いても、筆も及ばないであろう乙女の……誰に見せるだろう）縱然入畫，亦難傳神，少女花容，誰得見之！《堀川後百首》

  (3) <ruby>風吹<rt>かぜふ</rt></ruby>くと<ruby>枝<rt>えだ</rt></ruby>を<ruby>離<rt>はな</rt></ruby>れて<ruby>落<rt>お</rt></ruby>つまじく<ruby>花綴<rt>はなと</rt></ruby>ぢつけよ<ruby>青柳<rt>あをやぎ</rt></ruby>の<ruby>絲<rt>いと</rt></ruby>。（風が吹いても枝を離れて落ちないように……。）柳絲綴櫻花，風吹不離枝。《山家集》

（三）　「とも」（由「と」與係助詞「も」複合而成，職能和接續法與「と」同）

(1)　果てはあり**とも**見へずなりぬ。（果はあっても見えなく
てしまった。）縱有邊際亦未能見矣。《大海之日出》

(2)　その費すところの金銀はその人のものたり**とも**、その
罪許すべからず。（その人のものであっても、その罪を許しては
ならない。）其所浪費之金銀雖係自己之物亦不可恕〈其罪〉。）
《勸學篇》

(3)　名苑の花美しと云ふ**とも**秋のあはれ閉寂の趣きは
却って吾庭の一枝にある可し。（美しいといっても……吾庭の一
枝にあるでしょう。）縱言名苑花美，但秋之優雅閑靜之趣卻在吾
庭一枝〈黃菊〉也。《吾家財富》

(4)　その時悔ゆ**とも**かひあらんや。（悔いてもかいがあろう
か。）當時縱然後悔又有何用？《徒然草》

(5)　かくさしこめてあり**とも**、かの國の人來ばみなあきなむ
とす。（このように閉じこめておいても、あの国の人が来たら、
皆あいてしまうだろう。）縱然如此將我密藏於室，如月宮來人，
門皆自開也。《竹取物語》

【注】中世以後，「と」、「とも」也接在連體形下。如：

(1)　かばかりになりては飛ぶ降る**とも**おりなん。（これくらいになって
は、飛びおりても降りるだろう。）〈自樹端〉降至〈屋檐〉如此高度，即使急速
躍下，亦必能降也。《徒然草》

(2)　一村擧りて我を捨つる**とも**育て給ひし伯母君の眼に我が清濁は見ゆらん
ものを。（私を見捨てても……我が清濁は見えているだろう。）縱然全村棄我，
而曾育我之姑母，〈目中〉亦能辨我之清濁也。樋口一葉：《雪天》

(四) 「ど」、「ども」（接在用言及助動詞的已然形下。）

1. 表示逆態確定條件（相當於口語的「が」、「けれども」）：

(1) 晴れず、曇れど降らず、鬱陶しき年の暮なり。（曇るが〈曇るけれども〉降らず、うっとうしい年の暮である。）不晴、雖陰不雨，乃陰鬱之歳末也。《除夕》

(2) 朝は霜、夕は風の流石に寒けれど、晝は空青々と高く澄みて、日光清く美し。（寒いけれども……。）朝霜、夕風確寒，但晝間天高氣爽，日光明媚。《晩秋初冬》

(3) 浪子は母あれども愛するを得ず、妹あれども愛を得ず……。（母があるが……妹があるが……。）浪子雖有母而不得愛，雖有妹，亦不得愛……。《不如歸》

(4) 鸚鵡能く言へども飛鳥を離れず。（よくものを言うが……。）鸚鵡能言，不離飛鳥。《禮記》

(5) 風はいみじう吹けども、木陰なければ、いと暑し。（風はいみじく吹くが、木陰がないので、大変暑い。）風雖大，但無樹蔭，故甚熱。《蜻蛉日記》

(6) 文を書きてやれども返りごともせず。（手紙を書いてやるけれども返書もしない〈よこさない〉。）雖有人投書致意，〈赫奕姫〉亦不作復。《竹取物語》

2. 表示逆態假定條件（相當於口語的「……ても」、「……でも」）：

(1) 此美しき夕に立ちて、見れど飽かぬ自然の日日新なるを感ず。（見ても飽きない自然の日日新なのを感じる。）於此美麗之黃昏，佇立觀望，遂有大自然日日新景象百看不厭之感。

-266-

《晚秋佳日》

(2) 明は以て秋毫の末を察するに足れ**ども**而も輿薪を見ず。（足りても……。）明足以察秋毫之末而不見輿薪。《孟子》

(3) 千年萬年とちぎれ**ども**やがて離るる中もあり（契れても〈約束しても〉……。）縦言海誓山盟，然亦有瞬間毀約者。《平家物語》

3. 表示單純的接續：

船にある男ども、國に告げたれ**ども**國の司まうでとぶらふにも、え起き上がり給はで、船底にふし給へり。（告げたけれども、国の役人が来て訪れたにも起き上りなさらないで船の底に伏していらっしゃった。）船上家臣通告當地官府，官吏即來問候。然〈大納言〉已不能起，而臥於底艙。《竹取物語》

【注】「**とも**」表示逆態假定條件時，有對產生的相反後果表示推測的意思，即有一種未然性。如：

死す**とも**已まじ。（死んでも止まないだろう。）〈縦〉死〈恐亦〉不罷休。

「**ども**」表示逆態假定條件時，是說明所產生的相反後果有一種必然性。如：

君子身死すれ**ども**その志を改めず。（死んでもその志を改めない。）君子雖死不易其志。

（五）「も」（接在用言連體形下）

1. 表示逆態接續（在近代文言中，作爲「文法上的容許事項」可以代替「**とも**」或「**ども**」）：

(1) 十時ころに到る**も**こがらしは猶止まず。（十時ころに到っても凩はなお止まない。）至十時許，秋風猶未止。《秋風》

(2) 葉も穂も白く枯れて、夕風に亂れ、夕日に閃めける固に好きも、余は更に其新に穂を抽ぐ頃の美しきを愛す。（夕日に閃めているのはまことに良いものだが……。）葉、穂皆白枯，於晚風中亂舞、於夕陽下閃耀之狀固佳，然余更愛其新抽穗時之美也。《芒草》

(3) 渴するも盜泉の水を飲まず。（渴しても〈のどが渴いても〉盜泉の水を飲まない。）渴不飲盜泉水。陸機：《猛虎行》

【注】用「も」代替「とも」或「ども」有時易生誤解。如：

(1) 請願書は會議に付するも（付すとも？）（付すれども？）之を朗讀せず。文部省告示：《文法上容許事項・十五》

(2) 給金は低きも（低くとも？）（低ければども？）應募者は多かるべし。文部省告示：《文法上容許事項・十五》

「も」如代替「ども」，則例句(1)可譯成"申請書即使送交會議亦不宣讀。"；例句(2)可譯爲"工資縱然低下，亦可能有不少應募者"。

「も」如代替「ども」，例句(1)可譯成"申請書雖送交會議，但不宣讀。"；例句(2)可譯爲"工資雖低，但會有不少應募者"。

另外「も」也可接在形容詞連用形下代替「とも」。如：

遲くも二十日までに來らむ。（遲くとも二十日までに来よう）至遲於二十日以前來此。

2. 表示單純的接續：

生ては當に復來り歸るべし。死するも當に長く相思ふべし。（死するが〈死んでも〉……相思うであろう。）生當復來歸，死當長相思。（蘇武詩）

— 268 —

（六）　「が」（接在用言及助動詞特別是完了、過去等助動詞的連體形下）

1.　表示逆態確定條件（相當於口語的「のに」、「けれども」）：

(1)　良久しく耳傾けしが、物音ばったり絶えたるに、失望の色顔にあらはれ……。（耳を傾けたけれども、物音がばったり絶えたので……。）傾聽良久，而聲突斷，故臉上顯出失望之色……。《灰燼》

(2)　七八間行過ぎしが忽ちふりかへり「甚兵衛」……。（七八間行き過ぎたが……。）走過七、八間遠，忽然回首喚道："甚兵衛！"《灰燼》

(3)　昔より多くの白拍子ありしがかかる舞はいまだ見ず。（昔から多くの白拍子はあったがこんな舞はまだ見たことがない）自古雖多白拍子〈舞〉，但如此之舞則未見之。《平家物語》

2.　表示單純的接續（相當於口語的「……が」）：

(1)　源叔父はしばしこのさびしき音を聞き入りしが太息して家内を見まはしぬ。（音に聞きいったが溜息して家内を見まわした。）源叔父聞此凄凄之聲即長嘆而環視屋內。《源叔父》

(2)　女ふたりありけるが、姉は人の妻にてありける。（娘が二人いたが、姉は人の妻であった。）有女二人，姐已出嫁。《宇治拾遺物語》

(3)　陰陽師有宗入道鎌倉より上りて尋ねまうで來りしがまづさし入りて……と諫め侍りき。（尋ねてやってきたが……と諫めました。陰陽師有宗入道曾自鎌倉赴京訪吾，入門來即勸吾

日……。《徒然草》

（七）　「に」（接在用言和助動詞連體形下）

1.　表示逆態確定條件（相當於口語的「のに」、「けれど
も」）：

　　(1)　資を得て修むる所あらむとせしに病患また發し、吾は
せめて故山の土とならむとて歸り來りぬ。（業を修めようとした
けれども……私はせめて故郷の土となろうと思っと帰ってき
た。）得資後將獲學習之機，但舊病復發，吾意欲死於故土，遂回
國。《懸崖》

　　(2)　十月晦なるに紅葉散らで盛りなり。（十月晦日にな
るが、紅葉は散らないで盛んだ。）已十月末，紅葉仍甚茂密而未
脫落。《更級日記》

　　(3)　日暮れかかるに泊まるべきところ遠し。（日が暮れか
かったのに泊まるはずの所は遠い。）日將暮，欲宿之處尙遠。
《十六夜日記》

2.　表示順態確定條件，即原因或理由（相當於口語的「……か
ら」、「……ので」）：

　　(1)　月の明きに彼等の得眠らぬなるべし。（月が明いから、
彼等は眠られないのでしょう。）〈因〉月明，彼等定難入睡。
《良宵》

　　(2)　余に名づくるに國士を以てし、余を眷みるに嘉姻を以
てす。（私を名ずけるに……私を顧みるに……。）名余以國士，
眷余以嘉姻。潘岳：《懷舊賦》

（3）　夜の更くるに急げや進め。（夜が更けたからいそいで進め！）夜深矣，火速前進！《平家物語》〔「や」是感嘆助詞，見284頁。〕

（4）　あまりに憎きに、その法師をばまづ斬れ。（あまり憎いからその法師を先に斬れ！）因甚可恨，先斬該僧！《平家物語》

3.　表示單純的接續（相當於口語的「すると」、「したところ」）：

（1）　公園に行けるに友に逢へり。（公園に行ったところ、友に合った。）去公園時曾遇友人。

（2）　だから、竹を畫くに必ず先づ成竹を胸中に得……。（竹を画くには……。）故畫竹，必先得成竹於胸中……蘇軾：《文與可畫簀簹谷偃竹記》

（3）　命あるものを見るに、人ばかり久しきはなし。（命のあるものを見て見ると人間くらい〈命の〉久しいものはない）茲觀有生命者，未有如人之長壽者也。《徒然草》

（4）　かぐや姫あやしがりて見るに鉢の中に文あり。（あやしがって見ると鉢の中に手紙がある。）赫奕姫頗感詫異，觀之則見鉢中有書一封。《竹取物語》

（八）　「を」（接在用言、助動詞的連體形下）

1.　表示逆態確定條件（相當於口語的「……が」、「……のに」）：

（1）　雨降るを傘もささず。（雨が降るのに傘もささない。）下雨亦不撐傘。

(2) 來むとありしを……。（来ようといったが……。）雖言
欲來，但……。《更級日記》

(3) 八重櫻は奈良の都にのみありけるをこのごろぞ世に多
くなり侍るなる。（奈良の都にだけあったのにこのごろでは世間
に多くなっているよ）牡丹櫻原僅奈良都一地有之，然近來世間多
所見矣。《徒然草》

2. 表示順態確定條件（相當於口語的「……から」、「……の
で」）：

(1) 暴風襲來の兆あるを戸締りよくせよ。（兆があるから
戸締りをよくせよ〈しなさい〉）因有暴風襲來之兆，務須關緊門
戶！

(2) 明日は物忌みなるを門つよくささせよ。（明日物忌だか
ら門をつよくささせよ〈とざしなさい〉。）明日爲齋戒之日，故
須將門緊閉！《蜻蛉日記》

(3) 孫晨は冬の月衾なくて、藁一束ありけるを、夕べには
これに臥し、朝には収めけり。（衾がなくて、一束の藁があっ
たので……朝には収めた。）孫晨冬月無衾，僅藁一束，夜臥藁，
晨收拾。《徒然草》

3. 表示單純的接續（相當於口語的「……が」、「ところ
が」）：

(1) 垂れこめてのみ日を經るを、ある人まうで來て……。
（日を経るが……。）深居簡出之中，某人來訪……。《琴後集》

(2) この皮は唐土にもなかりけるを、辛うじて求め尋ねえた
るなり。（この皮は唐国にも無かったが……得たのである。）此

皮中國亦無，吾竭力求之始得也。《竹取物語》

(九) 「て」（接在用言及助動詞連用形下）

1. 表示兩種動作、狀態先後繼起：
　　(1)　寒を忍びて暫く立ちて見よ。（立って見よ。）請忍寒
暫立觀之！《近日富士山之黎明》
　　(2)　エリスが母は郵便の書狀を持て來て、余にわたしつ。
（私にわたした。）艾莉絲之母持信交吾。《舞姬》
　　(3)　この港の工事半ば成りしころ、われら夫婦島よりここ
に移りてこの家を建て今の業を始めぬ。（工事が半ば成った〈出
來上った〉ころ、われら夫婦は島からここに移って……今日の仕
事を始めた。）此港工程半成之際，我夫婦自島移此安家始操今日
之業。《源叔父》
　　(4)　時に首を矯げて遐かに觀る。時矯首而遐觀。《歸去來
辭》
　　(5)　蝶兒來りて舞ひ、蟬來りて鳴き、小鳥來り遊び、秋蛩ま
た吟ず。（吟じる。）蝶兒來舞，蟬來鳴，小鳥來耍，秋蛩亦吟。
《吾家財富》
　　(6)　その終焉に臨みて畫く所の鯉魚數枚を取りて湖に散
せば、畫ける魚紙繭を離れて水に遊戲す。（湖に散すと〈絵に〉
画いてある魚は紙繭を離れて水に遊戲する。）臨終取所繪鯉魚數
尾投於湖，畫魚破紙而出迴遊水中。《雨月物語》

2. 表示單純的接續（相當於口語的「……して」、「そし
て」）：

（1）　余は頭を垂れて歩みぬ。（垂れて歩いた。）余垂頭而
去。《可憐兒》

（2）　寺古りて梅三二本。月あらば更に好し。（月があったら
更に好い）寺古，有梅二、三株。有月更佳。《梅》

（3）　願はくは雙鳴鶴と為り、翅を奮ひて起ちて高く飛
ばん。（高く飛ぼう。）願爲雙鳴鶴，奮翅起高飛。（古詩十九首
之五）

3. 表示順態接續即原因或理由（相當於口語的「……ので」、
「……から」）：

（1）　われこの翁を懷ふ時は遠き笛の音ききて故郷戀ふる
旅人の情、動きつ。（遠い笛の音をきいて〈きいたので〉故郷
を思う旅人の情は動いた。）吾懷念此翁時，〈因〉遠聞笛音而思
故郷之遊子心情爲之動矣。《源叔父》

（2）　十日さはることありて登らず。（さし障りがあったので
登らない。）〈二月〉十日因故未登岸。《土佐日記》

4. 表示逆態確定條件（相當於口語的「ても」、「けれど
も」）：

（1）　事情を知りて言はず。（知っていても言わない。）知
情不言。

（2）　あるひは矢負って、いまだ弓を持たぬものあり。（まだ
弓を持たないものがいる。）亦有負矢而未持弓者。《平家物語》

（3）　汝姿は聖人にて心は濁りに染めり。（姿は聖人で
あっても心は濁りに染まっている。）爾身雖爲僧侶，而心已爲濁
世所染。《方丈記》

⑷　國破れて山河在り、城春にして草木深し。（国は破られ
てしまったけれども山河は〈依然して〉存し……。）國破山河在
城春草木深。杜甫：《春望》

5.　表示並列：

⑴　春になれば花も咲きて鳥も鳴く。（春になると……。）
及至春天，花亦開、鳥亦鳴。

⑵　風勁くして角弓鳴り、將軍渭城に獵す。（風が強く
吹いて、角弓が鳴り、将軍が渭城に猟をする。）風勁角弓鳴，將
軍獵渭城。王維：《觀獵》

⑶　柳は氣力無くして枝先づ動き、池は波紋有りて氷
盡く開く。（柳は気力を失って……。）柳無氣力枝先動，池有
波紋冰盡開。白居易：《府西池》

⑷　雄島が磯は地つづきて海に出でたる島なり。（雄島が磯
は地がつづいて海にでた島である）雄島磯乃與地相連而入海之島
也。《奥州小道》

⑸　近うて遠きもの……遠くて近きもの……。近而遠者……
遠而近者……。《枕草子》

6.　下接補助動詞構成詞組：

⑴　嫗塗籠の内に、かぐや姫を抱かへてをり。翁も塗籠の
戸さして戸口にをり。（抱えている。翁も塗籠の戸を鎖して戸口
に〈守って〉いる。）老嫗於土屋中緊抱赫奕姫，老翁鎖門而守於
門口。《竹取物語》

⑵これは武蔵の國隅田川の渡し守りにて候ふ。（私は……
渡し守りであります。）吾乃武藏國隅田川之船夫也。《謠曲・隅

田川》

(3) 御身は疲れさせたまひて候ふ。（御自身は疲れていらっしゃいます。）貴體倦矣。《平家物語》

（十）　「して」（由「サ變」動詞「す」的連用形「し」加接續助詞「て」複合而成，接在形容詞、形容動詞和助動詞「なり」、「たり」、「ず」、「べし」等連用形下）

1.　表示順態確定條件即原因或理由（相當於口語的「……て」、「……で」、「……ので」）：

(1)　空氣重く、蒸し暑くして、西の空は銅色に見え……。（むし暑くて……。）空氣重、悶熱、故西方天空似呈銅色……。《高根山之風雨》

(2)　江碧にして鳥逾白く、山青くして花然えんと欲す（萌えようと欲する）江碧鳥逾白，山青花欲然。杜甫：（絕句二首之二）

(3)　これは鈍くして、過ちあるべし。（これは鈍いから過ちがある〈過ちをおこす〉だろう。）此馬性劣，故易生差錯。《徒然草》

(4)　雨朦朧として鳥海の山かくる。（鳥海の山が隠れる。）細雨矇矓，故鳥海山隱而不見。《奧州小道》

2.　表示逆態確定條件（相當於口語的「……のに」、「ではあるが」）：

(1)　水路きはまるが如くにしてまた忽ち開く。（水路が窮まったかのように見えるが……。）航路似斷，忽又暢通。

(2) 夜參半にして寐ねられず、悵として盤桓して以て反側す。（夜は參半であったが眠られなくて……。）夜參半而不寐兮，悵盤桓以反側。王粲：《登樓賦》

(3) 頭は蓬のごとくして梳づるに暇あらず……。（蓬のようになったが髮を梳ずるに暇がなく……）頭蓬不暇梳……。楊雄：《長楊賦》

(4) 藝能、所作のみにあらず、大方の振舞、心遣ひも、愚かにして慎めるは得の本なり。（藝能、所作だけでなく、一般の振舞、心遣も愚かではあるが慎んでいるのは得の本である。）不僅技藝、工作，即一般舉止、思慮亦然，愚拙而慎重乃成功之本也。《徒然草》

3. 表示單純的接續（相當於口語的「……て」、「……で」）：

(1) 彼の遺骸は一個の唯物論者として、かの栗の木の下に葬られたり。（栗の木の下に葬られてある。）彼之遺骨作爲一個唯物主義者而葬於彼栗樹下。《暮志銘》

(2) 請ふ瞬かずして見よ。（瞬かないで見よ）請定睛觀之！《近日富士山之黎明》

(3) 緑樹陰濃かにして夏日長し。樓臺影を倒にして池塘に入る。緑樹陰濃夏日長，樓台倒影入池塘。高駢：《山亭夏日》

(4) 松島は扶桑第一の好風にしておよそ洞庭、西湖を恥ぢず。（扶桑第一の好風〈の地〉で……。）松島風光冠日本，〈其秀麗〉毫不遜於洞庭、西子二湖。《奧州小道》

(5) 飢ゑず、寒からず、風雨に侵されずして、閑かに過すを樂しびとす。（風雨に侵されないで……。）不饑、不寒、不為風

雨所襲，而以安閑度日為樂。《徒然草》

4. 表示並列：

(1) 碧空朗らかにして日光晶々たり。（日色は晶としている。）碧空朗朗、陽光晶晶。《寒風中之湘海》

(2) 空氣はうつとりとして重し。恰も春陰に似たり。（うつとりとして重い。恰も春陰に似っている）空氣陰鬱且重，恰似春陰。德富蘆花：《秋雨之日》

(3) 水深くして浪浪闊し、蛟龍をして得しむる無れ。（水も深く、波も広い。蛟竜をして得しめるな。）水深波浪闊，無使蛟龍得。杜甫：《夢李白》

(4) 人の才能は文明らかにして、聖の教を知れるを第一とす。（文を明らかにして、聖の教を知っていることを第一とする。）人之才能則以精通經書，明達聖賢之教為首要。《徒然草》

(十一) 「で」（由否定助動詞「ず」加接續助詞「て」複合而成，ずて──→ずんて──→ずで──→で。）

「で」接在動詞未然形下表示否定的接續（相當於口語的「ないで」、「なくて」、「ずに」）：

(1) この交際の疎きがために、彼人々は唯余を嘲り、余を嫉むのみならで、又余を猜疑することとなりぬ。（私を嫉むことだけではなくて、まだ私を猜疑することとなった。）由於此種交往不密，彼等不僅嘲余、嫉余、且疑余也。《舞姫》

(2) え逢はで歸りけり。（逢うことができなくて帰った。）未能會晤〈不遇〉而歸。《伊勢物語》

(3) 雪降らで、雨の搔き暗し降りたる。（雪が降らないで、雨が〈空を暗くして〉降っている。）天色昏暗，不降雪而降雨。《枕草子》

（十二）　「つつ」（接在動詞、助動詞連用形下）

1. 表示經常反復進行某項動作：
(1) 腋よりは蟋蟀の足めきたる肱現はれつ、わなわなと戰慄ひつつゆけり。（腋からは蟋蟀の足めいている肱が現われたりなどして、わなわなと戰慄えながら行った。）腋下露出之肘宛似蟋蟀之足，不住戰慄而去。《源叔父》〔「つ」也是接續助詞。〕
(2) 軒を爭ひし人の住まひ日を經つつ荒れゆく。（軒を爭った人の住居は日がたつにつれて荒れてゆく。）鱗次櫛比之豪舍日復一日閑置無用。《方丈記》
(3) 野山にまじりて竹を取りつつ、よろづの事に使ひけり。（竹を取り、竹を取りして、万の事に使った。）翁常劈野入山伐竹，製各種器具。《竹取物語》

2. 表示兩種動作同時進行（相當於口語的「ながら」）：
(1) 鐵砲の掃除しつつ聲高に語るあり。（掃除をしながら声高く語っているのもいる。）亦有邊擦槍邊高聲交談者。《櫻》
(2) 白鷄三羽來りて紅の冠を搖かしつつ、俯して銜み仰いで飲めば其影も亦水にあり。（冠を搖かしながら俯して銜み、仰いでは飲むから……。）三隻白雞走來，邊搖擺紅冠，邊俯食仰飲，故其影亦映於水中。德富蘆花：《檐溜》

(3) かくあるを見つつ漕ぎゆくまにまに山も海もみな暮れ……。（このようにあるのを見ながら漕いで行くうちに……〈暗くなり〉暮れて……。）如此邊遠眺美景，邊駕舟前行之中，山、海皆披暮色……。《土佐日記》

(4) 「われこそ山だちよ」といひて走りかかりつつ斬りまはりけるを、あまたして手負ほせ、打ち伏せて縛りけり。（「おれが山賊ぞ」といって走りかかりながら斬り廻ったので……傷を負わせ、打ち伏せて縛った。）〈其人〉喊道："示即山賊！"遂邊跑邊亂殺人。故眾人將其打傷，按倒縛之。《徒然草》

3. 表示逆態確定條件（相當於口語的「……が」、「ながら」）：

(1) 知りつつ行はず。（知っているが行わない。）知而不行。

(2) 道を説きつつ自らは行はんともせず。（道を説きながら、自らは行おうともしない。）大講道理，但自己卻不實行。

4. 表示動作的進行態（相當於口語的「ている」）：

(1) 子を負ひたる老婆、松葉、松子、枯枝を拾ひつつあり。（子を負っている老婆は……拾っている。）背負小兒之老婦在拾松葉、松塔、枯枝。《初春雨》

(2) 冬の夜は翁の墓に霰　降りつつありしを。（霰が降っていたよ。）〈數年後之〉冬夜，霰正降於翁墓上。《源叔父》

(3) わくらばに訪ふ人もなき我が宿は夏木立のみ生ひしげりつつ。（生いて茂っている。）門無偶訪客，唯有綠蔭叢。（良寛作）

(4) 君がため春の野にいでて若菜つむわが衣手に雪は降りつつ。（春の野に出て若菜をつむ私の衣に雪が降っている。）初春去郊野，爲君採嫩荣，飛來片片雪，沾濡妾衣袖。《古今和歌集》

(十三) 「つ」（是由助動詞「つ」轉化來的，接在動詞連用形後）

1. 表示列舉或並列（相當於口語的「たり……たり」、「し」）：

(1) 夜は更けたり。雪は霰と變り、霰は雪となり降りつ止みつす。（夜は更けた。……霰は雪となって降ったり止んだりしている。）夜深矣。雪變霰、霰變雪，或降或止。《源叔父》

(2) 細き枝に蠟燭の焰ほどの火燃え移りて代る代る消えつ燃えつす。（消えたり燃えたりしている。）燭焰般之火花點燃細枝，一枝接一枝燃有滅。《源叔父》

(3) 心、身の苦しみを知れれば、苦しむ時は休めつ、まめなれば使ふ。使ふとても、たびたび過さず。（〈私の〉心は身の苦しみを知っているので、苦しい時は休めるし、元気であれば使う。使うといっても度を過すことはない。）吾深知身體辛苦，故倦時使之休息，健時使之操勞。雖勞，但不過度。《方丈記》

2. 表示兩種動作同時進行（相當於口語的「ながら」）：
源叔父は……巡禮謠を微かなる聲にてうたひ聞かせつ、あはれと思はずやといひて、みづから泣きぬ。（巡礼謡を微かな声で歌って聞かせながら、あわれと思わないかと言って、自ら泣い

た。）源叔父……邊輕聲唱巡禮謠與其（紀州）聽，邊問道："不
覺悲乎？"遂自泣之。《源叔父》

3. 表示逆態接續（相當於口語的「が」、「ながら」）：
　　　翁はあはてて懐中よりマッチ取り出し、一摺すれば一間の
うちにはかに明くなりつ、人らしき者見えず、しばししてまた暗
し。（一摺すると一瞬の間は俄かに明くなるが、人らしい者が見
えず、しばらくしてまた暗い〈闇にかえる〉。）翁忙自懷中取出
火柴擦之，屋中頓即明亮，然未見有人，瞬間復暗。《源叔父》

（十四）　「ながら」（接在體言、動詞、否定助動詞「ず」
的連用形和形容詞的終止形下）

1. 表示兩種動作同時進行（相當於口語的「ながら」）：
　　　(1)　武男は千千岩と並びて話しながら行くあとより浪子は
從ひて行く。（話しながら行くあとから……）武男與千千岩並
肩而語，彼等邊談邊行，浪子隨行其後。《不如歸》
　　　(2)　日は雲を穿ちて曇りながら小坪の山に落ちぬ。（小坪の
山に落ちた）日穿雲間，曚曨中落入小坪山。《相摸灘之晚霞》
　　　(3)　真乘院に盛親僧都とて……芋頭といふ物を好み
て……膝元に置きつつ食ひながら、文をも讀みけり。（膝もとに
置いてそれを食べながら文をも読んだ。）眞乘院有一僧都名盛
親……喜食芋頭……嘗置於膝，邊食邊誦經文。《徒然草》

2. 表示逆態確定條件（相當於口語的「のに」、「けれど
も」）：
　　　(1)　郷士ながら舊藩主奧平家にても殆ど客分の待遇なり

しと云う程の舊家。（郷士であるけれども……客分の待遇であったという程の旧家である。）雖爲郷士，但於舊藩主奧平家幾乎享有客人之待遇。《灰燼》

(2) 冬の夜寒むに櫓こぐをつらしとも思はぬ身ながら粟だつを覺えき。（つらいとも思わない身体であるのに粟立つのを覚えた。）彼甚至寒冬之夜搖櫓亦不覺苦，但〈此刻〉亦冷而發抖矣。《源叔父》

(3) 昔男ありけり。身はいやしながら母なむ宮なりける。（昔、男がいた。身は卑しいけれども、母は皇族であったよ。）昔有一人，官位雖低，然母係皇族。《伊勢物語》〔「なむ」是係助詞，見259頁；「ける」是詠嘆助動詞「けり」的連體形，見203頁。〕

3. 表示動作的繼續（相當於口語的「……のままの状態で」：
(1) 人風雪に閉ぢられ、斯くて降りながら夜に入りぬ。（こうして降るままに夜になった。）人爲風雪所阻，如此降而不止已入深夜。德富蘆花：《雪天》

(2) 人は生れながらにして、貴賤、貧富の別なし。（人は生れたままに、貴賤、貧富の別がない。）人生來並無貴賤貧富之分。《勸學篇》

(3) 母子の永く隔たることを痛み、伉儷の生きながら離るるを哀しむ。（伉儷の生きていながら離れることを哀しむ）痛母子之永隔，哀伉儷之生離。《鸚鵡賦》

(4) 立も上らず、居ながら討死してんげり。（座ったままで討死してしまった。）力盡難立，坐而陣亡。《平家物語》〔「げ

り」是過去助動詞「けり」上接「ん（む）」時發生的音便形。〕

4. 接數詞下有「都、盡、全部」的意思（相當於口語的「すべて」）：

(1) 結髮して夫妻と為り、恩愛兩つながら疑はず。結髮爲夫妻，恩愛兩不疑（蘇武詩）

(2) 之を離るれば則ち雙び美しく、之に合すれば則ち兩つながら傷る。（之を離れると……之に合すると両方とも……）離之則雙美，合之則兩傷。陸機：《文賦》

【注】「ながら」接在體言下，也有人主張是副助詞或接尾詞

(十五) 「や」（接在動詞連體形下）

「や」接在動詞連體形下表示動作繼起，相當於口語的「……と」、「……と同時に」

(1) 初め日の西に傾くや、富士を初め相豆の連山、煙の如く薄し。……。

日更に傾くや富士を初め相豆の連山次第に紫になるなり。（西に傾くと……煙のように薄い。……日が更に傾くと……紫になるのである。）初，日西斜，富士山及相豆山脈薄如煙。……。日更傾，富士山及相豆山脈漸呈紫色。《相摸灘之落日》

(2) 人のまさに死せんとするやその言よし。鳥のまさに死せんとするやその鳴くこと哀し。（人がまさに死のうとすると……。）人之將死，其言也善。鳥之將死，其鳴也哀。《論語》

【注】「や」自中世以後，常以「……や」、「……や……や」的形態作爲並列助詞使用。如：

(1) 内裏や御所などと云ふ所……。（内裏と御所などという所……。）内裏與御所等處〈皆指皇宮〉……。《三體詩絶句抄》

(2) 父や母がある歟。（父〈と〉母がいるか。）有父〈與〉母乎？《史記抄》

(3) 女房や童やなんどの……。（女房〈と〉子供などが……。）婦孺等……。《古文眞寶抄》

(4) あそこここの溝や堀やにぞ捨て置きける。（あちこちの溝と堀とに捨てて置いた）棄於各處溝渠之中。《平家物語》

（十六）　「ものの」、「ものを」、「ものから」、「ものゑ」（由形式名詞「もの」與助詞「の」、「を」、「から」及名詞「ゑ」複合而成，都接在連體形下）

1.　表示逆態確定條件（相當於口語的「……のに」、「けれども」）：

(1) 君來むといひし夜ごとに過ぎぬれば頼まぬものの戀ひつつぞ經る。（君が来ようと言った夜ごとに〈来ずに〉過ぎたので、頼まないけれども、恋しく思いながら日は経ていくのだ。）君言欲前來，夜夜皆未至，雖不再奢求，卻在戀中度。《伊勢物語》

(2) 生れしも歸らぬものをわが宿に小松のあるを見るが悲しさ。（生れた子さえ帰らないのに……見るのが悲しいことだ。）有子不歸，引人懷思，庭前小松，望之生悲。《土佐日記》

(3) 月は有明にて光をさまれるものから富士の峰かすかに見えて……。（月は有明で、光は収まったけれども、富士の峰が

微かに見えて……。）月殘光淡，然富士山朦朧可見……。《奥州
小道》

(4)　待つ人も來ぬ**ものゆゑ**に 鶯 の鳴きつる花を折りてける
かな。（まつ人も来ないのに，鶯が鳴いていた花〈のある枝〉を
折ってしまったよ。）空有盛開梅，惹鶯朝枝啼，待君君不至，折
花且寄語。《古今和歌集》

2.　「ものから」、「ものゆゑ」表示順態確定條件（相當於口語
的「……ので」）：

(1)　さすがに邊土の遺風忘れざる**ものから**殊 勝 におぼえら
る。（遺風が忘れられないから殊勝に覚えられる。）終不失郷里
固有遺風，故感可欽。《奥州小道》

(2)　「親、君と申すとも、かくつきなき事を仰せ給ふこと」
と、ことゆかぬ**ものゆゑ**、大納言をそしりあひたり。（「親や君
だと申してもこんなつきない事を仰せつけられること」と、いけ
ないことなので、大納言をそしり合った。）即或父母、君王說出
如此不通情理之事，亦無法理解、故皆咒罵大納言。《竹取物語》

【注】「ものを」也可表示順態確定條件，但結句用「ものを」則多表示詠
嘆，可看做感嘆助詞（終助詞），相當於口語的「よ」。如：
(1)　散りぬれば戀ふれどしるしなき**ものを**今日こそ櫻 折らば折りてめ。
（散ってしまえば、恋うけれども、しるしがなくなるから、今日こそ桜を折れば
〈必ず〉折るだろう。）櫻花凋謝空懷念，今日如折即折之。《古今和歌集》
〔「ものを」表示順態確定條件。〕
(2)　猫又になりて人とることはあなる**ものを**。（猫またになって人をくうこ
ともあるものだそうだよ。）據聞〈附近之貓〉亦有變成貓精而食人者。《徒然
草》〔「ものを」是感嘆助詞。〕

【附】

名詞「間」、「處」也可做接續助詞用，尤其在「候文」中常見。「間」是順態接續，相當口語的「……故」、「……から」；「處」爲逆態接續，相當於口語的「……が」、「然るに」、「そうであるのに」。

(1) あまりに申し勸むる間加樣に見參しつ。（すすめ申すからこのように見參した。）因極力勸說，故如此謁見。《平家物語》

(2) 明日別に會議有之候間缺席致候。（別に会議がありますから、缺席いたします。）明日另有會議，故不能出席。

(3) 心がかりに存じ居り候ふ處、御手紙拜見、安堵仕り候ふ。（存じておりましたが、お手紙を拜見して、安堵いたしました。）甚爲懸念，然拜讀來函遂放心矣。

(4) 久しく病氣にて引き籠り居り候處、今回全快致し候間御安心下され度候。（病気で引きこもっておりましたが今度全快いたしましたから御安心下さいませ。）久病家中，〈然〉今已痊癒，〈故〉敬希釋懷！

【練習二十四】

1. 判別下列句中的「が」、「に」、「を」、「して」各屬哪類詞，並譯成中文：

(1) ① 冬に咲くがおもしろきなり。
　　② ここかしこ探したるが見えざりき。

(2) ① 言はぬは言ふにまさる。
　　② わざわざ訪ひしに不在なりき。
　　③ 友は去りにき。

$$(3)\begin{cases}① & 苦しきをしのぶ。\\② & 年なほ若きをいかでさる任に堪へむ。\end{cases}$$

$$(4)\begin{cases}① & 月明かにして星稀なり。\\② & 理由を明かにして要求を述べよ。\end{cases}$$

2. 將下列短文譯成中文：

《竹取物語》の梗概

讚岐の造麿と呼ぶ翁あり。竹を取ることを業とす。ある日光る竹の中より三寸ほどの女兒を見附けて之を養育せるに三個月にて、年頃の娘となりぬ。その美しさは、家の内輝くほどなれば名を赫奕姫と呼ぶ。この姫に懸想する者甚だ多く、各々姫を得んとて、甚だつとむ。就中五人のもの特に熱心なり。されど、姫は難題を設けてその事成らずば從はじといふ。即ち各種の寶を得きたれといふ。固より得べからざるの寶なれば、或は贋物を造り來りて、その事あらはれ、或は寶を求めんとして失敗に歸し、皆その志を遂ぐるを得ず。かくてある中に姫の美貌が帝に聞かせ、帝は之を入內せしめんとすれど依然として從はず。のみならず、月を見ては怏怏としてなげく。翁嫗その故を尋ぬれば、泣く泣く答へて曰く、「我はもと月世界の天女なるが、罪を得てこの下界に下れり。されど、その期間も滿たれば來る八月十五夜に天使に迎へられて天に昇るなり。」と、翁嫗はその昇天を止むるに狂へるは勿論、帝も六衛府の兵力を以て、その昇天を防げども、兵の手足萎えて戰ふを得ず。遂に姫は昇天せり、その昇天に際し、不死の靈藥と御文とを帝に奉る。されど、帝は靈藥も何かはせんとて、之を駿河の高山の頂にて燒矢せしむ。よりてその山を富士の山と稱し、今にその煙絶えずと。

三、係助詞

係助詞有「は」、「も」、「や（やは）」、「か（かは）」、「ぞ」、「なむ」、「こそ」等，附在各種詞類下表示強調、疑問、反問等語氣。

係助詞要求句子用謂語的一定的活用形結句，形成上下呼應關係。從這種呼應關係上講，係助詞可稱爲「係詞」，其相應的結句

形態（活用詞的終止形、連體形、已然形等）可稱爲「**結詞**」。文法上稱係詞與結詞的呼應規律爲「**係結法**」。如下表：

係詞（係助詞）	職　　能	結詞（結句形態）
は	強　　調	終　止　形
も		
や（やは）	疑問・反問	連　體　形
か（かは）		
ぞ	強　　調	
なむ		
こそ		已　然　形

例句：

(1)　殺生石<ruby>は<rt>せっしょうせき</rt></ruby>温泉の<ruby>出<rt>いで</rt></ruby>づる<ruby>山陰<rt>やまかげ</rt></ruby>に**あり**。（殺生石は温泉の でる山陰にある。）殺生石位於有溫泉之山陰。《奧州小道》

(2)　<ruby>君<rt>きみ</rt></ruby>**も**この<ruby>花<rt>はな</rt></ruby>を<ruby>好<rt>す</rt></ruby>きたまふ**らむ**。（君もこの花をお好きに なるだろう。）君或亦愛此花也。《難忘之人》

(3)　ほととぎす**や**<ruby>聞<rt>き</rt></ruby>き<ruby>給<rt>たま</rt></ruby>へ**る**。（ほととぎす〈の声〉はお<ruby>聞<rt>き</rt></ruby> きになったか。）聞杜鵑啼乎？《徒然草》

(4)　<ruby>日暮<rt>じっぼ</rt></ruby><ruby>郷關<rt>きゃうくわんいづ</rt></ruby>何れの<ruby>處<rt>ところ</rt></ruby>**か**<ruby>是<rt>これ</rt></ruby>**なる**。（故郷は何処である か。）日暮郷關何處是？崔顥：《黃鶴樓》

(5)　その<ruby>月<rt>つき</rt></ruby>は<ruby>海<rt>うみ</rt></ruby>より**ぞ**<ruby>出<rt>い</rt></ruby>で**ける**。（その月は海からでた よ。）月自海中出矣。《土佐日記》

(6)　もと<ruby>光<rt>ひか</rt></ruby>る<ruby>竹<rt>たけ</rt></ruby>**なむ**一<ruby>筋<rt>ひとすぢ</rt></ruby>あり**ける**。（根もとの光る竹が一本 あった。）有一棵根部發光之竹。《竹取物語》

(7)　<ruby>神<rt>かみ</rt></ruby>へ<ruby>參<rt>まゐ</rt></ruby>る**こそ**<ruby>本意<rt>ほんい</rt></ruby>**なれ**。（神へ參ることは本意であ る。）參拜神社乃本願也。《徒然草》

【注一】係助詞可以位於格助詞和副助詞之下重疊使用。如：

(1) 貧しきが中にも楽しきは今の生活、棄て難きはエリスが愛。（貧しい中にも楽しいのは今の生活であり、棄てがたいのはエリスの愛である。）貧中〈亦〉有樂乃今日之生活，難捨者艾莉絲之愛也。《舞姫》

(2) 我が生ひ出でし國にては……。（私の生れた国では……。）於吾出生之地……。《更級日記》

【注二】通過上下文關係而能推斷的「結詞」可以省略，這時補上「あり」、「侍り」、「言ふ」、「思ふ」、「聞く」等動詞就能理解文意。如：

世に語り傳ふる事、まことはあいなきにや、多くは皆虚言なり。（世に語り伝えられていることはたわいないものであろうか……。）世間傳聞實屬無聊，多爲無稽之談。《徒然草》〔「にや」下面省略了結詞「あらむ」〕

（一） 「は」（接在體言、用言及助動詞連體形和助詞下，要求終止形結句）：

1. 提出某事物以與其他事物相區別（相當於口語的提示助詞「は」）：

(1) 今日は立春なり。（立春である。）今日立春。《立春》

(2) 朝は晴れたり。（晴れている。）晨晴。《香山三日之云》

(3) 不運の荷を負ふは容易ならん耶。（……を負うことは容易なことだろうか。）身負不幸之重擔豈容易乎？《懸崖》

(4) 人の心は愚かなるものかな。（愚かなものだなあ。）人心愚也。《徒然草》（省略結詞「なり」）

(5)　この歌はある人のいはく橘　清友が歌なり。（橘清友の歌である。）此歌有人謂係橘清友之作。《古今和歌集》

2.　表示對比（常用「……は……は……。」的形式）：

(1)　梅花は香を漬し、椿は　紅　を流す。梅花漬香、山茶流紅。《初春雨》

(2)　氣は　蒸す雲夢澤、波は　撼かす岳陽城。（気は雲夢沢を蒸し、波は岳陽城を撼かす。）氣蒸雲夢澤、波撼岳陽城。孟浩然：《臨洞庭》

(3)　松島は笑ふが如く、象潟はうらむが如し。（笑っているようであり……怨んでいるようである。）松島如笑、象潟如怨。《奥州小道》

3.　表示強調：

(1)　この時、余を助けしは今我同行の一人なる相澤謙吉なり。（私を助けたのは……一人である相沢謙吉である。）此時助余者即今與吾同行者之一相澤謙吉也。《舞姫》

(2)　飲料の茶碗には小さき羽蟲の死骸浮び……。酒杯中浮有小蛾之死骸……。《無止境議論之後》

(3)　「この歌よし」とにはあらねど、「げに」と思ひて、人々忘れず。（この歌がよいというのではないが……。）並非謂“此〈首和〉歌爲佳作”，但人人皆目爲“確實〈不惡〉”而不忘。《土佐日記》

【注一】「は」接在連體形下也可用在句末表示詠嘆，有時與「や」、「も」複合成爲「はや」、「はも」。如：

(1) そはわれも知り候ふは。（それは私も知っておりますよ。）彼事吾亦知也！

(2) あれは、それを奉り鎮め給へりしはや。（ああ、その馬を乗りしずめなさったことですよ。）噫！已將該馬騎服矣。《大鏡》

【注二】「は」也可接在連用形下。如：

(1) 信じはせねど……。（信じはしないが……。）雖不信……。

(2) 波高くは船いださじ。（波が高くては船を出さないだろう。）浪大恐不出航。〔「は」接在形容詞連用形下表示假定條件〕

【注三】「は」在格助詞「を」下發生「音便」為「をば」，表示強調。如：

(1) 立歸りて我をば生したて給ひにき。（私を養い下されてしまった。）〈姑母〉回母家後將吾撫育〈成人〉。樋口一葉：《雪天》

(2) 蒲公英は小さき日をば惜氣もなく、田の畔に撒き散らせり。（撒き散した。）蒲公英將其短暫之一生不惜散擲於田畔。《彼岸》

(3) 人くふ犬をば養ひ飼ふべからず。（人をくう犬をば養い飼ってはならない。）不可飼養咬人之犬。《徒然草》

（二） 「も」（接在體言、用言連體形和助詞下，要求終止形結句。）

1. 提示某一事物表示與其他類同：

(1) 雪の中に長き一生を送る人も、あり。（人もいる）亦有於雪中渡其漫長之一生者。《愛我之歌》

(2) 母も時々ふるさとのことを言ひ出づ。（言い出す。）母親亦時常談起故鄉之事。《愛我之歌》

(3) ……夜は黙然として吾に伴ふ吾影も、あはれなり。（あ

われだ。）……之夜，默然伴吾之影亦可憐也！《晚秋初冬》

(4) 道知れる人もなくて惑行きけり。（道を知っている人
もなくて惑って行った。）亦無識途者，故迷失方向矣。《伊勢物
語》

2. 表示並列：

(1) 海も山も未だ睡れるなり。（まだ眠っているのだ。）
海、山尚處於沉睡之中。《近日富士山之黎明》

(2) 其年を記せず、其日を記せず、前もなく、後も なし。
（前もなれば、後もない。）不記其年、不記其日，既無前、亦無
後。德富蘆花：《海運橋》

(3) 立春の夕、地も天も蕩然として融けむとす。（融けよ
うとする。）立春之黄昏，天、地蕩然欲融。《立春》

(4) 紀州は親も兄弟も家もなき童なり、われは妻も子もな
き翁なり。（童であって……翁である。）紀州乃無雙親、無兄
弟、無家之孩童，吾乃無妻、無子之老人。《源叔父》

(5) 明も見ざる所有り、聰も聞かざる所有り。（所があっ
て……所がある。）明有所不見，聰有所不聞。《答客難》

(6) 和歌、あるじもまらうどもことひともいひあへりけ
り。（いいあっていた。）主、客及他人皆互詠和歌。《土佐日
記》

(7) 十月、小春の天氣、草も青くなり、梅もつぼみぬ。
（梅も蕾んだ）十月小春天氣，草亦青、梅亦含苞待放。《徒然
草》

3. 表示添加：

(1) 夏は夜。月のころさらなり、闇もなほ。（闇もなほ〈趣きがある〉。）夏夜引人，月夜無須贅言，黑夜亦美。《枕草子》〔省略結詞「をかし」〕

(2) 冬はつとめて、雪の降りたるは言ふべきにもあらず。（雪の降っている〈朝〉はいうまでもない。）冬晨甚佳，降雪之晨更不待言。《枕草子》

4. 表示強調：

(1) 漁舟　鷗よりも　小なり。（小である。）漁舟比鷗更小。《初春之山》

(2) 十時頃に到るも、凩は猶止まず。（止まない。）至十時許，秋風猶未止。《秋風》

(3) さしも廣大なる上田の家も一夜灰燼となり。（あれほど広大な上田一家〈まで〉も……。）甚至如此大戶之上田家，一夜之間亦化爲灰燼。《灰燼》

(4) 手には何の污點もなかりき。（汚点もなかった。）手上無任何污點。《懸崖》

(5) 苛政は虎よりも　猛なり。（獰猛である。）苛政猛於虎也。《禮記・檀弓》

(6) ほどなく年暮れて、春にもなりにけり。（やがて年が暮れて春にもなったよ。）轉瞬歲暮，已入新春！《十六夜日記》

【注】用「も」結句時表示詠嘆，本書另列爲感嘆助詞，見283頁。

（三）　「や（やは）」（是文言中獨有的係助詞）

「や」接在體言、用言和助動詞的終止形及助詞下，可用在句中或句末，用在句中時要求連體形結句。但在近代文言中，不論在句中或句末都可接在連體形下。

1. 表示疑問或質詢：

(1) 垢にて歳も埋れはてしと覺ゆ、十にや將十八にや。（年も垢で埋れはてたように思われる。十才なのであろうか、十八才なのであろうか。）〈紀州〉之年齡似爲污垢所掩，十歲乎抑十八歲乎？《源叔父》〔「にや」後面省略結詞「あらむ」〕

(2) 羽州黑山を中略して羽黑山といふにや。（羽黑山というのだろうか。）或許將羽州黑山之“州”字省略稱之爲羽黑山。《奧州小道》〔省略結詞「あらむ」〕

(3) 國のうちに、年老いたる翁媼やある。（年老いた翁、媼がいるか。）國中有年老之翁媼乎？《大鏡》

(4) 汝、もし小督が行方や知りたる。（小督の行方を知っているか。）汝或知小督——高倉天皇之愛姬——之下落？《平家物語》

(5) ほととぎすや聞き給へる。（ほととぎす〈の声〉はお聞きになったか。）聞杜鵑啼乎？《徒然草》

2. 表示反問（用「やは」時，反問的語氣更強）：

(1) 是白百合の神にあらずや。（神ではないか。）此非白百合神耶？（言外之意“是白百合神”）《天香百合》

(2) 西空金よりも黃なるを見ずや。（黃色であることが見えないか。）不見西方上空〈霞光〉比金更黃乎？《相摸灘之落日》

（3）　我渠の父とならば、渠、我の子となりなん、共に幸ならずや。（私は彼の父となれば、彼は私の子となるだろう。共に幸ではないか。）若吾爲彼父，彼爲吾子，非彼此皆幸福耶？《源叔父》

（4）　百鳥豈母無からんや。爾獨り哀怨深し。（百鳥だって母がないだろうか〈ないものはない〉。）百鳥豈無母？爾獨哀怨深！白居易：《慈鳥夜啼》

（5）　嗟乎燕雀安くんぞ鴻鵠の志を知らんや。（鴻鵠の志を知っているだろうか〈知らないのだ〉。）嗟乎！燕雀安知鴻鵠之志哉。《史記・陳渉世家》

（6）　臣獨り何人ぞや、以て長久なるに堪へん。（何人であるか。）臣獨何人，以堪長久。《求自試表》〔「や」後面省略結詞「ならむ」〕

（7）　辻風は常に吹くものなれどかかることや、ある。（吹くものではあるが、このようなことがあるか〈全くない〉。）雖常刮旋風，然〈爲害〉未有如此之甚者。《方丈記》

（8）　さてもやは長らへ住むべき。（そのとおり長らえて住むことができようか。）焉能如此長生而久居之？《徒然草》

（9）　その時悔ゆとも、かひあらんや。（悔いても甲斐があろうか。）彼時〈雖〉後悔，又有何用？《徒然草》

【注】「や」接在體言或用言的終止形、命令形下還可表示感動，本書另列爲感嘆助詞，見284頁。

(四) 「か（かは）」（也是文言中特有的係助詞）

「か（かは）」接在體言、助詞、用言及助動詞的連體形下，可用在句中或句末，用在句中時要求連體形結句。

1. 表示疑問或質詢：

(1) いづれの山か天に近き。（どの山が天に近いか。）何山高及天邊？《竹取物語》

(2) 八つになりし年、父に問ひて云はく、「佛は如何なるものにか候ふらん」と云ふ。（八歳になった年「仏様とはどんなものでございましょうか」と父に聞いた。）八歳時問父："佛爲何物？"《徒然草》

(3) そのやすら殿とは男か法師か。（そのやすら殿という人は〈俗人の〉男であるのか、法師なのか。）彼安良公〈爲〉俗人乎？〈爲〉法師乎？《徒然草》

(4) いづれの年にか、江戸に來りて予を尋ぬ。（いつの年であろうか……。）何年來江戶訪余。《奧州小道》〔「にか」後面省略結詞「あらむ」〕

(5) 次の年の春、母は子を殘して何處にか影を隱したり。（何處であろうか影を隱した。）翌年春、母遺其子而不知隱身何處。《源叔父》〔「にか」後面省略結詞「あらむ」〕

(6) われもよくは知らず、十六七とかいへり。（十六、七歳だろうかと言っている。）吾亦不詳知，據稱十六、七歳。《源叔父》

(7) 救ひあげられしは彼か。（救い上げられたのは彼であるか。）被救者爲彼乎？《懸崖》

(8) 晝は書窓を掃ふ影鳥かと疑はれ……。（鳥であるかと疑われ……。）晝疑掠過書窗之〈葉〉影爲鳥。《晩秋初冬》

2. 表示反問（用「**かは**」時，反問語氣更強）：

　(1) 吾にあらざる**乎**。（私ではないか。）非吾乎。《懸崖》

　(2) この趣誰に**か**語らむ。（この趣は誰に語ろうか。）此趣將對誰言？《晩秋初冬》

　(3) 何の奇**か**有らざらん、何の怪**か**儲へざらん。（どんな奇がないだろうか、どんな怪を儲えないだろうか。）何奇不有、何怪不儲？木華：《海賦》

　(4) 豈之を欲すれども能はざる**か**、將之を能くすれども欲せざる**か**。（……できないのか……欲しないのか。）豈欲之而不能、將能之而不欲歟？《西京賦》

　(5) いかで**か**見ゆべき。（どうして見えるでしょうか。）如何能見〈御使〉？《竹取物語》

　(6) 世に仕ふる程の人、誰**か**一人ふるさとに殘りをらむ。（世に仕えるくらいの人は誰一人旧都に残っておろうか。）如居朝爲官者有誰留於故都？《方丈記》

　(7) 命は人を待つもの**かは**。（命は人を待ってくれるものであるか。）壽命豈待人哉？《徒然草》〔「かは」後面省略詞結「ならむ」〕

　(8) 花は盛りに、月は隈なきをのみ、見るもの**かは**。（花は盛んに〈咲いているのだけを〉、月は隈のないのだけを見るものであろうか。）豈止見櫻花盛開、完月無缺？《徒然草》〔省略結詞「ならむ」〕

【注一】「か」也可表示並列，有的文法書另列爲**並列助詞**，如：

湖水の音<ruby>湖<rt>こ</rt></ruby><ruby>水<rt>すゐ</rt></ruby>の<ruby>音<rt>おと</rt></ruby>か、<ruby>雨<rt>あめ</rt></ruby>の<ruby>音<rt>おと</rt></ruby>か、はた<ruby>萬山<rt>ばんざん</rt></ruby>の<ruby>樹山枝<rt>じゅもくえだ</rt></ruby>を<ruby>震<rt>ふる</rt></ruby>ふの<ruby>音<rt>おと</rt></ruby>か、<ruby>蕭<rt>しゅうぜん</rt></ruby>然たる<ruby>音<rt>おと</rt></ruby><ruby>山谷<rt>さんこく</rt></ruby>に<ruby>起<rt>おこ</rt></ruby>り……。（湖水の音であるか……蕭然としている音が山谷に起り……。）湖水聲乎，雨聲乎，抑山林搖枝之聲乎，蕭然之音起於山谷……。《高根山之風雨》

【注二】「か」有時也可表示感嘆，本書另列爲**感嘆助詞**，見280頁。

（五）　「ぞ」（接在體言、助詞、用言和助動詞的連體形下，用在句中或句末，用在句中時要求連體形結句。）

1.　表示強調，或對某一事物加以指示、斷定（在連體形下具有指定助動詞「なり」、「たり」的作用，並非省略了「なり」或「たり」）：

⑴　これ<ruby>已<rt>すで</rt></ruby>に<ruby>人情<rt>にんじゃう</rt></ruby><ruby>自然<rt>しぜん</rt></ruby>の<ruby>答<rt>こたへ</rt></ruby>に**ぞ**ある。（自然の答なのだ。）此係人情自然之回答也。《友愛》

⑵　<ruby>三階<rt>さんがい</rt></ruby>に<ruby>立<rt>た</rt></ruby>つ<ruby>婦人<rt>ふじん</rt></ruby>の<ruby>顔<rt>かほ</rt></ruby>のみ**ぞ**<ruby>夕闇<rt>ゆふやみ</rt></ruby>に<ruby>白<rt>しろ</rt></ruby>かりける。（三階に立っている婦人の顔だけは夕闇に白かったよ。）唯立於三樓之婦女，其臉色於薄暮中顯得蒼白。《不如歸》

⑶　<ruby>水<rt>みづ</rt></ruby>はその<ruby>山<rt>やま</rt></ruby>に三ところ**ぞ**<ruby>流<rt>なが</rt></ruby>れたる。（水はその山に三つのところ〈を〉流れている。）河水於其山下繞經三處。《更級日記》

⑷　<ruby>昨夜<rt>ゆうべ</rt></ruby>はいづくにかくれたまへりし**ぞ**。（何処にお隠れになっていたのですか。）昨夜隱〈宿〉於何處？《堤中納言物語》

⑸　いづくより<ruby>來<rt>き</rt></ruby>つる<ruby>猫<rt>ねこ</rt></ruby>**ぞ**。（何処から来た猫であるか。）由何處而來之貓？《更級日記》

⑹　<ruby>冉冉<rt>ぜんぜん</rt></ruby>たる<ruby>征途<rt>せいと</rt></ruby>の<ruby>間<rt>かん</rt></ruby>、<ruby>誰<rt>たれ</rt></ruby>か<ruby>是<rt>こ</rt></ruby>れ<ruby>長年<rt>ちゃうねん</rt></ruby>の<ruby>者<rt>もの</rt></ruby>**ぞ**。（冉々とし

ている征途の間、誰が長年の者であるか。）冉冉征途間，誰是長年者？杜甫：《玉華宮》

【注一】「ぞ」本身不表示疑問或反問，在疑問詞下，只是加強疑問或反問的語氣。如：

(1) 秋空何ぞ高き。（秋空はどうして高いのか。）秋空何高？《富士帶雪》
(2) 奈何んぞ人の子の住む世界の隘き。（どうして人間の住む世界は〈こんなに〉隘いのか。）人所居之世界何其隘也？《檐溜》
(3) この西なる家には、何人の住むぞ。（この西にある家には、どんな人が住んでいるのだろうか。）西鄰住有何人？《源氏物語》

【注二】「ぞ」的詞源爲指示代名詞「其」，所以有時爲清音「そ」。如：
あれは誰そや。（あれは誰か。）彼爲誰？《枕草子》

2. 表示感嘆：

(1) ああ、誰か落日を招き還すの扇なきを嘆つ者ぞ。（ああ……者は誰であるか。）嗟乎，是誰怨嘆手無招回落日之扇！《相摸灘之晚霞》

(2) 彼の櫻を呉れし朱鞘の男は何と云ふ男ぞ。（あの桜をくれた朱鞘の〈長刀を持っている〉男は何という人か。）彼送吾櫻花而持朱鞘長刀者爲何許人也！《櫻》

(3) 變り易きは人の心ぞ。（……人の心だなあ。）易變者人之情者！

【注】格助詞「と」與「ぞ」重疊使用時表示傳聞，可以看成省略了結詞「聞

く」、「言ふ」等，相當口語的「ということだ」。如：

(1)　伊勢參宮の首途を祝すなりとぞ。（……祝するのだということだ。）
據稱乃祝賀前往參拜伊勢神宮者。德富蘆花：《參拜伊勢神宮》

(2)　何事も、珍らしき事を求め、異説を好むは淺才の人の必ずある事なり
とぞ。（必ずある〈やる〉ことだという〈ことである〉。）據說任何事皆求好奇
異者，乃才疏學淺之人所必爲也。《徒然草》

(3)　うれしと思ひけりとぞ。（嬉しいと思ったという。）據說頗感高興。
《宇津保物語》

**（六）　「なむ（なん）」（接在體言、用言的連用形或連體
形及助詞下，可用在句中或句末，用在句中時要求連體形結句。）**

「なむ」表示強調或指示某一事物，語氣上較「ぞ」和緩，多
用在會話和書信中。

(1)　これなむ余が買ひ度きものなる。（これこそ私の買いた
いものである。）此係吾所欲購之物也。

(2)　柿本人麿なむ、歌の聖なりける。（柿本人麿は歌の
聖であった。）柿本人麿者歌聖也。《古今和歌集・序》

(3)　もののあはれも知らずなり行くなむ、あさましき。（知ら
なくなってゆくのは浅しいものである。）日益不知情趣誠乃憾
事。《徒然草》

(4)　橋を八つわたせるによりてなむ八橋といひける。（橋を
八つ渡してあることによって八橋といった。）因架有八座橋，故
稱〈該地〉爲“八橋”。《伊勢物語》

(5)　夜中打過ぐる程になむ絶え果て給ひぬるとて……。（夜
中過ぎるころにお絶えはてになった〈死んだ〉といって……。）

言道：“夜半過後即氣絕身亡矣”。《源氏物語》

【注一】「なむ」接在格助詞「に」或形容詞連用形下結句時則可省略結詞「ある」、「<ruby>侍<rt>はべ</rt></ruby>る」等。如：

(1)　まことに<ruby>美<rt>うるは</rt></ruby>しき<ruby>筆<rt>ふで</rt></ruby>の<ruby>跡<rt>あと</rt></ruby>に**なむ**（<ruby>有<rt></rt></ruby>る）。（まことに美しい筆跡で〈は〉ある。）實妙筆也！

(2)　<ruby>心<rt>こころ</rt></ruby><ruby>憂<rt>う</rt></ruby>く悲しきことも<ruby>多<rt>おほ</rt></ruby>く**なむ**，（<ruby>侍<rt>はべ</rt></ruby>る）。（悲しいことも多うございます。）傷心之事亦多。《宇津保物語》

【注二】「なむ」接在格助詞「と」下，用在句末時表示傳聞，可省略結詞「<ruby>聞<rt>き</rt></ruby>く」、「<ruby>言<rt>い</rt></ruby>ふ」、「<ruby>申<rt>まう</rt></ruby>す」等。如：

(1)　<ruby>昔<rt>むかし</rt></ruby>の<ruby>男<rt>をとこ</rt></ruby>は<ruby>髪<rt>かみ</rt></ruby>を<ruby>結<rt>ゆ</rt></ruby>ひけり**となむ**（<ruby>言<rt>い</rt></ruby>ふ）。（髪を結ってという。）據說古代男人皆束髮。

(2)　あへて<ruby>凶<rt>きょう</rt></ruby><ruby>事<rt>じ</rt></ruby>なかりける**となん**（<ruby>言<rt>い</rt></ruby>ふ）。（すこしも凶事がなかったということである。）據說毫無不吉之事。《徒然草》

【注三】「なむ」接在動詞和動詞型助動詞的**未然形**下，用在句末表示希望他人、他物如何如何，相當於口語的「してくれ」、「してほしい」。本書將此另列**為感嘆助詞（終助詞）**，見278頁。

（七）「こそ」（接在體言、用言的連用形和連體形、助動詞、助詞之下，古代文言中也有接在已然形下的。用在句中或句末，用在句中時要求已然形結句。）

1. 表示強烈提示（其強調語氣較「ぞ」更重）：

(1)　<ruby>今日<rt>けふ</rt></ruby>**こそ**<ruby>真<rt>しん</rt></ruby>に<ruby>秋<rt>しう</rt></ruby><ruby>晩<rt>ばん</rt></ruby>の<ruby>尤<rt>もっと</rt></ruby>も<ruby>全<rt>まった</rt></ruby>き<ruby>日<rt>ひ</rt></ruby>の<ruby>一<rt>いち</rt></ruby>**なれ**。（今日こそ……一日である。）今日實乃秋晚最寧靜之一日也。德富蘆花：

《秋風之後》

　　(2)　悔いこそ物の終りなれ。（後悔は物の終りだ。）悔乃事後之物。樋口一葉：《雪天》

　　(3)　真の友なきこそ真の寂寞なれ。（真の友のないことは真の寂寞である。）無眞摯朋友乃眞正寂寞。《友愛》

　　(4)　不圖ながむる空に白き物ちらちら。扨こそ雪に成りぬるなれ。（さてこそ雪に成ったのだな。）偶望長空，白絮飄飄，原來降雪矣。樋口一葉：《雪天》

　　(5)　岩に砕けて清く流るる水のけしきこそ、時をも分かずめでたけれ。（水の景色は……めてたいものだ。）清流擊石之狀，不分時節，總是令人欣賞不已。《徒然草》

　　(6)　もののあはれは秋こそまされ。（もののあわれは秋がもっともまさっている。）感人最深者莫過於秋。《徒然草》

2.　表示逆態接續（相當於口語的「が」、「のに」、「けれども」）：

　　(1)　口数こそ少なけれ、極めて有能の士なり。（口数は少ないか、極めて有能の士である。）彼雖寡言，但爲極有才能之士。

　　(2)　中垣こそあれ、一つ家のやうなれば、望みて預れるなり。（中垣はあるけれども一つの家のようなので〈向こうから〉所望して〈留守を〉預かったんだ。）雖有籬牆相隔，然宛如一棟家宅，故鄰舍願代爲看守門戶。《土佐日記》

　　(3)　しな、かたちこそ生れつきたらめ、心はなどか、賢きより賢きにも、移さば移らざらん。（品、形こそ生れつきであ

ろうが、心はなぜ、賢いことから〈更に〉賢いように移せば、移らなかろうか）出身、相貌固屬天生，然意志若更向上，何不可乎？《徒然草》

3. 用在句末表示願望（近代文言中已不見用）：

現には合ふよしもなし射干玉の夜の夢にを繼ぎて見えこそ。（現世では合うすべもないが……継いで見えてほしい）現世與君難相會，但願夢中常晤君！《萬葉集》

【注一】「こそ」在句末時，可以省略結詞。如：

(1) 獨り歩かん身は心すべきことに**こそ**（あれ）。（ひとり出歩こうとする身は気をつけなければならないことだ。）單身行路者應加注意。《徒然草》

(2) 未練の狐、化け損じけるに**こそ**（ありけめ）。（ばけ損じたのであろう。）恐爲修煉未成之狐現其原形矣！《徒然草》

【注二】「こそ」也有時失去係結關係。如：

たとひ取鼻こそ切れ失すとも、命ばかりはなどか生きざらん。（たとえ耳鼻が切れ失せても命だけはどうして生きなかろうか〈生きないことがあろう〉。）縱然失去耳鼻，亦決不會損傷性命。《徒然草》〔如有係結關係應爲「切れ失すれ」〕

【練習二十五】

1. 下列句中的「ば」有何區別？
   (1) 來着きぬれば、
   (2) この事をば、
   (3) さば得てよ。

2. 下列句中的「けれ」有何區別？
   (1) 春こそ樂しけれ。

⑵　春こそ樂しかりけれ。

3.　試把下列短文譯成現代漢語：

初版序　　　　福澤諭吉：《福翁自傳》

慶應義塾の社中にては、西洋の學者に往々自ら傳記を記すの例あるをもって、かねてより福澤先生自傳の著述を希望して、親しくこれを勸めたるものありしかども、先生の平生甚だ多忙にして執筆の閑を得ず、そのままに經過したりしに、一昨年の秋、ある外國人の需めに應じて維新前後の實歴談を述べたる折、風と思ひ立ち、幼時より老後に至る經歴の概略を速記者に口授して筆記せしめ、自ら校正を加え、福翁自傳と題して、昨年七月より本年二月までの時事新報に掲載したり。本來この筆記は單に記憶に存したる事實を思ひ出づるままに語りしものなれば、恰も一場の談話にして固より事の詳細を悉くしたるに非ず。されば先生の考へにては、新聞紙上に掲載を終りたる後、更に自ら筆を執ってその遺漏を補ひ、また後人の參考のためにとて、幕政の當時親しく見聞したる事實に據り、我國開國の次第より幕末外交の始末を記述して別に一編となし、自傳の後に付するの計畫にして、既にその腹案も成りたりしに、昨年九月中、にはかに大患に罹りてその事を果すを得ず。誠に遺憾なれども、今後先生の病いよいよ痊癒の上は、かねての腹案を筆記せしめて世に公にし、もって今日の遺憾を償ふことあるべし。

明治三十二年六月　　　　　　　　　　　　　　　　時事新報社石河幹明記

四、副助詞

副助詞與副詞有類似的意義與職能，除單獨使用外，還可與其他副助詞、格助詞重疊使用。重疊使用時一般都在格助詞下，也有在格助詞上面的，有時還可以用副助詞代替格助詞。

副助詞上接體言或用言而構成副詞性修飾語修飾下文。近代文

言中常見的副助詞有「だに、すら、さへ、のみ、ばかり、まで、など（なんど）、し、しも」等。

(一) 「だに」（接在體言、用言及助動詞的連用形、連體形和副詞、助詞下。）

1. 表示類推（提出最輕程度的事物，言外仍有更重者，相當於口語的「さえ」）：

(1) 昔は網<ruby>昔<rt>むかし</rt></ruby>は<ruby>網<rt>あみ</rt></ruby>だに<ruby>干<rt>ほ</rt></ruby>さぬ<ruby>荒磯<rt>あらいそ</rt></ruby>は<ruby>忽<rt>たちま</rt></ruby>ち<ruby>今<rt>いま</rt></ruby>の<ruby>様<rt>さま</rt></ruby>と<ruby>變<rt>かは</rt></ruby>りぬ。（網さえ干さない荒磯は忽ち今の様相と変った。）昔日甚至無人曬網之荒灘忽而變爲今日這般〈繁華〉模様。《源叔父》

(2) あれは、彼女は<ruby>死<rt>し</rt></ruby>を<ruby>彼女<rt>かれ</rt></ruby>はだに<ruby>心<rt>こころ</rt></ruby>に<ruby>任<rt>まか</rt></ruby>せざりき。（死さえ心に任せ〈え〉なかった。）可憐！伊甚至欲死亦不能如願。《不如歸》

(3) <ruby>凩<rt>こがらし</rt></ruby>は……<ruby>止<rt>や</rt></ruby>みぬ。……<ruby>庭前<rt>ていぜん</rt></ruby>の<ruby>櫻樹<rt>さくら</rt></ruby>も<ruby>畫<rt>ゑが</rt></ruby>ける<ruby>如<rt>ごと</rt></ruby>く<ruby>静<rt>しづ</rt></ruby>まりて、<ruby>枝<rt>えだ</rt></ruby>より<ruby>枝<rt>えだ</rt></ruby>にひき<ruby>渡<rt>わた</rt></ruby>したる<ruby>蜘蛛<rt>くも</rt></ruby>の<ruby>絲<rt>いと</rt></ruby>の<ruby>一微顫<rt>いちびぜん</rt></ruby>だに<ruby>見<rt>み</rt></ruby>る<ruby>能<rt>あた</rt></ruby>はず。（ひき渡している蜘蛛の系は微動さえしない。）秋風……已止。庭前櫻樹亦寧靜如畫，甚至掛於枝間之蛛絲亦不見絲毫顫動。《秋風之後》

(4) <ruby>殘年余力<rt>ざんねんよりょく</rt></ruby>を<ruby>以<rt>もっ</rt></ruby>てしては<ruby>曾<rt>すなは</rt></ruby>ち<ruby>山<rt>やま</rt></ruby>の<ruby>一毛<rt>いちまう</rt></ruby>をだに<ruby>毀<rt>こぼ</rt></ruby>つ<ruby>能<rt>あた</rt></ruby>はず。<ruby>其<rt>そ</rt></ruby>れ<ruby>土石<rt>とせき</rt></ruby>を<ruby>如何<rt>いか</rt></ruby>ん。（山の一毛さえ毀つことができない。それ土石をどうしえようか。）以殘年餘力曾不能毀山一毛，其如土石何？《列子》

(5) かぐや<ruby>姫<rt>ひめ</rt></ruby>、<ruby>光<rt>ひかり</rt></ruby>やあると<ruby>見<rt>み</rt></ruby>るに、<ruby>螢<rt>ほたる</rt></ruby>ばかりの<ruby>光<rt>ひかり</rt></ruby>だになし。（かぐや姫は〈鉢に〉光があるかと見て見ると、螢ほどの光さえも無い）赫奕姫視鉢中是否有光，然如螢火之光亦無。《竹取

－306－

物語》

（6）　水をだに咽喉へも入れたまはず。（水をさえ喉へもお入れにならない。）甚至水亦不能入喉……。《平家物語》

2.　表示最小限度（常以「だに……ば」的形式用在表示假定條件的句子中，相當於口語的「他のものはともかく、せめて……だけでも」）：

（1）　蹂躙だにせられずば、おのづから雪融けて青々と伸ぶるなり。（ふみにじりさえされなければ……伸ぶるものだ。）若不遭蹂躙，雪融後自會長得鬱鬱葱葱。《不如歸》

（2）　この願をだに成就しなば悲しむべきにあらず。（この願さえ成就したならば、悲しむべきことではない。）但能如願，亦不可悲。《太平記》

（3）　われに、今一たび、聲をだに聞かせたまへ。（私にもう一度、声だけでも聞かせて下さい。）請允吾再聽一次，即或只聞其聲亦所望也。《源氏物語》

（4）　命だに心にかなふものならば何か別れの悲しからまし。（せめて命だけでも……どうして別れが悲しかろうか。）命之修短，如可從心，今茲離別，悲或不侵。《古今和歌集》

【注】「だに」與「も」重疊使用時則轉化爲「だも」。如：

（1）　保つところはわづかに周梨槃特が行ひにだも及ばず。（周梨槃特の行いにすら及ばない。）修行之深度甚至不及〈釋迦之最愚弟子〉周梨槃特。《方丈記》〔有的版本爲「行ひにだに」〕

（2）　君の力を以てしては、曽ち魁父の丘をだも損ずる能はず。（魁父の丘をさえ損じることができない。太行、王屋を如何にしえ

ようか。）以君之力曾不能損魁父之丘、如太行、王屋何？《列子》

(3) 嗟哉斯徒輩、其心（あ あ こ の と はい）禽（そのこころとり）にだも如かず。（其の心は鳥にさえ及ばない。）
嗟哉斯徒輩，其心不如禽。《慈烏夜啼》

（二） 「すら」（接在體言、用言和助動詞的連用形、連體形及助詞下。）

「すら」是就確定的事實舉輕喻重的副助詞，強調的語氣較「だに」重，相當於口語的「でさえも」。

(1) その日源叔父は……何も食（は ひ げん を ち）はず、頭（あたま）を布團（ふ とん）の外（そと）にすらいださざりき。（布団の外にさえも出さなかった。）當日，源叔父……未食何物，甚而頭亦未伸出棉被〈之外〉。《源叔父》

(2) 唯一度（ただいち ど ほ の）仄（じょうせい）かに銃聲（ひ び）の響（やう）ける樣に思ひしが、其（それ）すら直（ただ）ちに止みて、こぼるる露（つゆ おと）の音も聞（きこ）ふるばかり。（思ったが、其さえも直ちに止んで、こぼれている露の音も聞えるほどである。）一度覺似微弱之槍聲，但立即停止，甚至滴露之聲亦可聞。《灰燼》

(3) 死馬（しにうま）すら且（かつこれ）之を買（か）ふ。況（いは）んや生（い）ける者（もの）をや。（死馬でさえも買う。）死馬且買之，況生者乎。《戰國策・燕策》

(4) 恨（うら）むらくは薄情（はくじゃうひと）一たび去（さ）りて、音書（おんしょひとつ）箇すら無（な）し。（音書はひとつでさえもない。）恨薄情一去，音書無箇。柳永：《定風波》

(5) 松柏（まつかしは）は奥深（おくふか）く茂（しげ）りあひて、青雲（あをぐも）の輕靡（たな び）く日（ひ）すら小雨（こさめ）そぼふる（ごと）が如し。（青雲のたなびく〈晴れわたった〉日でさえ小雨がそぼ降るようである。）松柏密茂、白雲靉靆，即晴日亦如細雨蕭蕭之狀。《雨月物語》

(6)　聖^{ひじり}などすら前^{まへ}の世^よのこと夢^{ゆめ}に見^みるはいと難^{かた}かなるを……。（聖などでさえ前世のことを夢に見るのは大変むずかしいそうであるのに……。）據聞高僧尚難夢見前世之事，〈況吾輩乎？〉《更級日記》〔「難か（る）（ん）なる」的「なる」是傳聞助動詞「なり」的連體形，見201頁。〕

【注】有時用「そら」代替「すら」，意義、作用相同。如：

(1)　蟲^{むし}をそら害^{がい}せず。いはんや人^{ひと}を殺^{ころ}すことをや。（虫でさえも殺さない。まして人を殺すなどありえようか。）甚而蟲亦不害，況殺人乎？《今昔物語集》〔「を」是感嘆助詞，見286頁；「や」是係助詞，見254頁。〕

(2)　蜂^{はち}そらものの恩^{おん}は知^しりけり。（蜂さえもものの恩は知っている。）蜂且知〈人之〉恩……。《今昔物語集》

（三）　「さへ」（接在體言、用言和助動詞的連用形、連體形及副詞、助詞下。）

1.　表示添加（相當於口語的「も」、「までも」、「その上」等）：

(1)　襟飾^{えりかざ}りさへ余^よがために、手^てづから結^{むす}びつ。（襟飾りまでも私のために手ずから結んだ。）甚至領帶亦親自爲吾繫之。《舞姫》

(2)　西^{にし}の空^{そら}には白銅色^{はくどういろ}の雲^{くも}さへ見^みえ初^そめたり。（雲までも見えはじめた。）西方天空甚至初見白銅色之雲。《香山三日之雲》

(3)　屋根^{やね}も、庇^{ひさし}も、手水鉢^{てうづばち}も、處^{ところ}として落葉^{おちば}ならざるはなく、紅葉^{もみぢ}さへ落添^{おちそ}ひて、寸金^{すんきん}と人^{ひと}は云^いふなる錦^{にしき}を吾^{われ}は庭^{には}に敷^しきぬ。（処として落葉でないところはなく、その上、紅葉も落ち

添って……。）屋頂、檐前、水盆旁、無處無落葉，甚而紅葉亦落，吾已將人所謂寸金之錦鋪滿庭中。《吾家財富》

(4)　古人(こじん)の小成(せうせい)に安(やす)んずるを**さへ**非常之不名譽(ひじゃうのふめいよ)とせり。（古人は小成に安んじることまでも非常に不名誉なこととした。）甚而古人之安於小成亦視爲極不名譽。《慰友人落第書》

(5)　涙(なみだ)を**さへ**なむ落(おと)し侍(はべ)りし。（涙までも落しました。）甚而落涙《源氏物語》〔「なむ」是係助詞，見259頁。〕

(6)　日(ひ)は暮(く)れかかりて、いともの悲(かな)しと思(おも)ふに、時雨(しぐれ)**さへ**うちそそぐ。（もの悲しいと思うのに、時雨までも降り注いでいる。）日趨黃昏，頗感憂傷之時，又有陣雨傾注。《十六夜日記》

(7)　梓弓(あづさゆみ)おしてはるさめ今日(けふ)降(ふ)りぬ明日(あす)**さへ**降(ふ)らば若菜(わかなつ)摘(つ)みてむ。（春雨が今日降った。この上、明日も降るならば、若菜を摘むだろう。）如膏春雨，今斯降矣。明日還降，新菜可挑。《古今和歌集》〔「て」是完了助動詞「つ」的未然形，見167頁。〕

(8)　秋(あき)は夕暮(ゆふぐ)れ。夕日(ゆふひ)のさして山(やま)の端(はし)いと近(ちか)うなりたるに、からすの寢(ね)どころへ行(ゆ)くとて三(み)つ四(よ)つ、二(ふた)つ三(み)つなど飛(と)び急(いそ)ぐ**さへ**あはれなり。まいて雁(かり)などの連(つら)ねたるが、いと小(ちい)さく見(み)ゆるはいとをかし。（夕日がさして山の端に大変近くなっているころに、からすがねぐらに行こうとして……飛び急ぐようすまでもあわれだ〈しみじみとしていい〉。……）秋日黃昏……烏鴉歸巢、三五成群疾飛，仍感情趣動人，何況鴻雁成行，越飛越小，更富情趣。《枕草子》

2.　表示最小限度（常以「さへ……ば」的形成用在表示假定條件的句子中，表示「只要如何如何即可滿足條件」之意。）：

(1)　空さへ晴れなば見に行かん。（空が晴れたら見に行こう。）天但放晴即擬前往觀之。

(2)　命さへあらば其人の開落は見るべきなり。（命さえあったら、その人の開落を見ることができるのだ。）留得青山在，當可見其人榮辱〈之日〉也。《中華若木詩抄》

（四）「のみ」（接在體言、用言的連用形或連體形及助詞下。）

1.　表示事物僅限於此（相當於口語的「だけ」）：

(1)　小兒の時のみ然るに非ず、一生の間友なくんば一生の間淋びしきなり。（子供の時だけそうではなく……淋しいのだ。）非僅兒時如此，若一生中無朋友，則一生寂寞也。《友愛》

(2)　海上猶ほの闇らく、波の音のみ高し。（波の音だけが高い。）海上仍微暗，唯波聲甚大。《大海之日出》

(3)　遠くして富士、近くして小坪の嶼、僅かに半身を露はすのみ。（露わすだけである。）遠爲富士、近爲小坪岬角，僅露半身。德富蘆花：《相摸灘之水蒸汽》

(4)　宿の主人より聞き得しはそのあらましのみ。（宿の主人から聞き得たのはそのあらましだけである。）自寓所主人處能聞知者僅此梗概而已。《源叔父》

(5)　今は只管君がベルリンにかへり玉はん日を待つのみ。（お帰りになろうとする日を待つだけである。）今惟待君返歸柏林之日而已。《舞姫》

(6)　黯然として銷魂する者は唯別れのみ。（ただ別れだけで

ある。）黯然銷魂者唯別而已矣。江淹：《別賦》

(7) 凄（すさ）じき**のみ**にもならず、いと憎くわりなし。（凄ましいことだけではなくほんとうに憎くてしかたがない。）不但掃興，且頗討厭，無可奈何。《枕草子》

(8) 夕べの嵐（あらし）、夜（よる）の月（つき）**のみ**ぞ、こととふよすがなりける。（夕べの嵐や夜の月だけが言を交す縁〈者〉であったのだ。）唯傍晚之狂風、深夜之月光始乃來訪之親人也。《徒然草》

2. 表示強調（相當於口語的「ばかり」、「とくに」、「ひどく」等）：

(1) 自由自在（じいうじざい）と**のみ**唱（とな）へて分限（ぶんげん）を知（し）らざればわがまま放蕩（はうたう）に陥（おち）いること多（おほ）し。（自由自在ばかり唱えて分限を知らないと……。）如竟高唱自由自在而不知守分，則易陷於姿情放蕩。《勸學篇》

(2) 月（つき）、花（はな）はさらなり、風（かぜ）**のみ**こそ人（ひと）に心（こころ）はつくめれ。（風は特に、人に心を動かすもののようだ。）月、花不待言，唯風亦足以感動人心。《徒然草》

(3) その世の歌（うた）には、姿（すがた）、ことば、このたぐひ**のみ**多（おほ）し。（姿、ことばはこの類のものばかり多い。）當時和歌中，歌調及用詞竟多此類。《徒然草》

(4) 人（ひと）の心（こころ）、皆改（みなあらた）まりて、ただ馬（うま）、鞍（ぐら）を**のみ**重（おも）くす。牛（うし）、車（くるま）を用（よう）する人（ひと）なし。（馬や鞍ばかりを重くする。牛や車を用いる人はいない。）人心皆變，唯重鞍、馬，無人使用牛、車。《方丈記》

（五）　「ばかり」（接在體言、用言和助動詞的連體形及助詞下。）

1.　表示程度、範圍（相當於口語的「ほど」「ぐらい」）：

(1)　舞臺には蠟燭の光眼を射る計り輝きたり。（舞台では蠟燭の光が目を射るほど輝いていた。）舞台上，燭光閃爍奪目。《源叔父》

(2)　浪子は千千岩と一間ばかり離れて無言に立ちたり。（一間ぐらい離れて無言で立っている。）浪子與千千岩相離一間〈六尺〉許遠默然而立。《不如歸》

(3)　とらうのときばかりに、沼島といふところを過ぎて、谷川といふところを渡る。（午前五時ごろに……。）寅卯時許，經沼島，過谷川灘。《土佐日記》

(4)　岩にこしかけて、しばし休らふほど、三尺ばかりなる櫻のつぼみ、半ばひらけるあり。（三尺ぐらいである桜の蕾が、半ば開いている〈のがある〉。）坐於石上，小憩片刻，〈見〉約三尺高之櫻樹，花蕾半開。《奧州小道》

(5)　三寸ばかりなる人、いとうつくしうてゐたり。（三寸ぐらいである人が大変美しくて坐っていた。）有一〈身高〉三寸許之女童，相貌不凡，端坐其〈竹筒之〉中。《竹取物語》

【注】「ばかり」有時可接在終止形下。如：

頸もちぎるばかり引きたるに、耳、鼻欠けうげながら抜けにけり。（首も千切るほど引いたので、耳と鼻は欠けて穿げながら〈頭は〉抜けてしまった。）〈用力〉拖之，幾乎將頭揪下，結果耳鼻磨損，〈鼎〉始脫落。《徒然草》

2. 表示限制（相當口語的「だけ」）：

(1) 姿_{すがた}ばかりは年齢_{とし}ほどに延_のびたれど、男女の差別_{だんにょ}なきばかり幼_{をさ}なくて……。（姿だけは年ほどに延びているけれど、男女の差別のないほど幼なくて……。）身材如年齡一般有所增長，然仍幼稚，甚而不知有男女之別。樋口一葉：《雪天》

(2) 小簾のすきかげ、隔_{へだ}てといへば、一重_{ひと}ばかりも疾_へましきを。（一重だけでも疾しいものなのに。）自窗隙間望人，縱隔一層〈宿〉，亦感不快。樋口一葉：《雪天》

(3) 我_{われ}ばかりかく思_{おも}ふにや。（私だけがかうよに思うのであろうか。）獨我如此想乎？《徒然草》〔「や」下面省略結詞「あらん」〕

(4) 月影_{つきかげ}ばかりぞ八重葎_{や へ むぐら}にもさはらず、さし入りたる。（月影だけが八重葎にも障らずにさし込んでいる。）唯月光不爲密茂之葎草所遮而〈徑直〉射入。《源氏物語》

（六）　「まで」（接在體言、用言和助動詞的連體形及副詞、助詞下）

1. 表示限度、到著點、截止點（與表示起點的格助詞「より」適相對照）：

(1) 源_{げん}起_おきいで誰_{たれ}ぞと問_とふに、島_{しま}まで渡_{わた}し玉_{たま}へといふは女_{をんな}の聲_{こゑ}なり。（誰かと問うと、島まで渡して下さいというのは女の声である。）源叔父起身問曰："誰？""請渡我至島上！"答者爲女人之聲。《源叔父》

(2) これにて魯西亞_{ロ シ ア}より歸_{か へ}り來_こんまでの費_{つひえ}をば支_{ささ}へつべ

し。（これでロシアから帰って来るまでの費用をきっと支えうる
だろう。）以此〈款〉定可維持〈生活〉至吾自俄返回。《舞姫》

(3)　富士も麓而上、上合あたりまで白衣を脱ぎぬ。（麓か
ら四合あたりまで白衣を脱いだ。）富士亦自山麓至第四停歇處附
近脱卻白衣。《三月節》

(4)　蓋し鐘子期死して、伯牙は身を終るまで、復た琴を鼓
せず。（また琴を鼓しない〈つまびかない〉。）蓋鐘子期死，伯
牙終身不復鼓琴。《報任安書》

(5)　黄鳥は悲の詩を作り、今に至るまで聲虧けず。（声は
虧けない。）黄鳥作悲詩，至今聲不虧。王仲宣：《詠史》

(6)　明くるより暮るるまで、東の山ぎはをながめて過ぐ
す。（夜明けから暮れるまで……日を過した。）自晨至夕，終日
眺望東方〈父親啓程之〉山邊〈而渡過〉。《更級日記》

(7)　衣冠より馬、車にいたるまで、あるにしたがひて用ゐ
よ。美麗を求むる事なかれ。（衣冠から馬や車にいたるまで、あ
るものに従って用いなさい。美麗を求めるな。）自衣冠至車、馬
可用現有者，勿求華麗！《徒然草》

2.　表示程度（相當口語的「さえ」、「ほど」、「ぐらい」）：
(1)　紀州は翁の言ふがままに翁のものまで食ひ盡しぬ。
（翁のものでさえ食べ尽した。）紀州如翁所言，甚而將翁之飯亦
盡食之。《源叔父》

(2)　源叔父は其後影角をめぐりて見えずなるまで目送り
つ。（角をめぐって見えなくなるほど見送った。）源叔父目送其
拐彎後不見後影爲止。《源叔父》

(3)　朝ぼらけ有明けの月と見るまでに吉野の里に降れる白雪。（まるで有明けの月と見るほどに、吉野の里に降っている白雪よ。）吉野山村，飛降白雪，黎明眺望，照如殘月。《古今和歌集》

(4)　春の野に霧立ち渡り降る雪と人の見るまで梅の花散る。（春ののに霧が立ち渡って、雪が降っているかと人が見まちがえるほどに、梅の花は散っている。）春野霧漫漫，梅花落紛紛，行人望花落，疑爲雪降臨。《萬葉集》

【注】有的文法書把「まで」列爲**格助詞**。

（七）　「など（なんど）」（接在體言、用言和助動詞的連體形、連用形及助詞下。）

1. 示例作用（言外還有其他類似事物）：

(1)　山崖、畑の畔、到る處蕗の薹青く萌へ、榛の木などは已に垂々の花をつけ、春蘭も早きは花さきぬ。（春蘭も早いのは花が咲いた。）山崖、田畔，到處青青長出款多之苔，榛樹等已花開垂垂，春蘭亦早放蕊矣。《初春之山》

(2)　野に出づれば、田の畔は土筆、芹、薺、嫁菜、野蒜、蓬なんど簇々として足を容る可き所もなし。（野にでると……。）來至野外，田畔簇簇長滿筆頭茱、芹茱、薺茱、鶴兒腸、野蒜、艾蒿等，無可容足之處。《彼岸》

(3)　かの國人、むまのはなむけし、別れ惜しみてかしこの漢詩作りなどしける。（餞別をし、別れを惜しんで、かの国の漢

詩を作りなどした）中國人因餞行、惜別而賦漢詩等等。《土佐日記》

　　(4)　湖の面はるばるとしてなで島、竹生島などいふ所の見えたる、いとおもしろし。（所の見えた景色は大変おもしろい）〈琵琶湖〉湖面遼闊，所見撫島、竹生島等處之景色極佳。《更級日記》

　　(5)　古への事など思ひ出でて聞ゑさせけり。（お聞かせした。）〈右馬寮長官〉憶及往事等稟告親王。《伊勢物語》

2.　表示引用：

　　(1)　落葉滿空山の句など誦して獨り山深辿る時……。（落葉滿空山という句などを誦して……。）詠"落葉滿空山"之類句而獨入深山時……。《栗》

　　(2)　「まことにそは知らじを」など宣ふ。（それは知らないだろうなどとおっしゃる。）言道："恐實不知〈其竹名〉也！"《枕草子》

　　(3)　「梨花一枝、春、雨を帶びたり。」などいひたるはおぼろげならじと思ふに……。（などといっているのは朧氣ではないだろうと思うが……。）認爲"梨花一枝春帶雨"一句蓋非一般之心情也，然……。《枕草子》

3.　表示婉轉：

　　(1)　合抱程の栗の木の、山燒などに會ひてや根方は半ば燒けて空洞になりたるが……。（空洞になったが……。）合抱般粗之栗樹，或遇山火，根部一牛已燒毀成空洞……。《栗》

　　(2)　夏は夜。月のころはさらなり、やみもなほ、螢の多く

飛びちがひたる。また、ただ一つ二つなど、ほのかにうち光りて行くもをかし。雨など降るもをかし。（螢が多く飛びちがっている〈のがいい〉……雨などが降るのも面白い。）夏夜引人，月夜無須贅言，黒夜亦美。流螢亂舞，或僅一二隻，閃動微光，頗有情趣。復又降雨，亦頗佳也。《枕草子》

(3) 行き別るるほど行くもとまるも皆泣きなどす。（別れるとき……皆泣いたりする。）離別時，去者、留者往往皆泣。《更紀日記》

【注】「など」與「ども」不同，「など」有示例作用，不表示複數概念，而「ども」是表示複數的接尾詞。如：

(1) おのれなどはさることなし。（そんなことがない。）如余則無此種事也。

(2) おのれどもはさることなし。（私たちは……。）我輩則無此種事也。

因此，二者重疊使用的情況也不少。如：

(1) 箱の蓋に草紙どもなど入れて持て行くこそ、いみじう呼び寄せて見まほしけれ。（いみじく呼び寄せて見たいものだ。）〈見其〉將書冊置於箱中攜去，則頗想喚來一觀。《枕草子》

(2) 見るものは行幸、祭の歸途……さし出でたる枝どもなど多かるに、花はまだよくも開け果てず、蕾勝に見ゆるを折らせて、車の此方彼方などにさしたるも、桂などの萎みたるが口惜しきに、をかしう覺ゆ。（さし出ている枝など多いが……桂などの萎んでいるのが口惜しいのにおかしく思われた。）可觀者，行幸及賀茂祭後歸途中〈以儀仗行列〉……伸出之樹枝甚多，花未

盛開，似已含苞纍纍，今折之遍插於車上。桂花之類行將凋萎，雖覺可惜，卻亦別有風味。《枕草子》

（八） 「し」「しも」（接在體言、副詞及助詞下）

「し」表示強調，而「しも」的強調語氣更重，，所以一般都用「しも」。

(1) 吾心水の如く清める時しも、何處にか一陣の清籟蕭蕭として起り、颯々として山中に滿ちぬ。（私の心が水のように清んでいる時は……。）吾心靜如水時，何處一陣清籟蕭蕭而起，颯颯風聲響徹山中。《碓冰嶺之川流聲》

(2) 青空に消えゆく煙、さびしくも消えゆく煙、われにし似るか。（消えてゆく煙はわたしに似っているか。）藍空消逝之煙，淒然消逝之煙，適如吾乎！《煙》

(3) 「一見舊知の如し」とは、必ずしも友情發露の第一義にあらず。（「一見は旧知のようだ」というのは必ずしも……第一義ではない。）所謂“一見如故”，未必是友情表現之根本意義也。《友愛》

(4) 濁惡の世にしも生れあひて、かかる心憂きわざをなん見侍りし。（濁惡の世に生れて……見〈たのであり〉ました。）餘生逢濁世，竟睹如此痛心之事。《方丈記》

(5) 夜になして、京には入らむと思へば、急ぎしもせぬほどに、月出でぬ。（京にはいろうと思ったから急ぎもしないうちに、月がでた。）思及夜晚將入京都，故不急〈行〉，此時月已東升。《土佐日記》

(6) 深草の野べの櫻し心あらば今年ばかりは墨染に咲け。

（桜に心があるのならば今年だけは……。）深草山邊，櫻若有情，今年一年，望開黑花！《古今和歌集》

【練習二十六】

1. 下列各句中的「し」有何區別？

(1) 咲かずなりにし櫻。

(2) その謂れ無きにしもあらず。

(3) 海は見えざりしか。

(4) 海こそ見えざりしか。

2. 將下列短文譯成漢語：

勞働團結の必要 片山潜

今日の經濟界を見よ。諸工商業會社は莫大の資本を吸收し大膽なる事業を為し數萬の勞働者を左右す。然り而して其資本の增加する所以は勞働に外ならず。去れど勞働を成す者は恰も賣買品と同一視される。故に無伎の者は職を失ふて餓渴に迫る。否、今日の有樣にては良機械應用せらるるが故に勞働の手を減じて婦人小兒も好く之に當り得、伎倆大なる者も之れと競爭せざるべからず。而して其競爭激烈となり轉じて資産家との衝突となり終には不幸の運勞働者の頭上に來らん。

抑も工業制度の下に勞働者は自由獨立を保たざるべからず。之を保つの道は團結に在り。勿論勞働社會に組合の如き者あるも之れ無謀無備の策にして取るに足らず、否却て災を招くの因となるあり。勞働者は須臾らく其資本即ち勞働力と其の社會に處するより顯はるる所の性質との重要なる財産銀行を以て團結同盟すべし。然る後社會に向って彼等全躰の為めに運動せば生産社會に勢力を得ること難からず。勞働團結は勞働者が工場機械制度の下に文明的生活の根據を定むるの道なり。一朝團結にして成功せば彼等は社會に向って正當な

る勞働制度を要求し得。於是てか其子弟は教育を得て一般家族は文明生産の果實を味ひ得べし。貧民地獄を我邦の社會に現ぜしめんとすれば勞働者宜しく團結同盟すべきなり。

（「太陽」第三卷第二十六號、
明治三〇年八月五日）

五、感嘆助詞

感嘆助詞是具有表示願望、命令、或表示感動、詠嘆作用的助詞，其中包括結句用的**終助詞**，如「な、ばや、なむ（なん）、が、がな、か、かな、かも、かし、は、も、ね」等，和在句中、句末用的**間投助詞**，如「や、よ、を、こそ」等。

（一）　「な」

1.　表示禁止（接在動詞及動詞型助動詞的終止形和「ラ變」動詞的連體形及副詞下。是「勿れ」的約音，相當口語的「してはいけない」、「な」）：

　　⑴　あな、かま、人に聞かす**な**。（しっ、やかましいね……。）噓！過於喧囂矣。〈安靜！〉莫使人聞之！《更級日記》

　　⑵　龍の首の玉取り得ずば、歸り來**な**。（竜の首の玉を取ることができないなら帰って来るな。）不得龍首之珠勿歸！《竹取物語》

　　⑶　敵に笑はる**な**。（敵に笑われるな。）勿爲敵恥笑！《太平記》

2. 表示感嘆（接在用言、助動詞、終止形下及體言、助詞等下）：

　(1)　君知らじな。あきびとの家のおきてになかりけり。（君は知らないでしょうね。商人の家の掟ではないことを。）爾或不知，此非商人之家規也！《願君莫死》

　(2)　かれぞこの常陸の守の婿の少將な。（かれが……少将なのですよ。）彼即此常陸守之婿少將也。《源氏物語》

【注】「な」與另一感嘆助詞（終助詞）「そ」之間加動詞連用形或「カ變」、「サ變」動詞未然形時也表示禁止，但其中含懇求之意。如：

　(1)　否、心にな掛けそ。（いや、心に掛けるな。）不、請勿擔心！《舞姫》

　(2)　縱令いかなることありとも、我をば努な棄て玉ひそ。（私をば決して棄てないで下さい。）縱令發生何事亦請萬勿棄吾。《舞姫》

　(3)　ここにな來そ、往ね。（ここに来るな。行きなさい。）勿來此處，請離去！《宇津保物語》

　(4)　かくないひわらひそ。（こんなふうに言ったり笑ったりするな。）請勿如此要笑〈大進生昌〉！《枕草子》

　(5)　「今日、波な立ちそ。」と人々ひねもすに祈るしるしありて、風波立たず。（「今日は波が立つなよ。」と……。）人等終日祈禱"今日勿起風浪！"果有靈驗，未起風浪。《土佐日記》

（二）　「ばや」（接在動詞和動詞型助動詞的未然形下，可用在句中或句末。）

　「ばや」表示自己的願望和意志，相當口語的「たい」、「た

いものだ」、「……よう」:

(1) 都(みやこ)に出(い)でて活計(くわっけい)を求(もと)めばや。（活計を求めよう。）欲去京城謀生。

(2) これは武蔵(むさし)の國(くに)隅田川(すみだがは)の渡(わた)し守(もり)にて候(さふらふ)。今日(こんにった)は舟(ふね)を急(いそ)ぎ、人々(ひとびと)を渡(わた)さばやと存(ぞん)じ候(さふらふ)。（私は……渡し守でございます。今日は舟を急がせて人々を渡そうと存じます。）吾乃武藏國隅田川之船夫，今日欲急駕舟渡人過河。《謠曲・隅田川》

(3) つれづれなるを、「ほととぎすの聲(こゑ)たづね行(ゆ)かばや」と言(い)ふを、われもわれもといで立(た)つ。（つれづれ〈退屈〉なので、「ほととぎすの声を聞きに行こう」と言うのを〈聞いて〉、われもわれもとでて行った。）因感無聊，故言欲往聽杜鵑之啼，眾人〈聞之〉爭相欲去。《枕草子》

(4) 雅房(まさふさ)大納言(のだいなごん)は才賢(さいかしこ)く、よき人(ひと)にて、大將(だいしゃう)にもなさばやと思(おぼ)しける比(ころ)……。（大将にもしたいとお思いになっていたところ……。）大納言雅房卿富有才學，乃出色人物，當其欲任大將時……。《徒然草》

（三）「なむ（なん）」（接在動詞、動詞型助動詞的未然形下。）

「なむ」表示希望他人、他物如何如何，相當口語的「してくれ」、「してほしい」、「してもらいたい」:

(1) 君(きみ)の名(な)を永(とこし)へに殘(のこ)し給(たま)はなむ。（残してくだされたい。）望留芳萬古！

(2) 惟光(これみつ)とく參(まゐ)らなむと思(おぼ)す。（惟光はやく参上してほしい

とお思いになった。）望惟光速來！《源氏物語》

(3) 小倉山峰のもみぢ葉 心あらば今ひとたびの御辛待たな
む。（もう一度の行幸を待ってほしい。）小倉峰紅葉，若知物中
情，切望莫自落，待君再行幸《拾遺和歌集》

(四) 「が」、「がな」

「が」是由係助詞「か」轉來的；「がな」是由「が」和表示
詠嘆的感嘆助詞「な」重疊構成，二者都表示願望，相當口語的
「……したい」、「……がほしい」。但是「が」、「がな」很少
單獨使用，常與助詞、助動詞結合形成「もが」、「もがな」或
「しが」、「しがな」、「てしが」、「てしがな」、「にし
が」、「にしがな」而接在動詞連用形之下：

1. 「もが」、「もがな」（係助詞「も」與「が」、「がな」重
疊使用，接在體言、形容詞型活用詞的連用形或一些助詞下，仍表
示願望：

(1) 音羽の瀧の音に聞く老いず死なずの 薬 もが。（薬がほ
しい）高高音羽山，嘩嘩瀑布音，欲求不老藥，借問何處尋？《古
今和歌集》

(2) 飛ぶがごとくに 都 へもがな。（飛ぶように都へ帰りた
いわね。）望速返京！《土仕日記》

(3) 世の中にさらぬ別れのなくもがな。（死別というものが
なくてほしい。）但願人間無死別！《伊勢物語》

(4) あれは、紅葉を燒かん人もがな。（ああ、紅葉を燒こう
とする人がいてほしい。）噫，但願有人夢紅葉〈爲吾溫酒〉！

《徒然草》

(5) あっぱれ、よからう敵<ruby>敵<rt>かたき</rt></ruby>がな。（ああ、よい敵がほしい。）噫，但願遇強敵！《平家物語》〔原來是「もがな」，此處省略了「も」〕

2. 「しが」、「しがな」（過去助動詞「き」的連體形「し」與「が」、「がな」重疊使用，接在動詞型活用詞的連用形下，不再有表示「過去」的作用，只表示自己的願望，相當於口語的「たいなあ」、「たいものだ」）：

(1) <ruby>甲斐<rt>かひ</rt></ruby>が<ruby>嶺<rt>ね</rt></ruby>をさやにも<ruby>見<rt>み</rt></ruby>しがけれなく<ruby>横<rt>よこ</rt></ruby>ほり<ruby>臥<rt>ふ</rt></ruby>せるさやの<ruby>中山<rt>なかやま</rt></ruby>。（はっきりと見たいよ。心なく横にわって臥している佐夜の中山。）故里甲斐峰，但願看分明，佐夜中山阻，橫臥何無情！《古今和歌集》

(2) <ruby>秋<rt>あき</rt></ruby>ならで<ruby>妻<rt>つま</rt></ruby>よぶ<ruby>鹿<rt>しか</rt></ruby>を<ruby>聞<rt>き</rt></ruby>きしがな。（秋ではない時に、妻を呼ぶ鹿を聞きたいものだ。）時非秋日分，欲聞雄鹿呼牝聲。《金葉和歌集》

3. 「てしが」、「てしがな」、「にしが」、「にしがな」（完了助動詞「つ」、「ぬ」的連用形「て」、「に」與「しが」或「しがな」結合使用，接在動詞型活用詞的連用形下仍表示願望，「て」、「に」只起強調作用。

(1) おもふどち<ruby>春<rt>はる</rt></ruby>の<ruby>山<rt>やま</rt></ruby>べにうち<ruby>群<rt>か</rt></ruby>れてそこともいはぬ<ruby>旅寝<rt>たびね</rt></ruby>してしが。（どこというあてもなしに、旅寝をしたいものだ。）知心志同者，春遊至山邊，漫步何所止，幾欲覓旅宿。《古今和歌集》

(2) <ruby>世界<rt>せかい</rt></ruby>のをのこ、あてなるもいやしきも、いかで、このか

ぐや姫を得てしがな、見てしがなと……。（貴い身の者も、賤しい者も、何とかしてこのかぐや姫を得たいものだ。見たいものだと……。）據聞世間男子不論貴賤，皆欲得此赫奕姫〈爲妻〉，或求見一面。《竹取物語》

(3) 心うき深きやまにも入りにしが。（山にも入りたいものだ。）心情多憂鬱，欲隱深山中。《好忠集》

(4) いかで鳥の聲もせざらむ山にこもりにしかな。〔注〕（何とかして鳥の声もしなかろうとする山に籠りたいものだ）竟欲隱居於甚至不聞鳥音之山中。《宇津保物語》

【注】「が」在古代讀爲清音「か」，中世以後漸使用濁音「が」。

(五) 「か」、「かな」、「かも」（接在體言、用言和助動詞的連體形下。）

「か」由表示疑問的係助詞轉變而成，用在句末表示詠嘆時也可看做是**感嘆助詞**。「かな」、「かも」的感嘆語氣更強。「か」多用在和歌中，「かな」、「かも」用在和歌與散文中，相當於口語的「よ」、「だなあ」。

(1) うつせみの世にも似たるか花ざくら咲くと見しまにかつ散りにけり。（人の世にも似っている〈ことだ〉なあ。桜の花は咲いたかと思った瞬間にもう散ってしまった。）櫻花開落，酷似人生，蓓蕾初綻，隨即凋零。《古今和歌集》

(2) 歸らんか歸らんか吾が黨の小子。（帰ろうよ、帰ろうよ……。）歸歟！歸歟！吾黨之小子。《論語》

(3) 大いなる哉、自然の節奏。（偉大だなあ！）大哉！自然之節奏。德富蘆花：《寒月》

(4) 快なるかな、この風。（爽快だなあ、この風は。）快哉！此風！宋玉：《風賦》

(5) 遺恨のわざをもしたりけるかな。（遺恨なことをもしてしまったものだなあ。）竟做出遺憾之事矣！《大鏡》

(6) 船人答へていはく「あやしきかな。」（船頭が答えて言うには「あやしいことですなあ」。）船夫答曰："怪哉！"《竹取物語》

(7) 頰を連ひてきらめくものは涙なるかも。（頰を伝って煌めいているものは涙なのだなあ。）順頰而下閃閃發光者涙水也！《源叔父》

(8) 遠く詠むれば見ゆる森かげ我を招くかも。（遠く眺めると見えた森影が私を招いているよ）遠望時，所見林影正呼我也。樋口一葉：《雪天》

(9) 天の原ふりさけ見れば春日なる三笠の山にいでし月かも。（天の原を仰いで見ると春日にいる三笠の山にでた月なのだなあ。）遙望蒼穹思故土，月出春日三笠山。阿部仲麿：《於中國望月詠懷》

（六） 「かし」（接在用言的終止形、命令形及係助詞「ぞ」下。）

「かし」是由表示詠嘆的感嘆助詞「か」與副助詞「し」複合而成，表示強調和叮囑，相當於口語的「……だよ」、「のだろう

よ」。

(1)　かかるところに住む人、心に思ひ殘すことはあらじかし。（あるまいよ。）居如此〈豪華〉之處者恐無遺憾之感矣。《源氏物語》

(2)　いまひとたび都の訪れをも待てかし。（もう一度都の訪れをお待ちなさい。）請再等京都之音信！《平家物語》

(3)　却って更闌くるを待ち、庭花の影の下、重ねて來れかし。（更の闌けるのを待って……重ねて来て下さい。）卻待更闌，庭花影下，重來則個。歐陽修：《醉蓬莱》

(4)　我が故郷を離れしも、我れ伯母君を捨てたりしも、此雪の日の夢ぞかし。（離れたのも……捨てたのもこの雪の日の夢だろうよ。）離我故郷、捨我姑母，皆此雪天之夢也。樋口一葉：《雪天》

(5)　よし戀にても然かぞかし。（たとい真実に恋していたとしてもそのようなものだろうよ。）縱令眞相戀，亦如此耳。樋口一葉：《雪天》

(6)　「和歌の船に乗りはべらむ」とのたまひてよみたまへるぞかし。（「和歌の船に乗りましょう」とおっしやっておよみになったのだろうよ。）"欲乘和歌之船！"言罷即誦歌矣。《大鏡》

(7)　賑はひ、豊かなれば、人には頼まるるぞかし。（賑わって豊かだから人には頼まれるのだろうよ。）因生活富裕，故爲他人所信賴。《徒然草》

(8)　かげろふの夕べを待ち、夏の蟬の春秋を知らぬもあるぞ

かし。（かげろうが夕べを待って〈死んでしまい〉、夏の蟬が春秋を知らないものもあるというものだ。）既有蜉蝣朝生暮死，復有夏蟬不知春秋。《徒然草》

（七）　「は」（接在體言、用言及助動詞連體形下。）

「は」原爲表示強調的係助詞，用在句末可做爲感嘆助詞（見252頁〔注一〕），相當於口語的「……よ」、「……ことよ」、「……なあ」等。

(1)　何等の光彩ぞ我目を射むとするは。何等の色澤ぞ、我心を迷はさむとするは。（どのような光彩は我目を射ようとするよ。……迷わそうとするよ。）何等光彩欲射吾目！何等色澤欲迷吾心！《舞姫》

(2)　紀州とても人の子なり、源叔父の歸り遲しと門に待つやうなりなば、涙流すものは源叔父のみかは。（門に〈出て〉待つようになったら、涙を流すのは源叔父のみであろうか〈だけではないよ〉。）紀州亦人也。若彼倚門待源叔父晚歸，則爲之落淚者豈唯源叔父一人？《源叔父》

(3)　その文は殿上人みな見てしは。（みな見てしまったよ。）汝之來函，殿上人皆見矣。《枕草子》

(4)　されど、門の限りを高う造る人もありけるは。（でも、門だけを高く造った人もあったわね。）然〈古時〉亦有高建屋門之人。《枕草子》

(5)　かの花は失せにけるは。いかでかうは盜ませしぞ。（あの花はとられてしまったよ。どうしてこれは盜ませたのか。）彼

花失去矣，爲何使其如此被盜以去？《枕草子》

（八） 「も」（接動詞、形容詞終止形下。）

「も」原是表示類推的係助詞，用在句中表示強調，但含詠嘆意義；用在句末表示詠嘆，相當於口語的「……よ」、「……なあ」，也可看做是感嘆助詞（參見252頁）。

(1) 君王を望むも、何ぞ期あらん。（君王を望むよ、何ぞ期があろう。）望君王兮何期？江淹：《恨賦》

(2) そを讀めば、愁ひ知るといふ書焚けるいにしへ人の心よろしも。（それを読むと、愁を知るという本を焚いた古人の心は宜しい〈すばらしい〉なあ。）古人焚去讀則知愁之書，其心誠善。石川啄木：《秋風爽》

(3) 病のごと、思鄉の心湧く日なり。目にあをぞらの煙かなしも。（病気のように……煙が悲しいなあ。）思鄉之情湧來之日，若似罹病。望青空之煙亦感憂傷！《煙》

(4) 春の野に 霞たなびきうらがなしこの夕かげにうぐひす鳴くも。（かすみがたなびいて何となく悲しい。この夕影に鶯が鳴いているよ。）春野霞靉靆，見物獨自悲，夕陽餘輝下，但聞黃鶯啼。《萬葉集》

（九） 「ね」（古代文言中使用，接在動詞的未然形或感嘆助詞「な……そ」之下。）

「ね」表示對他人、他物的希望，相當口語的「……てほしい」。

(1)　鳥ぐら立て飼ひし雁の子巣立ちなば真弓の岡に飛び歸り來ね。（鳥栖を立てて飼っていた雁の子は巣を立ったならば、真弓の岡に飛び帰って来てほしい。）築巢飼雛燕，雛燕已飛離，眞弓崗墓地，望爾速飛舊！《萬葉集》

(2)　奧山の菅の葉しのぎ降る雪の消なば惜しけむ雨な降りそね。（降る雪が消えてしまったならば、惜しむことだろう。雨は降らないでくれ〈降らなくてほしい〉。）深山降雪凌薑葉，雪融堪惜莫降雨。《萬葉集》〔應爲「惜しみけむ」，此處省略了「み」。〕

（十）　「や」（接在體言、用言和助動詞的終止形和命令形及助詞下，用於句中或句末。）

1.　表示感嘆，並有調整語調的作用（相當於口語的「……よ」、「……なあ」）：

(1)　初め、日の西に傾くや、富士を初め相豆の連山、煙の如く薄し。（初め、日が西に傾いているよ……。）初，日西斜，富士及相豆山脈薄如煙。《相摸灘之落日》

(2)　唯蒼々たり、茫茫たり。靜かなる夕や。（靜かな夕方だなあ。）唯蒼蒼茫茫而已。〈實〉寂靜之黃昏也！《蒼茫之黃昏》

(3)　夫婦は……教師を見て、珍らしやと坐を讓りつ。（珍しいなあと坐を讓った。）房主夫婦……見教師連稱難得，遂即讓座。《源叔父》

(4)　この時や、竝びに彊國為る者六有り。（この時よ。な

らんで強国である者は六つある。）是時也，並爲強國者有六。
《西京賦》

　　(5)　嗟乎嗟乎僕の如きは尚ほ何をか言はんや、尚ほ何をか言
はんや。（何を言おうかなあ〈何を言うことがあろうか〉。）嗟
乎！嗟乎！如僕尚何言哉！尚何言哉！《報任安書》

　　(6)　古池や蛙飛びこむ水の音。（古池よ……。）青蛙入古
池，傳來投水聲。（芭蕉作）

　　(7)　この川は西國一の大河ぞや。（西国一の大河なんだ
よ。）此水乃西國第一大河也。《平家物語》

　　(8)　あな、いと驗なしや。（ああ、全くききめがないこと
よ。）鳴呼！毫無靈驗也！《枕草子》

2. 表示呼喚：
　　(1)　わか君やいかにして方方をば捨ておはしましぬるぞ。
（わが君よ、どうして皆様方を捨てておなくなりになったのです
か。）主公！何棄眾人而離人世哉？《贊岐典侍日記》

　　(2)　朝臣や、さやうの落葉だに拾へ。（朝臣よ、せめてその
ような落葉でも拾え。）朝臣！至少亦應清掃其落葉。《源氏物
語》

　　（十一）「よ」（接在體言、用言和助動詞的連體形、命令
形下。）

1. 表示感嘆（相當於口語的「……よ」、「……なあ」）：
　　(1)　滿目の景憂ふる様に暗むよ。（憂えるように暗むよ。）
滿目景色昏暗如愁！《高根山之風雨》

(2) 更に五分ばかり經てば、血紅の色黒みがかりし赤色に變じ、光焰漸く退くよ。（五分ほど立つと……光焰は漸く退いていくよ。）又約過五分鐘，血紅色變成黑紅色，光輝漸退矣！《相摸灘之晚霞》

(3) げに月日經つことの早さよ、源叔父。（じっに月日を立つことの早いことよ……。）確實，時光飛快也！源叔父。《源叔父》

(4) 去ぬる安元三年四月二十八日かとよ。（去る安元三年四月二十八日ということだったかな。）據云前安元三年四月二十八日……。《方丈記》

2. 表示呼喚：

(1) 岩よ、爾せの意力は偉大なり。（岩よ……偉大だ）岩石！爾之威力偉大也。《海與岩》

(2) 源叔父よ、今昔の寒さは如何にといふ。（どうでしょうという。）〈二年經人問道：〉"源叔父！今晚冷否？"《源叔父》

(3) 少納言よ、香爐峰の雪いかならむ。（少納言よ……いかがでしょう。）少納言！香爐峰之雪〈景〉如何？《枕草子》

(4) 魂よ、歸り來れ。江南哀し。（魂よ帰って来れ。）魂兮歸來哀江南。屈原：《離騷》

3. 表示命令

(1) 見よ、嶺の東の一角薔薇色になりしを。（ごらんなさい。……薔薇色になったことを。）請觀之！〈富士〉峰東一角已呈粉紅色。《近日富士山之黎明》

(2) 行け、自愛せよ。丕白す。（自愛しろ。）行矣自愛！丕
曰。曹丕：《與朝歌令吳質書》

(3) 君よ看よ、陽に隨ふ雁、各々稻粱の 謀 有るを。
（日に随がっている雁は……。）君看隨陽雁，各有稻粱謀。杜
甫：《同諸公登慈恩寺塔》

(4) これ見よ。有王、この子が文の書きやうのはかなさよ。
（手紙の書き方のはかないことを見よ。）有王，請閱〈之〉！此
子書信之寫法何等幼稚！《平家物語》

（十二） 「を」（接在體言、用言連體形和助詞下。）

1. 表示感嘆（相當於口語的「……よ」、「……ね」）：

(1) 歸り來玉はずば、我 命 絶えなんを。（お帰りこならな
かったら、私の命は絶えてしまうよ。）〈艾莉絲言道：〉"君若
不歸，我命絶矣！"《舞姬》

(2) 吳姫 緩 舞して君を留めて醉はしむ。隨意なれ青楓白露
の寒きを。（ままよ、青楓に白露がおり、〈その夜は〉寒い
ね。）吳姫緩舞留君醉，隨意青楓白露寒。王昌齡：《重別李評
事》

(3) つひに行く道とはかねて聞きしかど昨日今日とは思はざ
りしを。（かねて聞いたが昨今とは思わなかったよ。）早聞人生
終有死，未卜此路近身邊！《古今和歌集》

(4)八雲立つ出雲八重垣妻ごみに八重垣作るその八重垣を。
（いくえの雲が湧き立つ。湧き出る雲は妻をこめる〈妻と居を共
にする〉ために八重垣を造る。その八重垣よ。）騰起層層雲，壘

起重重壁，出雲建宮廷，與妻同相居。《古事記》

2. 表示強調（即強調命令、願望、意志）：

(1) われも諸共（もろとも）に行かまほしきを。（行きたにものだね。）吾亦欲同往！《舞姫》

(2) とく装束（さうぞ）きて、かしこへを参（まゐ）れ。（早く装束をつけてあちらへいらっしゃい。）速装束妥當去彼處！《蜻蛉日記》

(3) とまれ、かくまれ、まづとくを聞（き）こえむ。（ともかくも、まずさっそく申し上げよう。）無論如何，總要速稟！《蜻蛉日記》

(4) 「きんぢはよからむ時（とき）にを來（こ）」とておはましぬ。（「おまえはよかろうとする〈都合のよい〉時に来なさい。」といって行かれました。）"請君適時前來！"言罷即去。《蜻蛉日記》

(5) 「御簾（みす）の前（まへ）にて人（ひと）にを語（かた）り侍（はべ）らむ。」とて立（た）ちにき。（「……人に語りましょう。」といって立ちあがった。）言道："〈欲〉於窗前與其人談！"遂即起身。《枕草子》

（十三） 「こそ」（接在與人有關的體言下）

「こそ」表示強烈提示和親切而有敬意的呼喚，相當於口語的「……樣（さん）よ」。

(1) 「北殿（きたどの）こそ、聞（き）きたまふや。」など言ひかはすも聞（き）こゆ。（北隣りさん、お聞きですか、などと話しかはしているのも聞こえる。）聞如此交談道："北鄰老兄！請聽！"《源氏物語》

(2) 車（くるま）にて稚兒（ちご）の親（おや）に言（い）ふやう「父（ちち）こそ。」と呼（よ）べば、忠（ただ）行（ゆき）「なんぞ。」といへば……。（「ねえ、お父さん。」と呼ぶと……。）車中如子對父稱："父親大人！"忠行問"何

事？"……。《今昔物語集》

【練習二十七】

1. 下列句中的「なむ」有何區別？
   (1) 風吹かなむ。
   (2) 風吹きなむ。
   (3) 風なむ吹く。

2. 下列句中的「こそ」有何區別？
   (1) 中垣こそあれ。
   (2) わが君こそ。
   (3) 梅の花を……酒に浮べこそ。

3. 下列句中的「こそ」都表示強調，但有何不同？
   (1) われこそ君のために忠告をなしたれ。
   (2) われ君のためにこそ忠告をなしたれ。
   (3) われ君のために忠告をこそなしたれ。

4. 將下列短文譯成漢語：

《雪の日》　　　　　　　　　　　　　　　樋口一葉

　　我が故郷は某の山里、草ぶかき小村なり。我が薄井の家は土地に聞えし名家にて、身は其一つぶもの成りしも、不幸は父母はやく亡せて、他家に嫁せし伯母の、是れも良人を失なひたるが、立歸りて我をば生したて給ひにき。さりながら三歳といふより、手しほに懸け給へば、我れを見ること真實の子の如く、蝶花の愛、親といふ共これには過ぎまじく、七歳よりぞ手習ひ學問の師を撰らみて、絲竹の藝は御身づから心を盡くし給ひき。扨もたつ年に關守なく、腰揚とれて細眉つくり、幅びろの帯うれしと締めしも、今にして思へば其頃の愚かさ、都乙女の利發には比らぶべくも非らず。姿ばかりは年齢ほどに延びたれど、男女の差別なきばかり幼なくて、何ごとの憂きもなく、思慮もなく、明し暮らす十五の冬、我れさへ知らぬ心の色を、何方の誰れか見とめけん、吹く風つたへて伯母君の耳にも入りしは、これや生れて初めての仇名ぐさ、戀すてふ風説なりけり。

第三章　句法

第一節　詞組

詞組是由一個或幾個單詞構成，一個或幾個詞組又可構成一個句子（例見10頁）。

一、詞組的種類：

從接續職能上分，詞組可分為**接續詞組**和**斷續詞組**。一個句子可能包含若干詞組，而最後結句時的詞組稱為斷續詞組，句中的其他詞組稱接續詞組。如：

(1)　地は　　　堅く　　　氷れり。（地は堅く氷っている。）
　　　└─接續詞組─┘　斷續詞組

地凍硬矣。《源叔父》

(2)　楊柳　茂りやすくとも、秋の　初風の　吹くに　耐へめや。
　　└───────接續詞組───────┘　　　斷續詞組

（楊柳は茂りやすいといっても、秋の初風に耐え得ようか。）楊柳易繁茂，豈耐秋風吹？《雨月物語》〔係助詞「や」在古代文言中也接在已然形下〕

【注】兩個以上的詞組複合一起，從句子成分上看只起一個詞組的作用稱為**複合詞組**。如例(2)中的「秋の初風の吹くに」

二、詞組之間的關係

詞組與詞組之間有各種各樣的接續關係，在句子中則表現爲各種句子成分之間的關係。詞組之間的關係可分下列七種：

（一） 主謂關係（構成主語、謂語俱全的完全句子）：

(1) <u>夜</u>は<u>更</u>けたり。（夜は更けた。）夜深矣。《源叔父》
     主   謂

(2) <u>月</u>出でにけりな。（月が出たよ。）月升起矣。《源氏
   主   謂

物語》

（二） 賓謂關係（構成有賓語和謂語的短句 — 不完全句子）：

(1) 功成るも<u>爵</u>を<u>受</u>けず……。（爵を受けないで……。）功
        賓   謂

成不受爵……。左思：《詠史》

(2) <u>富士の山</u>を<u>見</u>れば……。（山を見ると……。）望富士山
       賓   謂

則……。《伊勢物語》

（三） 補謂關係（構成有補語和謂語的短句 — 不完全句子）：

(1) <u>論</u>を<u>著</u>しては<u>過秦</u>に<u>準</u>じ、<u>賦</u>を作りては<u>子虛</u>に<u>擬</u>す。
             補   謂   補   謂

（過秦に準じて……子虚に擬する。）著論準過秦，作賦擬子虚。

左思：《詠史》

 (2) 暮るれば、桃翠宅に帰る。（暮れたので桃翠の宅に帰
        補   謂

る。）暮歸桃翠宅。《奧州小道》〔桃翠是人名〕

 (3) 牛の値、鵞毛よりも軽し。牛價輕於鵝毛。《徒然草》
       補   謂

（四） 修飾關係（指起修飾作用的詞組與被修飾的詞組之間的關係）：

1. 定語修飾體言：

 (1) 青白き花開いて樹に満つ。（青白い花が……。）青白色
    定語 體言

花開滿樹。《吾家財富》

 (2) 寸陰惜む人なし。（寸陰を惜む人がいない。）無惜寸陰
    定語 體言

者。《徒然草》

 (3) 都より一人の年若き教師下り來りて佐伯の子弟に語學
      定語 定語 體言   定語 體言

教ふること殆ど一年、秋の中頃來りて夏の中頃去りぬ。（都か
定語 體言   定語 體言   定語 體言

ら一人の若い教師が……。）自京城來一年輕教師，教佐伯之子弟

語文將近一年，中秋來，仲夏去。《源叔父》

2. 狀語修飾用言：

(1) 渠は最早や、決して、うたはざりき。（歌わなかった。）渠早
　　　状語　　状語　　　　　用言

已決然不再唱歌。《源叔父》
(2) さだかに、知れる人もなし。（はっきりと知っている人も
　　　状語　　用言

いない。）亦無了如指掌之人。《徒然草》
(3) 飛ぶ車一つ、具したり。（一台具〈準備〉した。）備有一輛
　　　　　　状語　　用言

飛車。《竹取物語》

（五）　並列、對等關係（指兩個以上的詞組在意義上有並
列、對等關係，它存在於各種句子成分中）：
(1) 稲穂、粟穂、薄花、蘆花すべて露の中にあり。（露の中
にある。）稲穂、谷穂、芒花、蘆花皆浴於露中。《秋分》〔在主
語中〕
(2) 雨、風やまず。（止まない。）風雨不止。《土佐日記》
〔在主語中〕
(3) 百舌鳴く村に、紅なる黄なる星の如く柿の實の照れ
るを見よ。（赤い、黄色の星のように柿の実の日に照て〈映っ
て〉いるのを見よ。）請看伯勞啼鳴之村，〈樹上〉柿子耀眼有如
紅、黄繁星。德富蘆花：《秋漸深》〔在定語中〕
(4) その山のさま、高く、うるはし。（高くてうるわし
い。）其山高且美。《竹取物語》〔在謂語中〕
(5) 豆大の雨一點 — 二點 — 千万點 ばらばらと落ち來り

ぬ。（落ちて来た。）豆大般之雨點，一點、兩點、千萬點、刷刷落下。《高根山之風雨》〔在狀語中〕

(6) 枯松葉（かれまつば）、枯笹（かれざさ）なんど夥（おびただ）しく負（お）へる男女松葉掻（なんにょまつばかき）を持ちつつ、山（やま）を下（お）り來（きた）る。（背負った男女が松葉掻を持ちながら山を下りて来た。）身負大量枯松葉、枯竹葉之男女，手持竹耙下山而來。德富蘆花：《霽日》〔在賓語中〕

（六） 補助關係（某個詞組在單獨使用時不能完美地表達意思，尚需借助其他詞組補助，前者即稱被補助詞組，保留主要意義；後者稱補助詞組，失去原來意思，只起補助作用）：

(1) 紀州（きしう）を＿＿＿見＿＿給（たま）はざりしか。（お見かけしなかった
　　　　　　　被補助詞組　　補助詞組

か。）未見紀州乎？《源叔父》

(2) 吾（わ）が罪（つみ）に＿あらざるなり。（私の罪ではないのだ。）非吾罪
　　　　被補助詞組　補助詞組

也。柳宗元：《梓人傳》

(3) これをききて喜（よろこ）びて人（ひとびと）＿＿＿拝み＿＿たてまつる（これを
　　　　　　　　　　　　　被補助詞組　補助詞組

聞いて喜んで、人々は拝み申します。）眾人聞之，欣然叩拜。
《土佐日記》

（七） 獨立關係（句中某一詞組與其他詞組之間沒有直接的接續關係而處於相對獨立的位置，這種詞組稱為獨立詞組。）

(1) ああ、百合（ゆり）よ。嗚呼！百合！《天香百合》

(2) 「何、富貴。」余は微笑しつ。（微笑した。）"何也？富貴？"余微笑〈反問之〉。《舞姫》

(3) いな、いと美くしかりき。（いいえ、大変うつくしかった。）否、極美也！《宇津保物語》

(4) 秦の趙高、漢の王莽、梁の朱異、唐の禄山、これらは舊主先皇の政にもしたがはず……。（政にも従わなく……。）秦之趙高、漢之王莽、梁之朱異、唐之安禄山，彼等皆不從舊主先皇之政。《平家物語》

(5) みさごは荒磯に居る。すなはち人を恐るるがゆゑなり。（人を恐れるからである。）鶚鳥栖於波濤洶湧之海濱，乃畏人之故也。《方丈記》

第二節　句子

一、句子成分

（一）　主語（指句中被說明的主體事物。文言句子中，主語下面可不用格助詞「が」或係助詞「は」「も」等）：

(1) 曾良は河合氏にして惣五郎と云へり。（曾良は河合氏であって……。）曾良乃河合氏，名惣五郎。《奥州小道》

(2) 人々の笑ふ聲暫時止まざりき。（人々の笑う声はしばらく止まなかった。）眾人笑聲一時不止。《源叔父》

(3) その後、唐土船來けり。（中国の船が来た。）其後，中國船〈又〉來〈日本〉。《竹取物語》

（二） 謂語（指對主體事物進行判斷或說明其動作、存在、狀態和性質的句子成分）：

1. 表示判斷：

⑴ 今日は冬至なり。（冬至である。）今日爲冬至。德富蘆花：《冬至》

⑵ 和歌こそなほをかしきものなれ。（和歌というものは甚だおもしろいものである。）和歌乃更有興味者也。《徒然草》

2. 說明動作：

⑴ 明月高樓を照らし、流光正に徘徊す。照らし……徘徊する。）明月照高樓，流光正徘徊。曹植：《七哀詩》

⑵ 源叔父はまだ生きてあるよ。（生きているよ。）源叔父尙存也！《源叔父》

⑶ 黒鳥といふ鳥、岩の上にあつまりをり。（集まっている。）黑天鵝此種鳥群集於岩上。《土佐日記》

3. 說明存在：

⑴ 庭隅に一株の山梔あり。（くちなしがある。）庭隅有一株梔子。《吾家財富》

⑵ 龍門の桐は高さ百尺なるも枝無し。（枝がない。）龍門之桐高百尺而無枝。枚乘：《七發》

⑶ 何事のあるぞ。（どんなことがあるか。）有何事？《枕草子》

4. 說明狀態、性質：

⑴ 今日は美日なり。（よい日だ。）今日佳日也。《晚秋佳日》

⑵ 其の狀、甚だ麗し。（うるわしい。）其狀甚麗。

《神女賦》

(3) 威徳魏々として、尊容堂々たり。（魏々として……堂々としている。）威徳巍巍，儀表堂堂。《平家物語》

（三） 賓語（在他動詞做謂語的句子中，指動詞所及的對象即目的語。有時可省略賓格助詞「を」）：

(1) 筆をおきし以來忽ち二週間を經たり。（筆を置いて以来忽ち二週間を経た。）置筆以來轉瞬已過兩週。國木田獨步：《真実日記・明治28・6・10》

(2) 菊を採る東籬の下、悠然として南山を望む。採菊東籬下，悠然望南山。陶淵明：《雜詩》

(3) 或は家を忘れて山に住む。或棄家而居於山中。《方丈記》

(4) 教師は筆おきて讀みかほしぬ。（教師は筆をおいて読みかえした。）教師置筆〈將信〉重讀一遍。《源叔父》

（四） 補語（有時句中謂語必須補充有關時間、場所、方向、手段等方面的說明才能完整地表達意思，這種補充成分稱為補語，用補格助詞「に」、「へ」、「より」等表示）：

(1) 明日幾時よりか有る。酒を把りて青天に問ふ。（幾時からか明日が有る。）明日幾時有，把酒問青天。蘇軾：《水調歌頭》

(2) エリスは二三日の前の夜、舞臺にて卒倒しつ。（舞台で卒倒した。）二三日前之夜，艾莉絲於舞台上暈倒。《舞姬》

－344－

(3) 此坂をおりて彼處へ行きて暫時やすまん。（此の坂を下りて彼処へ行ってしばらく休もう。）下此坂去彼處，欲暫憩片刻。樋口一葉：《暗夜》〔移動性自動詞要求用「を」表示補語。〕

(4) 車に乗って宿所へ歸り障子の内に倒れ伏し、ただ泣くより外の事ぞなき。（泣くことより外にない〈外の事がない〉。）乘車歸家，俯臥室中，唯哭泣耳。《平家物語》

（五）　定語（說明句中體言的狀態和性質的一種句子成分，也稱連體修飾語）：

(1) 源叔父が家の前には今の車道でき、朝夕二度汽船の笛鳴りつ。（源叔父の家の前には、今の車道ができて……汽船の笛が鳴っている。）源叔父家門前建成今日之車道，晨夕兩次可聞輪船笛鳴。《源叔父》

(2) 夜ふけて、やや涼しき風吹きけり。（涼しい風が吹いた。）夜深矣，涼風徐徐吹來。《伊勢物語》

(3) 存する者は且く生を偸み、死する者は長へに已みぬ。（死んだものは長えに已んだ〈永遠に活動を停止した〉。）存者且偸生，死者長已矣。杜甫：《石壕吏》

(4) 妓王二十一にて尼になり。嵯峨の奥なる山里に柴の庵りをひき結び、念佛しぞ居たりける。（二十一歳で尼になる。嵯峨の奥にある山里に、柴の庵を結んで念仏していたよ。）妓王二十一歲削髮爲尼，於嵯峨深山之鄉里結〈草〉廬念佛。《平家物語》

（六）　狀語（說明用言的狀態及程度的句子成分，也稱連用修飾語）：

(1)　雪の山はほのかに金色を放ちぬ。（ほのかに金色を放った。）雪山微呈金色。《五月雪》

(2)　遙に想ふ公瑾　當の年、小喬　初めて嫁し了り、雄姿英發なりしを。（英発であったことを。）遙想公瑾當年，小喬初嫁了，雄姿英發。蘇軾：《念奴嬌・赤壁懷古》

(3)　梅の花　殘りなく散り亂る。（散り乱れた。）梅花零落無遺。《更級日記》

（七）　獨立語（指句中與其他句子成分沒有文法上的接續關係而處於獨立位置的句子成份）：

1.　感嘆語（由感嘆詞構成）：

(1)　嗚呼、何等の惡因ぞ。（ああ、どのような悪因なのか。）嗚呼！何等孽緣！《舞姬》

(2)　あれは、悲しきかも。（ああ、悲しいなあ。）嗚呼！哀哉！《琴後集》

2.　呼喚語：

(1)　「紀州」と呼びかけし翁の聲は低けれども太し。（「紀州」と呼びかけた翁の声は……。）老翁呼喚一聲"紀州！"，聲雖低，但有力。《源叔父》

(2)　驗あらん僧たち、祈り試みられよ。（効験があるだろうとするお坊さんたちよ、祈って試みてごらんなさい。）有靈僧眾，試請禱告！《徒然草》

3. 同位語：

(1) 若し上林の花 錦 に似たるを待たば、門を出づるは皆是花を看るの人なり。（上林の花が錦に似っているのを待てば〈待っていると〉、門を出る人は皆これ〈すべて〉花を見る人である。）若待上林花似錦，出門皆是看花人。楊巨源：《城東早春》

(2) 懈怠の心 みづから知らずといへども、師これを知る。懈怠之心雖不自知，而師知之。《徒然草》

4. 接續語（由接續詞或接續助詞構成）：

　　すべて世の人の、住家を作る習ひ、必ずしも身の為にせず。或は、妻子、眷屬の為に作り、或は、親昵、朋友の為に作る。或は、主君、師匠及び財寶、牛馬の為にさへ、これを作る。（必ずしも自分の為にするのではない。）大凡世人慣於造屋，未必爲其自身，或爲〈妻兒〉眷屬，或爲親朋，甚或爲主人、老師以及財寶、牛馬而造之。《方丈記》

二、句子成分的分析

句子長短繁簡不同，但不論多麼長的句子，最後都可歸納爲兩大詞組的關係（一個詞組構成的句子例外）。對於長句可按下列四種形式進行分析：

（一） 主謂語句（主語　謂語）

(1) 落ち散りたる藁屑も、赫焉として燃へざるはなし。（落ち散っている藁屑も、赫焉として燃えないものはない。）散落之

蒿屑無不赫然燃燒。《相摸灘之落日》

(2) 宿の主人が教師に語りしはこれに過ぎざりし。（宿の主人が教師に語ったのはこれ〈くらい〉に過ぎなかった）寓所主人告於教師者不過如此矣。《源叔父》〔中間夾有補語〕

(3) 源叔父は、七人の客わが舟に在るを忘れ了てたり。（源叔父は七人の客が自分の舟に在る〈乗っている〉ことを忘れはてた。）源叔父完全忘記有七位乘客在其舟中。《源叔父》〔中間夾有賓語；賓語由子句構成，是個中間夾有補語的"主謂語句"〕

(4) 大路のさま、松立てわたして、花やかに嬉しげなるこそ、またあはれなれ。（大路〈の〉様は、松を立てわたして、花やかに、嬉しげであるのは、またあわれ〈情緒のあること〉である。）〈京城〉大街處處裝飾門松，喜氣洋溢，充滿生氣，〈此種景象〉亦饒有風趣。《徒然草》〔中間夾有狀語〕

（二） 修飾語、被修飾語語句（定語　體言或體言詞組；狀語用言或用言詞組；補語　謂語）：

(1) 空は次第に、紫に濁りて、生温かき南風面を吹きぬ。
　　　　　　狀語　　　　用言　　　　　定語　　　體言
　　　　　　　　　　補語　謂語

（生温かい南風が顔面を吹いた。）天空逐漸發暗，呈紫色，微暖之南風拂面。《海與岩》

(2) 山深み春とも知らぬ松の戸にたえだえかかる雪の玉水。（山が深くて、春をも知らぬ松の戸に絶え絶えかかっている雪どけの玉水だよ。）〈久居深山里，〉山深不知春，〈誰爲報春使，〉雪水

滴柴門。《新古今和歌集》

(三) 接續語、被接續語句（<u>接續語</u>、<u>被接續語</u>）：

(1) <u>極刑に就けども</u>、<u>慍む色無し</u>。（極刑に就けれられたが、慍む色もない。）就極刑而無慍色。《報任安書》

(2) <u>飛んでは</u>、<u>妄に集らず</u>、<u>翔りては</u>、<u>必ず林を擇ぶ</u>。飛不妄集，翔必擇林。《鸚鵡賦》

(3) <u>都にて山の端に見し月なれど</u>、<u>波より出でて</u>、<u>波にこそ入れ</u>。（都では山の端に見た月だが、〈ここでは〉波の間から出て、波の間に沈む。）都城望明月，月掛叢山端，海上觀玉兔，出沒雲水間。《土佐日記》

(四) 並列語句（句子成分並列；短句或子句並列）：

(1) <u>空も</u> <u>空氣も</u> <u>風も</u> <u>月も</u>すべて<u>水の如く淡く</u>、<u>水の如く清く</u>、<u>水の如く流る</u>。（水のように流れる。）天空、空氣、風、月皆淡如水、清如水、流如水。《新樹》〔主語並列；狀語及謂語並列〕

(2) <u>沅</u>、<u>湘</u>、日夜、東に流れ去る。（沅、湘は日夜、東へ流れて行く。）沅湘日夜東流去。《徒然草》（戴叔倫：《湘南即事》〔主語並列〕

(3) <u>呉竹は葉細く</u>、<u>河竹は葉廣し</u>。淡竹葉細，苦竹葉寬。《徒然草》〔子句並列〕

【注】有時在一個長句中兼有以上幾種句子成分的分析形式。如：

(1) 其後 教師 都に 歸りてより 幾年の 月日 經ち、或冬の夜、

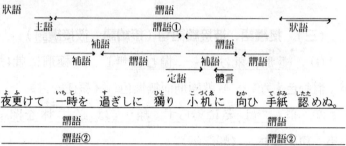

```
                                          狀語
        主語                        謂語
                  謂語①                                狀語
                     補語              謂語
              補語    謂語          補語    謂語
                              定語  體言
```

夜更けて 一時を 過ぎしに 獨り 小机に 向ひ 手紙 認めぬ。

```
        謂語                              謂語
        謂語②                            謂語②
        謂語                              謂語
           接續語                           被接續語
  接續語     被接續語     狀語     謂語
  主語  謂語① 補語  謂語②                    狀語  謂語
                                      補語  謂語  賓語  謂語
```

（夜が深けて、一時を過ぎたが、獨り小机に向って手紙を書いた。）其後。教師
返京〈後〉又歷數年，某冬之夜，夜深已過一時，猶伏案修書。《源叔父》

(2) さて、冬枯のけしきこそ、秋にはをさをさ劣るまじけれ。

```
   獨立語        主語              謂語
        定語  體言      補語      謂語（用言詞組）
                           狀語  謂語（用言詞組）
```

（さて、冬枯れの景色は秋には少しも劣ることがないだろう。）冬景淒淒，幾乎
不亞於深秋。《徒然草》

(3) 春や疾き花や遲きと聞き分かむうぐひすだにも

```
                        主語
           定語              體言
     補語          用言
   並列      並列
  主語 謂語  主語 謂語
```

鳴かずもあるかな。（春がまだ早いのか、花が遲いのかと聞いて分ろうとする鶯
さえも鳴かないよ。）春到梅未開，春早抑花遲？欲斷問黃鶯，鶯亦不啼鳴。《古
今和歌集》

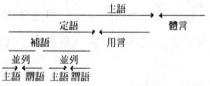

```
        謂語
  接續語  被接續語
```

三、句子成分的順序（語序）

（一）　正常語序（正序法）

1. 主語在前、謂語在最後：

　(1) 夏の季は、始りぬ。（始った。）夏季開始矣。德富蘆花：
　　　<u>主語</u>　　　　<u>謂語</u>

《夏》

　(2) 富士の山は、この國なり。（この国である）富士山在日
　　　　<u>主語</u>　　　　<u>謂語</u>

本國。《更級日記》

2. 賓語、補語在主語和謂語之間：

　(1) 富士も、夏衣を　着けぬ。（着けた。）富士山亦著夏衣
　　　<u>主語</u>　　<u>賓語</u>　　<u>謂語</u>

矣。《夏》

　(2) 俊蔭が船は、波斯國に 放たれぬ。（放たれた。）俊蔭之船已
　　　<u>主語</u>　　　<u>補語</u>　　<u>謂語</u>

駛往波斯國。《宇津保物語》

3. 修飾語在被修飾語前面（修飾語，被修飾語）：

　(1) 　黄 河遠く上る白雲の 間。一片の 孤城 萬仞の 山。黄河
　　　　　　　<u>定語</u> <u>體言</u> <u>定語</u>　<u>體言</u> <u>定語</u> <u>體言</u>

遠上白雲間，一片孤城萬仞山。王之渙：《山塞》

　(2) 春は終に、來らざる乎。（来ないのか。）春終不來乎？德
　　　　　<u>狀語</u>　　<u>用言</u>

富蘆花：《冬威》

　(3) 住みなれし故里、限りなく、思ひ出でらる。（住み馴れた
　　　　<u>定語</u>　　<u>體言</u>　　<u>狀語</u>　　<u>用言</u>

故里が限りなく思いだされる。）自然無限懷念久居之故鄉。《更級日記》

4. 呼喚語一般在句子最前面：

(1) 「我子よ。今恐ろしき夢みたり。」いひつつ枕邊を見たり。（……といいながら枕辺を見ている。）"吾兒乎！適做一可怕之夢！"〈源叔父〉且言且望枕邊。《源叔父》

(2) いかに妓王、その後は何事かある。（何事があるか〈どうであるか〉。）妓王！別後如何？《平家物語》

（二） 倒裝語序（倒序法）：

有些句子爲了增強語氣或調整語調，可將句子成分的正常位置倒置，形成倒裝語序，這種句子稱爲倒裝句。

1. 主語謂語倒置：

(1) いづら、歌は。（歌はどこか。）何處有歌？《枕草子》
　　　謂語　　主語

(2) いとど降る雪、用捨なく綿を投げて、時の間に隱れけり、
　　　　　　　　　　　　　　　　　　　　　　　　　　謂語

庭も籬も。（庭も籬もまたたく間に隱れた。）雪愈大，不斷撒下
　主語

白絮，瞬間，庭、籬皆爲其所覆。樋口一葉：《雪天》

2. 主語賓語倒置：

德高き人を 誰か仰がざらん。（誰が德の高い人を仰がないだ
　賓語　　　主語

ろうか。）德高者誰不敬仰？

－352－

3. 主語補語倒置：

<ruby>伊豆<rt>いづ</rt></ruby>の<ruby>山<rt>やま</rt></ruby>に、日は<ruby>傾<rt>かたぶ</rt></ruby>きぬ。（日は伊豆の山に傾いた。）日斜伊

　　　　補語　　　　主語

豆山。《可憐兒》

4. 謂語、賓語倒置：

(1) <ruby>見<rt>み</rt></ruby>よ、<ruby>嶺<rt>みね</rt></ruby>の<ruby>東<rt>ひがし</rt></ruby>の<ruby>一角<rt>いっかく</rt></ruby>、<ruby>薔薇色<rt>ばらいろ</rt></ruby>になりしを。（薔薇色になっ

　　　　謂語　　　　　　　賓語

たのを見よ。）請看！〈富士〉峰東一角已呈粉紅色。《近日富士

山之黎明》

(2) <ruby>誰<rt>だれ</rt></ruby>か知らん　<ruby>盤中<rt>ばんちゅう</rt></ruby>の<ruby>殽<rt>そん</rt></ruby>、<ruby>粒々皆辛苦<rt>りふりふみなしんく</rt></ruby>なるを。　（誰が、

　　　　　謂語　　　　　賓語

盤中の殽が粒々皆辛苦であることを知るだろうか。）誰知盤中

殽，粒粒皆辛苦。李紳：《憫農》

5. 謂語補語倒置：

(1) <ruby>忽<rt>たちま</rt></ruby>ち<ruby>聞<rt>き</rt></ruby>く、<ruby>海上<rt>かいじょう</rt></ruby>に<ruby>仙山<rt>せんざん</rt></ruby><ruby>有<rt>あ</rt></ruby>りと。（忽ち、海上に仙山があ

　　　　　謂語　　　　補語

ると〈聞く〉、いう。）忽聞海上有仙山。《長恨歌》

(2) <ruby>免<rt>のが</rt></ruby>れ<ruby>出<rt>い</rt></ruby>でしなり、<ruby>薄井<rt>うすゐ</rt></ruby>の<ruby>家<rt>いへ</rt></ruby>を。　（薄井の家から逃れ出た

　　　　謂　語　　　　　補語

のだ。）乃自薄井家逃出者。樋口一葉：《雪天》

(3) いざ<ruby>給<rt>たま</rt></ruby>へ、<ruby>出雲<rt>いづも</rt></ruby>をがみに。　（さあ出雲社を拝みにお出で

　　　　謂語　　　　補語

なさい。）務請往拜出雲神社！

6. 謂語狀語倒置：

<u>行け</u>、<u>疾く</u>。（早く行きなさい！）去！速去！
　謂語　狀語

（三）　句子成分的省略

　　爲了加強語氣和句子的韻味，或求文字簡練，有時根據具體情況可以省略某種句子成分。

1.　省略主語：

　　⑴　立入り禁止！（立入りを禁止する。）禁止入內！

　　⑵　樹木を折り取るべからず。（折り取ってはいけない。）不可攀折花木！

　　⑶　その夜、飯塚にとまる。當夜宿於飯塚。《奧州小道》

　　⑷　「源叔父ならずや」、巡査は呆れし様なり。（「こなたは源叔父ではないか」と巡査は呆れた様子である。）"此非源叔父乎？"警察似驚奇而問曰。《源叔父》〔省略了「こなた」〕

2.　省略謂語：

　　⑴　千里の行も足下より。（脚下から始まる。）千里之行始於足下。《老子》〔省略「始まる」〕

　　⑵　秋は夕暮れ。（秋は夕暮れがいい。）秋日黃昏景色最佳。《枕草子》〔省略「をかし」〕

　　⑶　近き火などに逃ぐる人は「しばし」とや言ふ。（近火などで逃げる人は、「しばらく待ってくれ」と言うか。）因鄰近起火而逃者焉有暇言"且慢！〈稍待！〉"乎？《徒然草》〔「しばし」後省略了「待ち給へ」等〕

3.　省略賓語：

－354－

(1)　明後日の夜は芝居見に連れゆくべし。（芝居を見に御前を連れて行こう。）後日晩欲攜汝前往看戲。《源叔父》〔省略了「御前」〕

(2)　「……御狩みゆきし給はんやうにて、見てんや。」とのたまはす。（「御狩にお出かけ遊ばすようなふうに見せかけて会えないだろうか。」とおっしゃる。）帝言：“……倘作圍獵行幸，定能見赫奕姫也。”《竹取物語》〔「見てんや」前面省略了「かぐや姫」〕

【注】有時可以省略句子成分中的附屬詞（助詞或助動詞）：
(1)　油断大敵。（油断は大敵だ。）疏忽乃大敵也。（格言）〔省略了係助詞「は」和指定助動詞「なり」〕
(2)　上は懸崕、下は海。（上は懸崕で、下は海である。）上爲懸崖，下爲海。《懸崖》〔省略了指定助動詞「なり」〕
(3)　紀州を家に伴へりと聞きぬ、信にや。（紀州を家に伴ったと聞いた。本当であろうか。）聞言汝已攜紀州回家，確否？《源叔父》〔「信にや」後面省略了「あらむ」〕

四、句子分類

(一)　從職能上分類（可分為斷判句、存在句、動態句、描寫句四種）：

1. 判斷句（以體言加指定助動詞做謂語而用來斷定事物的句型稱爲**判斷句**）：

(1)　これ彼が第一の書の略なり。（これは彼の……概略である。）此乃伊第一封信之概略也。《舞姬》
(2)　御使は丹左衛門の尉基康と言ふ者なり。使者乃丹左衛

門尉基康也。《平家物語》

2. 存在句（用表示存在的動詞做謂語的句型稱為**存在句**）：

    (1) 門毎に國旗あり。到る處に凱旋門あり。（国旗があ
る。）每戶門前掛有國旗，到處扎有凱旋門。《國家與個人》

    (2) 丹波に出雲といふ所あり。丹波國有一地名出雲。《徒
然草》

3. 動態句（以動詞做謂語表示事物的動作或臨時狀態的句型稱為
動態句）：

    (1) 教師は都に歸りて後も源叔父が事忘れず。（源叔父の
ことを忘れない。）教師返京後仍不忘源叔父之事。《源叔父》

    (2) 古き墳は鋤かれて田となりぬ。（田となった。）古墓翻
耘已為良田。《徒然草》

4. 描寫句（用形容詞、形容動詞做謂語描述事物的狀態、性質的
句型稱為**描寫句**）：

    (1) 女郎花咲き、柿の實ほのかに黄ばみ、甘藷次第に甘
し。（次第に甘い。）女夢花開，柿呈微黃色，甘薯漸甜。德富蘆
花：《夏去秋來》

    (2) 彼は優れて美なり。（美である。）伊甚優美。《舞姬》

    (3) 落書ども多かりけり。（多かった。）諷刺文等多矣。
《平家物語》

    （二） 從結構上分類（可分為單句、複句、並列句、混合
句）：

1. 單句（句中只有一個主語、謂語者）：

(1)　かくて<u>教師の詩は</u>，<u>其最後の一節を欠きたり</u>。（一節を欠いた。）於是，教師之詩篇中缺此最後一節。《源叔父》

(2)　<u>風</u>，<u>吹きぬべし</u>。（風が吹いただろう。）恐起風矣。《土佐日記》

2.　複句（句子成分中含有主語和謂語（子句）者，即全句至少出現兩次主語、謂語者）：

(1)　<u>象は</u>，<u>鼻長し</u>。（象鼻長。）

(2)　或日<u>源叔父は</u>，<u>所用ありて</u>晝前より<u>城下に出でたり</u>。（源叔父は所用があって……城下に出た。）某日午前，源叔父因〈有〉事入城。《源叔父》

(3)　<u>月の晴曇ること</u>，<u>さだめがたし</u>。（定め難い。）月或隱或現，陰晴難定。《徒然草》

3.　並列句（句中有兩個以上主語、謂語而彼此有並列關係者）：

(1)　<u>苦木寒鳥鳴き</u>、<u>空山夜猿啼く</u>。古木鳴寒鳥，空山啼夜猿。魏徵：《述懷》

(2)　<u>貧しき者は財をもって禮とし</u>、<u>老いたる者は力をもって禮とす</u>。貧者以贈金爲禮，老人以助力爲禮。《徒然草》

4.　混合句（由以上三種句型混合形成的複雜句子）：

(1)　<u>江碧にして鳥逾白く</u>、<u>山青くして花然えんと欲す</u>。（燃えようと欲する〈燃るようである〉。）江碧鳥逾白，山青花欲然。杜甫：《絕句》

(2)　<u>頭は空なる富士の紫を點破し</u>、<u>影は水なる富士の巓に立てり</u>。（影は水にある〈映る〉富士の巓に立っている。）頭點破空中富士之紫色，影立於水中富士之巓。《富士山倒影》

（三） 從性質上分類（可分為敘述句、疑問句、命令句、感嘆句四種）：

1. 敘述句（表明判斷、否定、回想、推量、希望或敘述的句子）：

⑴ 冬至には日伊豆の天城山の邊に落つ。（落ちる。）冬至日，太陽落伊豆天城山之端。《富士山倒影》

⑵ 夜は寝も寝ず。（夜は眠りにさえつけない。）夜不能熟眠。《土佐日記》

2. 疑問句：

⑴ 夜更けて何者をか捜す。（誰かを捜す。）深夜，汝尋何人？《源叔父》

⑵ かかる道はいかでかいまする。（如何してお出かけになるのか。）此路如何行？《伊勢物語》

3. 命令句（表示命令、禁止、要求的句子）：

⑴我を救ひ玉へ、君。（我を救って下さい。あなた。）請君救吾！《舞姬》

⑵ 法華經五の巻をとくならへ。（早く習え。）速學法華經五卷！《更級日記》

4. 感嘆句（表示感嘆和喜怒哀樂情緒的句子）：

⑴ 嗚呼、言は窮り有りて、情は終ふべからず。（終えることができない。）嗚呼！言有窮而情不可終。《祭十二郎文》

⑵ あはれ、いと寒しや。（ああ、大変寒いなあ。）噫！甚寒！《源氏物語》

第四章　　條　文

　　爲使讀者複習所學語法，特選幾篇例文作爲閱讀材料，並於篇後附加注釋，以資參考。這些例文都選自戰後的出版物，文中漢字有些使用了「當用漢字」，爲維持原貌，未加改動。

一、学問のすゝめ　初編　　　福沢諭吉

　　「天は人の上に人を造らず[1]、人の下に人を造らず」といへり[2]。されば[3]天より[4]人を生ずるには、万人は万人みな同じ位にして[5]、生まれながら貴賤上下の差別なく、万物の霊たる[6]身と心との働きをもって、天地の間にあるよろづの物も資り、もって衣食住の用を達し、自由自在、互ひに人の妨げをなさずして、おのおの安楽にこの世を渡らしめたまふ[7]の趣意なり。

　　されども[8]今広くこの人間世界を見渡すに、かしこき人あり、おろかなる人あり、貧しきもあり、富めるもあり、貴人もあり、下人もありて、そのありさま雲と泥との相違ある[9]に似たるは何ぞや。その次第、はなはだ明らかなり。『実語教』に、「人学ばざれば智なし、智なき者は愚人なり」とあり。されば賢人と愚人との別は、学ぶと学ばざるとによりて出來るものなり。また世の中にむづかしき仕事もあり、やすき仕事もあり。そのむづかしき仕事をする者を身分重き人と名づけ、やすき仕事をする者を身分軽き人といふ。すべて心を用ひ心配する仕事はむづかしくし

て、手足を用ふる力役はやすし。ゆゑに®医者・学者・政府の役人、または大なる商売をする町人、あまたの奉公人を召し使ふ大百姓®などは、身分重くして貴き者といふべし。身分重くして貴ければ、おのづからその家も富んで、下々の者より見れば及ぶべからざる®やうなれども、その本を尋ぬれば、ただその人に学問の力あるとなきとによりてその相違も出来たるのみにて、天より定めたる約束にあらず。諺にいはく、「天は富貴を人に与へずして、これをその人の働きに与ふる者なり」と。されば前にもいへる通り、人は生まれながらにして貴賤・貧富の別なし。ただ学問を勤めて物事をよく知る者は、貴人となり富人となり、無学なる者は、貧人となり下人となるなり。

　学問とは®、ただむづかしき字を知り、解し難き古文を読み、和歌を楽しみ、詩を作るなど、世上に実のなき文学をいふにあらず。これらの文学も、おのづから人の心を悦ばしめ®、随分調法®なるものなれども、古來世間の儒者・和学者®などの申すやう、さまであがめ貴むべきものにあらず。古來漢学者に世帯持ち®の上手なる者も少なく、和歌をよくして商売に巧者なる町人もまれなり®。これがため心ある町人・百姓は、その子の学問に出精する®を見て、やがて身代を持ち崩す®ならんとて、親心に心配する者あり。無理ならぬ®ことなり。畢竟その学問の実に遠くして、日用の間に合はぬ®証拠なり。

　されば今、かかる実なき学問はまづ次にし、もっぱら勤むべきは、人間普通日用に近き実学なり。たとへば、いろは四十七文字を習ひ、手紙の文言・帳合ひ®の仕方・算盤の稽古®・天秤の

取り扱ひ等を心得、なほまた進んで学ぶべき箇条ははなはだ多し。地理学とは日本国中はもちろん、世界万国の風土道案内なり。究理学⑧とは天地万物の性質を見て、その働きを知る学問なり。歴史とは年代記のくはしきものにて、万国古今のありさまを詮索する書物なり。経済学とは一身一家の世帯より、天下の世帯を説きたるものなり。修身学とは身の行なひを修め、人に交はり、この世を渡るべき天然の道理を述べたるものなり。これらの学問をするに、いづれも西洋の翻訳書を取り調べ、大抵のことは日本の仮名にて用を便じ、あるいは年少にして文才ある者へは横文字をも読ませ、一科一学も事実を押へ⑨、その事に就きその物に従ひ、近く物事の道理を求めて、今日の用を達すべきなり。右は人間普通の実学にて、人たる者は貴賎上下の区別なく、みなことごとくたしなむ⑩べき心得なれば、この心得ありて後に、士農工商おのおのその分を尽くし、銘々の家業を営み、身も独立し、家も独立し、天下国家も独立すべきなり。（下略）

選自福澤諭吉：《学問のすゝめ》旺文社文庫本

【例文注釋】

① ず〔否定助動詞〕不……；非……。

② り〔完了助動詞〕曾；已。

③ されば〔接續詞〕因此；故……。

④ より〔補格助詞〕自；從。

⑤ にして〔指定助動詞「なり」的連用形下接接續助詞「して」〕乃；是。

⑥ たる〔指定助動詞「たり」的連體形〕相當於「である」。乃；是；爲。

⑦ しめたまふ〔詞組，「しめ」是使役助動詞「しむ」的連用形；「たまふ」是補助動詞〕表示敬意。

⑧　されども〔接續詞〕但……；然而。

⑨　雲と泥との相違ある〔詞組，「ある」是動詞「あり」的連體形〕有天壤
之別。

⑩　ゆゑに（故に）〔接續詞〕因此；故……。

⑪　大百姓〔名〕大土地所有者；豪農。

⑫　及ぶべからざる〔詞組〕不可及。此處指"高不可攀"。

⑬　とは〔格助詞、係助詞重疊〕相當於「といふのは」，意爲"所謂……"

⑭　しめ〔使役助動詞「しむ」的連用形中頓法〕使之……。

⑮　調法〔名〕方便；有益。

⑯　和学者〔名〕指日本的"国学家"

⑰　世帯持ち＝所帯持ち〔名〕有家庭負擔者。此處指"持家"；"管理家
務"。

⑱　まれなり（稀なり）〔形容動詞〕罕見；少有。

⑲　出精する〔サ變動詞「出精す」的連體形〕勤奮；努力。

⑳　身代を持ち崩す〔詞組〕破產；家業敗壞。

㉑　無理ならぬ〔詞組〕非無道理；可以理解。

㉒　間に合はぬ〔慣用詞組〕不適合；來不及。此處指"不切合"的意思。

㉓　帳合ひ〔名〕記帳。

㉔　稽古〔名、サ變動詞〕功課；學習。

㉕　究理学＝窮理学〔名〕此處指"物理學"。

㉖　事実を押へ〔詞組〕掌握實際；實事求是。

㉗　たしなむ（嗜む）〔四段他動詞〕愛好；通曉。

【參考譯文】見群力譯：《勸學篇》第一篇，商務印書館出
版。

二、社会主義神髄

こうとくしゅうすい
幸徳秋水

第七章　結　論

　果然、病源は発見せられたる也。謎語豈に解決せられざらん
や①。

　殖産的革命は社会組織進化の一大段落を宣告せり、産業の方
法は、個人の経営を許すべく、余りに大規模となれる②也。生産
力は個人の領有を許すべく、余りに発達膨大せる也。故に彼等は
其性質の社会的なるを承認されんことを要求す、其領有の共同的
ならんことを強請す、其分配の統一あらんことを命令す、而も聴
かれざる也。是を以て競争となり、無政府となり、弱肉強食とな
り、独占なとり、社会多数は是等独占的事業の犠牲に供せらるる
に至る。

　故にエンゲルは曰く「社会的勢力の運動や③、其盲目なる、
乱暴なる、破壊的なる、毫も自然法の運動に異なるなし。而も吾
人一たび其性質を理解するに及んでや、随意に之を駆役して、以
て自家の用を為さしむる得る、猶ほ雷光の通信を助け、火焔の煮
炊に供するが如し」と。然り④現時社会が生産機関発達の為めに
利せらるるなくして、却って之が暴虐に苦しむ所以の者、一に社
会進化の法則に悖反するが為めのみ。若し一たび其性質趨勢を理
解して之を利導せん乎、猶ほ人を震し人を焚くの雷光火焔が吾人
必須の利器となるが如けん也⑤。

-363-

今に於て怪しむ勿れ⑥、学術の日に進んで徳義の日に頽るることを、生産益々多くして、万民益々貧しきことを、教育愈々盛にして罪悪愈愈多きことを、嗚呼是れ一に現時の生産機関私有の制度之をして然らしむる⑦のみ。個人をして、今の生産機関を私有せしむるは、猶ほ狂人をして利刃を持せしむるが如し、自ら傷け、人を傷けずんば⑧已まず。

　而して其結果や即ち分配の不公となれり、分配の不公は即ち多数人類の貧困と少数階級の暴富となれり、暴富なるものは即ち驕奢となり、腐敗となり、貧困なるものは即ち堕落となり、罪悪となり、挙世滔々として江河日に下る、洵に必至の勢ひのみ。

　故に今日の社会を救ふて⑨其痛苦と堕落と罪悪とを脱せしむる、貧富の懸隔を防止するより急なるは無し。之を防止する、富の分配を公平にするより急なるは無し。之を公平にする、唯だ生産機関の私有を廃して、社会公共の手に移すに在るのみ。換言すれば即ち社会主義的大革命の実行あるのみ。而して是れ実に科学の命令する所⑩、歴史の要求する所、進化的理法の必然の帰趣にして、吾人の避けんと欲して避く可らざる所にあらずや。

　嗚呼近世物質的文明の偉観壮観は、如此にして始めて能く真理、正義、人道に石することを得可きにあらずや。真理、正義、人道の在る所、是れ自由、平等、博愛の現ずる所に非ずや。自由平等博愛の現ずる所是れ進歩、平和、幸福の生ずる所に非ずや。人生の目的唯だ之れ有るのみ、古來聖賢の理想、唯だ之れ有るのみ。エミール・ゾーラ叫んで曰く「社会主義は驚嘆（ワンダフル）すべき救世の教義也」と。豈に我を欺かんや。

起て、世界人類の平和を愛し、幸福を重んじ、進歩を希ふの志士、仁人は起て。起って社会主義の弘通と実行とに力めよ。予不敏と雖も、乞ふ後へに従はん。

人生不得行胸懷。　　雖壽百歲猶夭也。

青天白日處節義。　　自暗室陋屋中培來。

旋乾轉坤的經綸。　　自臨深履薄處操出。

（明治三十六年七月）

選自幸德秋水：《社会主義神髓》

筑摩書房出版《現化日本文学大系(22)》

【例文注釋】

① や〔係助詞〕表示反問。

② る〔完了助動詞「り」的連體形〕表示過去、完成。

③ や〔感嘆助詞〕表示加強語氣。

④ 然り〔接續詞〕然而……。

⑤ 如けん也〔詞組〕「如け」是古代文言中的助動詞「如し」的未然形，下接推量助動詞「む」，意思是「將如……」；「也」是指定助動詞。

⑥ 勿れ（莫れ・毋れ）「なくあれ」的約音，接在體言或用言連體形下表示禁止。莫；勿；不要……。

⑦ 然らしむる〔詞組〕由「ラ變」動詞「然り」的未然形下接使役助動詞「しむ」的連體形構成，意思是：所使然；所致。

⑧ ずんば〔「ずば」的強調形態〕否定助動詞「ず」的未然形下接接續助詞「ば」時表示否定的假定順態接續，意思是：若非……；若不……。中間加「撥音」表示強調。

⑨ て〔感嘆助詞（終助詞）〕接在用言及助動詞的終止形下表示輕微的感動。

⑩ 所〔形式體言〕所……。如「歷史の要求す所」（歷史所要求）、「人道の在る所」（人道之所在）。

見馬采譯：《社会主義神髄》第七章結論，商務印書館出版。

三、友愛

国木田独歩

　　愚かなる人は、決して友を得ざるなり。蓋し其の愚かなる
を嫌ひて他人之れに近づかざるが故に非ずして、其の人自から
友なるものゝ何たるを會せざればなり。

　　自然は之れを愛する者に負かず。人情とても然り。人情
とは人のうちにある情なれども、人自から之れを解することを
つとむる時は、無窮に達する神の聖なる力となりて、彼れを
祝福する者なり。人は常に肅みて吾が胸に響く人情の幽音に
耳を傾くることをつとめざる可からざる也。

　　然るに友情の如きは人情の尤も高尚なるものゝ一なり。
たゞ之れを『交際』てふ冷やかなる文字のまゝに解しをくと、
之れを深く自から省みて其の真消息に達せんことをつとむると
は、其の差豈にただに愚者と賢者との區別のみならんや。

　　一人あり、若し友愛の情を終生解し得ずして了はらんか、
其の人は不幸此上もなき者の一人なり。

　　何故に不幸なるか。余は願ふ、人の親たるもの此の如き疑
問を其の愛する子女に向って試みんことを願ふ。若し敏捷なる
子女にして『友達なき時は淋しくして遊ぶ能はざるが故なり』と
答へんか。之れ真理なり。これ巳に人情自然の答にぞある。之
れ小兒にして始めて答へ得る意味深き答にてある也。

友なき時に於て實際吾等は淋しきなり。小兒の時のみ然るに非ず、一生の間友なくんば⑪一生の間淋しきなり。ベーコンといへる⑫學者の名言に曰く、真の友なきこそ真の寂寞なれ、これなくば此世は荒野に過ぎずと。

一生の間、荒野をたどる如くにして此世を暮す者を吾等は幸福なりと云ふ可きか。

小兒の答は真なり。孤獨は不幸なり。されど小兒の答ふる能はざる不幸あり。此時父母は子女に向って教へざる可からず『友情を解し得ずして一生を了はる⑬者、必ず其の品性に缺所ある事を證するなり』と。之れ更らに不幸の事に非ずや⑭。

友愛を感ぜずして一生を送る程の人は、己れ自から寂寞を感ずる者に非ず。若し果して寂寞を感ぜんか、必ず友を求めて友ある可きなり。已に寂寞を感ぜず、之れ則ち其の心麻痺をる⑮なり、いかでか人情の深き響を聞くことを得ん⑯。

憐れむ可きは此の種の人なり。人の性を殺して、獸の性を養ふたるものなり。

故に吾等は友義の重んず可きを知り、友愛の情を感ずることを務めざる可からず。以て⑰真の友を得ざる可からず、以て人情を完くせざる可からず。

つとむるといふこと之れ主眼なり。

『一見舊知の如し』とは必ずしも友情發露の第一義にあらず。此のうちに非常なる高尚の人性を示せども、其の裏面は不健全なり、曰く『可愛さ餘りて憎さ百倍』⑱と。凡て是れ一時の情に驅られたるに過ぎず。人情は深し、一時の感情は其底見

ゆる也。

　吾等はつとめて友愛の情を耕さざる可からず、培はざる可からず。故に忍びもせざる可からず。其のうち已に友愛あるなり、人情ある也。

　愚かなる者は友を得ず、友情を耕すことを知らざればなり。我儘なる者は友を得ず、友情を培ふことをつとめざればなり。

　知らしめよ、つとめしめよ。余が子女を有する世の親たるものに向って、注意を促すことは是れなり。

選自《定本・国木田独歩全集》

第一巻學習研究社出版

【例文注釋】

① 蓋し〔副〕蓋；大概。

② 之れ〔代〕此處指「愚かなる人」。

③ 會せざればなり〔詞組〕因不理解……也。

④ 之れ〔代〕是「自然」的同位語。

⑤ とても然り〔詞組〕由格助詞「と」、接續助詞「て」與係助詞「も」重疊後再接「ラ變」動詞「然り」構成，相當口語的「と言ってもそうである」，意思是"〈縱言〉……亦然"。

⑥ てふ〔詞組〕是「と言ふ」的約音，讀「ちよう」，多見於和歌中。

⑦ 解しをくと〔詞組〕「サ變」動詞「解す」的連用形下接補助動詞「置く」，再接格助詞「と」。「置く」是連體形，下面省略了形式名詞「こと」。詞組相當口語的「理解しておくことと」。

⑧ 豈に……ならんや〔慣用詞組〕豈乃……耶？

⑨　か〔感嘆助詞〕接在連體形下表示輕微的感嘆。

⑩　か〔係助詞〕接在連體形下表示疑問。

⑪　にてある〔詞組〕指定助動詞「なり」的詞源是「にあり」，「にある」是連體形，「に」、「ある」之間加入接續助詞「て」，與「なる」相同。

⑫　なくんば〔詞組〕形容詞「無し」的未然形「なく」下接接續助詞「ば」表示順態假定，意思是：若無……。中間加「撥音」是爲發音方便。

⑬　る〔完了助動詞「り」的連體形〕此處接在「言ふ」的已然形下相當口語的「言った」。

⑭　一生を了はる〔短句〕「了はる」是四段自動詞，有時可與下二段他動詞「了ふ」一樣做他動詞用。此句意思是：了此一生。

⑮　や〔係助詞〕表示反問。

⑯　麻痺をる〔詞組〕是下二段自動詞「痺る」的存續態。

⑰　いかでか……得ん〔慣用詞組〕「いかでか」是副詞；「ん」是推量助動詞「む」。意思是：如何能……。

⑱　以て〔接續詞〕因此。

⑲　可愛さ餘りて憎さ百倍〔諺語〕愛之過甚則憎之亦極。

四、友人の落第を慰む

正岡子規

　拝啓仕候①酷暑之砌②大兄益③御清榮奉賀候④。似先日之試驗には如何なる間違にや⑤意外に良結果を得られず御愁歎之至り⑥に存候⑦。併し古歌にも、

　　うきことの猶此上に積れかし⑧限りある世の心ためさむといふことあり。此少の失敗に心挫け爲に方向を變するは大和魂⑨とは兩立せざる者なり。ナポレオンも「千辛萬苦堪へ來りて始めて

大丈夫といふべし。小挫折に逢ふて忽ち自殺するが如きは卑怯の甚しき者」といひたり。自殺は極端の議論にて此場合に適合せざる者といへども小失敗の為に心を動かすが如きは固より卑怯の元素を包含することは精密なる分析を待たざるなり。古人の小成に安んずるをさへ非常之不名譽とせり。まして⑱小失敗に挫折するに至ては不名譽の極點（道徳外の）と存候。御承知の如く小生も落第の先陣致し候⑲者にて、小生の一生（ライフ）は落第を以て始まる者といふて可なり⑳。左れば㉑小生の經驗を説かんに落第して損したるは一年の歳月と一年の學資なり。得たる處は學識に多少の精密を加へしことなり。學資と歳月とは固より惜むに足らざるなり。其損得は言はずして明なり㉒。下級の者と顔を合はす㉓は少　不面目の様に考へらるれども交際を廣くする點より云へば尤善し。何にしても落第して善き心地はせざれども小説を書く上より云へば經驗の一にして尤目出度事なり㉔。

　　去違知已往違親，欲往贏蹄進退頻。

とは文官登庸試驗に落第せしの時の句なり。我々書生仲間に用ふべきものにあらず。又小生落第の節㉕に尤心に怒りし所は小生よりも下手なる者が及第せしと云ふ事なりし是は尤の考にて幾分か腹も立つことなれども是の如き輩㉖は固より不正なる手段に由て上級したることなれば之を妬むこそおとなげなきことなれと今では笑の種にいたし候。月にむら雲花に風㉗、鯰に免職㉘、書生には落第これも浮世のならひなれば致し方なし㉙。韓退之は二度迄落第したれども後世にては八大家の隨一とこそ呼ばるれ㉚。其時及第したる者は今に至て名も何も殘らぬも笑止の至なり。小生の考

にては小失敗は猶水をせくが如しと思ふなり。せかるる度に水は
激せられて益々其勢をますものなればなり。若しせかれしままに
止まりて蒸發してしまふが如きは水の量少なきが故なり。失敗し
て其のまま消入るが如きは氣力の少なきが為なり。右は固より萬
々無論いふ迄もなく御承知之事なれども人間は艱難に逢ふ時は多
少心の亂るる者故釋迦に説法を與へ⑧たるものなり。不惡㊱御了承
奉願候㊲。謹言。

　　　　附言、二年之小説家某は落第して遂に退校せりと。是こそ千
萬笑止のことと存候。

　　　　　　　　　　　　　　　　うかれだるま㊳より

　　藤の舍のあるじの御許㊴へ

　　せかれては谷間の水の中々にいきほひのみぞいやまさりける。
明治二十一年八月八日

　　　　　　　　　　　　　　　選自《子規全集》第九巻

【例文注釋】
　　①　仕候〔詞組〕「仕る」是「す」的敬語動詞；「候」接在連用形
下做補助動詞用，相當口語的「ます」。「仕候」相當口語的「します」。
　　②　砌〔名〕書信用語，相當於「時」，如「酷寒の砌」（嚴寒之際）；
「上京の砌」（進京時）。
　　③　益〔副〕益；更加。
　　④　奉賀候〔詞組〕讀「賀し奉り候」，等於「奉賀します」，意思
是：祝賀；謹賀。
　　⑤　間違にや〔詞組〕「に」是指定助動詞「なり」的連用形；「や」是表
示疑問的係助詞，用「にや」結句時，後面省略了結詞「あらむ」，相當口語的
「であろうか」，此處是「可能出於……差錯」的意思。

⑥　之至り〔詞組〕「之」是格助詞；「至り」是名詞，意思是：至；極。
如：「笑止の至りなり」（可笑之極）。

⑦　存候〔詞組〕「存じる」是「思ふ」是謙讓語動詞；「存候」相當口語
的「思います」，意思是：吾想……；吾認爲……。

⑧　かし〔感嘆助詞〕表示願望。

⑨　大和魂〔名〕此處指「日本民族精神」。

⑩　まして（況して）〔副〕何況；況且。

⑪　致し候〔詞組〕「致す」是「す」的謙讓語動詞。「致し候」相當口語
的「致します；します」，此處是連體形，修飾「者」。

⑫　といふて可なり〔慣用詞組〕「て」是接續助詞，應接在連用形下，此處
「いふて」是「言ひて」的「音便形」。「可」是名詞；「なり」是指定助動詞。
此句意思是「可謂之……也」，相當口語的「と言っていい」。

⑬　左れば〔接續詞〕因此。

⑭　言はずして明なり（明かなり）〔慣用詞組〕不言而喩。

⑮　顔を合はす〔詞組〕會面。

⑯　目出度事なり〔詞組〕可喜可賀之事。

⑰　節〔名〕時候。如「……の節」……之際。

⑱　是の如き輩〔詞組〕如此之輩。

⑲　月にむら雲花に風〔諺語〕好事多磨；好景不常。

⑳　鯰に免職〔諺語〕意思是「高官有免職的風險」。明治初期，日本官吏
多蓄細長鬍鬚即「鯰髭」，故用此比喻。

㉑　致し方なし〔慣用詞組〕沒辦法；不得已。

㉒　呼ばるれ〔詞組〕「るれ」是被動助動詞「る」的已然形，因與上面的係
助詞「こそ」相繫結，故用已然形結句。意思是：被稱爲……。

㉓　釋迦に説法を與へ〔諺語〕「與へ」是連用形。此句意思是：班門弄斧。

㉔　不悪〔詞組〕讀「悪しからず」。請原諒；請勿見怪。

㉕　奉願候〔詞組〕讀「願ひ奉り候」，意思是：願；望；奉請。

㉖　うかれだるま（浮れ達磨）〔筆名〕愉快之不倒翁。

㉗　御許〔名〕尊敬對方的稱呼語，相當寫在收信人姓名下方的"机下"、
"案下"的意思。

五、君死にたまふ①ことなかれ

（旅順の攻防軍にある弟宗七を嘆きて）

与謝野晶子

（一）

ああ、をとうとよ、君を泣く。
君死にたまふことなかれ。
末に生れし②君なれば、
親のなさけはまさりしも。
親は刃をにぎらせて、
人を殺せとをしへしや。
人を殺して死ねよとて、
二十四までをそだてしや。

（二）

堺の街のあきびとの
舊家をほこるあるじにて、
親の名を継ぐ君なれば、
君死にたまふことなかれ。
旅順の城はほろぶとも③、
ほろびずとても④何事ぞ⑤。
君は知らじな⑥。あきびとの
家のおきてになかりけり。

（三）

君死にたまふことなかれ。
すめらみこと⑦は戦ひに
おほみづから⑧は出でまさね⑨。
かたみに人の血を流し、
獣の道に死ねよとは、
死ぬるを人のほまれとは、
大みこころ⑩の深ければ
もとよりいかで思(おぼ)されむ。

（四）

ああ、をとうとよ、戦ひに
君死にたまふことなかれ。
すぎにし⑪秋を父ぎみ⑫に
おくれたまへる母ぎみは、
なげきの中に、いたましく
わが子を召され⑬、家を守(も)り、
安くと聞ける大御代⑭も
母のしら髪はまさりぬる。

（五）

暖簾のかげに伏して泣く
あえかに⑮わかき新妻を、

君わするるや、思へるや⑯。

<ruby>十月<rt>とつき</rt></ruby>も添はで⑰わかれたる

<ruby>少女<rt>をとめ</rt></ruby>ごころを思ひみよ。

この世ひとりの君ならで⑱、

ああ、また誰をたのむべき。

君死にたまふことなかれ。

原載明治卅七年《明星》九月號

選自伊藤整：《日本文藝史(8)日露戦争の時代》

【例文注釋】

①　たまふ（給ふ）〔補助動詞〕接在連用形下表示對動作主體的尊敬，相當口語的「なさる」。

②　し〔過去助動詞「き」的連體形〕相當口語的「た」。

③　とも〔接續助詞〕即使……；縱然……。

④　とても〔格助詞「と」與接續助詞「て」和係助詞「も」重疊〕與「とも」同，相當口語的「ても」、「でも」。

⑤　<ruby>何事<rt>なにごと</rt></ruby>ぞ〔詞組〕有何關係？

⑥　<ruby>知<rt>し</rt></ruby>らじな〔詞組：「じ」是否定推量助動詞；「な」是感嘆助詞〕恐不知也！

⑦　すめらみこと（<ruby>皇尊<rt>すめらみこと</rt></ruby>）〔名〕對天皇的敬稱。

⑧　おほみづから〔詞組：「<ruby>大<rt>おほ</rt></ruby>」是接頭詞，表示尊敬。這裡指「天皇自己」的意思。

⑨　<ruby>出<rt>い</rt></ruby>でまさね〔詞組〕「出でまさ」是「<ruby>出<rt>い</rt></ruby>づ」的敬語動詞「出でます」的未然形；「ね」是古代文言中的終助詞，接在動詞未然形及助詞「な……そ」之下表示願望，相當口語的「して下さい」、「してほしい」。有的版本爲「ぬ」，則是否定助動詞「ず」的連體形。

⑩　大みこころ（大御心）〔名〕御心，此處指天皇的“慈心”、“恩情”。

⑪　すぎにし〔詞組：「に」是完了助動詞「ぬ」的連用形；「し」是過去助

動詞「き」的連體形〕已過去之……。相當口語的「すぎてしまった」。這裡修飾「秋」，是「去秋」的意思。

　　⑫　父君（或「母君」）〔名〕對父母的尊稱。

　　⑬　召され〔詞組：由「招く」的敬語動詞「召す」的未然形下接被動助動詞「る」的連用形構成〕這裡的意思是：母親……〈被迫〉使子應召。

　　⑭　大御代（大御世）〔名詞：「大御」是接頭詞，接在有關神或天皇的事物名稱上表示尊敬〕天皇聖世。

　　⑮　あえかに〔形容動詞：「あえかなり」的連用形〕孱弱。

　　⑯　や……や〔係助詞〕表示質詢。

　　⑰　十月も添はで〔詞組：「添はで」是「添はずて」的約音〕結婚不到十個月。

　　⑱　ならで〔詞組：「なら」是指定助動詞「なり」的未然形，「ならで」是「ならずて」的約音〕非……；不是……。

【參考譯文】見李芒譯：《與謝野晶子詩一首》刊於《日語學習與研究》1983:4

【附錄一】 文法上容許事項

（明治三十八年十二月二日文
部省告示第一百五十八號）

一、「居^ヲリ」「恨^{ウラ}ム」「死^シヌ」可作四段活用動詞使用。

二、習慣上有使用「シク・シ・シキ」活用的終止形者如「アシ
シ」（「惡^アシシ」惡）、「イサマシシ」（「勇^{イサマ}シシ」勇）
等，不妨按習慣使用。

三、過去助動詞「キ」的連體形「シ」也可用作終止形（結句）。例：
　　火災^{クワサイ}ハ二時間^{ニジカン}ノ長^{ナガ}キニ亙^{ワタ}リテ鎭火^{チンクワ}セザリシ。（大火蔓延
達二小時而未撲滅。）
　　金融^{キンユウ}ノ靜謐^{セイヒツ}ナリシ割合^{ワリアイ}ニハ金利^{キンリ}ノ引弛^{ヒキユルミ}ヲ見^ミザリシ。
（金融穩定，但利率不見下降。）

四、「コトナリ」（異）也可用「コトナレリ」、「コトナリ
テ」、「コトナリタリ」。

五、應當用「……セサス」時，有省略「セ」的習慣者也可按習慣
使用。例：
　　手習^{テ ナラヒ}サス。（使〈之〉學習。）
　　周旋^{シウセン}サス。（令〈其〉照料。）
　　賣買^{バイバイ}サス。（使〈其〉買賣。）

六、應當用「……セラル」時，有使用「……サル」的習慣者也可
按習慣使用。例：
　　罪^{ザイ}サル。（獲罪。）
　　評^{ヒャウ}サル。（受批評。）

解釈サル。（被解釋。）

七、應當用「得シム」時，也可使用「得セシム」。例：

優等者ニノミ褒賞ヲ得セシム。（僅使優等者獲獎。）

上下貴賤ノ別ナク各其地位ニ安ンズルコトヲ得セシムベシ。（無上下貴賤之別，應使之能各安其位。）

八、サ行四段活用動詞下接助動詞「シ・シカ」時，如「暮シシ時」、「過シシカバ」等也可用「暮セシ時」、「過セシカバ」。例：

唯一遍ノ通告ヲ為セシニ止マレリ。（僅通知過一次。）

攻撃開始ヨリ陷落マデ僅ニ五箇月ヲ費セシノミ。（自開始進撃至攻陷僅費時五個月。）

九、助詞「ノ」接在動詞連體形下也可再接名詞。例：

花ヲ見ルノ記（《賞櫻記》）

學齡兒童ヲ就學セシムルノ義務ヲ負フ。（負有使學齡兒童就學之義務。）

市町村會ノ議決ニ依ルノ限リニアラズ。（不在受市町村會議決條款束縛之列。）

十、表示疑問的助詞「ヤ」也可接在動詞、形容詞、助動詞的連體形下。例：

有ルヤ。（有乎？）

面白キヤ。（有趣耶？）

父ニ似タルヤ母ニ似タルヤ。（似父乎？似母乎？）

十一、助詞「トモ」有接在動詞、使役助動詞和被動助動詞連體形下的習慣者，可按其習慣使用。例：

数百^{スウヒャクネン}手ヲ經ルトモ、（縱經數百年〈之久〉，亦……。）

如何^{イカ}ニ批評^{ヒヒャウ}セラルルトモ〈即或受到何等批評，亦……。）

強ヒテ之ヲ遵奉^{シ コレ ソンホウ}セシムルトモ〈縱強使之遵奉，亦……。）

十二、助詞「ト」有接在動詞、使役助動詞、被動助動詞及時相助

動詞連體形下之習慣者，也可按其習慣使用。例：

月出ブルト見^{ツキ イ}^ミエて、（月似升起……。）

嘲弄^{チウロウ}セラルルト思^{オモ}ヒテ、（覺得遭受嘲弄。）

終日業務ヲ取扱^{シウジツゲフム トリアツカ}ハシムルトイフ。（據云終日使〈其〉

料理業務。）

萬人皆其德ヲ稱^{バンニンミナソノトク トナ}ヘケルトゾ。（據聞萬人皆稱其德。）

十三、用表示並列的助詞「ト」時，在不生誤解的情況下，可把其

最後一個並列詞下面的「ト」省略。例：

月ト花^{ツキ ハナ}、〔月ト花（ト）〕月與花。

宗教ト道德ノ關係^{シュウケウ ダウトク クワンケイ}。〔宗教ト道德（ト）ノ關係、〕宗

教與道德之關係。

京都ト神戶ト長崎ヘ行^{キャウト カフベ ナガサキ ユ}ク。〔京都ト神戶ト長崎（ト）

ヘ行ク。〕去京都、神戶與長崎。

最後一個「ト」省略時可產生誤解的例句。如：

史記ト漢書トノ列傳ヲ讀^{シ キ カンジョ レツデン ヨ}ムベシ。（應讀《史記》與《漢

書》〈二者〉之列傳。）

史記ト漢書ノ列傳ト^{シ キ カンジョ レツデン}ヲ讀^ヨムベシ。（應讀《史記》與《漢

書・列傳》。）

十四、上有疑問詞時，下面可以用表示疑問的助詞「ヤ」。例：

誰ニヤ問^{タ ト}ハン。（將問於誰？）

如何ナル故ニヤ。（乃何原故？）

幾何ナルヤ。（〈爲〉幾何？）

如何ニスベキヤ。（應如何爲〈之〉？）

十五、用助詞「モ」將產生誤解時，也可使用「トモ」或「ドモ」

例：

何等ノ事由アルモ（アリトモ）議場ニ入ルコトヲ許サ
ズ。（縱有任何理由亦不許進入會場。）

期限ハ今日ニ迫リタルモ（タレドモ）準備未ダ成ラ
ズ。（今日限期已至，但準備未妥。）

經過ハ頗ル良好ナリシモ（シカドモ）昨日ヨリ聊カ
疲勞ノ狀アリ。（病情頗佳，但自昨日起稍有疲勞現象。）

可產生誤解的例句：

請願書ハ會議ニ付スルモ$\binom{ストモ}{スレドモ}$之ヲ朗讀セズ。

（用「トモ」，意思是：申請書即使送交會議亦不宣讀；如用
「ドモ」，意思是：申請書雖送交會議，但不宣讀。）

給金ハ低キモ$\binom{ストモ}{スレドモ}$應募者ハ多カルベシ。（用「ト
モ」意思是：工資縱然低下，亦可能有不少應募者；如用「ド
モ」，意思是：工資雖低，但會有不少應募者。）

十六、有用「ナル」代替「トイフ」的習慣者，也可按其習慣使
用。例：

イハユル哺乳獸ナルモノ、（所謂哺乳獸者……。）

顏回ナルモノアリ。（有名顏回者。）

【附錄二】 助動詞詞組文言口語對照表

“－”是助動詞

“＝”是補助動詞

“△”是助詞

1. 花、咲か<u>む</u>。……………… 咲こう（咲く<u>だろう</u>）。

2. 花、咲く<u>らむ</u>。…………… 咲いているだろう。

3. 花、咲き<u>なむ</u>。 ………… 咲いてしまう。（必ず）咲く<u>だろう</u>。

4. 花、咲き<u>てむ</u>。 ………… 咲いてしまう。（必ず）咲く<u>だろう</u>。

5. 花、咲き<u>けむ</u>。…………… 咲いたろう。

6. 花、咲き<u>にけむ</u>。 ……… 咲いてしまったろう。

7. 花、咲き<u>てけむ</u>。 ……… 咲いてしまったろう。

8. 花、咲き<u>き</u>。……………… 咲いた。

9. 花、咲き<u>けり</u>。…………… 咲いた（・たよ）。

10. 花、咲き<u>たり</u>。…………… 咲いている。

11. 花、咲き<u>たりき</u>。 ……… 咲いてしまった（・ていた）。

12. 花、咲け<u>り</u>。……………… 咲いている（・た）。

13. 花、咲け<u>りき</u>。 ………… 咲いてしまった（・ていた）。

14. 花、咲きにき。 ………… 咲いてしまった。

15. 花、咲きてき。 ………… 咲いてしまった。

16. 花、咲きにけり。 ……… 咲いてしまった（・たよ）。

17. 花、咲きてけり。 ……… 咲いてしまった（・たよ）。

18. 花、咲きにたり。 ……… とうに咲いている。

19. 花、咲けりけり。 ……… 咲いていた（たよ）。

20. 花、咲くべし。 ………… 咲くだろう。

21. 花、咲きぬ。 …………… 咲いた（・てしまう）。

22. 花、咲きつ。 …………… 咲いた（・てしまう）。

23. 花、咲きぬべし。 ……… きっと咲くだろう。

24. 花、咲きつべし。 ……… きっと咲くだろう。

25. 花、咲かず。 …………… 咲かない。

26. 花、咲かじ。 …………… 咲かないだろう。

27. 花、咲くまじ。 ………… 咲くまい（・はずがない）。

28. 花、咲くべからず。 …… 咲くないだろう（・はずがない）。

29. 花、咲かむや。（反問）… 咲くだろうか（咲かないだろう）。

30. 花、咲かめや。（古代文言
    ・反問）………………… 咲くだろうか（咲かないだろう）。

31. 花、咲きね。（「ぬ」的
    命令形）………………… 咲いてしまえ）。

32. 花、咲かね。（古代文

言）‥‥‥‥‥‥‥‥‥‥‥　咲いて<u>くれ</u>。

33.　花、咲か<u>なむ</u>‥‥‥‥‥‥‥　咲いて<u>くれ</u>。

34.　花<u>だに</u>（<u>すら</u>）咲か<u>ず</u>。‥‥　<u>さえ</u>咲か<u>ない</u>。

35.　花<u>さへ</u>咲き<u>ぬ</u>。‥‥‥‥‥‥　<u>まで</u>咲い<u>た</u>。

36.　鳥の聲、聞こゆ<u>なり</u>。‥‥‥　聞こえる<u>よ</u>（聞こえる<u>そうだ</u>）。

37.　鳥の聲、聞こゆる<u>なり</u>。‥‥　聞こえる<u>のである</u>。

38.　水、流れ<u>ぬ</u>。‥‥‥‥‥‥‥‥　流れ<u>た</u>。

39.　水<u>ぞ</u>、流れ<u>ぬ</u>。（「<u>ず</u>」的
　　連體形）‥‥‥‥‥‥‥‥‥　流れ<u>ない</u>。

40.　水<u>ぞ</u>、流れ<u>ぬる</u>。（「<u>ぬ</u>」的
　　連體形）‥‥‥‥‥‥‥‥‥　流れ<u>た</u>。

【附錄三】 助動詞與助動詞接續表（有△者是助詞）

助動詞	原形	未然形	連用形	終止形	連體形	已然形	命令形
被動 可能 自發 敬語	る らる	れ られ	つ ぬ たり き けり けむ	らむ めり らし らしかり べし べかり まじ なり（る らる）	るる らるる（なり ごとし△）	られ らるれ	れよ△ られよ△
使役	す さす しむ	せ させ しめ	つ ぬ たり き けり けむ	らむ めり らし らしかり べし べかり まじ なり（す さす しむ）	する さする しむる（なり ごとし△）	すれ さすれ しむれ	せよ△ させよ△ しめよ△

續表

助動詞	原形	未然形	連用形	終止形	連體形	已然形	命令形
否定	ず	ず	ず{けり / けむ}	ず	ぬ—なり	ね	○
	ざり	ざら{しむ / む / まし}	ざり{き / けり / つ / けむ}	ざり	ざる{らむ / めり / らし / らしかり / べし / べかり / なり / ごとし}	ざれ	ざれ

続表

助動詞	原形	未然形	連用形	終止形	連體形	已然形	命令形
推量	む	○		む	む	め	○
	らむ	○	○	らむ	らむ	らめ	○
	けむ	○	○	けむ	けむ	けめ	○
	めり	○	めり〔り／く〕{き}	めり	める	めれ	○
	らし	○	らしく	らし	らしき	らしけれ	
	らしかり	らしから—ず	らしかり—き	(らしかり)	らしかる	○	○
	べし	べく／べから〔む／しむ／まし／ず／ざり／じ〕	べく	べし	べき〔らむ／めり／らし／まし／なり／ごとし〕べき—なり	べけれ	○
	べかり	べかり	べかり〔く／かり〕〔き／けり／つ／ぬ／けむ〕	(べかり)	べかる		○
	まし	(ませ)	○	まし	まし	ましか	○

－386－

續表

助動詞		原形	未然形	連用形	終止形	連體形	已然形	命令形
否定推量		じ まじ まじかり	○ まじく (まじから) ―む	○ まじく まじかり {つ / けり}	じ まじ (まじかり)	じ まじき―なり まじかる―なり	(じ) まじけれ ○	○○ ○
時	過去	き	○	○	き	し―なり {らむ / らし / らしかり} なり	しか	○
		けり	けら―ず	けり	けり	ける	けれ	○
相	完	つ ぬ	て {な / ぬ} ―{む / まし / ず / じ}	て に ―たり	つ ぬ {らむ / らし / べし / なり} {らむ / らし / べし / めり / なり}	つる―なり ぬる―ごとし {らむ / らし / べし / べかり / なり}	つれ ぬれ	てよ ね
	了	り たり	ら たら ―{む / まし / ず / じ}	り ―たり り {き / けり / けむ}	り たり	る たる {らむ / めり / らし / べし / べかり / なり}	れ たれ	れ たれ

― 387 ―

續表

助動詞	原形	未然形	連用形	終止形	連體形	已然形	命令形
指定	なり たり	なら たら { む まし ず じ	なり たり { つ き けり けむ	なり たり	らむ めり らし らしかり べし べかり まじ まじかり なり ごとし なる たる	なれ たれ	なれ たれ
願望	たし まほし	たく まほしく	たく まほしく	たし まほし	たき まほしき } なり	たけれ まほしけれ	○ ○
	たかり まほしかり	たから まほしから	たかり まほしかり { き けり つ けむ	たかり まほしかり	たかる まほしかる	たかれ まほしかれ	○ ○
比況	ごとし	ごとく	ごとく ごとく—なり	ごとし	ごとき ごとき—なり	○	○

【附錄四】 慣用詞組

〔ア行〕

あたはず〔能はず〕不能。

あてにす〔當にす〕指望；相信。

あてにならず〔當にならず〕不可指望；靠不住。

あとへもさきへもゆかぬ〔後へも先へも行かぬ〕進退維谷。

あはず〔合はず〕不相宜；不適應；不一致。

あひかはらず〔相變らず〕仍舊；照舊。

あらざらん〔有らざらん〕恐無……。

あらざり〔有らざり〕無；不；非……。

あらず〔非ず〕無；不；非……。

あらんかぎり〔有らん限り〕盡一切；全部。

ありえず〔有り得ず〕不會……；不可能……。

ありやなしや〔有りや無しや〕有否？在否？實否？

ある（ひ）は……ある（ひ）は……〔或は……或は……〕或……或……。

あればこそ〔有ればこそ〕正因為有……。

いかがはすべからむ〔如何はすべからむ〕如何為好？

いかがはせむ〔如何はせむ〕如何為好？無辦法；不得已。

いかにすべきか〔如何に為べきか〕應如何做？

いかんとも〔如何とも〕即使如何亦……。

いかんともとはず〔如何とも問はず〕不問如何……。

いくばくもなく〔幾許も無く〕不久……。

いざしらん〔いざ知らん〕且可；姑且不言。

いたしかたなく〔致し方無く〕沒辦法；不得已。

いただきたし〔戴きたし〕務請；敬希……。

いたれりつくせり〔至れり盡せり〕無微不至。

いっさいならず〔一再ならず〕再三……。

いつしか〔何時しか〕不知不覺。

いつとはなしに〔何時とは無しに〕不知何時……。

いづれか〔孰れか〕孰？

いづれにせよ〔孰れにせよ〕無論如何；總之……。

いはば〔言はば〕可言；若言……。

いはむかたなし〔言はむ方無し〕無法言之；無法形容。

いはんや……においてをや〔況んや……に於いてをや〕何
　　況……。

いふにおよばず〔言ふに及ばず〕當然；無須贅言……。

いふにたらぬ〔言ふに足らぬ〕不値一言；不足以言之。

いふまでもなし〔言ふまでも無し〕無須贅言；不言而喻。

いまだ……なし〔未だ……無し〕尚未；尚無……。

いまにして〔今にして〕現在；至今。

いまにはじまらぬ〔今に始まらぬ〕非自今日始；歷來如此。

いまやおそしと〔今や遅しと〕迫不及待。

うちに〔内に〕趁……之時。

うへに〔上に〕而且；之後；既……又……。

-390-

うまくゆく〔旨く行く〕順利進行。

うるごとくなれり〔得る如くなれり〕已能……。

うるところなし〔得る所無し〕無益；無所得。

えず〔得ず〕不得；不能……。

えもいはれぬ〔えも言はれぬ〕難以形容；妙不可言。

おこなふべく〔行ふ可く〕必須進行……。

おすにおされぬ〔押すに押されぬ〕無可爭辯。

おそかれはやかれ〔遅かれ早かれ〕遅早；或早或晩。

おそくとも〔遅くとも〕至遅。

おそれあり〔虞あり〕有……之虞。

おほかれすくなかれ〔多かれ少かれ〕多少；或多或少。

おほくても〔多くても〕至多……。

おほくとも〔多くとも〕至多……。

おもはずしらず〔思はず知らず〕不知不覺……。

およばずながら〔及ばず乍ら〕願盡所能；略盡微力。

〔カ行〕

かくいえばとて〔斯く言えばとて〕話雖如此……。

かくして〔斯くして〕如此……。

かくて〔斯くて〕如此……。

かくなるうえは〔斯くなる上は〕既然如此……。

かくのごとく〔斯くの如く〕如此……。如斯……。

おしらぬ〔か知らぬ〕不知……乎？

かたるにたりる〔語るに足りる〕足以說明。

かとおもったら〔かと思ったら〕誰知……；以爲……。

かならずや〔必ずや〕一定；必然……。

きくところによれば〔聞く所によれば〕據聞……。

きせずして〔期せずして〕不期；偶然。

きにいる〔氣に入る〕喜歡；如意。

きにくはぬ〔氣に食はぬ〕不稱心；討厭。

けっせられずして〔決せられずして〕不取決於……。

けんたうがつかず〔見當が付かず〕心中無數。

ここにおいて〔此處に於いて〕於此……。

こころして〔心して〕注意；留心。

ことかあらむ〔事か有らむ〕焉有？不會有……。

ごときは〔如きは〕如……〈等；之類〉。

このうへもなし〔此の上も無し〕再無可比者。

このかた〔此の方〕以來；以後。

これにおいて〔此れに於いて〕因此；於是……。

〔サ行〕

さにあらず〔然に非ず〕不然；並非如此。

さへ……たら……。只要……。

さへ……なら……。只要……。

さもなくば〔然も無くば〕不然；否則就……。

さりながら〔然り乍ら〕雖然如此；但……。

ざりければ……。因未……。

ざりせば……。因未……；因無……。

-392-

ざるなし〔ざる無し〕無不……。

ざるべからず〔ざる可からず〕必須；應該……。

ざるべし〔ざる可し〕恐不……；恐無……。

ざるもべきなり〔ざるも可きなり〕不……亦可；可不……。

ざるをえざりき〔ざるを得ざりき〕不得不……；只好……。

ざるをえず〔ざるを得ず〕必須；總須……。

されたし〔され度し〕務請……；希望……。

されど、雖然；然而……。

されば、因此；於是……。

しかず〔如かず〕不如……。

しかはあれど〔然は有れど〕雖然如此，但……。

しからざれば〔然らざれば〕不然；否則……。

しからず（ん）ば〔然らず（ん）ば〕不然；否則……。

しからば〔然らば〕若如此，則……。

しかるべからず〔然る可からず〕不可；不該……。

しかるべき〔然る可き〕適當；應當。

しかるべく（ん）ば〔然る可く（ん）ば〕若可；如此，則……。

しかれども〔然れども〕雖然如此；然而……。

しかれば〔然れば〕因此；故此……。

したがって〔從って〕因此；從而……。

しならむ〔「し」是「き」的連體形〕蓋……矣；恐已……。

しめむとほっす〔しめむと欲す〕欲使之……。

すぎざるのみ〔過ぎざるのみ〕只不過……。

すぎず〔過ぎず〕不過是……。

すくなからず〔少なからず〕不少；很多；非常……。

すくなくとも〔少なくとも〕至少；最低……。

すこしづつ〔少し宛〕稍許；一點一點……。

すべからく〔須らく〕必須；應當……。

すべからむ〔為可からむ〕或可爲之；或可……。

すべきにあらず〔為可きに非ず〕不可爲之；不可……。

ずんば……。若不……。

ずんばあるべからず〔ずんば有る可からず〕必須；應該……。

そしらぬ〔素知らぬ〕佯作不知。

それがゆゑに〔それが故に〕爲此；因此……。

それで〔其れで〕因此……。

それどころか〔其れ所か〕豈止……；甚至……。

それなり〔其れなり〕即此；恰如其分。

それにもかかはらず〔其れにも拘はらず〕盡管如此……。

それにもまして〔其れにもまして〕而且……；更……。

それはともあれ〔其れはとも有れ〕那且不言……。

それゆゑ〔其れ故〕因其……；故此……。

〔タ行〕

だいなれせうなれ〔大なれ小なれ〕無論大小……。

だけにとどまらず〔だけに留まらず〕不僅……；不限於……。

たせうとも〔多少とも〕多少總……。

ただ……のみならず〔唯……のみならず〕不僅……；不止
　　於……。

ただならぬ〔徒ならぬ〕不尋常之……；非一般之……。

たらずや。豈非……耶？

たらば……。若是……。

たり……たり……。或……或……；又……又……。

たることなし〔たる事無し〕未有……；未曾……。

たれども……ざりき。雖……但未……。

たれば……。因此……。

ちからおよばず〔力及ばず〕力不從心；力所不及。

ちからのおよぶかぎり〔力の及ぶ限り〕竭盡全力。

ちからをいる〔力を入る〕全力以赴。

ちからをかたむく〔力を傾く〕全力以赴；傾注全力。

つ……つ……。或……或……。

つつ……。一面……一面……；雖然……可是……。

つつあり。正在……。

つつも……。雖然……可是……。

つねなき〔常無き〕無常。

できず〔出來ず〕不能；不會……。

できるならば〔出來るならば〕如可能……；但願……。

とある……〔と有る……〕作爲……。

といはず……といはず〔と言はず……と言はず〕不論……還
　　　是……。

といはぬばかり〔と言はぬばかり〕簡直即如……；簡直認
　　　爲……。

といふことなり〔と言ふ事なり〕據云；據聞……。

といへども〔と言へども〕雖……但……；雖……亦……。

として……。作爲……。

とぞ……。據云；據聞……。

とて……。認爲；作爲；稱爲……。

となむ……。據云；據聞……。

とは……。所謂……。

とはいへ（ども）〔とは言へ（ども）〕雖言……但……。

とはかぎらず〔とは限ぎらず〕未必……。

とはず〔問はず〕不問；不論……。

とも……じ。即使……恐亦不……。

とも……ともつかぬ〔とも……とも付かぬ〕既不……又不……。

とりもなほさず〔取りも直さず〕簡直；即……。

とるにたらぬ〔取るに足らぬ〕不足取。

とるものもとりあへず〔取る物も不取敢〕勿忙……。

〔ナ行〕

なかりせば〔無かりせば〕若無；若不……。

なきにしもあらず〔無きにしも非らず〕並非無有；有些……。

なければならぬ〔無ければならぬ〕必須；應當……。

なぜなら（ば）〔何故なら（ば）〕因爲……；原因乃……。

なにはともあれ〔何はとも有れ〕無論如何……。

なにゆゑ〔何故〕何故。

なによりもまづ〔何よりも先づ〕首先……。

……なら……なら……。……亦好……亦好……。

ならば……。如果……；若是……。

なりになる。按照……那般。

なるがゆゑに〔なるが故に〕正因……；故……。

なるべく〔成る可く〕務必；盡可能……。

なるべし〔なる可し〕蓋爲……；將會……。

にあたる〔に當る〕正當……。

にあらざる〔に非ざる〕不在……；非……。

にあらず〔に非ず〕不在……；非……。

にあり〔に有り〕在……；處於……之下……。

にいたり〔に至り〕至於；至……。

において〔に於いて〕於……；在……。

におうじて〔に應じて〕按照……；根據……；與……相應。

における〔に於ける〕於……之上；於……之中。

におとらず〔に劣らず〕不亞於……。

におよばず〔に及ばず〕不及；不如；不必……。

におよぶ〔に及ぶ〕涉及；達到；及於……。

にかぎらず〔に限らず〕不限於……；不僅……。

にかぎり〔に限り〕限於……。

……にしても……にしても……。不論……還是……。

にすぎざらん〔に過ぎざらん〕不過……；只是……。

……にせよ……にせよ……。無論……還是……。

にたいし〔に對し〕對於……。

について〔に就いて〕關於；就……而言……。

にとどまらず〔に止まらず〕不止於；不限於……。

にほかならぬ〔に外ならぬ〕不外乎；正是……。

にもかかはらず〔にも拘らず〕盡管……；雖然……可是……。

によって……。通過；由於；隨……而不同；被……。

にわたり〔に渡り〕遍及；涉及；在……期間……。

ねがはくは……せよ。〔願はくは……せよ。〕望乞；務請……。

ねばならぬ……。必須；應該……。

のごとく〔の如く〕如……。

のほかなし〔の外無し〕不外……。

のみならず……。不但……而且……。

のみならんや。豈止……耶？不僅……也。

のみなり。唯……而已。僅……也。

〔ハ行〕

已然形＋ばなり。……之故也。

已然形＋ばとて……。縱言……（亦）。

ひとかたならず〔一方ならず〕非常；格外……。

べからざる〔可からざる〕不可之……；不能之……。

べからず〔可からず〕不可；不准；不能……。

べきにあらず〔可きに非ず〕不可；不該……。

べく（ん）ば〔可く（ん）ば〕若可能……。

……べく……べし〔……可く……可し〕將會……將會……；
　　將……將……。

べくもあらず〔可くも非ず〕不能；不會……。

ほか（に）……なし〔外（に）……無し〕不外；唯此……。

ほかならず〔外ならず〕不外；恰是；正是……。

ほんらいならば〔本來ならば〕按理言之……。

〔マ行〕

まして〔況して〕況且；何況；更……。

みのほどしらず〔身の程知らず〕不自量。

みるや〔見るや〕剛……即……。

む（ん）とおもふ〔む（ん）と思ふ〕欲……。

む（ん）とす〔む（ん）と為〕欲……；將……。

む（ん）とて……。欲……。

もし……ならば……。如果；若……。

もって〔以って（以て）〕用；以；根據；因爲……。

ものとす〔物とす〕作爲……；乃……。

もべきなり〔も可きなり〕……亦可；亦可……。

〔ヤ行〕

……やいなや〔……や否や〕剛……即；是否……。

やむなきにいたれり〔止む無きに至れり〕不得不……矣；乃至不
　　得不……。

やむをえず〔止むを得ず〕不得不；難免……。

やもしれざり〔やも知れざり〕或許……；……亦未可知。

やもしれず〔やも知れず〕或許……；……亦未可知。

ゆゑに〔故に〕因此……。

ゆゑをもって〔故を以って〕因此……。

よかれあしかれ〔善かれ悪かれ〕好歹；無論如何……。

よらざる〔由らざる〕不取決於……。

よりほかなし〔據り外無し〕唯有……；除此之外別無他途。

〔ワ行〕

われおとらじと〔我劣らじと〕爭先恐後。

われしらず〔我知らず〕不知不覺……。

……ゐれば……ゐる。〔……居れば……居る。〕既有……又
　　有……。

をして……しむ。令〈其〉……；使〈其〉……。

をもって……となす〔を以って……と為す。〕以此爲……。

をはりをつぐ〔終りを告ぐ〕告終。

をりにふれて〔折に觸れて〕偶爾；興之所至……。

ををいては〔を措いては〕除……之外……。

【附録五】　練習答案

【練習一】略

【練習二】

名詞：夜、喜三右衛門、かま、傍、鶏、聲、心、周圍、胸、朝日、かま場、眼、皿、力、多年、苦苦、兩手、名、柿右衛門

代名詞：彼

數詞：一つ、一枚

【練習三】

1.

未然形	連用形	終止形	連體形	已然形	命令形
まなばず ば む	まなび て たり	まなぶ	まなぶ時	まなべ ば ども	まなべ

2.

讀む						
	文言	ま	み	む	む	め	め
	口語	ま も	み ん	む	む	め	め

3.

原　形	未然形	連用形	終止形	連體形	已然形	命令形
動<ruby>く<rt>うご</rt></ruby>	か	き	く	く	け	け
示<ruby>す<rt>しめ</rt></ruby>	さ	し	す	す	せ	せ
立<ruby>つ<rt>た</rt></ruby>	た	ち	つ	つ	て	て
望<ruby>む<rt>のぞ</rt></ruby>	ま	み	む	む	め	め
祈<ruby>る<rt>いの</rt></ruby>	ら	り	る	る	れ	れ

4.

救<ruby>ふ<rt>すく</rt></ruby>	は	ひ	ふ	ふ	へ	へ
行<ruby>ふ<rt>おこな</rt></ruby>	は	ひ	ふ	ふ	へ	へ
買<ruby>ふ<rt>か</rt></ruby>	は	ひ	ふ	ふ	へ	へ

5.(1)　見<ruby>渡<rt>み わた</rt></ruby>す（連體形）、<ruby>限<rt>かぎ</rt></ruby>り（連用形名詞法）、<ruby>敷<rt>し</rt></ruby>き（連用形）

　　(2)　<ruby>並<rt>なら</rt></ruby>び（連用形）、<ruby>話<rt>はな</rt></ruby>し（連用形）、<ruby>行<rt>ゆ</rt></ruby>く（連體形）、

　　　　<ruby>從<rt>したが</rt></ruby>ひ（連用形）、<ruby>行<rt>ゆ</rt></ruby>く（終止形）

　　(3)　<ruby>降<rt>ふ</rt></ruby>る（終止形）

【練習四】

1.

<ruby>見<rt>み</rt></ruby>　　る	文　言	み	み	みる	みる	みれ	み
	口　語	み	み	みる	みる	みれ	み

詞尾變化一樣，但後面接續的詞有的不同，如命令形，文言接「よ」，口語「よ」或「ろ」。

2.

原　形	未然形	連用形	終止形	連體形	已然形	命令形
煮^にる	に	に	にる	にる	にれ	に
顧^{かへり}みる	み	み	みる	みる	みれ	み
試^{こころ}みる	み	み	みる	みる	みれ	み
乾^ひる	ひ	ひ	ひる	ひる	ひれ	ひ
着^きる	き	き	きる	きる	きれ	き
主要 連接	むばず	用言 て たり	結句	體言	ばども	よ

3.

居^ゐ	ゐ	ゐ	ゐる	ゐる	ゐれ	ゐ
率^{ひき}ゐる	ゐ	ゐ	ゐる	ゐる	ゐれ	ゐ
用^{もち}ゐる	ゐ	ゐ	ゐる	ゐる	ゐれ	ゐ
射^い　る	い	い	いる	いる	いれ	い
鑄^い　る	い	い	いる	いる	いれ	い

【練習五】

1.

蹴^ける	文言	下一	け	け	ける	ける	けれ	け
	口語	五段	ら ろ	り っ	る	る	れ	れ

2.

蹴る	文言	下一	け	け	ける	ける	けれ	け
受ける	口語	下一	け	け	ける	ける	けれ	け

　　　兩者詞尾變化一樣，但後面接續的詞有的不同，如文言「蹴る」的命令形下接「よ」；口語「受ける」的命令形下接「よ」或「ろ」。

【練習六】

1.

過ぐ	文言	上二	ぎ	ぎ	ぐ	ぐる	ぐれ	ぎ
過ぎる	口語	上一	ぎ	ぎ	ぎる	ぎる	ぎれ	ぎ

　　　兩者的終止形、連體形、已然形或假定形都不同，「過ぐ」的命令形下接「よ」，「過ぎる」的命令形下接「よ」或「ろ」。

2.

生く	き	き	く	くる	くれ	き
起く	き	き	く	くる	くれ	き
落つ	ち	ち	つ	つる	つれ	ち
恥づ	ぢ	ぢ	づ	づる	づれ	ぢ
戀ふ	ひ	ひ	ふ	ふる	ふれ	ひ
亡ぶ	び	び	ぶ	ぶる	びれ	び
恨む	み	み	む	むる	むれ	み
老ゆ	い	い	ゆ	ゆる	ゆれ	い
下る	り	り	る	るる	るれ	り

3.

閉_とじる	口語	ザ行	じ	じ	じる	じる	じれ	じ
閉_とづ	文言	ダ行	ぢ	ぢ	づ	づる	づれ	ぢ
捩_ねじる	口語	ザ行	じ	じ	じる	じる	じれ	じ
捩_ねづ	文言	ダ行	ぢ	ぢ	づ	づる	づれ	ぢ
用_{もち}いる	口語	ア行	い	い	いる	いる	いれ	い
用_{もち}ふ	文言	ハ行	ひ	ひ	ふ	ふる	ふれ	ひ
強_しいる	口語	ア行	い	い	いる	いる	いれ	い
強_しふ	文言	ハ行	ひ	ひ	ふ	ふる	ふれ	ひ
報_{むく}いる	口語	ア行	い	い	いる	いる	いれ	い
報_{むく}ゆ	文言	ヤ行	い	い	ゆ	ゆる	ゆれ	い
悔_くいる	口語	ア行	い	い	いる	いる	いれ	い
悔_くゆ	文言	ヤ行	い	い	ゆ	ゆる	ゆれ	い

【練習七】

1.

受_うく	文言	下二	け	け	く	くる	くれ	け
受_うける	口語	下一	け	け	ける	ける	けれ	け

　　兩者的終止形、連體形、已然形或假定形都不同，「受く」的命令形下接「よ」「受ける」的命令形下接「よ」或「ろ」。

2.

心得	え	え	う	うる	うれ	え
解く	け	け	く	くる	くれ	け
告ぐ	げ	げ	ぐ	ぐる	ぐれ	げ
失す	せ	せ	す	する	すれ	せ
混ず	ぜ	ぜ	ず	ずる	ずれ	ぜ
捨つ	て	て	つ	つる	つれ	て
撫づ	で	で	づ	づる	づれ	で
兼ぬ	ね	ね	ぬ	ぬる	ぬれ	ね
考ふ	へ	へ	ふ	ふる	ふれ	へ
調ぶ	べ	べ	ぶ	ぶる	ぶれ	べ
始む	め	め	む	むる	むれ	め
聞ゆ	え	え	ゆ	ゆる	ゆれ	え
流る	れ	れ	る	るる	るれ	れ
据う	ゑ	ゑ	う	うる	うれ	ゑ

3.

口語	与える		え	え	える	える	えれ	え
文言	ハ行	與ふ	へ	へ	ふ	ふる	ふれ	へ
口語	教える		え	え	える	える	えれ	え
文言	ハ行	教ふ	へ	へ	ふ	ふる	ふれ	へ
口語	越える		え	え	える	える	えれ	え
文言	ヤ行	越ゆ	え	え	ゆ	ゆる	ゆれ	え

續表

	行	動詞						
口語		覚える	え	え	える	える	えれ	え
文言	ヤ行	覚ゆ	え	え	ゆ	ゆる	ゆれ	え
口語		植える	え	え	える	える	えれ	え
文言	ワ行	植う	ゑ	ゑ	う	うる	うれ	ゑ
口語		飢える	え	え	える	える	えれ	え
文言	ワ行	飢う	ゑ	ゑ	う	うる	うれ	ゑ
口語		得る	え	え	える	える	えれ	え
文言	ア行	得	え	え	う	うる	うれ	え
口語		出る	で	で	でる	でる	でれ	で
文言	ダ行	出づ	で	で	づ	づる	づれ	で
口語		寝る	ね	ね	ねる	ねる	ねれ	ね
文言	ナ行	寝	ね	ね	ぬ	ぬる	ぬれ	ね
文言	ナ行	寝ぬ	ね	ね	ぬ	ぬる	ぬれ	ね
口語		経る	へ	へ	へる	へる	へれ	へ
文言	ハ行	經	へ	へ	ふ	ふる	ふれ	へ

【練習八】

1.

來	文言	こ	き	く	くる	くれ	こ
來る	口語	こ	き	くる	くる	くれ	こ

　　兩者終止形不同，文言的命令形下接「よ」；口語的命令形下接「い」。

2.

來る_{きた}	ら	り	る	る	れ	れ
主要連接	む ず ば	用言 き	結句	體言	ば ども	結句

【練習九】

1.

為_す	文言	せ	し	す	する	すれ	せ
する	口語	し せ	し	する	する	すれ	し せ

　　兩者終止形不同，未然形和命令形有部分不同。「為_す」的命令形下接「よ」；「する」的命令形有二；「し」下面接「ろ」；「せ」下面接「よ」。

2.

譯す_{やく}	せ	し	す	する	すれ	せ
命ず_{めい}	ぜ	じ	ず	ずる	ずれ	ぜ
生ず_{しゃう}	ぜ	じ	ず	ずる	ずれ	ぜ
死す_し	せ	し	す	する	すれ	せ
辭す_じ	せ	し	す	する	すれ	せ
先んず_{さき}	ぜ	じ	ず	ずる	ずれ	ぜ
甘んず_{あま}	ぜ	じ	ず	ずる	ずれ	ぜ

1.

死ぬ	文言	ナ變	な	に	ぬ	ぬる	ぬれ	ね
	口語	五段	な の	にん	ぬ	ぬ	ね	ね

　　兩者終止形、命令形相同，未然形和連用形有部分相同；連體形和文言的已然形與口語的假定形不同。

2.

死す	サ變	せ	し	す	する	すれ	せ
死ぬ	ナ變	な	に	ぬ	ぬる	ぬれ	ね

　　「死す」未然形的詞尾在「エ段」；「死ぬ」未然形的詞尾在「ア」段。

3.

往ぬ	な	に	ぬ	ぬる	ぬれ	ね
主要連接	む ず ば	用言	結句	體言	ば ども	結句

【練習十一】

1.

有り	文言	ラ變	ら	り	り	る	れ	れ
有る	口語	五段	ら ろ	り っ	る	る	れ	れ

　　兩者終止形不同；未然形和連用形有部分相同。

2.

待り	ら	り	り	る	れ	れ
然り	ら	り	り	る	れ	れ
異なり	ら	り	り	る	れ	れ

3.

居り	文言	ラ變	ら	り	り	る	れ	れ
居る	口語	五段	ら ろ	り っ	る	る	れ	れ

　　　　兩者終止形不同；未然形和連用形有部分相同。

【練習十二】

1.

	原　形	口語音便形		文言音便形
イ音便	働_{はたら}く 凌_{しの}ぐ	働きて──働いて 凌ぎて──凌いで	イ音便	働いて 凌いで 放いて
無	放_{はな}す	放して──放して		
促音便	持_もつ 作_{つく}る 有_ある 問_とう	持ちて──持って 作りて──作って 有りて──有って 問いて──問って	促音便	持って 作って 原形「有り」有って
			促、う	原形「問ふ」問って 問うて
撥音便	飛_とぶ 飲_のむ 死_しぬ	飛びて──飛んで 飲みて──飲んで 死にて──死んで	撥、う音便	飛んで、飛うで 飲んで、飲うで 死んで

－410－

【練習十三】

1.

ふか 深し	文言	く から	く かり	く かり	き かる	けれ かれ	○ かれ
ふか 深い	口語	く から、かろ	く かっ	い	い	けれ	○

　　　兩者除未然形、連用形和已然形或假定形有部分相同外，其他都不同。

2.

あつ 暑し	く から	く かり	し かり	き かる	けれ かれ	○ かれ
よ 善し	く から	く かり	し かり	き かる	けれ かれ	○ かれ
やさ 優し	しく しから	しく しかり	し しかり	しき しかる	しけれ しかれ	○ しかれ
ただ 正し	しく しから	しく しかり	し しかり	しき しかる	しけれ しかれ	○ しかれ

3.

おな 同じ	じく じから	じく じかり	じ じかり	じき じかる	じけれ じかれ	○ じかれ

4. 口語形容詞在連用形下接五段敬語動詞「御座る」或上一段謙讓語動詞「存じる」時則發生「う音便」。如：

　　　「お早く→お早う→お早う」加「御座います」；「ありがたく→ありがたう→ありがとう」加「ぞんじます」。

【練習十四】

1.

静かだ	口語	だろ	だっ で に	だ	な	なら	○
静かなり	文言	なら	なり に	なり	なる	なれ	なれ

口語是特殊型活用，無命令形；文言是ナ變型活用，有命令形。

2.

盛んなり	なら	なり に	なり	なる	なれ	なれ
速かなり	なら	なり に	なり	なる	なれ	なれ
懇切なり	なら	なり に	なり	なる	なれ	なれ
惨たり	たら	たり と	たり	たる	たれ	たれ
朗々たり	たら	たり と	たり	たる	たれ	たれ
勃如たり	たら	たり と	たり	たる	たれ	たれ

(1)形容動詞：

暖かなり	なら	なり に	なり	なる	なれ	なれ
長閑なり	なら	なり に	なり	なる	なれ	なれ
静かなり	なら	なり に	なり	なる	なれ	なれ
漫ろなり	なら	なり に	なり	なる	なれ	なれ

(2)形容詞：

多し (おほし)	く から	く かり	し かり	き かる	けれ かれ	○ かれ
著し (いちじるし)	しく しから	しく しかり	し しかり	しき しかる	しけれ しかれ	○ しかれ
深し (ふかし)	く から	く かり	し かり	き かる	けれ かれ	○ かれ
碧し (あをし)	く から	く かり	し かり	き かる	けれ かれ	○ かれ

(3)動詞：

老ゆ (おゆ)	い	い	ゆ	ゆる	ゆれ	い
負ふ (おふ)	は	ひ	ふ	ふ	へ	へ
枯る (かる)	れ	れ	る	るる	るれ	れ
拾ふ (ひろふ)	は	ひ	ふ	ふ	へ	へ
有り (あり)	ら	り	り	る	れ	れ
漏る (もる)	ら	り	る	る	れ	れ
雑る (まじる)	ら	り	る	る	れ	れ
打つ (うつ)	た	ち	つ	つ	て	て
出づ (いづ)	で	で	づ	づる	づれ	で
成る (なる)	ら	り	る	る	れ	れ
萌ゆ (もゆ)	え	え	ゆ	ゆる	ゆれ	え
繁吹く (しぶく)	か	き	く	く	け	け
霞む (かすむ)	ま	み	む	む	め	め

4. 譯文（略）

【練習十五】

1. 修飾語　被修飾語

(1) ゆめゆめ 怠るべからず。（萬勿怠慢！）
　　　　副

(2) 蓋し……失はず。（蓋不失爲一大作家。）
　　　副

(3) 恐くは……誤るならむ。（恐誤大事。）
　　　　　副

(4) たとへ 失敗すとも……。（縦然失敗亦不可喪志！）
　　　　　副

(5) すべからく 大志をいだくべし。（須懷大志！）
　　　　　　副

(6) あたかも 木の葉の波に浮かぶが如し。（宛如樹葉浮於水
　　　　　副
面。）

(7) 豈……惜しまむや。（吾豈惜力哉？）
　　副

(8) やや……見よ。（請稍看〈片刻〉……。）
　　副

2. はるばる（遠遠）、夙に（早已）、やをら（從容）、轉た
（越發）、いとど（甚；更加）、殊に（特別；尤其）、縦しや
（縦然）、あへて（敢於）

－414－

【練習十六】

1. 而して（然後）〔累加〕、抑（抑；或）〔選擇〕、就中（尤其）〔累加〕、是に由り（因此）〔順態〕、その上（而且）〔累加〕、または（又；並且）〔並列〕、然りといへども（然而）〔逆態〕

2.

(1) 昨日渡過之河之上游，今日又渡之。（「また」是副詞）

(2) 進而渡河又越嶺。（「また」是接續詞）

(3) 第八至第九停歇處間之路最險。（「もっとも」是副詞）

(4) 山路頗陡，不過至山腰一段可乘馬而行。（「もっとも」是接續詞）

(5) 彼曾熱衷於相撲或柔道。（「あるひは」是接續詞）

(6) 彼之言或許眞實。（「あるひは」是副詞）

(7) 至限期尚有三日。（「なほ」是副詞）

(8) 今日會議五時結束。再者，自明日起休會。（「なほ」是接續詞）

【練習十七】

1. 口語的被動、可能、自發、敬語助動詞一樣，都是「れる」、「られる」。

れる	口語	れ	れ	れる	れる	れれ	れ
る	文言	れ	れ	る	るる	るれ	れ
られる	口語	られ	られ	られる	られる	られれ	られ
らる	文言	られ	られ	らる	らるる	らるれ	られ

兩者的終止形、連體形、假定形或已然形不同。

2. 被動助動詞「る」、「らる」上接的動詞在例句中都是未然形。

未然形例句：

(1) 葬(はうむ)る〔四段〕；(2) 稱(しょう)す〔サ變〕；(3) 試(こころ)みる〔上一〕；(4)書(か)く〔四段〕；(5)愛(あい)す〔サ變〕。

連用形例句：

(1) 疑(うたが)ふ〔四段〕、讒(ざん)す〔サ變〕、虐(しひた)ぐ〔下二〕、幽(ゆう)す〔サ變〕、(2)そこなふ〔四段〕；(3)押(お)し流(なが)す〔四段〕；(4)放逐(はうちく)す〔サ變〕。

終止形例句：

(1) 送る〔四段〕；(2)とどむ〔下二〕；(3)知(し)る〔四段〕；(4)具(く)す〔サ變〕。

連體形例句：

(1)塞(せ)く〔四段〕、激(げき)す〔サ變〕；(2) 疑(うたが)ふ〔四段〕；(3)す〔サ變〕；(4)賞(ほ)む〔下二〕。

已然形例句：

(1)傷(やぶ)る〔四段〕； (2)呼(よ)ぶ〔四段〕。

命令形例句：

信頼(しんらい)す〔サ變〕。

3.(1) 曾幾次道歉，但未獲諒解。（被動助動詞）

(2) 爲良心所責、爲道德所問、爲法律所罰。（被動助動詞）

(3) 新大陸爲哥倫布所發現。（被動助動詞）

(4) 此珍書被盜乃一大事件。（被動助動詞）

(5) 唯懸念父母，故夜亦不能安眠。（前爲自發助動詞，後爲可

能助動詞）

(6) 余明日縱然能往亦不往。（可能助動詞）

(7) 唯憶故鄉之友。（自發助動詞）

(8) 縱如何言，吾亦不應諾。（敬語助動詞）

【練習十八】

1.

せる	口語	せ	せ	せる	せる	せれ	せ
す	文言	せ	せ	す	する	すれ	せ
させる	口語	させ	させ	せせる	させる	させれ	させ
さす	文言	させ	させ	さす	さする	さすれ	させ
しめる	口語	しめ	しめ	しめる	しめる	しめれ	しめ
しむ	文言	しめ	しめ	しむ	しむる	しむれ	しめ

　　　　口語使役助動詞都是下一段活用型，命令形下接「よ」或「ろ」；文言使役助動詞都是下二段活用型，命令形下只接「よ」。

2.　按照接續法應爲「得しむ」、「經しむ」，但因習慣上誤用「得せしむ」、「經せしむ」由來已久，所以已列爲「文法上容許事項」。

3.　譯文：

(1) 僅使優等者獲獎。

(2) 無上下貴賤之別，應使各安其位。

(3) 應使彼經過考試。

(4) 誅求苛稅而使民受苦。

(5) 彼之行爲實有令人驚惶者。

(6) 雖令其服特效藥，病仍不癒。

【練習十九】

1.

ない	口語	かろ	く かっ	い	い	けれ	○
ぬ（ん）		○	ず	ぬ（ん）	ぬ（ん）	ね	○
ず	文言	ず	ず	ず	ぬ	ね	○
ざり		ざら	ざり	○	ざる	ざれ	ざれ

口語的「ない」是形容詞型活用，文言的「ざり」是「ラ變」型活用。口語的「ぬ（ん）」和文言的「ず」都是特殊型活用，兩者的未然形與終止形不同。

2. 立たず、絶たず、絶えず、鳴かず、見ず、蹴ず、明かず、與へず、解かず、死なず、あらず、來ず、上京せず、強からず、恥しからず、澎湃たらず、柔かならず

3. 譯文：

(1) 各攜糧袋、提槍、佩刀，不點松明，不語。

(2) 不見富士之秀色乎？

(3) 不可不讀托爾斯泰之《戰爭與和平》。

(4) 勿交惡友！

(5) 因病未往。

【練習二十】

助動詞 用言	む	らむ	けむ	めり
赴く 着る 分く〔四段〕	赴かむ 着る 分かむ	赴くらむ 着るらむ 分くらむ	赴きけむ 着けむ 分きけむ	赴くめり 着るめり 分くめり
分く〔下二〕 避く 堅し 赫々たり	分けむ 避けむ 堅からむ 赫々たらむ	分くらむ 避くらむ 堅かるらむ 赫々たるらむ	分けけむ 避けけむ 堅かりけむ 赫々たりけむ	分くめり 避くめり 堅かるめり 赫々たるめり
上　接	用言未然形	動詞終止形； ラ變、形カリ、 形動連體形	用言連用形	動詞終止形； ラ變、形カリ、 形動連體形

2.

助動詞 用言	らし	べし	まし
落つ	落つらし	落つべし	落ちまし
捕ふ	捕ふらし	捕ふべし	捕へまし
來	くらし	くべし	こまし
有り	有るらし	有るべし	有らまし
忙し	忙しかるらし	忙しかるべし	忙しからまし
流暢なり	流暢なるらし	流暢なるべし	流暢ならまし
上　接	ラ變以外動詞終止形； ラ變、形カリ、形動連 體形	同　　左	用言未然形

3.

用言＼助動詞	じ	まじ
射る	射じ	射るまじ
流る	流らじ	流るまじ
為	せじ	すまじ
死ぬ	死なじ	死ぬまじ
多かり	多からじ	多かるまじ
決然たり	決然たらじ	決然たるまじ
上　接	用言未然形	ラ變以外動詞終止形； ラ變、形カリ、形動連體形

4. 譯文：

(1) 隨實驗科學之進步，哲學中之形而上學色彩將會日益消除。

(2) 微聞〈之〉遠聲；蓋為笛音。

(3) 何處去也，影亦未見。

(4) 吾家庭園之秋萩似已凋零。

(5) 生於此世，所欲祈求之事頗多。

(6) 我等有許多為國民者應盡之義務。

(7) 講課中不得擅自離席。

(8) 彼恐行之未遠。

(9) 今宵月恐不出。

(10) 恐無其他可去之處，不久可歸。

【練習二十一】

1.

助動詞 / 用言	き	けり
死ぬ	死にき	死にけり
有り	有りき	有りけり
無し	無かりき	無かりけり
稀なり	稀なりき	稀なりけり
飄々たり	飄々たりき	飄々たりけり
上　接	用言連用形	同　左

2.

助動詞 / 用言	つ	ぬ
盡く	盡きつ	盡きぬ
破る	破れつ	破れぬ
干る	干つ	干ぬ
蹴る	蹴つ	蹴ぬ
上　接	用言連用形	同　左

3.

用言 ＼ 助動詞	り	たり
築<ruby>築<rt>きず</rt></ruby>く	築けり	築きたり
<ruby>返<rt>かへ</rt></ruby>す	返せり	返したり
<ruby>為<rt>す</rt></ruby>	せり	したり
<ruby>來<rt>く</rt></ruby>	（不接り）	きたり
上　接	四段動詞已然形； サ變動詞未然形	用言連用形

4.

(1)
①「しか」是過去助動詞「き」的已然形，與「こそ」形成系結。（秧苗昨已植。）

②「し」是過去助動詞「き」的連體形，「か」是表示疑問的係助詞。（曾問於誰？）

(2)
①「けれ」是形容詞詞尾「已然形」，與「こそ」形成系結。（唯浪高也。）

②「けれ」是過去助動詞「けり」的已然形，與「こそ」形成系結。（夢中始見。）

(3)
①「つ」是動詞「捨つ」的詞尾「終止形」。（棄隨身之物。）

②「つ」是完了助動詞。（可見之物皆見矣。）

(4)
①「ぬ」是完了助動詞。（日沒矣。）

②「ぬ」是否定助動詞「ず」的連體形。（未見之古昔〈情景〉不知也。）

③「ぬ」是動詞「兼ぬ」的詞尾「終止形」。（才德兼備。）

(5) ①「めり」是推量助動詞。（舟似漸沉。）

②「め」是四段動詞「沈む」的已然形；「り」是完了助動詞。（舟已沈入水中。）

(6) ①「たる」是完了助動詞「たり」的連體形。（棄世之人。）

②「たる」是形容動詞「堂々たり」的連體形詞尾。（獲得堂堂之勝利。）

5. 譯文：

(1) 據最近自外國返回者言，經濟界之不景氣日趨嚴重，日無食徬徨於街頭之失業者實不下數十萬矣。

(2) 因未獲邀請，故未去拜訪。

(3) 今秋以前必將成功。

(4) 十年後，山上必將出現常綠之林。

(5) 甚而無一人知曉。

(6) 每戶皆飾以門松。

(7) 既已習於奢侈，縱欲節約恐亦非易行。

(8) 山巔樹有紀念碑。

(9) 來年今日，櫻花將在開放。

(10) 全世界人久疑此矣。

【練習二十二】

1.

(1) ①「なり」是形容動詞「明かなり」的詞尾。（天已破曉。）

②「なり」是指定助動詞。（彼乃文學之天才也。）

③「なり」是四段動詞「成る」的連用形。（滄海已變桑田。）

④「なり」是詠嘆助動詞。（雁聲可遠聞。）

(2) ┌ ① 「なり」是指定助動詞。（水液體也。）
    │ ② 「なり」是形容動詞「冷^{ひや}かなり」的詞尾。（風凉。）
    │ ③ 「なり」是指定助動詞。（余去名古屋。）
    └ ④ 「なり」是指定助動詞。（某氏品行端正。）

(3) ┌ ① 「たり」是指定助動詞。（爲日本首屈一指之名醫。）
    │ ② 「たり」是形容動詞「遲遲^{ちち}たり」的詞尾。（春日遲遲。）
    └ ③ 「たり」是完了助動詞。（咕咚一聲倒下。）

2. 譯文：

(1) 前次座談會，吳先生曾提出種種有益之意見。

(2) 昨爲平民，今爲參議。

(3) 受害恐爲不輕。

(4) 此乃當然之事，誰可反駁？

(5) 汝之一言以致引起糾紛。

(6) 自早至晚，袖手旁觀而無所事事。

(7) 山不在高，有樹爲貴。

(8) 某氏曾向余言，欲於國內興辦學校。

【練習二十三】

1.(1) 父爲畫家，子爲詩人。（「にて」是指定助動詞「なり」的
    連用形「に」加接續助詞「て」。）

(2) 春天和暖，故心情舒暢。（「にて」是形容動詞「暖^{あたた}かな
    り」的連用形「に」加接續助詞「て」。）

(3) 庭中游。（「にて」是格助詞。）

2. 譯文（略）

【練習二十四】

1.

(1) {
　① 「が」是格助詞。（冬季開花實爲新奇。）
　② 「が」是接續助詞。（尋遍各處終未見。）
}

(2) {
　① 「に」是格助詞。（不言勝於言。）
　② 「に」是接續助詞。（特意來訪，但〈主人〉不在。）
　③ 「に」是完了助動詞「ぬ」的連用形。（友去矣。）
}

(3) {
　① 「を」是格助詞。（耐苦。）
　② 「を」是接續助詞（年紀尚輕，如何堪此〈重〉任？）
}

(4) {
　① 「して」是接續助詞。（月明〈而〉星稀。）
　② 「して」是サ變動詞「す」的連用形「し」加接續助詞「て」構成的詞組。（〈爾〉闡明理由後再提要求！）
}

2. 譯文（略）

【練習二十五】

1.(1) 「ば」是接續助詞。

(2) 「ば」是係助詞，接在格助詞「を」下發生「音便」。

(3) 「さば」是接續詞「さらば」的約音。

2.(1) 「けれ」是形容詞「樂し」的詞尾「已然形」，與係助詞「こそ」形成系結。

(2) 「けれ」是過去助動詞「けり」的已然形，與「こそ」系結。

3. 譯文（略）

【練習二十六】

1.(1)　「し」是過去助動詞「き」的連體形。

　(2)　「しも」是副助詞。

　(3)　「し」是過去助動詞「き」的連體形，下接表示疑問的係助詞「か」。

　(4)　「しか」是過去助動詞「き」的已然形，與「こそ」係結。

2.　譯文（略）

【練習二十七】

1.(1)　「なむ」是感嘆助詞（終助詞）。

　(2)　「なむ」是由完了助動詞「ぬ」的未然形「な」與推量助動詞「む」構成。

　(3)　「なむ」是係助詞。

2.(1)　「こそ」是係助詞，與「あり」的已然形係結。

　(2)　「こそ」是感嘆助詞（間投助詞）。

　(3)　「こそ」是係助詞。

3.(1)　強調主語「われ」。

　(2)　強調補語「君のために」。

　(3)　強調賓語「忠告を」。

4.　譯文（略）

【附錄六】 例句出處一覽表

時代	公元	書　　名	作　　者
日本古典著作			
奈良時代	712	古事記	太安萬侶　撰錄
平安時代	905	古今和歌集	紀貫之　撰
	935	土佐日記	紀貫之
	938	竹取物語	
	946	伊勢物語	
	951	後撰和歌集	源順　撰
		大和物語	
	960	落窪物語	
	975	蜻蛉日記	藤原道綱母
	976	宇津保物語	
	1001	枕草子	清少納言
	1005	拾遺和歌集	花山法皇？藤原公任？
	1008	源氏物語	紫式部
	1055	堤中納言物語	
	1060	更級日記	菅原孝標女
	1077	今昔物語集	宇治大納言源隆國？
	1092	榮華物語	赤染衛門？
	1108	贊岐典侍日記	藤原長子
	1115	大鏡	
	1127	金葉和歌集	源俊賴　撰
	1169	梁塵秘抄	後白河法皇　撰
	1187	千載和歌集	藤原俊成　撰
	1190	山家集	西行
鎌倉	1205	新古今和歌集	藤原定家等　撰
	1212	方丈記	鴨長明
	1220	保元物語	
		平治物語	
	1221	宇治拾遺物語	

續表

日本古典著作			
時代	公元	書　名	作　者
時 代	1242	平家物語	信濃前司行長？
	1254	古今著聞集	桔　成季
	1280	十六夜日記	阿佛尼
	1283	沙石集	無住
	1312	玉葉和歌集	京極爲兼　撰
	1331	徒然草	吉田兼好
室町 時代	1402	義經記	
江 戶 時 代	1688	日本永代藏	西鶴
	1694	奧州小道	芭蕉
	1768	雨月物語	上田秋成
	1795	玉勝間	本居宣長
	1813	浮世風呂	式亭三馬

明治時代作品 1868－1912	
作者	書（篇）名
德富芦花	《自然與人生》（岩波文庫）
国木田独歩	〈不如歸〉《日本文學5》中央公論社 〈源叔父〉等《国木田独歩集》（日本近代文學大系10）角川 書店；〈友愛〉《定本・国木田独歩全集》第一卷
森　鴎外	〈舞姬〉〈森鴎外集Ⅰ〉（日本近代文學大系11）
樋口一叶	〈雪天〉等《樋口一葉集》（日本近代文學大系8）
石川啄木	〈一握沙〉等《日本文學15》
正岡子規	〈慰友人落第書〉《子規全集》第九卷

明治時代作品 1868－1912	
作者	書（篇）名
與謝野晶子	〈願君莫死〉伊藤整：《日本文壇史8》
福澤諭吉	《勸學篇》
幸德秋水	《社會主義神隨》

中國古籍日譯本	
譯者	書　名
西川良一 內田泉之助 村上哲見	《文選》1－7（全釋漢文大系） 《國譯漢文大成》（唐宋八家文上） 精要《十八史略詳解》（晃文社） 《新選唐詩鑒賞》（明治書院） 《宋詞》（中國詩文選21）（筑摩書房）

【附】　編寫本書所用主要參考書如下：

《考究·古典文法》　中田祝夫著

《新版·古語文法》　岩淵悅太郎著

《標準文語文法》　成田杏之助主編

《要解古典文法》　三谷榮一等著

《新制·国文法解說·文語篇》

《新日本女子国文法》　澤瀉久者、佐伯梅友合著

《広辞苑》　新村出　編

《明解·古語辭典》　金田一京助等監修

《新選·漢和辭典》　小林信明編

現代日本口語文法

王 瑜 著
蘇正志 譯

定價：400元

　　著者從事十五年外國人留學生的日本語教育的教學經驗，把日本語口語文法加以分析，而著作成這本有系統又實用的文法學習書。本書前為日本亞細亞大學留學生別科的日本語文法教科書，用簡單易懂的現代口語文法編寫，不論做為「教科書」或「參考書」，為了對初學者甚至學有相當基礎的人都很有幫助而規劃所寫成的。

鴻儒堂出版社出版

口語對照

日語文語文法

謝秀枕／陳靖國【編著】
白澤龍郎　　　　【審校】定價：200元

　　本書是一部文言語法入門書。採用
典型性例句，來說明文言語法中的規則
和用法，所選例句，來自不同時期的日
本古典文學作品，並配有文口語兼顧的
中文譯文。筆者認為，有效地利用學生
已掌握的口語語法知識，通過對比和比
較的方法來熟悉掌握文言語法知識，是
學習文言語法的絕佳方法！

鴻儒堂出版社發行

日本語文法入門

吉川武時　著
楊　德　輝　譯

定價：250 元

日本語教師必攜！

　　您想建立日語文法的良好基礎嗎？本書針
對日文學習者的需要，不僅內容使用了大量的圖
表，而且說明簡潔、講解淺顯易懂，尤其值得一
提的是，本書突破一般文法書的規格，將日語文
法和其他國家語言的文法對照，以期建立學習者
的良好基本概念，所以實在可說是一本教學、自
修兩相宜的實用參考書。

日本アルク授權
鴻儒堂出版社發行

田中　稔子の

日本語の文法

――教師の疑問に答えます――

田中稔子　著
黃　朝　茂　譯　　定價：250元

　　本書以影響日語之特殊結構最大的助詞用
法為重點，從意義上加以分類。助詞用法的不
同，使句子的意義產生各種改變，若能熟練地使
用助詞，必能將自己的思想和情感正確而清楚地
表達出來。因此本書首先提出助詞加以說明。

日本近代文藝社授權
鴻儒堂出版社發行

國家圖書館出版品預行編目資料

日本文言文法／馬斌編著
--初版，---臺北市：鴻儒堂，民 89
面；公分
ISBN 957-8357-22-2（平裝）

1.日本語言－文法

803.16　　　　　　　　　　　　89002383

日本文言文法入門

定價：300元

中華民國八十九年三月初版一刷
本出版社經行政院新聞局核准登記
登記證字號：局版臺業字 1292 號

編　　　著：馬　斌
發　行　人：黃成業
發　行　所：鴻儒堂出版社
地　　　址：台北市中正區 100 開封街一段 19 號 2 樓
電　　　話：二三一一三八一〇・二三一一三八二三
電話傳真機：二三六一二三三四
郵 政 劃 撥：〇一五五三〇〇一
E － mail ： hjt903@ms25.hinet.net

本書凡有缺頁、倒裝者，請向本社調換
本書經北京大學出版社授權出版